星卡大師

STAR DECK GRANDMASTER

3

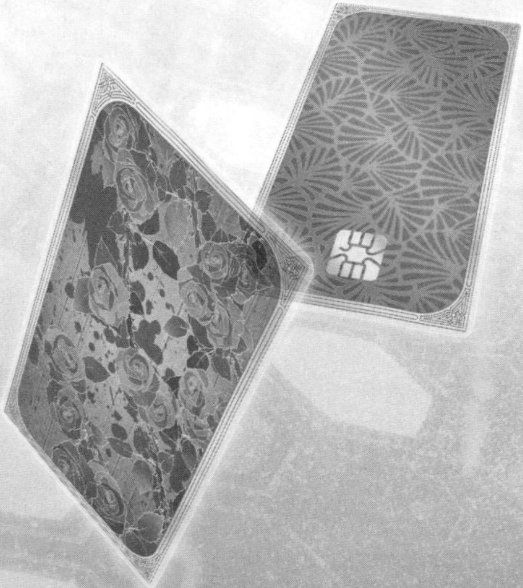

目　錄

CONTENT

【第一章】

送衣服是什麼意思，這傢伙到底懂不懂？

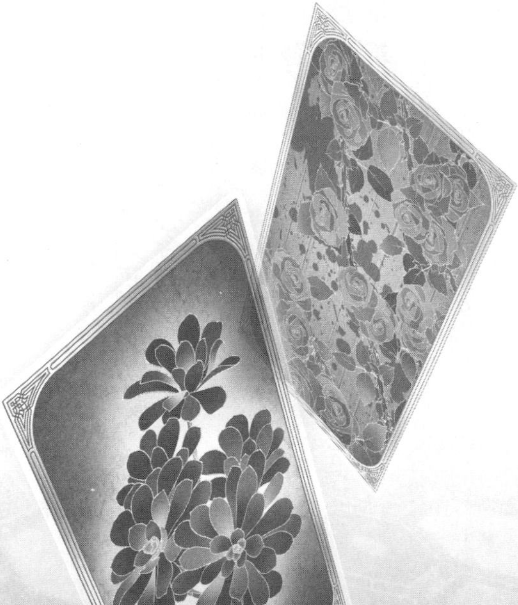

謝明哲用幾天時間做完了散卡和木系套卡，週三他就把全部卡牌交給了師父陳千林。做好卡牌只是第一步，還要把每一張卡牌都升到滿級並進行針對性的強化。

謝明哲看著琳琅滿目的材料陳列櫃，忍不住感嘆：「這麼多材料，足夠我們把所有卡牌強化成滿級，還能複製五套卡組。青姐真是厲害，這麼短的時間內居然把公會倉庫整個填滿了。」

陳霄說：「阿青很擅長管理公會，加上我們涅槃公會的玩家們做任務、刷副本的積極性都非常高，每週的公會活躍度都排在前十名，材料完全夠用。」

既然會員們這麼積極，謝明哲覺得也該給大家一些福利作為獎勵。他看向陳霄道：「陳哥，公會商店的福利卡大部分會員都已經兌換過了，要不要再增加一些新卡？」

「可以先把上次公會活動用過的神農、女媧、伏羲和盤古放在公會商店裡，讓大家用積分兌換。其他人物卡暫時不要曝光，等明年新賽季開始，這些卡牌在賽場上出現過後，再挑幾張人氣最高的卡牌放在公會商店，作為粉絲福利，你覺得怎麼樣？」

「沒問題。」謝明哲乾脆地點點頭，「那我就把神農、女媧那幾張牌的複製許可權暫時交給青姐，讓她複製一些放在公會商店裡兌換吧。」

「你的店鋪呢？」陳霄問道：「即死牌賣了這麼久，要不要再拿一些新卡去賣？」

「嗯，我打算把以孫尚香為核心的那套卡組放在店鋪裡賣。」

兩人商定之後，陳霄回去強化卡牌，謝明哲就去整理自己的店鋪。

他把東吳縱火大隊的卡牌強化成滿級後，放在一樓的卡牌展覽櫃裡，並且在店鋪二樓公開售賣這套初始卡組。

星卡聯盟職業選手的群組裡，胖叔的忠實黑粉葉竹在知道這件事後立刻冒出來通知大家：聽說胖叔的店裡終於有新卡了！他把那套火系卡組放在店鋪裡賣，一天就賺了好幾百萬呢！

山嵐開玩笑道：小竹你真是時刻都在關注胖叔的動向，要不要發給你一個『胖叔代言人』的封號？胖叔有什麼風吹草動，你總是第一個通知大家。

葉竹也沒不好意思，直率地道：關注未來的對手有錯嗎？我提前替你們打探敵情，這還不好啊？對了，我聽涅槃的會員說，他們公會倉庫的材料被一個叫『雲霄之上』的副會長批量提取，粗略估計，這次提取的材料可以強化上百張卡牌，看來涅槃是要有大動作啊！」

這個消息，讓群裡正在潛水的選手們暗暗心驚。

涅槃一次性提領這麼多卡牌材料，這位胖叔到底又做了多少新卡？

鬼獄俱樂部。

鄭峰看到聯盟群組裡的消息後，暫時停下訓練，感慨道：「看來，各家公會都在涅槃派了臥底。這位胖叔還沒正式出道，就引起了全聯盟的關注，還真是史無前例！」

歸思睿微笑著說：「我倒是對那個喻柯更感興趣，不知道他的鬼牌練得怎麼樣了？」

劉京旭道：「我剛才也聽臥底說，涅槃的管理者從公會倉庫提領了很多材料，三層樓的倉庫直接被搬空一大半。看來他們這次要強化的卡牌數量非常多，多到幾乎可以組建團戰卡組了。」

最後這句話讓眾人猛然一怔。

片刻後，鄭峰回過神來，皺眉道：「他們該不會是要組團來打聯賽吧？」

眾人面面相覷。

歸思睿立即嚴肅地說：「有這個可能。或許胖叔不只有喻柯這一位隊友，而是已經組齊了團賽陣容。他們打團賽所需的卡組應該已經將卡牌製作完成，需要批量強化升級，所以倉庫才會被搬空一大半。」

鄭峰不由笑出聲，「這位胖叔還真有魄力！我倒要看看他組建的涅槃俱樂部能在職業聯盟這條路上走多遠？可別像一日遊般地連預選賽都進不去，那就真是白白浪費了這麼多人的關注！」

胖叔個人的實力不可否認，大家也很期待他來打個人賽。

但是直接組團打團賽？開什麼玩笑！

組建團賽不但需要搭配卡組、排兵布陣的能力，隊員之間的默契配合，指揮對賽場的準確分析更是至關重要。他們涅槃已經具備了這樣的條件嗎？鄭峰表示懷疑。

其他俱樂部的大神們，也都猜到了涅槃這個大動作背後所代表的意義——看來胖叔不光是要參加個人賽，而是要組隊來打團隊聯賽。

但是大家也都跟老鄭一樣，對此抱持著懷疑的態度。

只有唐牧洲，對於涅槃團賽的實力絲毫不敢質疑。

因為他知道涅槃的背後有誰——木系鼻祖陳千林！

唐牧洲關掉聯盟群組畫面，向謝明哲發去一則聊天視訊，微笑著問道：「小師弟，你的卡組全部做完了嗎？」

「你怎麼知道的？」謝明哲很意外，師兄可真是消息靈通。

「各大公會都在你們涅槃派了臥底，我們知道你家副會長已經快把公會倉庫的材料搬空了。看起來，需要強化的卡牌應該有上百張吧？」唐牧洲直說道。

「大神們不去忙比賽，有必要派臥底天天盯著我們公會嗎？」謝明哲很是無語。

「當然有必要。」唐牧洲微笑著說：「大家會關注你的動向，也說明了你的實力讓很多人心生忌憚。」

「我真是受寵若驚！」謝明哲聽著師兄的誇讚，心情很是愉悅，直說道：「材料是師父要用的。之所以需要這麼多的數量，是因為我們在籌備團戰卡組。」

「我猜到了。既然是要搭配團戰卡組，陳霄的卡牌也都完成了對吧？」

「嗯，有師父指導，陳哥製作卡牌的速度飛快。」謝明哲頓了頓，突然想到一件事，雙眼一亮，期待地看著唐牧洲問道：「對了，師兄，你能安排我們跟風華的選手打兩場團戰訓練賽嗎？」

「當然可以。」唐牧洲毫不猶豫地就把二隊的新人賣了。

「太好了！」謝明哲神色很是激動，「我回頭就跟師父說，等我們練得差不多了再約時間，打幾場團戰練練手。」

「沒問題。」看著少年說起團賽時眉飛色舞的模樣，唐牧洲的目光更加溫柔，低聲問：「明晚裁決和鬼獄的團賽，你要來現場看嗎？我給你留了五張VIP門票。」

謝明哲愣了一下，不好意思地說：「每次都讓你買門票不大好吧？我可以自己去官網買票。」

「沒事，聯盟那邊會給各大俱樂部公關票，我用不完，送給你。」唐牧洲補充道：「再說，官網的票已經賣完了。團賽門票非常搶手，需要提前一星期搶購才買得到。」

「喔。那就謝謝了，我跟隊友們明天去現場看！」

「不用客氣，我把門票的電子序號發給你，你們明晚直接過來吧。」

「好的！」

外面有人敲門，唐牧洲便跟謝明哲結束了視頻通話。

起身開門，是經紀人薛林香。

薛姐很乾脆地說道：「小唐，你要我幫忙訂接下來一個月所有比賽的VIP門票，我已經找人買好票了。但是我不大明白，你為什麼每一場比賽都要買五張票？是要送給你的家人嗎？」

唐牧洲微笑，「是的，麻煩薛姐了。」

其實聯盟發給職業選手的公關票席位都在專門的觀賽區內，唐牧洲送給謝明哲的那些票並不是聯盟發的，而是他私下掏錢買的VIP包廂門票。

謝明哲不懂聯盟規矩，因此也不知道唐牧洲私下為他做了這麼多。

唐牧洲沒直接說明白，是因為他不想讓謝明哲有任何的心理負擔，更不想因為這點小事，在謝明哲面前邀功。

他對謝明哲好，並不是為了讓謝明哲感激或回報，而是他情不自禁地想要這樣做。

正如他一向奉行的理念——喜歡你、對你好，那是我的事，會不會回應則是你的自由。我只做自己該做的，選擇權交給你。

這天晚上的涅槃公會格外熱鬧。

一整晚大家都忙著升級卡牌。

雖然升級過程有些枯燥乏味，可是每個人都興致勃勃，一直忙到凌晨一點半，將所有卡牌全部強化完工之後，才各自睡下。

次日大早，陳千林將四位選手召集到餐廳開會。

二十張團戰卡牌的挑選是個非常艱鉅的工程，輸出卡要多少張？群攻和單攻怎麼分配？控場卡牌要用哪一類控制技？輔助和治療卡又該怎麼選擇？大家真是一頭霧水。

陳千林的思路卻非常清晰。他指著挑選好的卡組，解釋道：「這是我昨晚分析之後，所搭配出來的通用方案，可以應戰大部份實力一般的俱樂部。這套卡組到時候要選擇木系『全體暴擊傷害加成』的套牌屬性，走暴力進攻路線。卡組中以群攻輸出卡居多，由陳霄和小謝來操控，秦軒輔助控場，小柯針對性刺殺。」

眾人認真地聽著，二十張牌當中，由謝明哲操控五張不同類型的輸出卡，秦軒拿五張控制與輔助牌，喻柯手裡是一對黑白無常、崔判官和聶小倩等四張鬼牌，陳霄則需要操控六張牌。

喻柯聽到這裡，忍不住問道：「為什麼阿哲和秦軒有五張，陳哥有六張，而我只拿四張，是因為我最菜嗎？」

陳千林看了他一眼，平靜地說：「因為這套卡組會由小謝和陳霄的群攻技能鋪場，全面壓低對方血量。當他們設法將殘血卡抓到黑無常面前時，你必須以最快的速度讓黑無常、聶小倩收掉人頭。團戰時選手的精神力需要高度集中，而操控的卡牌越多，壓力就會越大。如果你手裡的卡牌太多，很可能會忙不過來。」

陳霄接著補充道：「團戰不像個人賽，我們是一個團隊，需要分工協作，二十張卡牌的操控如何分配全部由教練決定。在聯賽團戰中，依照不同的戰術策略，甚至會出現一人操控七張卡、或一人只拿三張核心卡的情況。你不用多想，聽教練的就行。」

喻柯恍然大悟，「喔，明白了！」

陳千林將這套卡組的具體打法詳細解釋過後，又另外搭配出兩套卡組陣容，做為B、C方案。眾人一邊聽一邊記筆記，一上午的時間都在開會中度過。

陳千林的意識確實強，居然一口氣搭配出三套團戰卡組，打法和思路完全不同，卡牌的分配也相當合理，不愧是大賽經驗豐富的木系鼻祖。

直到午飯時間，大家才散了會。

喻柯激動地抱著卡組研究，秦軒開始認真地琢磨新的輔助卡該怎麼用。

謝明哲實在有點餓了，跑去廚房查看午飯的進度。

陳千林則帶著光腦回到樓上整理資料。

陳霄跟著哥哥上了樓。

陳千林看上去神色平靜，但是眼睛下方淺淺的黑眼圈，卻明顯透露出他的疲憊。

陳霄走過去，關心地問道：「哥，你昨晚是不是沒睡好？」

陳千林揉了揉脹痛的太陽穴，眉頭微蹙，「我昨晚在想卡組搭配的事情，失眠到三點。」

陳霄有些心疼，卻不好表現出來，低聲勸道：「你別太辛苦了，慢慢來。」

陳千林不贊同地看了他一眼，說：「只有把卡組搭配好，你們才能儘快練習。我有個朋友在聯盟總部工作，他跟我私下透露下個賽季的賽制會大改。具體怎麼改他不能說，但是團賽很可能會提前，或者分成上半年和下半年兩個階段進行，我們得加快速度才行。」

哥哥看似對很多事漠不關心，實際上卻是個非常負責的人。既然擔任了涅槃戰隊的教練，他就必須為隊員們的將來負責，他很少說大道理，他只會用實際行動來幫助大家。

看著這樣認真的他，陳霄的心裡格外感動。

記得年少的時候因為對哥哥太過愛慕，陳霄一直夢想著將來有一天能跟哥哥並肩作戰，甚至因此誤信上當簽了聖域的不公平合約。

如今雖然「並肩作戰」的願望無法實現，可是有哥哥站在自己的身後，指導自己、支持自己，這就已經足夠了。

這五年來，他做夢都沒想到會有這樣的一天。

陳霄深吸口氣，溫柔地看著神色疲憊的哥哥，低聲說：「哥，我知道你是為了幫大家爭取時間，我也會督促大家儘快練習。我相信，只要有你這位教練在，下個賽季不管賽制怎麼改，我們都能從容應對。」

陳千林臉上的表情依舊很淡漠，「你對我倒是很有信心。」

陳霄笑道：「那當然，你是我哥嘛。」

——是我最敬重、最崇拜，也最珍視的哥哥。

陳霄這種「小迷弟」的目光讓陳千林不大自在，扭過頭道：「好了，你下樓準備吃飯，我再做一份計劃表。」

下午的時候，大家都領到了一份陳千林發的計劃表。

從明天開始涅槃全隊正式集訓，每日上午進行個人訓練，任務是熟悉卡組中每張卡牌的資料，先把所有卡牌的技能、冷卻時間和資料全都背下來，必須背得滾瓜爛熟、分秒不差。

集訓期間的下午，陳千林安排讓四個人開擂臺單挑，進行車輪戰，以便儘快熟悉所有卡牌的操作。晚上則是競技場時間，以自己擅長的卡組去打個人競技，提升競技意識。

他計劃以一週的時間讓大家熟悉卡組，一週之後就要開始進行四人團隊配合訓練。

這份訓練時間表讓大家都驚呆了。

喻柯忍不住感嘆道：「林神做的訓練表比我們學校的課程表還要詳細，好專業啊！」

謝明哲看向陳千林道：「師父辛苦了，我們一定按照訓練表完成任務。」

陳千林點點頭，道：「小柯和秦軒因為還要上學，給你們的訓練任務暫時減半，等寒假的時候你們再加倍練習，沒意見吧？」

喻柯和秦軒對視一眼……不敢有任何意見。

陳千林道：「聯盟現在正在舉行的團賽，我們每一場比賽都要看。從旁觀的角度看比賽，我相信你們會有不同的收穫。」

今晚的團賽就有兩場，陳霄問：「今晚的比賽我們是去遊戲裡看直播嗎？」

謝明哲建議道：「去現場看吧，現場更有氣氛。」

陳霄道：「去現場？我們沒買票。」

謝明哲笑道：「放心，師兄給我們留了五張VIP門票！」

陳霄疑惑地看著他，「唐牧洲給你門票？」

謝明哲點頭，「他說是聯盟發的票沒用完，給我們留了五張。等晚上吃完飯，我們就坐車一起去現場看比賽吧，還是去現場氣氛最好。」

陳千林在聯盟待了那麼多年，還從來沒聽說聯盟會發給各大俱樂部VIP門票。聯盟給的是選手通道的票，職業選手們都是跟自家經紀人和隊友一起坐在觀賽區看比賽。

唐牧洲為什麼要騙小謝說是聯盟給的票？上週給了五張，這週又給五張，他這麼做是想幹什麼？陳千林微微皺了皺眉，但並沒有說破。

倒是陳霄若有所思地摸摸下巴，湊到謝明哲耳邊問：「唐牧洲跟你關係很好嗎？」

謝明哲完全沒想歪，很正直地說：「當然很好啊，我是他唯一的師弟。」

陳霄說：「他對親徒弟沈安都沒你這麼好吧？」

謝明哲一臉困惑，「我覺得他對小安也很好，沈安的水果樹卡組資料和技能全是他親自把關的。他這麼照顧我，大概是看在師父的面子上吧。」

陳霄笑了笑，沒繼續問下去。

謝明哲表面上裝作不在意，心裡卻想到另一件事——師兄確實對他很好，再過幾天就是唐牧洲的生日，新的卡牌製作已經告一段落，正好抽時間把送師兄的生日禮物給準備好。

想到這裡，謝明哲便湊過去問陳霄，「陳哥，你知不知道附近哪兒有比較好的男裝專賣店？賣成熟男人穿的衣服，不是我上次買的校園風格。」

陳霄提議道：「你可以去帝華大廈的三樓看看，有很多高檔的訂製男裝。」

「謝了！」

謝明哲琢磨著，看完比賽，不如順路去商場一趟，給師兄買件毛衣當生日禮物。還有那張開玩笑設計出來的「唐牧洲」的卡牌，也要抽空畫完才行。

今天的兩場團賽，第一場是紫荊戰隊VS.幻影戰隊，這兩家謝明哲都沒聽說過，顯然是人氣一般的俱樂部。

第二場則是裁決VS.鬼獄，裁決的聶遠道、山嵐，以及鬼獄的鄭峰、歸思睿、劉京旭全是頂尖選手，因此今天的比賽現場是人山人海、座無虛席。

謝明哲一進會場就看到了壯觀的粉絲群，忍不住感嘆道：「裁決和鬼獄的隊服都挺好看的，紅色、黑色，粉絲們統一穿著隊服坐在一起，真是壯觀，我們涅槃目前還連隊服都沒有啊！」

「隊服確實該儘快設計出來。」陳霄回頭看向隊友們，「你們喜歡什麼顏色？」

「白色吧。」陳千林平靜地說，「花花綠綠的衣服很難設計出好看的，白色比較百搭。」

「我也覺得白色好。」當時設計涅槃徽章的時候就是以白色為主，隊服跟徽章的色系最好能相符，謝明哲建議道：「以白色當底色，再設計一些與涅槃相關的花紋，大家覺得呢？」

「可以。」秦軒點頭贊同。

喻柯張開嘴想說什麼，但他看了陳哥一眼，又強行忍住了。

「小柯有什麼意見嗎？」陳霄拍拍小傢伙的肩膀道：「言論自由，想說就說吧。」

「我覺得可以在白色隊服的胸口，印個骷髏頭的標誌，很酷！」喻柯雙眼發亮，期待地看著隊員們說。

眾人集體扭過頭去。就知道喻柯同學的審美觀很不靠譜，要是交給他設計，涅槃絕對會變成全聯盟最醜的戰隊。

「這跟我們涅槃的氣質不大符合。」陳霄委婉地拒絕了提議，笑著看向喻柯，「具體的方案還是讓專業學美術的小謝和秦軒來設計，怎麼樣？」

「沒問題。」秦軒和謝明哲一口答應下來。雖然他們兩個也不是設計服裝的專家，但總比讓陳霄這個門外漢和喻柯這個審美觀有問題的傢伙設計要好得多。

喻柯知道自己的審美觀一向被嫌棄，也不好再說什麼，乖乖地跟在隊友們身後。

眾人走進包廂坐好，第一場比賽將在七點半準時開始，今天大家提前在七點到場，距離比賽開始還有半個小時，閒著無聊便開始分析起今天的比賽隊伍。

謝明哲看向陳千林，好奇問道：「師父，第一場比賽紫荊戰隊和幻影戰隊，這兩家俱樂部你瞭解嗎？」

陳千林道：「紫荊是最近兩年新創起來的俱樂部，實力一般。幻影是第三賽季成立的，到現在也有七年了，算是老牌俱樂部，可惜一直沒拿過獎盃。幻影俱樂部的風格非常鮮明，走刺殺路線，隱身卡非常多。上個賽季，裁決和流霜城都在幻影的主場翻車過。」

陳霄摸著下巴道：「我記得他們家的指揮特別厲害，好像叫……邵夢晨是吧？」

正好這時第一場團賽雙方隊伍的資料被打在大螢幕上，喻柯看見螢幕中出現一位身穿純黑色隊服、紮著俐落高馬尾的女生，眼睛瞬間亮了，「好漂亮的女生！」

陳千林道：「她就是邵夢晨，全聯盟唯一的女指揮。」

謝明哲聽到這裡，不由得多留意了一下。這位女生長得確實很漂亮，五官清秀，皮膚白皙，但她的身上沒有一絲女孩子的柔弱，目光平靜銳利，散發出「巾幗不讓鬚眉」的強大氣場。能讓裁決、流霜城這些大俱樂部翻車，看來這個邵夢晨不可小覷。

陳千林介紹道：「幻影戰隊的四位選手個人實力很一般，但是他們團戰非常強，關鍵在於邵夢晨的指揮能力非常出色，之前有不少俱樂部高薪挖她，她都沒同意，在幻影俱樂部待了整整七年。上個賽季，他們團賽的成績排在全聯盟第七，差一點點就進了季後賽。」

謝明哲好奇地道：「上賽季的團賽總共有多少支隊伍？」

陳千林說：「二十支，競爭非常激烈。」

謝明哲記得上賽季的團賽最後進入季後賽的是風華、裁決、鬼獄、流霜城、眾神殿和暗夜之都，也就是網友們常說的「六大巨頭」。

能在二十支戰隊中排名第七，可見他們的團戰實力確實厲害。更重要的是，在四位選手的個人能力都不算太強的情況下，團戰還能這麼強，足以證明邵夢晨的指揮能力有多出色。

女生的思維和男生不大一樣，師父說幻影戰隊是走暗殺路線，謝明哲決定認真看這場比賽，說不定能從邵夢晨的身上學到一些東西。

七點半，比賽準時開始。

第一場是幻影戰隊主場，選了由邵夢晨提交的地圖，叫做「夢幻泡影」。

這張地圖一出現，謝明哲就覺得雙眼一亮。

整張地圖都是各種顏色的泡泡，地圖風格看上去非常夢幻，但這些彩色的泡泡可不是為了好看，而是有非常強大的全地圖負面效應。

每隔二十秒，空中飄浮的彩色泡泡就會全部爆炸，對所有卡牌產生百分之二十基礎血量的暴擊傷害，並讓全圖陷入五秒的幻覺強控。

謝明哲看著大螢幕中的地圖模擬播放，有些心驚：「這節奏也太快了吧！要是治療卡帶得不夠，泡泡連爆五次，兩分鐘內所有的卡牌都要死光。」

陳霄也是神色嚴肅，「這張地圖確實很難破解，上個賽季，裁決和流霜城都是在夢幻泡影這張地圖上翻車的，防禦措施沒做到位，直接被邵夢晨一波清場。」

謝明哲：「……」

打職業聯賽的女生都這麼凶的嗎？

喻柯倒是很喜歡這張地圖，一臉讚賞，「那些泡泡真漂亮！這是我目前見過最夢幻的對戰地圖了，是這個女生設計的嗎？」

陳千林淡淡地道：「別光顧著看場景，要想想怎麼破解。」

謝明哲想了想，分析道：「如果是我們遇上這張地圖，我想帶上諸葛亮，可以用『空城計』的全圖卡牌隱身技能來躲避泡泡的爆炸。以及還得多帶一些治療卡和防禦卡，不然會頂不住地圖的傷害吧？」

陳千林讚賞地看了徒弟一眼，說：「你的思路沒錯，打這樣的地圖必須做好防守。畢竟我們的快攻速度比不上暗殺流卡組，只要能扛住對方的前幾波進攻，就有希望贏。」

一邊看比賽一邊討論，這樣的方式確實對大家的意識提升很有幫助。

這場比賽，謝明哲親眼見識到了幻影戰隊在「夢幻泡影」這張地圖上的可怕之處，五分鐘內就把對手直接打崩。

第二場，對方雖然選了慢節奏的地圖，還是沒法抵擋邵夢晨指揮下的凌厲暗殺。

幻影以二比零戰勝紫荊，現場爆發出熱烈的掌聲。

看見邵夢晨在賽場上冷靜地指揮隊友，謝明哲真是自愧不如。現在的他，要是遇到「夢幻泡影」這張地圖，哪怕在理論上已經想到了破解的方法，在實戰上也會因為還無法掌握節奏而被對手打崩。

第二場鬼獄和裁決是今天的重頭戲，謝明哲當然也會集中精神認真觀看。

上週風華以零比二輸給鬼獄，關鍵在於鬼獄新人衛小天的幾張標記卡牌讓唐牧洲猝不及防。當時唐牧洲還跟謝明哲說過，讓他等著看裁決會怎麼處理鬼獄的標記流打法。

謝明哲非常期待這一場比賽。

而事實也證明，這場比賽確實沒讓他失望。

裁決的做法非常簡單粗暴，也很符合這家俱樂部的風格——直接正面對決。

聶神表示——在你的標記卡發揮作用之前，我先把它秒掉不就得了。

偏偏聶遠道這種「亂拳打死老師傅」的做法還真的有效，衛小天的卡牌雖然很強，但他畢竟是本賽季剛出道的新人，意識和反應速度沒法跟老選手相比。柿子專挑軟的捏，聶遠道和山嵐師徒聯手，在最短的時間內把衛小天的女巫、死神、詛咒娃娃、傀儡師全給秒了……

衛小天欲哭無淚——不帶這麼欺負新人的啊！

這一場比賽，裁決使出比原本風格更加粗暴的正面對決模式，以二比零擊敗鬼獄，讓謝明哲大飽眼福。

看似最簡單粗暴的解法，卻最能體現裁決隊員之間的默契配合，以及聶遠道擔任指揮抓時機、控節奏的能力。

謝明哲自認還無法做到如此精準地指揮團隊。

別說是風華、裁決這些大俱樂部的團隊指揮，就算是幻影戰隊的邵夢晨，在指揮意識上都比他強，這點自知之明他還是有的。

原本打算順路去商場買東西，但是看完比賽之後謝明哲的心情複雜無比，只好先回工作室整理思緒，並且跟隊友們一起看了錄影重播，聽師父解讀兩場比賽的細節。

講解完之後，陳千林把謝明哲和陳霄叫到二樓的陽臺上，說：「你們應該知道涅槃還缺一個團戰指揮。小柯靠不住，秦軒性格內向也不擅長指揮，只能由你們兩個來擔任。」

陳霄摸摸鼻子，道：「哥，我也沒有打團賽的經驗，只打過個人賽……」

陳千林平靜地看向他，「所以才要學習。」

謝明哲本想說「我不行，讓陳哥來吧」，結果對上師父冷靜的目光，他就說不出口了——既然陳哥也沒有團賽經驗，那他也不好意思推託。

「你們兩個一起學習，到時候再輪流指揮。」陳千林道：「陳霄擅長進攻，小謝擅長出人意料地控場，你們風格不一樣，到時候可以分別擔任不同卡組和戰術的指揮，讓對手猜不到我們涅槃的策略。」

雙指揮，這是聯盟史無前例的。

陳千林說得很有道理，陳霄的打法其實有點像裁決的聶遠道，以植物卡組碾壓式地進攻一波，把對手打崩。

謝明哲沒那麼暴力，卻會以各種稀奇古怪的卡牌控場，折磨對手。

兩人的作戰風格完全不同，如果能輪流指揮，確實更適合現在的涅槃戰隊。

想到這裡，謝明哲也就不再推辭，乾脆地道：「明天開始，我就和陳哥一起學習指揮的技巧，我們從基礎慢慢學吧。」

陳霄期待地看向哥哥，「哥，你會教我們嗎？」

陳千林點頭，「當然。你們每天晚上睡覺之前抽出兩個小時，來跟我學習指揮意識。」

兩人對視一眼，不約而同地點了點頭，聲音都很是堅決，「好！」

既然是從頭開始學，也不用有太大的心理壓力，就把自己當成是一個指揮菜鳥好了。

他們對陳千林這位「老師」還是挺有信心的。

次日，謝明哲大清早起床後，吃過早飯就出門了。

他跟著地圖導航來到帝華大廈的三樓，果然如陳哥所說，這裡有好幾家高檔的男裝店。

唐牧洲的穿衣品味很不錯，每次出席活動都穿得特別帥，謝明哲看了些活動報導，發現唐牧洲偏愛淺色系的衣服，因此決定送他一件白色或米色的毛衣。不管穿什麼顏色的外套，裡面穿白的肯定不會錯。

高級男裝專賣店的衣服價格很貴，隨便一件羊毛衣都要上萬晶幣，不過，衣服品質很好，款式也非常多。

既然是為師兄買生日禮物，再貴，謝明哲都捨得。

一走進店裡，便有位漂亮的女店員迎上來，禮貌地問：「先生，需要什麼？」

謝明哲道：「我想挑件毛衣，幫我推薦一下吧。」

店員立刻為他介紹：「這一排純羊毛毛衣，全是我們剛推出的新款。」

謝明哲在貨架上仔細挑選，挑中了一件米白色的高領毛衣，帶一些暗紋，款式簡單又大方。他拿到鏡子前比了比，道：「這件幫我拿一百八十五公分的尺碼試試。」

店員微笑著建議道：「先生，你的身材穿一百八十公分的會比較合適。」

「我幫別人買的，他比我高一些。」謝明哲對著自己的頭頂比劃了一下，唐牧洲比自己高了幾公分，應該穿大一點的尺碼會比較合適。

「幫別人買的嗎？」店員問道：「對方的體重是多少？我們家的衣服尺碼分得比較細。」

「他身材很好，身高一百八十五公分，體重差不多七十五公斤。」這是謝明哲從唐牧洲個人主頁的資料欄看來的，師兄應該沒有謊報身高和體重。

「好的。」店員按照身高體重拿來了適合的尺碼。

謝明哲走進試衣間，穿上試了試，覺得挺好看的。他穿的話大一點，師兄穿應該正好。

謝明哲便乾脆地決定下來，「就這件吧，幫我拿一件沒拆封過的。」

「今天店裡有活動，買兩件的話第二件九折，我們平時很少會有折扣，這個星期正好是週年慶，先生你不如再買一件給自己？」店員很熱情地建議道。

「嗯……那我再看看。」難得出來逛商場，謝明哲決定犒賞一下自己。挑來選去，還是覺得給師兄買的這件最好看，於是謝明哲選了一件同款不同色的毛衣，比唐牧洲的尺寸小一號，淺灰色的毛衣，冬天穿在裡面也很好搭配。

店員立刻幫他打包好兩件衣服，又道：「不如再挑一件大衣吧？我們家的大衣做工和剪裁都是男裝裡數一數二的，你穿肯定很帥。」

謝明哲跟著店員過去看了看，發現這家店的大衣確實很好看。於是他又給自己挑了一件大衣。想了想，他覺得生日禮物只送一件毛衣顯得太小氣，於是給師兄也買了件同款不同色的大衣。

謝明哲心滿意足地抱著一大堆衣服回到工作室。

陳霄看他大包小包提了這麼多，忍不住問：「買這麼多衣服？為什麼同款要買兩件？」

謝明哲道：「一套我自己穿，另一套是我給師兄準備的生日禮物。他幫了我那麼多忙，我打算在他生日的時候給他一個驚喜。」

陳霄：「……」

你就沒考慮過撞衫的問題嗎？以後你們倆要是同時穿這套衣服，不明真相的人還以為你們這是特意買的情侶裝。看來謝明哲完全不知道送禮的一些忌諱，陳霄也不打算提醒他，就讓唐牧洲驚喜去吧。

接下來的時間謝明哲跟隊友們每天按時訓練，轉眼又是一週過去，唐牧洲的生日快要到了。每年他的生日，粉絲們都會有大動作。

十一月二十四日晚上，謝明哲在網上看見粉絲們製作了大量的影片、圖片來為唐牧洲慶生。那些影片剪接得很是用心，有活動影片、比賽影片等，全是唐牧洲的個人剪輯，還有很多粉絲非常有文采，給唐牧洲寫了很多生日賀文。

一時間「唐牧洲生日」關鍵字被頂上了當日熱門話題，可見唐牧洲人氣有多高。

謝明哲看師兄粉絲給他做的各種影片，看得津津有味。

十一月二十五日凌晨零點零分，謝明哲準點給唐牧洲發去一條消息：師兄生日快樂，祝你在新的一歲心想事成，健康如意！

唐牧洲看到消息，心底最深處的柔軟之地像是被貓爪子輕輕地撓了一下。

——心想事成？我最想把你變成我的男朋友，希望你的祝福真的可以在新的一歲應驗。

唐牧洲微微一笑，打字回覆：謝謝師弟，這麼晚還不睡，是特別等整點給我發祝福嗎？

謝明哲回覆：是啊，看我多用心！我還給你準備了禮物，晚上有一場風華和裁決的比賽，要不我提前去現場，直接把禮物給你？

唐牧洲：現場太亂，後臺還有很多記者，你過來的話可能不大方便。不如中午我來接你，請你們一起吃飯，慶祝生日。

謝明哲：好，那你早點睡吧！

喜歡的人不但準點給自己發生日祝福，還準備了禮物，唐牧洲心情太好，結果失眠到兩點。

次日中午，他開車來到涅槃工作室。畢竟師父也在，不好只叫上謝明哲一個人，唐牧洲乾脆請師父、陳霄和謝明哲一起吃了頓午飯。

陳千林也為唐牧洲準備了禮物，是一臺新款光腦，和當初送給謝明哲的一模一樣——他這麼做似乎在表示：師父對兩個徒弟一點都不偏心。

陳霄跟唐牧洲關係好，但是不會互相送生日禮物，嫌太麻煩。

倒是謝明哲大包小包提了一堆，把三個袋子遞給唐牧洲，道：「師兄，給你的禮物！」

唐牧洲怔了怔，「這麼多？是什麼？」

謝明哲笑道：「回去再拆吧，裡面有驚喜。」

唐牧洲也沒當面拆禮物，四人吃過午飯，他就以「跟師弟商量些事情」為藉口，把謝明哲從師父的眼皮底下單獨拐走，接到了自己的住處。

到家後，唐牧洲才微笑著問：「生日禮物，我現在可以拆了嗎？」

「拆吧！其實也沒多貴重，就是一點小心意。」謝明哲說道：「你不嫌棄就好。」

第一個盒子裡是一幅裝裱好的畫，畫的正是上次新生交流賽的時候，謝明哲開玩笑做的那張「唐牧洲卡牌」。他把唐牧洲的人物圖像畫得挺逼真，還按照星卡遊戲裡的卡牌模式寫上了技能。

唐牧洲很喜歡這份禮物，說道：「畫得很帥，我改天就把它掛在臥室裡。」

謝明哲開心地問道：「這張巨幅卡牌是我作畫時間花最久的一幅作品，花了一個星期才畫完，跟你像不像？」

唐牧洲仔細看了看，道：「像極了，就像是複印的照片一樣，你的畫功長進不少。」

謝明哲得意地道：「那當然，我好歹是美術系的學生。」

唐牧洲一邊說一邊又拆開另外幾包禮物，看見一件米色的高領羊毛衣，還有一件價格非常昂貴的長款大衣。

他的脊背微微一僵，看向謝明哲的目光突然變得無比深邃，「你送我衣服的意思是？」

謝明哲神色自若，笑容燦爛，「這幾天太冷了，你不是經常提醒我要注意保暖嗎？我覺得送點實用的禮物比較好，毛衣和大衣都是按照你的尺寸買的，師兄你試試看合不合適！」

唐牧洲：「……」

送衣服不是要「親手脫掉」的意思嗎？這傢伙到底懂不懂？

看謝明哲坦然的樣子，似乎完全不是這個意思？

唐牧洲有些疑惑，轉身去臥室把謝明哲送的毛衣換上，再把大衣穿在外面。

謝明哲的眼光還真不錯，挑的衣服很適合唐牧洲的風格，高領毛衣一般人駕馭不了，會顯出脖子短的缺陷，但唐牧洲因為身材出眾，脖頸也比較修長，穿上高領毛衣後反而很顯氣質，再搭配一件及膝的長款大衣，完全就是時尚雜誌的封面模特兒，帥出了新高度。

這款造型要是穿出去參加活動，肯定會有無數迷妹為他尖叫。

看他穿上自己送的衣服，不知為何，謝明哲心裡特別高興，忍不住稱讚道：「穿起來真帥，很適合你。」

唐牧洲微微一笑，目光溫柔地看著謝明哲說：「我第一次收到別人送的衣服，以前都是自己買的，不過，你送的還真不一樣，穿在身上很暖和。」

「是吧？這衣服品質不錯，特別暖和，我也買了一套呢。」謝明哲很認真地說。

看來他是真的不知道送人衣服的意思，而是單純覺得這衣服穿著暖和，才買給自己禦寒的。唐牧洲哭笑不得，但是又覺得謝明哲懵懂、粗心的模樣很是直率可愛——送喜歡的人一套衣服，他就不怕被人撲倒了吃乾抹淨嗎？

唐牧洲深吸口氣，忍耐住撲倒對方的衝動，將衣服換下來仔細收好。

總有一天，謝明哲親手送他的衣服，他會讓謝明哲親手脫下來。

按照陳千林制定的訓練安排，謝明哲下午的時間本來應該是要和隊友們進行單挑車輪戰，但今天是唐牧洲的生日，他就跟師父請了半天假。

唐牧洲以「跟師弟商量些事情」為理由把謝明哲帶到自己的住處，送完禮物後，謝明哲便問道：「師兄，你要跟我商量什麼？」

唐牧洲總不好說這只是騙師父的藉口，我把你拐回家其實是為了跟你單獨相處。

對上謝明哲疑惑的目光，唐牧洲微微笑了笑，隨便找了個話題，「我想知道你們俱樂部基地選好了嗎？現在你們住的地方是師父住宅改裝出來的工作室，會不會太擠了？」

「確實有點擠，宿舍是兩人住一間不說，每次都要在餐廳開會，連一間獨立的會議室都沒有。」謝明哲嘆了口氣，「陳哥一直在拜託仲介找房子，目前還沒找到。」

「在帝都，要找位置、價格都合適的房子確實很難……」唐牧洲沉默片刻，提議道：「這樣吧，我也幫你們留意，我有個堂哥是做房地產生意的，認識的人比較多，說不定能幫得上忙，我讓他問問看，要是有消息再告訴你。」

「嗯，那就麻煩師兄幫忙打聽一下。」

謝明哲聽師父說過，唐家在帝都挺有勢力的，唐牧洲當初創建風華的時候就非常順利，人脈方面肯定比自己有優勢，他願意幫忙的話再好不過。

「放心，這件事我會幫你們想辦法，我認識的人畢竟比你和陳霄要多一些。」唐牧洲看向他，柔聲問道：「價格方面，預算範圍是多少？是租房還是買房？」

「還是先租吧，買的話太貴了。」

謝明哲和陳霄之前也商量過，戰隊基地最好租在市區，距離學校較近的地方，以後不管是上學還是比賽都會比較方便。

唐牧洲想了想，道：「要用租的話，我建議租商業辦公大樓。聯盟很多大型俱樂部都是租了好幾層樓，因為要考慮到俱樂部將來擴大規模的問題。你們現在才剛起步，人也不多，但是涅槃俱樂部以後肯定會發展得越來越好，還是提前做些準備吧。」

謝明哲說：「我跟陳哥商量一下。」

唐牧洲點頭，「你問問他願不願意租辦公大樓，要是願意的話，我正好認識一位朋友，或許能幫得上忙。」

謝明哲心頭一喜，立刻和陳霄視訊通話，把唐牧洲的意思轉達了一下。

唐牧洲坐在謝明哲的旁邊，表示自己願意幫忙。

陳霄笑道：「牧洲，你突然這麼好心，我還真是不習慣。」

唐牧洲挑眉，「難道在你的眼裡，我是個壞人嗎？」

陳霄意味深長地道：「反正不是單純的好人。」

唐牧洲：「……」

謝明哲知道他倆私下關係好，陳哥顯然是在開玩笑，就沒把陳霄的話當回事，直率地說：「陳哥，我們一直在煩惱基地的事情，師兄願意幫忙不是挺好的嗎？我覺得師兄的人脈比仲介公司靠譜得多，不如讓他幫我們打聽打聽。」

陳霄收起玩笑，看向唐牧洲道：「行吧，那這件事就拜託你了，如果真的找到合適的商辦大樓，改天再謝你。」

唐牧洲微笑道：「不謝，應該的。」

就算不是喜歡謝明哲，唐牧洲看在師父的面子上也會幫這個忙。只不過，現在涅槃俱樂部裡有自己喜歡的人在，幫起忙來會更加積極而已。

謝明哲心裡的一塊石頭終於落了地。

雖然現在還沒有確切的消息，可是很奇怪，謝明哲就是相信唐牧洲一定會把這件事辦好，大概是因為這個男人從來沒有讓他失望過吧。

商量完基地的事情後，謝明哲原本想回工作室，唐牧洲卻攔住他，「留下吃晚飯，吃過晚飯我們再一起去比賽現場。」

謝明哲很疑惑，「今天晚上有比賽，下午你們不用訓練嗎？」

「比賽當天不做訓練。這是風華的規矩。」唐牧洲自信滿滿地微笑著說：「對付裁決，我還是挺有信心的。」

「你打算用哪種戰術？」謝明哲忍不住好奇。

「正面對決，沒有人能打得過老聶。我們只能拖節奏慢慢打控場，今晚的比賽，很可能會變成膀胱局。」唐牧洲道。

所謂「膀胱局」就是比賽時間拖太長，拖到選手們的膀胱都要受不了，憋得很想上廁所的那種慢節奏對局。

沒想到星卡世界也有「膀胱局」這種說法，謝明哲笑了起來，「那我還滿期待的。節奏越慢，細節就越多，今晚我一定要仔細地看你們比賽。」

唐牧洲看見他笑，只覺得心臟像是被錘子輕輕地敲了一下，心跳不由得加快。小師弟的笑容陽光又帥氣，真是越看越好看，真想把他按在牆上親得說不出話來。

謝明哲發現師兄一直注視著自己，心裡疑惑，「怎麼？我說錯話了？」

唐牧洲收回視線，道：「沒有。我在想，今天下午正好有空，你也趁機休息半天，我們去超市買些食材，自己在家做飯怎麼樣？你也嚐嚐師兄的手藝。」

謝明哲瞪直了眼睛，「你還會做飯嗎？」

唐牧洲道：「我媽做的菜特別好吃，她說將來要是找老婆，會做飯的話能加分不少。從小被逼著跟她學廚藝，我也學會了一些家常菜。只是平時太忙，很少下廚。」

謝明哲忍不住給唐牧洲的媽媽豎起大拇指，「你媽媽很有遠見，會做飯確實能加分，我認識的女生，都特別喜歡會做飯的男朋友。」

唐牧洲心想，男生應該也喜歡會做飯的男朋友吧？

兩人一起來到社區內的超市。

唐牧洲推著購物車走在前面，謝明哲跟在他的旁邊。逛到了蔬菜區，唐牧洲便湊過來低聲說：「你喜歡吃什麼？隨便挑吧，這些菜我都會做。」

男人的聲音滑過耳膜，低沉好聽，就像大提琴彈奏出來的溫暖音符。

謝明哲絲毫不覺得兩個男人一起逛超市有什麼不對，他開開心心地挑了很多喜歡吃的菜，這些都是池青平時不常做的，唐牧洲看他積極地挑選食物，目光更加溫柔。

如果有一天，真的跟謝明哲在一起，每天空閒下來一起逛逛超市，在家做飯，看他吃飯時滿足的表情，自己也會很開心。那種細水長流的日子似乎挺不錯的。

明明還很年輕，唐牧洲覺得自己這心態有點像退休的老頭子。

他停止胡思亂想，帶著謝明哲去挑了一些肉製品。

謝明哲還執意去附近的甜品店買了個小蛋糕。雖然唐牧洲不愛吃甜食，可是謝明哲主動給他買生日蛋糕，他當然不會拒絕。

回到家之後，唐牧洲便挽起袖子下廚，謝明哲在旁邊幫忙洗洗菜什麼的，偶爾回頭對視一眼，師兄的眼裡總是含著笑意。

他今天心情很好的樣子，大概是過生日的緣故吧。

這個男人穿著圍裙做飯的居家模樣真是帥破天際，完全可以做為廚房廣告了。要是他的粉絲看到他這個模樣，會不會排隊求嫁唐神？唐牧洲顏值高，脾氣好，為人體貼又溫柔，他將來的妻子肯定會很幸福吧……

想到這裡，謝明哲不由怔了怔，心裡突然冒起一絲強烈的抵觸情緒。一想到有個女孩子整天站在唐牧洲的身邊，謝明哲就覺得心裡不大舒服。他皺了皺眉，迅速忽略這種奇怪的想像，假裝不在意地問道：「師兄，你有女朋友嗎？」

唐牧洲回過頭看著他說：「我沒談過戀愛，你呢？」

謝明哲摸摸鼻子，「我也沒有。」

唐牧洲的唇角微微勾了起來，「不急，你現在年紀還小，還是以事業為重。男人先立業、再成家，才能給對方更安穩的生活條件。」

謝明哲點點頭，「我也覺得。」

兩人相視一笑，謝明哲突然覺得心跳有些加速，立刻心虛地移開視線。好在唐牧洲也沒多問，把鍋裡蒸好的魚端出來，接著開始炒菜。

他的動作非常熟練，轉眼間就做了一桌豐盛的晚餐。把餐桌擺滿之後，唐牧洲讓謝明哲先坐下，他轉身從酒櫃裡拿來一瓶珍藏的紅酒，倒上兩杯，遞了一杯給謝明哲。

謝明哲問道：「你晚上有比賽，喝酒沒問題嗎？」

唐牧洲舉起高腳杯，說：「喝一點點紅酒而已，不會影響反應和速度。今天是我二十四歲生日，很開心你能陪我度過，喝點紅酒慶祝一下吧。」

謝明哲聽他這麼說便放下心來，跟他一起舉杯相碰。

這是謝明哲第一次在別人家裡給對方慶祝生日。

餐桌上的美食、頭頂暖色的燈光、杯子裡的紅酒，還有面前英俊男人的溫柔笑容，這一切都讓他有些恍惚，總覺得氣氛太過曖昧了，像是……

像是一對情侶在一起慶祝生日。

這個想法嚇了他一大跳，臉頰不由微微發燙——他真是該死，唐牧洲這麼好心好意地幫他，他居然在胡思亂想。敢打師兄的主意，對得起良心嗎？

謝明哲揉揉太陽穴讓自己冷靜下來，將注意力放在美食上。

老實說，唐牧洲廚藝真的很好，每一樣菜都特別好吃。

謝明哲吃得大為滿足，眼睛都幸福地眯了起來，這模樣讓唐牧洲忍不住聯想到吃飽喝足後翻肚皮的貓。

唐牧洲溫柔地看著他道：「味道怎麼樣？」

謝明哲豎起大拇指，「專業大廚的水準，太好吃了！」

唐牧洲微笑起來，「喜歡就好。以後有空的話，可以經常來我這兒蹭飯。」

謝明哲道：「你這麼說，那我可就不客氣了！」

唐牧洲心想，你真的不用客氣，別說是蹭飯，你最好住下來，當這房子的另一位主人。

吃過飯後，唐牧洲便帶著謝明哲一起來到比賽會場。他把謝明哲送到會場外，自己則走選手通道。分別之前，謝明哲認真地說：「比賽加油，我相信你一定能贏！」

今天的比賽有風華、裁決兩大巨頭對局，現場滿座率自然不用多說。

陳千林他們早就在包廂裡等著，謝明哲走進VIP包廂後，陳霄立刻湊過來問：「下午你一直待在唐牧洲家裡嗎？」

謝明哲點點頭，「我吃了晚飯過來的。」

陳霄笑笑沒再多話，扭頭看向直播螢幕。

比賽一開始，女解說主持人就大聲宣布：「今天其實是個特別的日子，是我們唐神二十四歲的生日！」

男解說道：「先祝唐神生日快樂！聯盟有種說法叫『生日光環』，據說過生日的選手比較容易贏。今年還是第一次在比賽中遇到選手生日，不知道唐神今天會不會有『生日光環』呢？」

女解說道：「可惜今天的對手是裁決，實力也非常堅強，生日光環不一定管用！」

七點半，選手們準時出場，唐牧洲換上了隊服，滿面笑容。

解說主持人說道：「看來，唐神今天過生日，心情很好啊！」

這容光煥發的樣子，確實是心情極好。

粉絲們也覺得今天的唐牧洲跟平時不大一樣。平時他也喜歡保持微笑，但都是浮於表面的風度而已，今天的笑容卻滲透進了眼底，跟隊友們說話的時候也一直在笑……

他是有多開心啊？

開心的唐牧洲，打比賽的時候卻一點都不含糊，指揮起來非常冷靜。

風華今天採用的是藤蔓控場戰術，裁決依舊是正面進攻。

果然如唐牧洲所說，今天的比賽變成了「膀胱局」，兩局都是半個小時才分出結果。一次關鍵的進攻，唐牧洲秒開無敵技能抵擋住了裁決的火力，並巧妙地運用幻覺控場，全面反擊。最後有驚無險地拿下比賽，而且是漂亮的二比零完勝！

能和裁決打成二比零，之前質疑唐牧洲實力的那些黑粉們總算閉嘴了。

謝明哲仔細觀看了比賽，師兄今天指揮得確實很好，幾乎是毫無漏洞，完美的控場教學。不過，這並不能證明聶神就比師兄弱，風華在這個賽季能拿第幾名目前還是個未知數。

涅槃將來的團戰也是個未知數，謝明哲打算腳踏實地，一步一步地學會成為團賽指揮。也是時候召集隊友們，來一次訓練賽了。

【第二章】

我們可是衝着職業聯賽獎盃去的

到了星期天，喻柯跟秦軒都放假，陳千林召集大家一起去競技場參加團隊排位賽。謝明哲等四人自組了一支隊伍參賽，由於四人都是「星卡大師」段位，系統為他們匹配的對手也是一支全員大師段位的自組隊伍。

第一局遇到的隊伍實力非常強。

這是謝明哲第一次擔任指揮，心裡有些緊張，卡組陣容是師父搭配好的A方案，但是對於自己的臨場應變能力，他其實沒太大信心。

對手應該是一隊玩家親友團，卡牌全是統一的動物卡。在卡牌資料上，涅槃隊的卡牌是略強於對手的，然而真正實戰的時候卻發現……四人的配合完全脫節。

比如秦軒的控制技能還沒放出來，喻柯就衝了上去。謝明哲準備集火對手的輸出卡，陳霄卻想先殺治療卡。場上卡牌一多，局面一團混亂，謝明哲的眼睛都要看花了。

最搞笑的是，有一次喻柯想放聶小倩去殺對面的殘血牌，而秦軒的治療卡也正好位移到前方準備幫隊友加血，聶小倩一甩出頭髮，陰錯陽差地就把秦軒的植物卡拉到了黑無常面前……

秦軒：「……」

喻柯：「……」

兩個人就像是走路的時候左腳絆倒右腳一樣鬱悶，互相在心裡吐槽：真是豬隊友！

謝明哲也哭笑不得，四個人第一次配合的團戰，輸得完全沒脾氣。

比賽結束後，眾人面面相覷，陳霄摸著鼻子咳嗽，「我覺得大家還是缺乏默契。」

陳千林平靜地道：「你們不是缺乏默契，而是根本沒有默契。」

眾人：「……」

教練說話真是一語中的。

但事實就是如此，他們四人從來沒有打過團戰，根本不知道隊友的走位方式，也不知道隊友的打法思路，經常發生技能銜接不上、走位互相干擾的烏龍狀況。

陳千林道：「打團戰，卡組只是基礎，配合才是關鍵。如果配合得不好，這套卡組的威力你們連一半都發揮不出來。現在才剛剛起步，大家都不要灰心，在排位賽練上半個月再說吧。」

四人只好悶頭練習。

時間過得極快，轉眼就到了十二月。

四人每天一起訓練，默契也在不斷地搞烏龍中漸漸培養了起來。用小號組起來的排位賽隊伍，從最開始的連敗，到後來勝率已經超過了百分之五十，並且在穩步提升。

由於喻柯和秦軒要期末考了，陳千林暫緩訓練，讓兩人先認真備考。

謝明哲和陳霄則專心跟著陳千林學習指揮技巧。職業聯賽的每一場比賽，他們都錄影保存下來，用慢鏡頭重播，反覆分析每個細節，漸漸地，兩人對實戰指揮也有了一些自己的心得。

十二月中旬，第十賽季接近尾聲，常規賽也進行到了最白熱化的階段。

更讓謝明哲激動的是，職業聯盟官網終於宣布了重要公告——第十一屆星卡大師邀請賽將於十二月十五日正式開放報名，至十二月三十一日截止，凡是星卡大師段位玩家皆可自由報名參加。

星卡大師邀請賽是進入星卡職業聯盟的唯一通道，每年報名的人數直破百萬，但是最終能獲得職業選手註冊資格的人卻寥寥無幾，競爭之激烈令人難以想像。

而謝明哲他們四人，必須在千軍萬馬中過關斬將取得註冊資格，否則，他們將無緣參加明年的職業聯賽，壓力不可謂不大。

哪怕是一向神經大條的喻柯，也感受到了緊張的壓力。

聯盟發出公告的當晚，陳千林就召集大家詳細瞭解了賽制流程，「我們俱樂部只有四位選手，只要有任何一人打不進前三十二強而無法拿到聯盟註冊資格，明年的團賽我們只能放棄。」

準備了這麼久，說要放棄，誰能甘心？

但是，大師邀請賽是進入團賽的唯一方式，誰又能保證一定不出問題？

謝明哲心裡也沒底。

「我對你們四人有信心，你們也要對自己多一點信心。」陳千林頓了頓，目光依次掃過四人，用很冷淡的聲音說：「我們涅槃，是衝著明年第十一賽季的獎盃去的，要是連大師邀請賽都打不進去，你們可以ID自殺，刪掉遊戲了。」

眾人面面相覷。教練這話確實一針見血，以後他們要面對的可是唐牧洲、聶遠道這些一流選手，如果連大師賽都打不過去，那還不如卸載遊戲回家好好上學。

「咳，大家加油吧，我們一定可以的。」陳霄只好笑著圓場，「先報名再說。」

「今天晚上，你們四個先去官網參加報名。」陳千林說：「大師賽是線上比賽，前期不需要露臉，ID名稱也可以隨便取，等打進了決賽輪才會公開選手的身分。」

「那我繼續用柯小柯這個名字吧！」喻柯撓著頭說道。

「我還是用胖叔這個名字。」謝明哲笑咪咪地道：「反正我製作的卡牌風格那麼明顯，就算不用胖叔這個ID，大家也知道是我。」

秦軒用「Q-X」報名，陳霄則是以「雲霄之上」這個ID參賽。四人一起在官網報了名，看著報名人數瞬間飆升到十萬，都有些心驚。

人還真多。開放報名還不到半天的時間，人數就突破了十萬。等半個月後截止時間一到，最後的參賽選手人數說不定超過百萬！

但是，再多的對手，都不能阻擋涅槃戰隊前進的腳步。

他們一定會通過星卡大師邀請賽的考驗，順利取得職業聯盟的註冊資格。

正如教練所說，他們可是衝著職業聯賽的獎盃去的，怎麼能死在半路上呢？

每年的十二月，都是星卡遊戲世界裡最熱鬧的一個月。

星卡大師邀請賽在十二月十五日正式開始報名，而同一時間，職業聯盟常規賽也告一段落，在經過幾個月的激烈角逐後，最後所有參賽俱樂部按積分排名，取前六名進入季後賽。

第一輪淘汰賽，風華、裁決和鬼獄順利晉級四強，其他三家戰隊被打入敗組。然而，在敗組的廝殺當中，流霜城出其不意地連斬兩位對手，重新殺回四強！

過程真是驚險又刺激，讓謝明哲看得心驚肉跳。

陳千林作為聯盟前輩，也給了方雨很高的評價：「蘇洋的四位徒弟當中，方雨是最冷靜、理智的一位，他的指揮風格比較注重細節，很多時候連技能的冷卻時間都計算得分秒不差。」

說起默契，沒有哪家俱樂部的四位隊員能和流霜城的師兄弟相比。

師兄弟四人，平時同進同出，一起訓練多年，幾乎連腦波都能同步。

重新殺回四強後，流霜城抽籤對上了裁決。

裁決最擅長正面硬拚，當火系對上水系，這場比賽也看點十足。

雙方打到決勝局，關鍵時刻的一波團戰，裁決在配合上出現了一些小失誤，被方雨抓住機會，全面反擊，有驚無險地殺進第十賽季的總決賽！

另一邊的賽場上，是風華和鬼獄的對決。徐長風和唐牧洲聯手殺掉對手的鬼牌，確定了勝局。

最後的總決賽，將是風華、流霜城決一勝負！

決賽的時間定在十二月二十五日。

這一場決賽最終誰會贏，大家心裡都沒有確切的答案。兩家俱樂部人氣都很高，在賽前的網友投票數字上，雙方的支持率不相上下。

但是謝明哲的心裡卻有些不安，他總覺得風華的情勢不大妙。

因為，流霜城還藏著一張亡語牌——竇娥。

當初方雨找他訂製這張亡語牌時，謝明哲原本以為流霜城馬上就會在聯賽中啟用新卡牌。沒想到經過常規賽、季後賽這麼多場比賽，竇娥這張卡牌壓根就沒出現過。

方雨到底是因為時間緊迫，還沒有練好這張牌的配合？還是故意藏著竇娥，把這張牌當成了祕密武器？謝明哲不得而知。

轉眼就到了十二月二十五日。

謝明哲和隊友們一起來到會場。總決賽的場館比平時的常規賽還要熱鬧許多，風華粉絲們穿著白底帶綠色花紋的隊服，和流霜城粉絲的水藍色隊服形成鮮明對比。粉絲們拿著印了選手頭像的巨幅海報，現場氣氛都比得上巨星的演唱會了。

晚上七點半，第十賽季團隊賽總決賽正式開始。

女解說主持人對雙方俱樂部進行了簡單的介紹，男解說則分析了雙方的比賽風格和常用卡組。

八位選手依次上場，唐牧洲臉上依舊帶著風度翩翩的笑容，方雨卻神色冷漠，臉色蒼白，配上一身水藍色的隊服，給人的感覺像是周身都散發出寒氣。

方雨這位選手的性格比較冷，他喜歡獨來獨往，除了隊友外沒有其他朋友，很不擅長交際，是宅男中的「終極宅男」，但是，沒人敢否認他的比賽實力。

女解說激動地說：「說起來，唐牧洲是木系鼻祖陳千林的徒弟，方雨是水系鼻祖蘇洋的徒弟。這一場徒弟對決，應該是木系和水系的最強水準了！」

男解說道：「這一場比賽真是讓人期待。接下來進入總決賽的第一局，雙方開始抽籤！我們來看一下抽籤的結果……方雨抽到的是藍色，先手選圖，他會選什麼地圖呢？」

方雨並沒有多做猶豫，直接選了一張「冰室」地圖。

這是一張四周牆壁、地面全都是寒冰的純粹「冰室」地圖，大冬天的看著都很冷。

這張地圖的溫度也確實非常低，選手們進入地圖後還會不斷地降溫，將全地圖卡牌疊加「寒冷」負面效果，當寒冷疊到三層時，全地圖卡牌將被冰凍持續五秒，而且地圖的冰凍狀態無法解除，只能被迫等待五秒冰凍截止，寒冰才會消融。

由於是全圖冰凍，大家一起變冰雕，對雙方而言都是公平的。

但是水系卡組原本就有水毒，可以與環境冰凍銜接起來打出連控。風華想要克制這張地圖，必須多帶一些解控、免控類的卡牌，不能讓方雨把連續冰凍效果銜接起來。唐牧洲也知道這一點，因此在看到對方選好地圖的那一刻，迅速調整了卡組陣容。

只不過，唐牧洲雖然調整了卡組，但是方雨的心算能力實在是強得有些變態！

流霜城的二十張卡牌中，現在哪張卡疊加了幾層水毒負面狀態？倒數計時多久會被凍結？他的腦子裡就像是有臺電腦在計算一樣，清清楚楚，分秒不差。

他總是能在關鍵時刻凍住風華的關鍵卡牌，讓風華的進攻節奏受到極大的干擾。

第一局在二十分鐘時結束，流霜城獲得勝利，唐牧洲被凍得沒脾氣。

沈安吐槽道：「每次跟流霜城比賽都覺得脊背發涼。大冬天的，真是冷死我了！」

第二局，唐牧洲立刻選了張生機盎然、陽光明媚的森林地圖，讓大家緩一緩。

他不想跟方雨拖著打，乾脆以「加速流」卡組應戰，讓徐長風帶群體冷卻縮減的卡牌，以快打快，先把方雨的核心卡給打爆，讓對手的控場根本銜接不起來。

第三局方雨選了一張雪原地圖，想靠後期慢慢磨，結果被唐牧洲再次以加速流卡組打崩，風華以二比一領先流霜城，率先搶下賽點局。

然而第四局，流霜城以牙還牙又扳回一局，把比分變成二比二平手！

最後這一局，將決定本賽季的冠軍花落誰家！

決勝局開始之前，雙方有十分鐘的休息時間，方雨的眉頭微微皺著，似乎在考慮什麼事情。

他的二師弟喬溪笑嘻嘻地湊在他耳邊說了些什麼，片刻後，方雨終於點了點頭，顯然是做出了一個重要的決定。

謝明哲看到這一幕，突然有種不大妙的預感。

十分鐘後，決勝局開始。

隨機地圖出現的是遊戲裡最常見的噴泉廣場，地圖簡單，對雙方都很公平。

這一局非常關鍵，照理說兩邊的指揮會比較謹慎小心。

然而唐牧洲卻一反常態，開局就打得相當凶——他直接用木系藤蔓的捆綁定身、花卉卡的幻覺強勢控場，讓沈安的水果樹群攻鋪場，甄蔓和徐長風聯手一波火力猛攻，連殺了流霜城四張牌！

這樣猛烈的火力，觀眾們還以為在看裁決的比賽。

謝明哲也有些不適應，問道：「師兄開局就這麼拚嗎？這樣一來，很多卡牌技能陷入冷卻，接下來會打得很被動吧？」

陳千林解釋道：「你師兄是想儘快撕開流霜城的防禦缺口，後期再找機會。他把大量卡牌的技能用掉，肯定是留有後手。」

謝明哲若有所思地點頭，「喔。」

陳千林果然瞭解大徒弟，唐牧洲這麼打雖然讓多數卡牌的技能陷入冷卻，但幾乎是下一秒，他就突然召喚出巨大的榕樹，開啟「神樹護佑」技能，淺綠色的防禦罩，將己方卡牌全部罩住，群體免疫一切傷害和控制。

正好這時候，方雨也開了水系大招，一波冰凍強控，結果卻被榕樹的防禦罩抵消掉了。

真是神乎其技的預判！

趁著全團無敵的這段時間，唐牧洲調動技能冷卻中的卡牌迅速走位，直接撤出三十公尺的攻擊範圍之外，讓方雨無法追擊。

這招「打一波就撤」的操作，看似簡單，卻需要隊友之間絕佳的默契配合。對於技能的銜接、卡牌撤退的路線，他們平時肯定演練過無數遍，才能在操控超過十張卡牌大規模撤退的時候，場面也絲毫不亂！

陳千林道：「這才是真正的木系加速流打法。」

謝明哲佩服無比，「確實很強。所有輸出卡開大招，秒殺掉對手的四張卡牌之後，立刻開無敵群體撤退。然後徐長風再開群體縮減冷卻，等大部分卡牌的技能冷卻結束，再過來打一波。」

一波接一波，對手會不勝其煩。

唐牧洲這種「賴皮式」的打法讓方雨眉頭緊皺，水系卡的移動速度慢，很難追上木系這種「打一波就跑」的打法，而且榕樹這張卡牌防禦很高，也特別難處理。

流霜城陷入被動，在比賽進行到五分鐘時，風華發動了兩輪全面進攻，流霜城被迫防守，雙方卡牌數變成了十四比九，比數相差了五張。

方雨深吸口氣，在指揮頻道說：「大家準備反攻！」

他在心裡倒數計時，在倒數五秒的時候，風華的卡牌果然開始調整走位，漸漸靠近三十公尺的攻擊範圍線，準備第三輪進攻。

而此時，榕樹的護佑技能還差兩秒冷卻。

依照唐牧洲的比賽作風，會在兩秒之內大招全開，一波爆發並銜接上神樹的無敵效果，反應不夠快的話根本就無力招架。

方雨的精神高度集中，在風華的藤蔓飛過來的那一瞬間，他突然召喚出一張很特別的卡牌——一位容貌清秀的女子，穿著一身囚衣，頭髮凌亂、皮膚蒼白，她的背後還有一塊木牌，上面寫著「死刑犯竇娥」的字樣。

這名女子一出場，範圍內所有的攻擊都被她自動吸收。
緊接著，天降大雪，血濺當空！
突如其來的變化讓全場觀眾目瞪口呆。
就連兩位解說主持人的目光都有些呆滯，好在兩人解說經驗豐富，很快就反應過來，馬上從後臺調出賽場戰鬥紀錄仔細看是怎麼回事。
女解說激動地說道：「這是一張全新的亡語牌！」
男解說的聲音也微微發顫，「這張卡牌叫竇娥，設計非常有趣，因為是死刑犯，所以出場自動嘲諷，吸收範圍內所有傷害。剛才風華的全面攻擊都被她吸收了過去，竇娥血量低，幾乎是瞬間就陣亡，然而，她在陣亡的時候會觸發兩個亡語技──六月飛雪、血濺白綾！」
女解說：「血濺白綾可以讓範圍內友軍攻擊力提升百分之百，爆發全團雙倍攻擊！而六月飛雪則是使敵方群體冰凍，持續三秒。我們現在看到的是，風華的植物卡正好位於竇娥三十公尺的攻擊範圍內，竇娥的亡語技觸發，風華的卡牌被凍住了一大半！」
男解說主持人接著說：「榕樹的無敵技能沒開出來，因為方雨精確的預判，竇娥的技能比榕樹早了零點五秒！」
解說們的聲音越來越激動，全場觀眾也從懵逼狀態回過神來。
熱烈的掌聲頓時響徹雲霄。
流霜城這一波反攻，真是漂亮極了。
竇娥拉住嘲諷，把全部的火力吸收到自己身上，瞬間陣亡以觸發亡語技──群控對手，並讓隊友爆發反攻。
竇娥亡語技的三秒冰凍，再加上水系的冰凍連控，流霜城終於在劣勢局找回了節奏點，靠亡語牌爆發反擊，居然一口氣收掉了風華七張脆皮卡！

雙方的卡牌數量差距，在這一波團戰中從九比十四逆轉成八比七，前期的劣勢被方雨一波拉了回來。

風華的攻擊節奏被打斷，接下來雙方有來有往，各贏一波團戰，最終，流霜城靠著「拖死對手」的打法，硬是把一卡之差的優勢拖到了最後。

流霜城，以一張卡牌的差距，獲得了第十賽季的總冠軍！

解說激動地道：「恭喜流霜城獲得第十賽季團賽冠軍，也恭喜隊長方雨再次證明了流霜城團賽之強！這是流霜城的第二個團賽冠軍，流霜城也成了聯盟目前唯一的團賽雙冠王！」

今天這一場比賽，唐牧洲的指揮意識依舊很強，只是，謝明哲做的這張亡語牌讓風華猝不及防。謝明哲也沒想到自己會間接坑了師兄。他怎麼知道流霜城會和風華在總決賽相遇？而且方雨居然一直藏著這張卡牌，直到總決賽才拿出來！

比賽結束時，公布了雙方的卡組內容，女解說一直對「竇娥」這張卡牌很是好奇，等終於看到這張卡牌的詳細資料後，她忍不住道：「竇娥卡的作者logo寫著『月半』，這張亡語牌居然是胖叔做的卡牌！」

男解說：「這張卡牌的畫風，還有奇奇怪怪的技能描述，還真是胖叔獨有的風格。沒想到，他除了做各種即死牌，還會做亡語牌，看來胖叔真是一位全能的製卡天才。」

「本賽季的賽場上，胖叔本人雖然不在，可是他的卡牌一直都在。」

「沒錯，好幾場比賽中出現了他製作的即死牌，像是林黛玉、薛寶釵這些卡牌大家應該都很熟悉了。今天，最重要的總決賽中，居然出現了胖叔製作的亡語牌！」

觀眾們：「……」

「你說胖叔是不是跟方雨大神有關係？」

兩位解說的話題已經徹底跑偏。

現場大部分觀眾都知道「胖叔」這個名字，但也有不少只關注聯賽，不怎麼關注八卦的人，對胖叔這個人並不是很清楚。

在這一場總決賽中，竇娥卡出場時的顛覆性變化，讓所有看比賽的觀眾都格外震撼。

實在太帥啦！

以上帝視角看比賽的觀眾們真是頗有感觸，竇娥陣亡的時候，天降大雪，血濺當空，對手群體被凍住，看著特別爽。

當然，風華的粉絲們很不爽，但是也不得不承認，這張卡牌確實設計得很巧妙，而方雨的冷靜細膩也將這張卡的實力發揮到了極致——在最關鍵的時候，祭出神卡，徹底扭轉戰局！

唐牧洲看著這張卡牌很是無奈，他就知道是小師弟的作品。只是他很好奇，謝明哲跟方雨關係很好嗎？居然幫方雨做了這麼強的亡語牌？

唐牧洲微微皺了皺眉，打算改天找小師弟好好問問。

晚上回到工作室後，池青突然來找謝明哲，提醒道：「小謝，你要不要登入一下個人主頁？公會裡很多人都關注你了，說你都不發個人動態。」

星卡遊戲裡的個人主頁和個人空間綁定在一起，除了可以發布日常動態，還可以展示卡牌，像唐牧洲的個人主頁就有卡牌展示區，放了一些由他製作的經典木系卡牌。

陳霄也道：「總決賽的卡組會被很多人拿去研究，經過這一場比賽，你肯定要出名了，不如趁機經營一下個人主頁，將來也好幫涅槃戰隊做宣傳。」

謝明哲點點頭，打開光腦登入個人主頁一看，他的主頁的確都長草了，裡面只有一條動態消息，還是系統在他註冊遊戲ID時自動發布的——

星曆三〇〇一年八月二日，胖叔加入了星卡世界，開啟了星卡世界的征途！

而此時，他的個人主頁關注人數，居然超過了……十萬？

是不是多了一個零？謝明哲揉揉眼睛，刷新了一下頁面，結果，原本的十萬粉絲，又飆到了十二萬——兩秒鐘漲兩萬粉，這也太可怕了！

在那一則系統自動發布的動態消息下方，留言數已經有好幾千則，他點開一看，大部分都是來表白的。

「胖叔我好愛你的人物卡！」

「你店裡的即死牌我都買了，死忠粉一隻！」

「胖叔，你做的人物卡牌風格都很清奇，我特別喜歡，再接再厲，人物卡組就靠你了！」

這些都是以前的留言，大部分來自涅槃公會的玩家以及卡牌專賣店的顧客。

而最新的留言，全部圍繞著今晚的總決賽。

「胖叔我要吹爆你，竇娥這張卡真是太強了！」

「絕境逆襲的亡語牌，設計得簡直完美啊！」

「我看了總決賽的卡組，竇娥確實是流霜城逆襲的關鍵，給設計師胖叔點讚！」

「胖叔，我是流霜城的粉絲，好高興你為流霜城製作卡牌，關注走一波！」

謝明哲有種做夢一樣的不真實感。

他這是……要紅了嗎？

流霜城獲得「團賽雙冠王」的消息很快就傳遍了網路，成了當日熱搜。但熱搜榜上，還出現了一個奇怪的ID——胖叔。

謝明哲每次刷新個人主頁，粉絲數都在上漲，到了晚上十點的時候，居然突破了五十萬大關！

當年他在地球上大學的時候也註冊過一個微博帳號，關注人數只有五十人，全是同班同學以及零星幾個僵屍粉。沒想到重生一次，穿越來到這個世界，他居然成了一個網路紅人。

有幾條評論被頂了上來，其中一條被讚次數最多的評論是「這次總決賽流霜城能贏，關鍵在於胖叔的乜語牌賽娥，同意的讚我」底下有很多人點讚，一些胖叔死忠粉絲表示「我們胖叔做的卡牌就是厲害」，但也有一些流霜城的粉絲不高興地反駁，說是方雨指揮得好。

網友們吵得不可開交，某些不知道是死忠粉還是黑粉的人，故意抬高胖叔、貶低方雨，甚至有人說「胖叔會做乜語牌，方雨可以洗洗睡了」。

這樣的言論讓謝明哲不由皺眉。

為了制止雙方粉絲的爭議繼續發酵，謝明哲決定發一條消息。

他斟酌了很久，才打下一段冷靜客觀的文字消息：謝謝大家關注我，喜歡我做的卡牌。今天的總決賽我也看了，風華和流霜城旗鼓相當，比賽非常精彩。賽場上瞬息萬變，輸贏都很正常，我覺得方雨的指揮能力非常強，這才是流霜城贏下比賽的關鍵。唐神也很厲害，只是運氣差了些。爭論誰比誰更強沒什麼意義，反正他們都比我強：）

最後這句話並不是謙虛，而是事實。現在的謝明哲雖然會製作卡牌，但要說起指揮能力，他還沒法和方雨、唐牧洲這些人相比。

剛才還吵得不可開交的粉絲們，看見他發了新的動態，紛紛留言點讚。

「胖叔好謙虛！」

「胖叔情商超高，把方雨和唐牧洲一起誇了，誰都不得罪！」

「我覺得胖叔一定是位胸懷寬廣，體態也略為寬廣的中年叔叔，對吧？」

「真愛粉完全不介意胖胖長什麼樣，因為我也是個胖子，一百二十公斤的那種！」

謝明哲這條動態一發，大部分粉絲們立刻戴上「粉絲濾鏡」，認為他是位閱歷豐富、見多識廣、心胸開闊的中年男人，長得胖但性格寬容和善，被黑粉追著罵也不生氣，反而把方雨和唐牧洲都誇了一遍。

粉絲們已經自動腦補出一位笑咪咪的中年胖叔叔了。

沒想到謝明哲這條動態一發出來，居然被方雨大神第一個轉發，並且附帶一條評論：謝謝胖叔的亡語卡，讓我們實現了團戰雙冠王的夢想。【比心】

流霜城的粉絲們滿臉呆滯。方雨的性格是出了名的冷漠，除了聯盟各種活動宣傳訊息之外，他的個人主頁從來不發任何日常動態，也從來不轉聯盟其他大神的私人消息。

他剛剛才轉發的是星卡聯盟官方賽事播報，恭喜流霜城奪冠的消息。結果緊接著，他又轉發了胖叔的個人消息，這真是破天荒頭一遭。

粉絲們紛紛猜測方雨和胖叔到底是什麼關係？大批流霜城粉絲湧入了胖叔的主頁，讓胖叔的關注人數又多了十幾萬。

接著，更讓粉絲們驚訝的是，唐牧洲也轉發了消息：胖叔確實是製卡天才，期待你做出更多有趣的卡牌。【抱抱】

唐牧洲的粉絲們：「……」他都這麼坑你了，你還抱抱！

之前做了張黛玉卡專門秒你的花卉牌，現在又做了張竇娥卡，害風華戰隊丟掉雙冠王的機會。照理說，唐神對這位胖叔應該恨之入骨才對，結果看唐牧洲的態度，好像跟胖叔關係還挺好？

戰鬥力十足想去罵胖叔的粉絲們，頓時跟洩了氣一樣，紛紛跑去關注一波。

轉眼間，謝明哲的個人主頁關注人數居然破了百萬！

一天破百萬，真是夠可怕的！可見方雨和唐牧洲都是聯盟頂級流量大神，隨便轉發一下消息就為他帶來五十多萬粉絲……

謝明哲在方雨的轉發下回了一句：不客氣。

在看到師兄的轉發時，他心裡有些愧疚，發私訊給唐牧洲，「師兄我不是故意針對你們，我真沒想到方雨居然會把寶娥這張牌藏到總決賽。更沒想到，這個賽季的決賽，正好是風華和流霜城的對決。」

唐牧洲假裝生氣，「你也知道是你害我丟掉冠軍？」

謝明哲回覆：我錯了……【鞠躬道歉】

唐牧洲看見他發來的Q版小人鞠躬道歉的表情，眼裡不由浮起一絲笑意，道：「沒事，這筆帳先記下，以後加倍補償。」

謝明哲頭皮發麻，總覺得他這句話沒安好心，剛要反駁，唐牧洲卻迅速轉移話題，「你跟方雨很熟嗎？他這個人從不轉發別人的動態，今天居然轉發你的，看來他心裡很喜歡你。」

謝明哲解釋道：「不算熟。當初我開店做生意的時候他主動找上門來，向我訂製一張卡牌，並且讓我保留卡牌的版權。我當時想著，送上門的錢不賺白不賺，所以就答應了。我跟他沒什麼交情，全部加起來，也就聊過不到五次。」

唐牧洲說：「方雨雖然冷漠了些，但人很單純，沒什麼壞心眼，他的腦子裡只有比賽和卡牌資料。既然他很欣賞你，你跟他交個朋友倒也不錯，以後可以跟流霜城約一些訓練賽，流霜城那邊可是最難約的。」

謝明哲雙眼一亮，「也是，我手裡有他的聯繫方式，以後可以多聯繫。」

在聯盟多交一些朋友總沒壞處，謝明哲也不想涅槃戰隊以後只跟風華綁定，其他俱樂部的選手他也可以多認識一些，才能儘快融入這個團體。

謝明哲不知道的是，此時聯盟職業選手的群組裡，大家都在瘋狂吐槽方雨。

葉竹：胖叔居然幫流霜城製作卡牌？看來胖叔的那些即死牌也是方雨教著做的吧！

山嵐：原來埋伏在暗處的人是方雨啊，真沒想到：）

聶遠道：真相大白，方雨還不出來自殺謝罪？

鄭峰：包下全聯盟選手一星期的餐費，再給每人一個大紅包，說不定大家能考慮饒了你！

方雨一向在群組裡潛水，但是今天大家的話題是針對他，他總不好無視，便冒出來澄清道：即死牌不關我的事，竇娥這張卡牌，是我花錢請胖叔訂製的。

流霜城喬溪、蘇青遠、肖逸四位師弟立刻站出來幫師兄證明。

眾人都很驚訝，居然是這樣？

那當初把全聯盟卡組訊息出賣給胖叔、指導胖叔做即死牌的人是誰？

唐牧洲看到大家聊天的內容有些心虛，他是謝明哲師兄的事情一旦曝光，很可能會被大家圍攻。所以請大家吃飯、唱KTV、出遊的錢……他都已經準備好了！

第十賽季終於落幕，星卡聯盟的年終盛典在十二月三十一日晚上八點的黃金時間準時開始。涅槃的眾人當然也去了現場，先感受一下頒獎晚會的熱烈氣氛，說不定，明年走上大舞臺領獎的就是他們——大家都抱著這樣期待的心情。

第十賽季的個人賽項目，獲得冠軍的是裁決俱樂部的山嵐，亞軍是風華的徐長風，季軍是鬼獄的歸思睿。雙人賽項目，冠軍是裁決的聶遠道、山嵐師徒組合，亞軍是眾神殿的凌驚堂、許星圖，季軍則是暗夜之都的裴景山、葉竹組合。

團賽則是流霜城、風華、鬼獄名列前三名。

六大俱樂部瓜分了各個項目的獎盃，有些人實現心願，有些人卻覺得遺憾，在臺上發表得獎感言的時候，大家都表示明年會繼續努力。

頒獎典禮結束時，主持人也賣了個關子，「十年過去，我們星卡聯盟逐漸壯大，湧現了無數優秀的選手和設計師！明年第十一賽季，將會是聯盟一個全新的起點，在賽制上會有很大的變動，具體內容公告將在新賽季開始之前出爐，敬請期待！」

這句話被粉絲們罵上了今日頭條——期待個頭啊，官方能不能別賣關子！

其實這也不能怪主持人，因為聯盟內部其實還在商討，並沒有做出最終決定。在下個賽季開賽之前的全聯盟籌備大會上，才會決定賽制更改的問題。

陳千林說，團賽賽程有可能提前到上半年開始，這件事說不定會成真。

謝明哲緊張的同時卻也滿懷期待，因為他確信，下個賽季，聯賽中肯定會出現一支全新的隊伍——涅槃戰隊！

新年那天，謝明哲收到唐牧洲的消息，「告訴你個好消息，之前我拜託人幫忙留意的商辦大樓已經有著落了，你們明天就可以過來看看。」

謝明哲大喜過望，立刻將消息分享給大家。

唐牧洲本是好意，想在新年告訴師弟這個好消息，結果，他這個消息太讓人激動，讓涅槃工作室的九個人集體失眠，次日大家一起去約定的地點時，一半的人都有黑眼圈。

唐牧洲疑惑道：「你們昨晚通宵慶祝新年了？」

謝明哲笑著說道：「沒有，是興奮過頭，失眠了。」

對上這麼多雙期待的眼神，唐牧洲也深知自己責任重大，乾脆親自帶著大家去實地考察。

這是前幾年新建的樓盤，兩棟建築連接在一起，其中一棟是商辦大樓，進駐的都是些大型企業，另一棟則是套房住宅大廈，兩棟樓之間每一層都有空中走廊相連。走廊被玻璃密封起來，布置成漂亮的空中花園，種滿各種植物和花卉。花園中設有空調控溫設備，即使到了冬天植物也不會被凍死，環境極好。

唐牧洲道：「我託人留下了六十六樓，商辦樓層的面積大概有五百平方公尺，可以自己做隔間，裝修成幾間會議室、訓練室、辦公室之類的場所。另外一邊的住宅樓層則是每間面積約六十平方公尺左右的單身套房，有十幾間空著，可以一起租下來。」

唐牧洲找的這個地方簡直完美。

地段在繁華的市中心，交通和生活機能都十分便捷，整棟大樓的隔音效果很好，在六十六樓也不會有太多噪音，大家可以安心訓練。住的地方也位在同一樓層，只要經過漂亮的空中花園走廊，就可以到達另一棟的套房住宅區，非常方便。

更關鍵的是，這棟大樓設有整整五層樓的美食區，就像是購物中心的餐廳一樣，各種口味的食物應有盡有。位於商辦大樓的公司行號，都可以直接訂購每天的工作餐，送餐上門，服務非常周到。池青以後就不用忙著給大家做飯了，可以將更多的精力放在管理公會上。

吃、住、工作，一站到位，還能有比這更完美的地方嗎？

謝明哲特別滿意，激動道：「謝謝師兄！這個地方真的是太適合我們了，宿舍、辦公和訓練區都在同一層樓，也免得來回跑花費太多時間。」他回頭看向隊友們，問：「你們覺得呢？」

陳霄笑著拍了拍唐牧洲的肩膀，「牧洲，這件事你辦得確實靠譜，這個地方我也挑不出一絲毛病。只不過，位在市中心地帶，租金應該不便宜吧？」

唐牧洲道：「有個認識的朋友當仲介，老闆答應租金打九折，不過要一次性付清，按年付。年租金是五百萬，管理費、網路費和水電費要另外支付。你們考慮一下。」

謝明哲在這段時間也查了首都市中心的房價和租金，通常好一點的商辦大樓年租金都要七百萬以上，唐牧洲說的五百萬租金算是便宜的，而且能一次性解決吃、住、工作和交通的問題，簡直是機不可失啊！

想到這裡，謝明哲立刻說道：「我覺得沒問題，第一年先付五百萬，我們的儲備資金完全夠用，等以後涅槃賺了足夠的錢，我想把這裡買下來。師兄，拜託你幫忙問問看，這層樓出售價格是多少錢，我好有個心理準備。」

唐牧洲乾脆地點頭，「行，我會幫你問清楚。如果沒問題的話，下午我就約老闆過來跟你們簽合約，你們也好趁早裝修，儘快搬新家。」

簽完合約後，謝明哲和陳霄一起去找了家裝修公司，把五百平方公尺的工作區做了簡單的規劃，兩人都不是室內設計的專家，但都有自己的想法，跟設計師溝通之後，很快就確定了方案。

同時，陳霄也約了律師，大家一起簽了俱樂部的股份合約。謝明哲因為出資最多，占百分之七十，陳霄出力多，加上涅槃公會的管理人員全都是他找來的，占百分之二十。擔任教練的陳千林，在俱樂部裡是非常關鍵的角色，謝明哲給了他百分之十的分紅。

這些分紅都是依俱樂部的總收益來計算，包括將來各種代言、廣告、周邊收入，以及遊戲裡公會和店鋪的收入，全部算起來相當的可觀。

陳千林不想要，謝明哲硬是給他，他也只好簽下了自己的名字。

其他幾位公會管理人，每人兩萬月薪，每個月再從遊戲裡的店鋪收入拿分紅。

喻柯和秦軒兩位隊友的待遇則是依俱樂部選手合約簽定。這方面謝明哲請教了唐牧洲，同時也參考了風華俱樂部的合約模式，確保不會虧待兩位隊友，甚至還給他們提高了待遇金額。

雖然現在涅槃的收益來源只有胖叔專賣店的收入，但是大家相信，以後肯定會越來越好。

一月七日這天，涅槃新基地的工作區和套房樓層全部裝修完畢，涅槃眾人提著大包小包的行李集體搬進了新家。池青和池瑩瑩因為是女孩子，房間裝修的時候風格選用了比較少女心的顏色，其他男生的房間風格一致，床和衣櫃都是統一添購的。

大家都很喜歡這裡的環境，工作場所和宿舍就在隔壁棟，來回往返也方便，真是太棒了。

下午的時候大家一起來到工作區參觀，一走出走廊和電梯口，就可以看到一扇電動感應的玻璃門，上面印著燙銀的「涅槃俱樂部」字樣。

進門後首先是一片休息區，擺放著溫馨的彩色沙發和茶几，還有零食櫃、咖啡機和飲料機。沙發旁邊整面牆都是落地窗，休息的同時還能俯瞰這座城市繁華的景觀，站在窗前真是讓人心曠神怡。

通過休息區，則是連續幾個大房間，訓練室、會議室、公會辦公區、經紀人辦公室、教練辦公室等一應俱全。此外還預留了兩間空房，分別是「資料部」和「美工部」，方便以後招人。

眾人逛完寬敞明亮的工作區，心情無比激動——這就是他們的新家，將來要在這裡工作，環境真的棒極了！

唐牧洲知道搬家的消息後帶著沈安親自前來祝賀，送了幾盆珍貴的觀賞性植栽，可以擺在一進門的大廳裡，讓環境更顯溫馨的同時還能淨化空氣，這個賀禮也是相當貼心了。

喬遷之喜，晚飯大家當然要一起慶祝。

陳千林做東，涅槃全員以及他的大徒弟唐牧洲、徒孫沈安全都參加，眾人聚在一起熱熱鬧鬧地吃了頓飯。

謝明哲主動舉起酒杯，笑著向大家說：「我們涅槃終於有了新家，新的一年，新的環境，也是全新的開始，大家一起加油！」

眾人舉杯，「涅槃加油！」

杯子裡的紅酒被一飲而盡，沈安還沒成年，唐牧洲不許他喝酒，給他倒了一杯柳橙汁。

沈安心裡很是困惑——涅槃以後就是風華的對手，為什麼要給涅槃加油？難道因為師叔和師祖都在涅槃，師父就要從風華叛變了嗎？？

小少年疑惑不解，抬頭一看，就見師父的目光一直注視著師叔，非常溫柔。

謝明哲又另外倒了一杯酒，舉起酒杯道：「師兄，這杯敬你，涅槃能順利創建，這麼快搬到環境完美的新家，多虧了你幫忙。」

唐牧洲微微一笑，跟他碰了碰杯，玩笑道：「真想謝我，以後在比賽場上遇到風華的時候，你可別用太奇怪的卡牌來嚇我就行。」

謝明哲毫不客氣地說：「那可不行，比賽是比賽，朋友是朋友。真到了賽場上，遇見風華的時候我肯定會更加用心，拿出最強的陣容應戰，那才是對師兄的敬重！」

唐牧洲：「……」

看來，以後要做好被各種奇葩卡牌弄得頭痛欲裂的心理準備。

星卡大師邀請賽將在一月十日正式展開，距離這場競爭激烈的比賽只剩下最後的三天。謝明哲也該靜下心來，好好準備這場大師賽了！

星卡大師邀請賽不但引起全民的廣泛關注，各家聯盟俱樂部也會在三十二強的決賽輪開始注意每一場比賽，尋找有潛力的好苗子，以便提前下手把他們簽進俱樂部。有些俱樂部甚至會在複賽的「百強搶位戰」階段就提前開始物色新人，這也是新人們進入聯盟的途徑之一。

謝明哲的心理壓力並不大，他這段時間經常跟風華二隊的選手對局，積累了不少實戰經驗，他對自己還挺有信心的。

陳霄作為曾經的職業選手，重新打進三十二強當然沒問題；喻柯的天賦和反應速度都足夠，應該也十拿九穩；陳千林最擔心的還是秦軒。

秦軒擅長場景繪製，競技水準跟其他三人沒法比，這段時間陳千林也一直在仔細觀察四個人的訓練狀況，秦軒擅長的並不是個人對戰，而是對大局的掌控，這也是為什麼陳千林會安排他在團戰中擔任輔助的角色。

陳千林相信，秦軒以後一定會成為非常出色的職業輔助。

但是，大師賽屬於個人賽，對於不擅長攻擊的秦軒來說其實非常吃虧。

仔細考慮後，陳千林決定親自為秦軒量身訂製兩張植物卡牌。由於涅槃現在的卡組都是暗黑植物卡，陳千林也就按照暗黑系植物的風格，製作了兩張以負面狀態為主的新卡。

第一張是「血薔薇」，通體血紅色的薔薇花，當花瓣盛開時會觸發範圍內的群體「出血」負面狀態，這張卡只做了「血色薔薇」一個技能，因此基礎資料非常高，技能冷卻時間短、效果時間長、造成的持續出血量相當可觀。

另一張是「黑接骨木」，這是一種不常見的森林灌木，它的漿果有很多種顏色，漿果的直徑不超過一公分，成串聚集在一起如同縮小版的葡萄。其中有一種黑色的漿果可以作為黑色染料，陳千林抓住這一點特色，設計出一個技能，將黑色漿果撒出去後將導致範圍內敵方群體被染色，在染色狀態中每秒持續掉血，並且能與血色薔薇的出血狀態共存。

這樣一來，兩張卡牌可以同時疊加負面效果，敵方群體掉血的速度就會非常快。

當晚陳千林就把秦軒叫來，把新卡牌交給他，道：「秦軒，這是按照你的風格為你製作的卡牌，你拿去練練，儘快練熟，可以在大師賽後期拿出來用。」

林神居然親自給自己做卡，秦軒真是受寵若驚，聲音激動到發抖，「謝、謝謝林神！」

陳千林鼓勵地拍拍少年的肩膀，「不客氣。你擅長穩定控場，這兩張卡牌可以幫助你儘快給對手疊上負面狀態，靠出血效果來磨死對手。」

秦軒認真地點點頭，「我知道了，林神。我一定會努力訓練的！」

一月十日，大師賽初賽階段第一輪正式開打。

這天上午秦軒還有一場考試，他回學校考完試後就立刻來到涅槃俱樂部，由於他提交的是下午時段的匹配時間表，他將是涅槃第一個上場比賽的選手。

隊友們為了鼓勵他，特意準備了豐盛的午餐。喻柯還非常貼心地為他削了一個大蘋果，遞給他道：「吃個蘋果吧，我媽說，吃蘋果可以保人平安，希望你下午的比賽一切順利。」

秦軒的臉色微微一僵，他最討厭的水果就是蘋果……但是對上喻柯討好的笑容，秦軒還是臉色嚴肅地把蘋果接過去咬了幾口，硬是不動聲色地全部吃完了。

下午兩點半，秦軒提前登入遊戲，隊友們也跟著他一起去看熱鬧。

秦軒進入遊戲大廳耐心地等待，很快他就收到系統邀請——你的比賽即將開始，倒數計三十秒準備，若在倒數計時期間未進入賽場，將視為本場比賽自動棄權。

棄權就會判負，秦軒毫不猶豫地立刻進入了賽場。

第一局匹配到的對手是一位大公會的玩家，ID名稱裡有明顯的公會識別代號，秦軒心裡有些緊張，但他還是維持住了冷靜，拿出林神交給他的通用卡組，在五分鐘內有驚無險地贏下比賽。

——是否立刻進入下一局？

秦軒深吸口氣，繼續進入下一局。由於匹配到的對手實力都不是很強，秦軒也越打越有信心，十場比賽最終獲得了十連勝的佳績。

秦軒難得鬆了口氣，臉上的神色也緩和許多。

喻柯臭不要臉地跑來邀功，「是不是我的蘋果起作用了？哈哈，我就知道你肯定能旗開得勝！以後每場比賽之前，我都給你削個蘋果吧！」

秦軒：「……」

他可以說不要嗎？他最討厭吃蘋果！但最終他還是沒說出口，臉色嚴肅地道：「謝謝。」

陳霄走過來拍拍秦軒的肩，「你給大家開了個好彩頭，後面的比賽肯定不會有問題。」

一月十日，星卡大師賽第一輪，涅槃四位選手全部獲得十連勝的戰績。

一月十一日會有一天休息時間，然而秦軒也沒法休息，因為他要準備第二天的學校考試。大師賽第二輪比賽，秦軒因為下午有考試，就提交了晚上時段的匹配時間表，結果輸掉了一局，但還是能順利晉級。其他三人依舊是以十連勝晉級比賽。

每天的比賽結束後，涅槃的隊友們都會一起討論、檢討，整個俱樂部的氛圍十分鬥志昂揚。

在比賽進行到第七輪的時候，每個人都已經打了七十局的比賽，精神上也已經有些疲憊。隨著比賽不斷晉級，最初參賽的選手大部分已經被淘汰出局，只剩下兩百多人。第八輪比賽，將決定出最後的百強選手，直接按照勝率進行排名。

因此第八輪的比賽相當關鍵。

陳千林這段時間的特訓還是起了效果，大家的心理素質都沒問題，第八輪當然沒出現崩盤，四人全部順利晉級複賽。

一月二十日這天，官網公布了複賽的百強名單，按照勝率排行。

排在第一位的，居然是赫赫有名的ID——胖叔，八十連勝，勝率百分之百！

得知這個消息的粉絲們頓時瘋狂了，集體湧入他的個人主頁留言。

「胖叔你去參加大師賽，都不跟我們說一聲，我們也好為你加油啊！」

「我們胖叔就是強，全勝戰績進入百強！」

「胖叔太厲害了，搶位賽繼續加油，期待你進三十二強，期待你在決賽輪露臉！」

除了謝明哲的勝率是百分之百外，還有六位選手也是全勝戰績，包括陳霄的小號「雲霄之上」，以及幾個面生的ID。陳千林推測，這幾個應該就是各大俱樂部的預備役種子選手。

四人集體闖過初賽這一關，接下來的百強搶位賽，才是最激烈的角逐！

百強搶位賽是星卡大師賽的經典賽制，讓進入複賽的一百位選手一起搶奪前三十二強的席位，淘汰率接近百分之七十。所有參賽選手會被分成上半區和下半區，兩個半區之間捉對廝殺，萬一匹配到的對手是對方的大神那可就慘了，因此這個階段的比賽運氣也占一定的因素。

官方有個不成文的規定，為避免同一俱樂部的隊友之間互相廝殺，在百位搶位賽階段，所有選手可以自由選擇加入上半區或者下半區。

涅槃四人全選了上半區。

一月二十日百強分區名單公布，網友們驚訝地發現，上半區和下半區都各有四位勝率百分之百的高手，實力分配上倒是很均衡。只不過，胖叔這個名字得到了格外的關注。

初賽階段所有選手的ID都是匿名的，但是胖叔的卡組風格實在太好認，論壇上也有一些帖子在討論，說自己初賽遇到胖叔被完虐，還曝光了卡組數據。

這就是身為名人的煩惱，好在謝明哲在初賽階段用的並不是最強陣容，而是把當初打競技場時的那套東吳縱火大隊卡組重新拿了出來。

但是打百強搶位賽，可不能這麼浪了。

萬一匹配到的對手是各家俱樂部的預備役選手，謝明哲拿出這套卡組就是在找死。那些選手肯定知道破解周瑜放火卡組的方法。因此，謝明哲果斷地調整了策略。

一月二十五日，複賽正式開始。

百強搶位的第一戰，謝明哲匹配到的對手是一位比較厲害的高手。謝明哲哪怕信心十足也絲毫不敢大意，太輕敵會容易翻車，所以在賽前他也跟師父好好聊了聊，做了一些戰術上的準備。

聯盟在百強搶位賽階段並不會安排官方職業解說來主持，但是會有一些比較知名的競技主播受到邀請來解說比賽，今晚被邀請到的主播就是一位風格比較幽默的帥哥，而且自帶粉絲流量，因此「胖叔VS.花開花落」的比賽收視率創下新高，比下午時段的比賽翻了近百倍。

八點整，比賽正式開始，直播間內胖叔的粉絲開始瘋狂刷屏為胖叔加油。

比賽畫面分成左、中、右三個屏幕，其中左右屏分別是雙方選手的第一視角，中間的屏幕是上帝視角，觀眾們可以自由選擇性觀看其中一個螢幕並隨時切換。

胖叔的粉絲們都進了他的第一視角，只見胖叔的畫面中出現了抽籤視窗，他隨手一抽正好是藍色，可以優先選圖。胖叔毫不猶豫地提交地圖——沙漠之城。

這是官方圖庫裡的地圖，全地圖所有卡牌因為沙子的影響自動減速百分之五十。之所以選這張地圖，是因為他的馬超卡牌帶全團加速功能，可以卡一個速度差，儘快集火秒掉對手的關鍵卡牌。

卡組方面，謝明哲公布的明牌是關羽、張飛、馬超、黃忠和趙雲，清一色的騎兵隊伍。

粉絲們激動地尖叫。

「我的天，一排騎著馬的人物卡，帥爆了好嗎！」

「我聽說過這套卡組，今天還是第一次看見，胖叔肯定是顏控畫手，趙雲和馬超都好好看啊！」

「死忠粉來給胖叔點讚，期待胖叔進決賽輪！」

粉絲們的討論謝明哲看不見，他集中精神，迅速查看對手的卡組。

花開花落人如其名，選的全是花卉牌，謝明哲想都沒想就派上了專門秒花卉的林黛玉，另一張暗牌選擇蜀國團隊保護卡劉備，正好可以跟關羽、張飛觸發桃園結義連動技。

比賽開始，由於地圖場景全員減速的影響，對方的花卉牌移動速度受到限制，謝明哲抓住這個時機，放關羽、張飛、馬超先去砍了一波，開局不到五秒就瞬間強殺掉對手一張關鍵花卉牌！

這速度讓看比賽的觀眾們目瞪口呆。

看著螢幕上彈出的暴擊資料，粉絲們紛紛發出驚嘆。

「金系卡的暴擊好高啊！」

「最愛金系卡了，暴擊打起來真是爽，不過金系卡很脆的，胖叔的卡可能會被反控。」

「不帶治療卡，胖叔膽子真是大，萬一出錯被秒，那就麻煩了……」

花開花落能有這麼高的勝率，自然不是傻子。他早就發現胖叔的卡組中沒有群控，也沒有治療，這樣的金系卡組輸出確實很高，但防守能力低得可怕。他立刻召喚出花卉系的強控牌「曇花」，就在這時，林黛玉出場，纖纖玉手一揮，漂亮的花瓣紛紛揚揚——黛玉葬花，毫不客氣直接秒你！

這個預判能力簡直是絕了！

花開花落的曇花，連技能都沒開出來就被黛玉秒了，真是死不瞑目……

黛玉秒掉對手的強控卡之後，劉備出場，給衝頭陣被打殘的關羽套了個金系的免死護盾，同時開出三兄弟的連動技能——桃園結義。

關羽和張飛剛砍完一輪，大哥出現，說：我們再砍一次吧。

可憐的植物們瞬間就被砍成殘血。

最終，胖叔連斬對方七張牌，自己還剩下黃忠和劉備，鎖定了本場比賽的首勝！

粉絲們看著直播螢幕激動不已。

「真是沒粉錯胖胖，我都不知道怎麼誇大叔了。」

「之前看論壇上很多人說，在競技場遇到胖叔被完虐，我還不敢信，今天真是大開眼界啊！」

謝明哲專心打比賽，不知道直播間內的粉絲數量已經越來越多。他的個人主頁關注人數又一次猛增，直接突破了兩百萬大關。

二比零，百強搶位賽獲勝。胖叔順利晉級決賽輪，不出意外地拿到了通往職業聯賽的門票。

但他並沒有因此而滿足。這屆大師邀請賽，他想拿個冠軍。

作為陳千林的徒弟、唐牧洲的師弟，以星卡大師賽冠軍的身分加入聯盟，才不丟師門的臉啊！

【第三章】

胖叔的一百種死法

複賽階段的「百強搶位賽」將進行三輪比賽，第一輪由一百位選手抽籤對戰，但是初賽勝率排在前十名的選手只需要打一場淘汰賽，獲勝就可以直接晉級；而其他九十位選手，則需要隨機匹配進行兩輪比賽，並且兩輪全勝才能晉級三十二強，只要輸掉其中一局，就進入待定區。

比完兩輪後，若三十二強席位還有空缺，就從待定區的選手中按照勝率最高的人優先錄取，遇到勝率不相上下的，則再比一場。

胖叔連勝八十二局殺進決賽輪的消息，在他的粉絲中引起了轟動，大家紛紛留言表示祝賀，謝明哲也發了消息：謝謝大家的祝福，我很開心能拿到聯盟選手的註冊資格。但對我來說，這只是開始，以後還會更加努力。

職業聯盟的葉竹也即時播報了這個消息：今天的大師賽你們看了嗎？胖叔以百分百勝率進三十二強了！

山嵐：他成為正式的職業選手，新賽季就可以見到他了，小竹你開心嗎？

葉竹：開心！但想到薛寶釵的蝴蝶即死，又不開心了，想打他！

小竹對胖叔的態度已經變成了「黑到深處自然粉」。

凌驚堂說道：胖叔能打進三十二強，這不是很正常嗎？我更好奇的是，他能不能拿到大師賽的冠軍。

鄭峰道：沒錯，胖叔的實力我覺得進前四強完全沒問題，今年是不是有好幾個預備役啊？這些預備役選手會是他的勁敵，到時候再看吧。

凌驚堂道：我們眾神殿有個預備役選手，去年簽下來的，叫周星辰，天賦很高，上一屆大師賽時因為生病而發揮失誤沒能打進三十二強，這一屆他也參加了，ID叫星光。

葉竹看了看排行榜道：這個星光也是百分百勝率，跟我們家彬彬一樣。

鄭峰好奇道：彬彬？是去年小裴親自簽下來的那位葉彬彬嗎？我記得這位選手，用的好像是詛咒流卡組，非常有特色。

裴景山冒出來道：是的，鄭前輩。葉彬彬初賽時的勝率不是很高，去年家裡出了些變故沒法繼續比賽，因此百強賽階段他只打了兩場就直接棄權了。我注意到他的卡組很有特色，就讓俱樂部把他先簽下來做為預備役選手，今年再戰。

葉竹把排行榜截圖發在群裡，道：百分百勝率的選手有八位，除了胖叔外，其他七位都是各大俱樂部的預備役選手嗎？

山嵐：ID名稱叫「九命貓」的這位，是我們裁決的選手。

鄭峰：這位「無頭將軍」，是我們鬼獄的新人。

沈安也積極地說：「草木叢生」是我們風華的新人，之前一直在訓練營！

流霜城的喬溪冒出來道：我認領「水無月」，他是流霜城的選手。

片刻後，葉竹繼續問：「雲霄之上」呢？沒有人認領嗎？

眾人集體沉默，顯然，這位參賽者並不是各大俱樂部的預備役選手。

葉竹有些奇怪：雲霄之上不是預備役？那他是哪兒來的高手？勝率百分之百強得有點可怕！

山嵐說：這個人，好像是涅槃的副會長？

葉竹愣了愣，恍然大悟：對！我居然把涅槃給忘了！這個人確實是涅槃公會的副會長，看來這位就是胖叔的隊友了？

眾人心裡也很好奇，胖叔的加入讓本屆大師賽看點十足。但對於他的隊友「雲霄之上」，大家的瞭解並不多。

葉竹只看了胖叔的比賽，忍不住道：看來這位雲霄之上實力也不差，決賽輪一定要好好看看他的操作！

歸思睿倒是把百強賽第一輪的五十場比賽全部看完了。晚上的時候，他找到鄭峰，說：「師父，我發現涅槃的四位選手，除了雲霄之上和柯小柯之外，還有一位叫Q-X。」

鄭峰意外地挑了挑眉，「說說，你是怎麼找到的？」

歸思睿微笑著解釋：「首先，他們為了避免撞車，一定都會選擇和胖叔在同一個半區，因此我先把下半區的選手全部排除。上半區五十人中，柯小柯、雲霄之上都是胖叔的隊友；第四人比較難找，我就從大家使用的卡組上分析。我發現這位叫Q-X的參賽者，用的卡組非常特殊，而且和雲霄之上的卡組風格相似。」

面前的光腦投影出全息螢幕，上面有歸思睿看比賽時截下來的圖像，清一色的暗黑植物卡，而且還把製卡師的logo全部隱藏了。

鄭峰的臉色立刻變得嚴肅起來，「看來涅槃的背後除了胖叔之外，還有一位非常厲害的原創製卡師，擅長做暗黑風格的植物卡。」

百強搶位賽，總共進行三天。

謝明哲和陳霄由於初賽階段成績突出，第一天就直接晉級。

喻柯在第二天連贏兩場晉級，秦軒則比較危險，第二天的比賽，他很驚險地以二比零贏下，但在第三天的最後一輪，第一局就輸掉了，比分以零比一落後。

如果再輸一局，他就會被淘汰！

隊友們看到這裡也很是緊張，萬一他出局，涅槃在第十一賽季就無法參加團賽。

秦軒臉色平靜，心裡其實壓力很大，他深吸口氣，迅速調整好心態。

第二局，對手是一位叫「城市之光」的民間高手，拿出了一套火系卡組，大概是第一局的勝利讓他信心十足，所以想一波爆發直接秒殺Q-X的植物卡。

秦軒正好是主場，選擇了一張群體負面掉血的地圖。

開局，對方連召五張卡，想來一波大爆發。結果秦軒迅速拉開距離，連召兩張卡——血薔薇、黑接骨木！

血薔薇的大範圍刺傷掉血，黑接骨木的大範圍染色掉血，所有掉血狀態全部疊加，瞬間就疊到了十層。城市之光為了儘快結束戰鬥，沒帶治療卡，反而帶了六張輸出和一張控場，防禦能力極弱。秦軒調整位移，刻意拉開距離免得被對手控制，城市之光只能眼睜睜地看著自己的卡牌不斷掉血，居然……全部血枯而亡。

第三局，城市之光特意帶了一張治療牌，但秦軒這邊也改變了策略，他拿出一張控場用的死藤，讓對方的治療卡無法為範圍內的隊友加血。最終他再次用「出血疊加」的方式，硬生生地耗死了對手。

在零比一落後的情況下，秦軒頂住了心理壓力，連扳兩局，以二比一戰勝對手！

但由於他輸掉了一局，必須進入待定區。

隊友們都緊張地等待結果，第三天比賽全部結束時，百強賽全勝的選手共有二十八位，剩下四位將從待定區選擇。

按照勝率，秦軒排在第四名，有驚無險地搶到了最後一個三十二強的席位！

至此為止，涅槃俱樂部的四位選手，全部晉級到決賽輪。

喻柯激動得差點跳起來，見秦軒摘下光腦，就撲過去用力地抱住秦軒，「太棒了，連續兩場比賽逆轉，終於晉級了！以後你也可以當正式職業選手了！」

秦軒最討厭身體接觸，但喻柯是個沒心沒肺的自來熟，起初還有點怕他，被他一瞪就原地立正，等熟悉之後，簡直要爬到他的頭上。秦軒皺了皺眉，輕輕推開喻柯，心想：不要抱我好嗎？

結果下一刻，謝明哲也走過來跟他熱情地擁抱了一下，「真好，我們四個能一起註冊了。」

秦軒：「……」能不能別這麼親密！

然後，陳霄也過來了，抱了抱秦軒道，「讓你一個輔助去單挑別人，真是難為你了。」

秦軒：「……」

連續被三位隊友抱抱，讓秦軒完全沒了脾氣。明明他的臉色很冷漠，為什麼隊友們一點都不怕他了？秦軒被大家的熱情弄得不好意思，耳根微微發紅，仍然故作冷靜地說：「你們放心，決賽輪我也會好好打，就當是磨煉吧。」

陳千林一直覺得，秦軒這個少年似乎有太多心事，很難向隊友們敞開心扉。不像喻柯，單純的小奶狗，給他點好處他就樂呵呵地跟著大家走。

好在經過這麼長時間的相處，秦軒面對大家也沒了最初的抵觸情緒，陳千林看四個人擁抱慶祝晉級的畫面，心裡也覺得很是安慰。

一月三十日，大師賽百強搶位戰結束，經過激烈的競爭，最終有三十二位選手獲得晉級決賽輪的資格。

這三十二人的名單也被官方網站置頂懸掛了起來。掛出名單除了公告之外，還有一個目的就是向各大俱樂部宣傳：「這些就是在大師賽殺進決賽輪的好苗子，你們可以趕快下手招人了！」

每年俱樂部競爭最激烈的時刻，就是大師賽三十二強的公告階段。

這個階段相當於是押寶。因為，就算是目前名次最高的選手，在決賽輪也不一定能拿到冠軍。而複賽成績一般的選手，說不準能在總決賽突然開竅，一舉奪冠。

各大俱樂部的資料分析師們開始行動，從選手們每一場比賽的表現、卡組、意識進行分析，然後挑出最好的，讓俱樂部經理去聯繫，動作要快，開的條件要足夠好，才能吸引優秀的苗子加入。

分析的結果很快就出爐了。除了那六位已經簽約的預備役之外，胖叔、雲霄之上這兩位尚未簽約俱樂部的選手潛力當然是最高的。

因此，陳霄的信箱這幾天被塞爆，全是各大俱樂部拋出的橄欖枝。

鬼獄、風華、裁決這些大俱樂部很識趣地沒找他，顯然都知道他是要跟胖叔一起組隊。倒是好幾家二線俱樂部主動連繫他，其中就包括了幻影和聖域俱樂部。

幻影隊長邵夢晨是位很出色的女指揮，她只是抱著試試看的態度聯繫陳霄，希望他加入幻影，提升戰隊的整體實力。對方很客氣，給的條件也不錯，陳霄也就客氣、委婉地拒絕了。

聖域的做法卻令人一言難盡。訊息中寫道：考慮一下加入我們俱樂部吧，我們俱樂部實力一流，目前有好幾位出色的選手，十一賽季很有希望奪冠，而且你用的是植物卡，我們俱樂部有林神留下的植物卡組，跟你的風格比較相近，如果你同意加入，待遇可以再談，一切好說！

陳霄簡直被氣笑了。

居然還有臉把陳千林的植物卡當做宣傳的賣點，還大言不慚說要奪冠？他們知道「不要臉」三個字怎麼寫嗎？陳霄皺了皺眉，冷著臉直接懟了回去：聽說聖域的合約很坑人，我不會去聖域，別侮辱林神的植物卡了，也請不要再聯繫我，謝謝。

聖域的經紀人被堵得說不出話來，只好放棄拉攏雲霄之上的念頭，轉而給其他人發訊息。

能拉一個是一個，聖域的邀請郵件是群發的，所以喻柯和秦軒也收到了。

小柯也很不客氣地懟回去：聖域啊？我好怕！萬一哪天被告上法庭說我違約，我一個小透明可鬥不過你們俱樂部，還是算了吧，保命要緊：）

秦軒則簡單乾脆：不去，別煩我。

只有謝明哲沒收到郵件。於是，謝明哲有些失落地道：「為什麼你們都收到了各大俱樂部的邀請，只有我一封都沒收到？」

陳霄輕嘆口氣，拍拍他的肩膀說：「只能怪你太出名，誰不知道胖叔要自建俱樂部？找你，那不是主動碰壁嗎？大家都知道你有多氣人，萬一被你懟回去，這不是自討苦吃？」

謝明哲摸摸鼻子，「也是。」

結果當天晚上，他還真收到了一封邀請，來自……風華俱樂部。

郵件裡這樣寫著：知道你沒人邀請，所以給你發個邀請函以示安慰。很有誠意地邀請你加入我們風華俱樂部，年薪五百萬起，卡牌版權全部歸你，非常期待你的回覆。

謝明哲被逗笑，回了一句：「師兄你真幽默。」

能透過風華官方聯繫管道發來這封郵件，除了唐牧洲，還能是誰？

結果唐牧洲還厚著臉皮回覆了：「這是拒絕的意思嗎？」

謝明哲道：「別皮了，我們俱樂部的基地還是你幫忙租的！」

唐牧洲收起玩笑，道：「去聯盟領註冊資格證時，記得藏好身分、捂好馬甲，免得被打。」

謝明哲：「……」

他差點忘記這件事，確定進入三十二強的選手都會收到聯盟邀請函。

謝明哲的郵箱裡果然收到了一封信，來自星卡職業聯盟的邀請：恭喜您在星卡大師邀請賽中進入三十二強，你已成功獲得職業聯盟選手正式註冊資格，請於一月三十一日下午兩點半攜帶身分證明，到職業聯盟官方總部領取註冊資格證和選手守則，期待您的光臨。

一月三十一日這天，陳霄開車跟隊友們一起來到星卡聯盟總部。

這是謝明哲第一次來到聯盟總部。

上百層高的大樓，看上去極為氣派，顯然聯盟特別有錢。一走進寬敞明亮的大廳，就看見「星卡職業聯盟」的大型logo，旁邊還有一面長約十公尺、高約三公尺的「卡牌紀念牆」。

此時，紀念牆的前方正聚集著一群年輕人，激動地跟紀念牆合影，他們應該就是本屆大師賽的三十二強選手。

謝明哲在好奇之下也跟夥伴們一起走過去看了看。正看得津津有味，突然聽旁邊一位短髮妹子說：「今年年底的紀念牆上應該會出現超多人物卡吧！胖叔的卡牌一旦被聯盟收錄，那可不是一張兩張能放得下的，批量收錄，肯定超壯觀啊！」

她旁邊的馬尾妹子附和道：「沒錯，這麼多個賽季，人物卡牌就只有眾神殿的神牌被收錄，卡池真的很淺，胖叔的出現，肯定會改變這種現狀。」

短髮女生說：「今天胖叔也來現場了吧？不知道是哪一位，能不能要個簽名！」

兩人的目光從周圍選手的身上掃過，在看到謝明哲時，被眼前帥哥的顏值驚豔到，多停留了兩秒，然後自動排除選項，略了過去，繼續在人群裡搜尋胖叔。

謝明哲：「……」

咳，他要是現在上前說「我就是胖叔」，會被打嗎？為避免現場發生毆打事件，謝明哲決定還是低調一些，藏好馬甲身分，跟著陳霄他們去了會議室。

這間會議室是聯盟每次開籌備會議的地方，空間足以容納上百人，進入會議室的時候需要身分驗證，確認是三十二強選手才得以進入。四人順利通過驗證走進會議室，挑了幾個空座位坐下。

座位都是沙發，特別舒適。喻柯滿臉的興奮，在沙發上動來動去，「聯盟真有錢啊，據說，每家俱樂部每年都要給聯盟上交一筆收入，是不是真的？」

陳霄道：「是真的，相當於保護費。不交的話，聯盟會把你踢出去。我們涅槃想交都交不了，俱樂部還沒通過正式審查。」

謝明哲很樂觀地道：「快了！反正基地都找好了，打完大師賽，我們就去提交申請。」

會議室的人越來越多，到下午兩點半的時候，三十二強全部準時到齊。

幾位聯盟高管人員走進會議室。

一位五官端正的中年男人走了進來，在主席臺坐下，微笑著自我介紹道：「大家好，我是星卡聯盟的主席周永勝，名字裡的永勝，就是『永遠勝利』的意思，聽上去是不是挺吉利的？」

眾人鬨笑。

周主席笑咪咪的，看上去很是親切和善，大家原本的緊張也在他的玩笑話中消散不少。

他旁邊一位身材高䠷的長髮女人緊接著介紹道：「大家好，我是聯盟的選手主管許桐，以後對聯盟有任何問題，都可以找我諮詢。活動時必須中途請假的也可以直接找我，或者讓俱樂部的經紀人聯繫我。」

周主席接著說：「能從上百萬參賽選手中打進三十二強，各位的實力都無庸置疑，但是，職業聯盟的高手比你們想像得厲害。所以，拿到註冊資格證並不代表什麼，能走多遠，還要靠自己努力。我在這裡，代表星卡聯盟歡迎各位新血的加入，也希望在座的各位，再接再厲，不忘初心！」

現場響起熱烈的掌聲，拿到註冊資格證相當於邁出了實現夢想的第一步，大家當然無比激動。

許桐走下主席臺，對照著大家的長相將製作好的資格證分別發給大家。

謝明哲翻開一看，這資格證很像大學的學生證，他的本子上面寫著：星卡聯盟註冊職業選手，註冊編號一〇七七一五，姓名：謝明哲，註冊時間：第十一賽季。

謝明哲的心情就跟當年拿到大學錄取通知書一樣激動！

他終於成為正式的職業選手了！

周主席笑咪咪地道：「希望你們加入職業聯盟的大家庭後，能過得開心愉快！散會！」

會議結束，三十二強選手離開了辦公室，但有不少人左右觀望，似乎在人群裡尋找著什麼。大家嘴上不說，心裡都非常地疑惑——今天來的全是年輕選手，看上去年紀都沒有超過二十五歲。胖叔呢？

甚至有個大膽的男生直接在人群裡大聲叫：「胖叔，胖叔是哪位？能不能認識一下。」

這人聲音實在太霸氣，謝明哲很慫的，繼續捂著馬甲。

他也學著其他人的樣子，左顧右盼了一下，假裝找了找胖叔，然後神色遺憾地轉身走了。

陳霄：「……」

四人回到涅槃俱樂部後，謝明哲一臉的若無其事，陳霄忍不住笑罵：「你可真會演，還假裝在人群裡尋找胖叔呢？」

謝明哲給出一個無法反駁的理由，「人太多，我怕被打。」

今天去領註冊資格證的三十二強選手中，最出名的就是「胖叔」，其中有幾位選手還是胖叔的粉絲，要是讓他們知道心目中溫和、寬容、慈愛的「胖叔叔」是位剛滿十八歲的少年，他們肯定會幻滅，一氣之下，說不定做出什麼衝動的事情來。

謝明哲轉移話題道：「陳哥，你就不怕掉馬甲嗎？據說三十二強裡有幾位是各大俱樂部的預備役選手，說不定有人認識你呢？」

陳霄用很是滄桑的語氣說：「我？早就過氣的小透明而已，肯定沒人認識。」

謝明哲安慰道：「沒關係，等你重回聯盟，就不再是小透明了，你肯定會讓所有輕視過你、嘲笑過你的人大吃一驚。尤其是那個邵博，估計會氣到吐血。」

陳霄淡淡地笑了笑，找了根菸點上，抽了幾口，男人英俊的臉隱沒在煙霧中，看不清表情，他用低沉略帶沙啞的聲音說：「以前我一直在想，將來有一天能重回聯盟，我一定要拿下冠軍，讓那個姓邵的後悔當初對我和哥哥所做的一切……但是現在，姓邵的怎麼想，我已經完全不關心了。」陳霄回過頭來，認真地看著謝明哲，「帶著復仇的心態去打比賽，其實沒什麼意思。我想贏比賽，想拿獎，不該是為了仇人，而是為了自己，和你們幾位隊友。」

謝明哲聽他這麼說，心裡不由浮起一片暖意，微笑著拍拍他的肩道：「陳哥說得很對。那些小人，沒必要跟他計較，我們以後一定會越來越好，邵博一定會越過越差，這麼一想，何必再浪費時間理他，對吧！」

陳霄笑，「是這個道理。所以我也不怕爆馬甲，反正到了八強階段的線下賽，我們都要露臉，聯盟資歷深的選手一眼就能認出我，身分曝光是遲早的事。」

正好這時候陳千林從教練辦公室出來，陳霄聽見熟悉的腳步聲，立刻把菸頭摁滅丟進旁邊的垃圾桶，並在沙發上端正坐好，假裝自己從來沒有抽菸。

謝明哲也挺無語的——真是一窩子的戲精！

陳千林從轉角處過來，看見陳霄和謝明哲坐在沙發上聊天，便走上前道：「三十二強的分組名單已經出來了，小謝在A組，陳霄B組，喻柯和秦軒在F組和G組。你們有什麼打算？想盡力去拿獎，還是隨便打打？」

謝明哲道：「還是盡力拿個獎吧。」

陳霄點頭贊同，「沒錯，反正我跟小謝的卡組都夠豐富，別用主流卡組就行，也不怕提前曝光戰術，決賽輪我們都會盡力的。」

謝明哲一臉期待，「最好我跟陳哥能在總決賽會師。這樣的話，我們涅槃戰隊就能包攬冠、亞軍，如果小柯給力一點，再拿個季軍，把大師賽的獎盃全部拿回來，不但有大筆獎金，對我們涅槃也是一種宣傳。」

有實力拿獎，為什麼不去爭取？

不管冠軍是誰——反正不能讓給別人，必須由涅槃的選手拿下！

三十二強開始就是分組循環賽，八個小組每組四位選手按積分排名，前兩名晉級十六強。

謝明哲分在了A組，同組的另外三位選手實力都很一般，因此他在小組賽階段贏得挺輕鬆，連續三場都是二比零獲勝，至此為止，他的戰績已經是八十八連勝了。

B組這邊，陳霄同樣很給力，連斬三位選手，以全勝戰績進了十六強。雲霄之上這個ID並不如胖叔有名氣，直播收視率一般，但是，這個人使用的特殊卡組，已經引起了職業聯盟的廣泛關注。

喻柯在F組遇到的對手實力挺強，但好在不是預備役等級的高手。喻柯在第一天的比賽中驚險地以二比一戰勝對手，接下來以二比零連贏兩場，以第一名的成績進入十六強。

G組秦軒就比較慘了，以一場零比二，兩場二比一的成績，有驚無險地進了十六強。

涅槃四位選手全部進十六強，讓陳千林十分欣慰。

不過，下一輪比賽是B組的第一對上G組的第二，陳霄和秦軒會在十六強階段相遇！

喻柯偷偷跑去找陳霄求情，道：「陳哥，秦軒的風格就不適合單挑。他能打到現在挺不容易的，明天的比賽，你能不能手下留情，別虐他虐得太狠啊？」

陳霄笑著揉了揉小柯的腦袋，「我要是讓他，反而會傷他自尊，懂嗎？」

喻柯似懂非懂。

陳霄道：「對他最大的尊重就是拿出自己的全力去應戰，這樣，哪怕是輸，他也會輸得心服口服。我故意讓他，就跟逗著他玩兒似的，他會更難受。」

喻柯這下懂了，點點頭說：「明白！」

次日晚上，十六進八淘汰賽。

謝明哲遇到的對手是H組的第二名，他果然不負眾望順利殺進八強，連勝局數達到九十局。

第二場比賽，雲霄之上和Q-X對決。比賽一開始，雙方公布卡組時觀眾們就有點懵。

「兩人都是植物卡！」

「而且風格很像，血紅色、深紫色、黑色的植物，這是暗黑系植物卡組嗎？」

「Q-X會不會也是涅槃的選手？」

聯盟職業選手群組裡，葉竹跳出來嚷嚷：涅槃的第四位選手就是這個Q-X吧！他用的卡組跟雲霄之上好像，其中還有重複的卡呢，雲霄之上拿出來的這張暗冰，Q-X之前也用過！

山嵐道：大家都看出來了。

陳霄和秦軒的內戰，涅槃俱樂部全員很積極地跑來圍觀。

喻柯小聲在秦軒耳邊道：「陳哥很強的，不要有太大壓力，你盡力就好了！」

秦軒倒是神色平靜，「嗯，我知道。」

他知道自己打不過陳霄，所以他也沒抱什麼希望，就想著從陳哥身上學一點東西。

於是，涅槃的內戰一點都不激烈，反而有種奇怪的溫馨感。

比賽結束，陳霄以二比零擊敗隊友晉級八強，大家都不好意思上前恭喜，畢竟他擊敗的也是隊友。反倒是秦軒主動走了過去，認真道：「恭喜陳哥，你真的很厲害。」

陳霄爽朗一笑，拍拍秦軒的肩膀道：「我連虐你兩局，不生氣嗎？」

秦軒搖頭，「不會，我有自知之明。」

這傢伙的淡定有時候讓陳霄都忍不住佩服，小小年紀如此冷靜，不管周圍發生什麼事情，他的臉色都很少會有變化，跟喳喳呼呼的喻柯比起來，真是天上地下。

然而，喻柯同學雖然衝動，實力卻很強。

他以速度極快的集火暗殺打法，用黑無常連續累積陰陽標記，一波清場，短短十分鐘內結束比賽，以二比零戰勝對手，殺進八強！

涅槃的胖叔、雲霄之上、柯小柯，三人全部進八強，這讓網友們非常意外。

後天就是八強賽，必須去官方指定的場館真人實戰，謝明哲和陳哥要一起掉馬甲。

那場面一定十分壯觀。

只聽過網友長太醜見光死的，但他覺得，自己很可能會創下「長太帥，見光死，粉絲們集體粉轉黑」的先例……

大師賽的八強名單很快地就公布在官網上。

進入八強的選手當中，胖叔、雲霄之上、彬彬有禮、星光這四人到目前為止都是百分之百的勝率，九命貓、無頭將軍、草木叢生分別是裁決、鬼獄和風華俱樂部的預備役選手，勝率高達百分之九十九，只輸掉過一局。流霜城的那位預備役選手因為在十六強時運氣太差被陳霄淘汰，倒是不被人看好的柯小柯出人意料地殺進了八強。

二月三日晚上八點，八強賽的第一場比賽正式開打。

柯小柯VS.彬彬有禮。

喻柯第一次在如此盛大的場合正式露臉。

看見這位身高一百六十的小男生出現，不認識他的人都有些疑惑。

「哪裡來的小學生？」

「好小的一隻，他成年了沒啊？」

「看上去真像是走錯了片場！」

葉彬彬身高挺高的，超過一百八十公分，跟喻柯站一起對比太鮮明，喻柯要仰起脖子才能跟他對視。

喻柯原本以為會被對方鄙視，沒想到葉彬彬很有禮貌，微笑著主動跟喻柯打招呼：「你好，久仰大名。」

喻柯沒想到自己這麼出名，受寵若驚地道：「你好！」

葉彬彬確實人如其名，彬彬有禮，兩人在各自的旋轉椅上坐下，戴上頭盔進入遊戲。

後臺，謝明哲和陳霄正在VIP準備區等待，這裡有舒適的沙發供選手休息，還有大螢幕即時直播賽場的情況。陳霄和謝明哲提前占了一個包廂，坐在一起看比賽。陳霄湊到謝明哲的耳邊說：「我覺得小柯勝算不大，這個葉彬彬很沉得住氣。」

謝明哲點頭，「畢竟他跟著裴景山練了一整年，而且，他的詛咒流卡組非常有特色，小柯不一定能應付。」

陳霄道：「符咒流這種打法也挺新穎，我們待會兒仔細看看。」

果然，喻柯很快地就輸了第一局，第二局拖了十分鐘，喻柯最終在關鍵的一波團戰中被對手的「昏睡符」控場，輸掉了比賽。

零比二輸給葉彬彬，喻柯心裡很不服氣，比賽後回到後臺時，喻柯撓撓頭不好意思地道：「我已經沒戲了，你們加油！」

喻柯止步八強，只能拿到兩萬晶幣獎勵，但是這個成績他已經非常滿足了，畢竟他面對的都是各大俱樂部的預備役選手，經過正式的訓練。他很期待陳哥和阿哲能更進一步。

四分之一決賽的第二場，星光VS.無頭將軍，眾神殿和鬼獄兩家俱樂部預備役選手的對決，最終ID「星光」的周星辰靠著金系暴擊牌輸出高的優勢以二比一戰勝對手進入四強。

到此為止，四強的席位就只剩下兩個。

接下來的四分之一決賽，將於次日晚上八點舉行。

二月四號，晚上八點。

謝明哲和陳霄來到比賽場館時，被現場的景象給驚到了——只不過是大師賽的四分之一決賽而已，現場居然人山人海，幾乎比得上官方職業聯賽了。

其中有不少粉絲舉著「胖叔加油」的加油海報，有個女生甚至親手畫了個Q版的胖叔叔形象，特別的和藹親切，高高地舉起來搖晃，顯然在給胖叔加油。

現場還出現了許多開玩笑的Q版大字標語。

「胖叔放心，我們才不是膚淺的粉絲，不會在乎你的顏值！」

「不管你多胖，我們依然愛你！」

「我們喜歡的是你的才華，並不是你的體重！」

謝明哲：「……」你們這樣做，待會兒會被打臉的吧？胖叔其實挺瘦的……

陳霄笑道：「看來你的粉絲們今天來了不少。」

謝明哲頭疼地揉揉太陽穴，「我擔心待會兒看見我本人後，他們會不會把海報砸我臉上？」

八點整，第一場比賽準時開始——雲霄之上VS.草木叢生。

比起胖叔的知名度，這兩位選手都沒太大名氣，由於雲霄之上是涅槃公會的副會長，現場的涅槃玩家們以及胖叔的粉絲也一起為他加油。

沒想到的是，走到大舞臺上的男人居然十分英俊。

陳霄今天穿得比較正式，上身是一件保暖淺灰色襯衫，下身穿著一條剪裁合適的黑色西褲，將他的雙腿襯得又直又長，腳上的皮鞋纖塵不染，一副都市精英男的裝扮，看上去十分清爽幹練。

他款步走上前去，很有風度地跟對方握了握手。

草木叢生是風華俱樂部的新人，唐牧洲早就跟他打過招呼今天的對手是誰，所以看見陳霄他並不意外，只是有些緊張，結結巴巴地道：「陳、陳哥，我是林神的粉絲，林神還好嗎？」

陳霄微微一笑，「謝謝你喜歡我哥哥，他很好。」

男人的笑容正好被現場的攝影師捕捉到，放大呈現在直播螢幕中。

現場觀眾們呆呆地看著他的笑臉，片刻後才反應過來，不少女生尖叫：「好帥啊啊啊！」

「我的天，雲霄之上這麼帥的嗎？」

「他微笑的樣子太迷人了！」

「這顏值，在職業選手中絕對能排進前十吧！」

而職業聯盟的群組裡，此時已經一片兵荒馬亂。
看到陳霄出現，凌驚堂忍不住道：我就說，一直用暗黑系植物卡的這個人來歷不簡單，居然是陳霄啊！幾年不見，變化挺大的。
鄭峰：我都快認不出來了，這就是陳千林的弟弟，小陳霄嗎？
山嵐說：是他，我記得他第五賽季的時候短暫地打過一個月的個人賽，連輸了幾十局，後來因為不擅長比賽就回去上學了，怎麼現在又突然跑回來？
聶遠道提出一個關鍵：陳霄回來了，那他哥哥陳千林呢？
群裡沉默了半晌，聶遠道乾脆找唐牧洲出來回答：@唐牧洲，你師父是不是也回來了？這件事你應該最清楚吧？
唐牧洲決定裝死。
鄭峰緊接著道：小唐，陳霄跟胖叔是同一個隊的，他做的暗黑植物卡是不是有你師父在背後指導啊？快出來說說，坦白從寬懂不懂？
凌驚堂附和：你最好老實交代。或者你希望大家對你嚴刑拷打？
唐牧洲繼續裝死。
沈安只好機智地出來幫師父解圍：我師父睡覺呢，他不知道這件事，大家不要罵他。
鄭峰：小安你這說謊的水準太差！誰不知道唐牧洲喜歡下午睡覺，晚上無比精神？你下次還不如說他洗澡去了。
沈安立刻改口：對對對，我記錯了，他洗澡去了！
眾人：「……」
唐牧洲：「……」
小徒弟簡直是豬隊友，唐牧洲無奈，只好站出來道：咳，剛洗澡回來，我是不久之前才知道雲霄之上就是陳霄，至於師父的事情，他很少跟我說，我也不大清楚。

群裡的人顯然不信，大家帶著疑惑繼續看比賽直播。

看到陳霄出現，直播間內頓時刷出一大排的彈幕。

「是當初五十連敗的那個菜鳥弟弟嗎？」

「過了幾年，不知道他的水準有沒有長進，可別再給林神丟臉！」

「時隔五年，他怎麼又回來了！」

「本屆大師賽他的戰績還不錯，目前為止百分之百勝率，應該是埋頭苦練了一段時間吧？」

「還好意思回來，臉皮真厚！」

大部分知道陳霄的網友都不客氣地開罵，也有一些近年來接觸遊戲的新人並不知道陳霄的往事，立刻去搜索他過去的經歷，然後就覺得……這男人空有一副英俊的外表，打遊戲實在是好菜，被唐牧洲連虐兩局慘不忍睹。

這還好意思回來？是他突然開竅了，還是厚著臉皮又來刷存在感？

網友們紛紛疑惑著。

此時的聖域俱樂部。

聽到這個消息後，邵博直接從沙發上跳起來，滿臉驚駭，「什麼？陳霄？他不是幾個月前剛跟我們聖域解約嗎？」

選手經理也是臉色難看，「邵總，那個雲霄之上就是他的小號，他剛剛出現在大師賽的四分之一決賽，所以我才急著來找您。之前我們的資料師專門分析過本屆大師賽選手的資料，雲霄之上的綜合潛力……是排在第一名的。」

邵博的眉頭皺成了川字，喃喃道：「不可能！這絕對不可能。」他沉著臉在辦公室裡來回踱了幾步，「是不是資料師們搞錯了，他的潛力怎麼可能第一？他不是打比賽連續慘敗的菜鳥嗎？」

選手經理提醒道：「那是五年前。」

簡單的一句話，讓邵博的臉色瞬間煞白。

沒錯，那是五年前。

五年時間，足以讓一個人發生改變。

想到幾個月前來到聖域解約時，陳霄帶著微笑的表情。邵博的目光猛地變得鋒利起來，他深吸口氣，聲音中隱含著怒氣，「這個陳霄，跟我解約就是為了重新回來比賽吧？還說什麼對比賽不感興趣，我他媽被他給騙了！」邵博轉身打開了直播螢幕，瞇起眼道：「我倒要看看，以前他那麼菜，過了五年，難道還能脫胎換骨不成？」

關於陳霄，網路上有太多負面評價。

陳千林的弟弟，卻在第五賽季出道之後個人賽連輸五十局。

少年不但反應遲鈍，而且總是在關鍵的時刻出錯，加上哥哥被聖域坑得那麼慘，他居然還傻傻地和聖域簽約出道。因此不管是林神的粉絲還是唐牧洲的粉絲，都看不起他，覺得他給林神丟臉。

當時，陳霄的個人主頁上全是罵他「滾出聯盟」的言論，有些還罵得特別難聽，陳霄一句都沒有回覆，他居然真的默不作聲地離開了聯盟，消失整整五年。

如今他重回聯盟，打進了大師賽四強，以前那些黑粉們聽到這個消息紛紛跑來看好戲，還在直播間惡意刷屏。

「我是來看陳霄怎麼輸的。」

「過了五年，他輸比賽的姿勢會不會改變呢？」

「這個人居然有臉回來，我真是佩服他的臉皮！」

但大部分理智的路人覺得，五年時間足以改變一個人，應該再給陳霄一次機會。他當年也沒犯什麼大錯，只不過是簽約聖域而已，說不定也是被聖域坑了。輸了幾十場比賽也沒什麼，誰沒輸過呢？既然他放下過去，鼓起勇氣重新回來，那一切就應該重新開始。

理智路人和黑粉在直播間爭論好幾分鐘，罵戰越演越烈，兩位解說只好迅速轉移話題：「今天的這場四分之一決賽還挺巧的，陳霄用的是木系植物卡，真名叫趙叢生的這位新人『草木叢生』正好來自風華俱樂部，用的也是木系植物卡！」

「木系和木系的對決，關鍵還是看細節操作。趙叢生的卡牌全部出自唐神之手，陳霄的卡牌是暗黑系植物卡，應該都是原創卡牌。」

「觀眾朋友們，比賽馬上開始，我相信陳霄時隔五年後回歸，一定會帶給大家驚喜！」

八點整，比賽開始。

第一局是趙叢生主場，他選了一張森林陷阱圖。

趁著倒數計時的幾十秒時間，兩位解說迅速地分析了雙方選手的卡組，「趙叢生的卡組以控場為主，曇花的幻覺，白罌粟的群體混亂，兩個大群控很難應付。先放群控，再用單體攻擊卡秒殺對手的核心牌，應該就是趙叢生的思路。陳霄的風格恰恰相反，他的千葉高山松、黑玫瑰、黑法師全是群攻卡，這是要走爆發路線？」

賽場上，陳霄在看到對手卡組時替換了一張暗牌。比賽後臺的喻柯摸著下巴推測道：「陳哥換的暗牌會不會是林黛玉？專門秒殺對手的控場花卉？」

謝明哲搖了搖頭，「我覺得沒那麼簡單。」

他有種直覺，以陳霄的驕傲，第一次脫下馬甲公開「陳霄」這個身分，肯定會有很多人關注這一場比賽，其中當然也包括老東家聖域俱樂部。因此，更大的可能是全套卡組都會用自己製作的暗黑植物卡，也只有這樣，才能真正證明自己的實力。

隨著地圖載入，比賽正式開始。

趙叢生打得非常謹慎，比賽開始後他立刻開了曇花的幻覺，利用幻覺控場的時間連續召喚三張單體暴擊卡，集火強殺陳霄最強的群攻卡千葉高山松。

這棵巨大的松樹松針是烏黑色的，像是淬了毒，當開啟「松濤萬壑」技能時，松針三百六十度大範圍掃射，會對周圍目標造成巨額木系傷害，並附帶「刺傷」出血效果。

陳霄在這張卡上只做了「松濤萬壑」一個技能，因此輸出數值非常高，甚至高過了唐牧洲的千年神樹，是木系最強的群攻卡。

如果讓它開出技能來，趙叢生害怕自己會頂不住。

然而陳霄早就預判到了對手的思路，在趙叢生開曇花的那一瞬間，陳霄立刻召喚錦紫蘇——這是一種很少見的植物，葉片為紫黑色，可以釋放特殊香氣，吸引周圍的蜜蜂和蝴蝶。

根據這個原理，陳霄把它設計成範圍嘲諷卡，強制吸收範圍內一切傷害。

陳霄記清了自己卡牌的站位，直接把錦紫蘇召在卡牌中間，趙叢生的第一波集火被嘲諷卡吸收掉，趙叢生咬了咬牙，立刻讓自己的卡牌後撤。

果然，陳霄在幻覺結束的那一瞬間開始全面反攻！

千葉高山松的黑色松針如同密密麻麻的暗器一樣朝著周圍瘋狂掃射，趙叢生看到這裡，毫不猶豫召喚出白罌粟，想開群體混亂——只要開出混亂，高山松的松針就會掃到隊友的身上去，一個持續五秒的松針掃射群攻足以把陳霄自己的卡牌全部打殘！

然而，就在趙叢生開出混亂控場的那一瞬間，眾人只見賽場中間突然出現一朵造型別致的植物——黑明鏡，通體黑色、如同蓮花形狀的植物。

陳霄做的這張植物卡，靈感來自於哥哥的植物學筆記，

黑明鏡可在指定位置釋放存在三秒時間的鏡像，鏡像存在期間我方三十公尺範圍內所有卡牌生成虛擬幻象，對手的控制、支配類技能，將全部作用到幻象身上，而不影響本體。

這個技能類似於三秒的免控、免傷，但它同樣具有視覺迷惑性，在鏡像出現後，我方卡牌調整

走位，對手會分不清虛實。

鏡像技能一開，整個賽場都鋪滿了黑壓壓的植物。

千葉高山松、黑玫瑰、黑法師、暗冰、錦紫蘇，大片黑色、深紫色的植物生成的幻象，讓趙叢生頭皮發麻。

幾乎是同一時間，陳霄開了暗冰的強控——群體冰凍！

趙叢生的植物卡被反控，無法移動。

趁著搶回節奏的這關鍵時刻，陳霄連開兩大群攻。

趙叢生的卡牌被兩個大群攻全部打殘，他大驚失色，立刻開榕樹護盾想來一波全團免傷。然而他的護盾還沒來得及開出來，陳霄就放出了黑法師這張收割牌。

這張卡牌的技能機制非常特殊，陳霄把它的單體輸出設定到最高，但技能設計中有一句描述：對指定的目標施加單體傷害，若傷害溢出，則溢出的傷害按照百分之八十比例轉化為群體傷害！

此時，黑法師瞄準的正是對手只剩八百點血量的殘血牌。

滿級黑法師本身的基礎攻擊就超過了八萬，打死對面八百點血量的牌後，溢出的資料轉化為群攻，這傷害相當可怕。

黑法師一動，一陣黑色霧氣在賽場上飄過，趙叢生的所有殘血卡居然全部被秒殺！

看著滿地的植物屍體，趙叢生目瞪口呆。

現場的觀眾也集體驚掉了下巴。

這也太……太暴力了吧！

陳霄是完全靠群攻打鋪墊，抓準時機一口氣秒掉了對面的七張牌啊！

這樣一波清場的打法並不多見，看上去真是刺激極了。就連解說都激動得聲音發顫，「群攻秒全團，陳霄這打法真是夠暴力！」

「沒想到他是這種風格，和他哥哥陳千林，還有唐牧洲都不一樣……」

「我們來調出現場的錄影重播，這七張牌的製卡logo今天並沒有隱藏，我們看到，卡牌背面的logo全是一個『霄』字，看來，這些暗黑植物全都是陳霄的作品！」

「他的暗黑植物卡技能設計都很有特色，黑明鏡的鏡像、美人蕉的吸血、黑法師的單攻轉化群攻，還有黑玫瑰可以單攻可以群攻的靈活花瓣襲捲，真是讓人大開眼界！」

「沒錯，陳霄無疑是一位非常出色的原創牌手！」

第一局拿下後，第二局，陳霄一鼓作氣，以同樣暴力的手法擊敗了趙叢生，以二比零殺進四強。比賽現場掌聲雷動，不少喜歡植物卡的玩家甚至激動地站起來鼓掌。

陳霄這種暗黑植物看上去也特別帥，關鍵是他人長得英俊，打法也很暴力，一波秒殺對手，這畫面實在太熱血。

剛才還罵陳霄是來丟臉的黑粉們通通閉嘴。

不少人黑轉粉，跑去關注陳霄，並且留言鼓勵。

「你跟五年前的陳霄確實不一樣，今天打得不錯。」

「暗黑植物，卡牌挺有意思！」

「看來這五年你變化挺大的，我決定對你黑轉粉了，期待你新賽季的表現，加油！」

兩位解說對陳霄本就沒什麼偏見，加上今天的比賽他確實表現出色，自然忍不住多誇了幾句，「時隔五年，陳霄重新回到聯盟，他已經不再是當初那個連輸五十局的菜鳥陳霄了！」

「記得當年陳霄離開的時候被很多人罵，還有大量黑粉讓他滾出聯盟、有多遠滾多遠，他能頂住輿論的壓力，重新站起來，這樣的毅力和勇氣，都值得我們敬佩！」

「讓我們以熱烈的掌聲，歡迎陳霄的回歸！」

全場掌聲雷動。

陳霄聽著經久不息的掌聲，不由熱淚盈眶。

他記得以前每次在大舞臺上，他收穫的都是罵聲和噓聲。

這是時隔五年後，他第一次收穫掌聲。

曾經的陳霄是網友們口中的「菜鳥」，但如今的陳霄，早已發生了蛻變——他成了可以原創暗黑植物卡組的強者！

對他來說，大師賽只是邁進聯盟的第一步。

陳霄強忍住熱淚，禮貌地走過去跟對手握了握手，然後朝觀眾們深深鞠躬，轉身下臺。

男人的脊背挺拔又堅定，後臺看比賽的喻柯早就紅了眼眶，謝明哲卻一直微笑著鼓掌——陳哥回來了，帥氣的陳哥，我們涅槃戰隊的大哥，終於證明了自己！

在看比賽的陳千林，一向冷淡的臉上也不由浮起了一絲淺笑。這才是他熟悉的弟弟，驕傲、自信，並且堅定。

只是，聖域俱樂部的人就不大高興了。

邵博的臉黑如鍋底，簡直比被人搶走了一億還要難看。

「不可能……這怎麼可能……」邵博喃喃自語著，完全不敢相信，剛才帥氣地走下大舞臺的年輕人就是幾個月前自己認為「完全沒有比賽天賦」才爽快地跟對方解約了的陳霄。

陳霄打完比賽回到後臺，此時的他已經調整好了情緒，滿臉都是笑容。謝明哲和喻柯不約而同地站起來，上前跟陳哥擁抱。

喻柯激動得聲音都在發抖：「陳哥你也太帥了吧！」

謝明哲則微笑著擁抱他，道：「陳哥好樣的。」

陳霄回抱了一下兩位隊友，直率地道：「謝謝誇獎，我照單全收了。」

這是他第一次在公開露臉的賽事中光明正大地贏下比賽，他再也不需要數著秒算對手卡牌技能的冷卻時間然後故意比對手慢半拍、不動聲色地輸掉比賽——那樣的比賽太累了，每打一場，就像在走鋼絲一樣，不能犯任何的差錯。

今天這場比賽，終於能無所顧忌地完全發揮出自己的實力，他打得真是暢快淋漓。

這時候，官方一個工作人員敲門進來，紮著馬尾辮的女孩笑得很是禮貌客氣，「下一場是胖叔和九命貓的比賽，五分鐘後準備上場……」

她之前已經敲了好幾個觀賽包廂的門都沒找到胖叔，這是最後一間，她想著胖叔肯定在這裡，結果推門一看，三位選手都是年輕人，其中柯小柯和雲霄之上都是已經打完比賽的，只剩一位小帥哥比較陌生。

女生的目光在小帥哥身上掃過，問道：「請問，胖叔在嗎？」

謝明哲主動站了起來，微笑著說：「我就是。」

女生不敢相信地瞪圓眼睛，嘴巴張大到能塞進一枚雞蛋！

看著她驚掉下巴的模樣，陳霄忍不住輕笑著摸摸鼻子，湊到喻柯的耳邊說：「今天的現場，不知道能收穫多少觀眾的下巴？」

喻柯小聲道：「陳哥你剛才出場的時候，觀眾們都挺驚訝的，待會兒阿哲出場，我估計他們要驚呆了！」

謝明哲看了兩個隊友一眼，無奈地聳聳肩，然後看向工作人員，「妳好，麻煩帶路吧。」

女孩精神凌亂地轉過身，僵硬地帶著謝明哲往前走，說話的聲音毫無情緒，如同一個智慧型機器人在播放錄音，「胖叔，這邊走，比賽馬上就要開始了。」

她顯然已經神遊天外，只是機械化地完成任務。

比賽會場上，兩位解說認真地分析完上一場比賽，緊接著開始介紹接下來出場的選手。

女解說調出選手資料，道：「接下來是四分之一決賽的最後一場，胖叔VS.九命貓。胖叔的ID

相信大家都不陌生，最近特別出名的一位原創牌手，他很喜歡製作稀奇古怪的人物卡牌，我想，今天的現場也來了很多胖叔的粉絲。來！告訴我，你們喜不喜歡胖叔？」

現場幾千粉絲齊聲吶喊：「喜歡！」其中夾雜著不少女生破音的尖叫聲。

這人氣，已經不輸職業聯盟的一線選手了。

男解說感嘆道：「胖叔確實是很有魅力的一位選手，我記得上賽季的總決賽，流霜城用了他製作的竇娥卡牌獲得冠軍，但是胖叔一點也沒有驕傲，還很謙虛地說，流霜城能奪冠，完全是因為方雨指揮得好。看得出來，他為人非常有風度，也難怪這麼多粉絲喜歡他。」

女解說道：「今天是胖叔第一次正式露面，我們看到，現場的粉絲們非常貼心，還製作了很多海報和標語……」

導播立刻機智地將鏡頭轉到觀眾席。

只見大螢幕中出現了不少粉絲們製作的標語。

「胖叔我們喜歡的是你的卡牌，不是你的體重！」

「胖胖萌萌噠！」

現場爆發出一陣哄笑，粉絲們都笑得很開心。

看粉絲們貼心地把海報全部舉起來刷存在感，女解說忍不住微微一笑，道：「看來，胖叔的粉絲對他的顏值並不介意，所以，在後臺的胖叔，現在應該沒什麼壓力吧！」

謝明哲聽到這裡……壓力超大！因為他一出現就會打粉絲們的臉，真的很對不起。

為避免官方解說態度有失公平，男解說緊接著重點介紹了胖叔的對手，「九命貓這位選手真名叫做李玖，他跟九這個數字還挺有緣的，目前的勝率也是百分之九十九，初賽和複賽都是全勝，只在十六進八的比賽中輸掉了一局，實力也非常強。」

女解說道：「他是裁決俱樂部的預備役選手，使用的是最經典的野獸普攻流卡組，去年大師賽因為生病的原因沒有參與到最後。幸好被裁決的經理發現，簽到裁決訓練了大半年，水準肯定有所提升，所以今天跟胖叔的這一場對決，他也是很被看好的。」

男解說立刻附和：「沒錯！雖然胖叔的人氣比較高，但這場比賽依舊是勝負難料。好了，比賽即將開始，接下來，讓我們有請兩位參賽選手出場！」

謝明哲和李玖從不同的通道走向大舞臺，聚光燈投射在兩人身上，攝影師也將兩人的臉孔準確地捕捉放大在了直播螢幕中。

九命貓長相普通，氣質也很平凡。

但另一個ID寫著「胖叔」的人，卻是一位高䠷又帥氣的……少年！

謝明哲今天穿的衣服很符合他的年紀，他才十八歲，沒必要故扮老成，下半身穿了一條深藍色的修身牛仔褲，讓他的雙腿看上去又直又長；腳踩白色運動鞋，很顯青春活力；上半身穿一件淺灰色的高領羊毛毛衣，正是他之前在商場為唐牧洲買的同款毛衣，非常適合冬天。

他留著幹練的短髮，露出了光潔的額頭，五官在鏡頭數倍放大之後，依舊是三百六十度無死角的帥氣，高挺的鼻梁，又大又明亮的眼睛，略薄的嘴唇輕輕揚起，臉上帶著陽光、燦爛的笑容。這形象、這氣質，完全就是大學校園裡校草級別的男神啊！

觀眾們：「……」你在逗我？你怎麼可能是胖叔！

現場突然陷入了一片詭異的死寂。

原本準備拿起海報大聲尖叫的胖叔粉絲們，集體沉默，聲音全卡在喉嚨裡。

兩位事先不知情的解說互相對視一眼，很是尷尬，尤其是男解說，他本來準備的臺詞是「歡迎胖叔前輩」，結果看到的是位很年輕的小帥哥走出來，他的話硬是嚥回了肚子裡，差點咬到自己的舌頭。

——說好的「靠才華吃飯的勵志大叔」呢？為什麼非要長這樣一張臉！

粉絲們都覺得被他騙了。

手裡舉著親手繪製的「Q版胖叔叔」模型氣球的女生，猶豫了片刻，尷尬地把氣球給放下來，咬緊牙關捏著手裡的胖叔氣球不知道怎麼辦。

前排舉著巨幅海報，上面寫著「不管你多胖，我們都愛你」的一群胖學生，臉色一陣紅一陣白，總覺得自己的臉火辣辣地疼，像是被人搧了耳光。其中一位男生憤怒之下直接把標語給撕了，嘴裡低聲罵著：「說好的胖了呢？虧我們還覺得他胖得很親切，原來這哥兒們是個瘦高帥哥！」

真胖的粉絲們表示：心靈受到了一萬點暴擊傷害。

比賽現場沒有大規模的加油吶喊聲，倒是粉絲們紛紛灰頭土臉地放下海報。

導播的鏡頭正好拍到觀眾席，於是，沒去現場，在網路直播間看比賽的圍觀群眾，也看見了胖叔的粉絲大規模撤海報的壯觀場面。

這打臉打的，粉絲們的臉完全掛不住啊！

沒去現場的粉絲開始刷彈幕吐槽。

「還我親切的胖叔！」

「粉絲們安慰他半天，還以為多醜，結果這麼帥的嗎？粉轉黑不解釋！」

「太帥，粉不起！」

大批粉絲因為胖叔本人太帥而刷屏「轉黑」，這還真是有史以來的頭一回。

但實際上，粉絲們都只是嘴上吐槽，不見得真轉黑，畢竟謝明哲的顏值實在太高了，看在他這麼帥的份上，嘴上說著轉黑，心裡其實很誠實！

尤其是一些女生們，這樣的校園男神誰捨得黑？

謝明哲早就知道自己一露臉肯定會被罵，所以他儘量保持著禮貌又友好的微笑，希望能用微笑拉一點觀眾好感度。

結果他這麼一笑，粉絲們更氣了——笑屁！我們做了一堆支持胖胖的海報，叫了你這麼久的「胖叔前輩」，應該將這位小帥哥千刀萬剮才能解恨！

職業聯盟群裡，正在看直播的葉竹忍不住跳了出來。

葉竹：我X！他就是胖叔？開什麼玩笑！我簡直瞎了眼！

山嵐：沒想到胖叔一點都不胖，也不是叔，比我想像中的還要帥？

裴景山：這麼瘦這麼年輕，居然叫胖叔，看來他取名字是反著來的？

歸思睿：好像比我年輕，虧我還當他是前輩……

鄭峰：我想讓曹沖用船去秤一下他的體重，再把他用船關起來，驅逐出賽場！

葉竹原本是「黑到深處自然粉」，這下是徹底轉黑了：這個胖……又瘦又高的傢伙真是討厭！把我們騙得團團轉，以後見了面看我不打死他。

歸思睿：想打他，加我一個。

鄭峰：動手這種事怎麼能少了我？

裴景山：怎麼打比較好？單挑，還是圍毆？

葉竹：有什麼區別？

裴景山很有辯證精神地說道：單挑，他挑我們大家。圍毆，我們大家一起揍他。

葉竹毫不猶豫：那就圍毆吧！

職業聯盟的群裡開始討論「胖叔的一百種死法」和「胖叔的屍體該如何處理」，唐牧洲旁觀著這一幕，輕笑著摸了摸鼻子，心道：想打他？你們得先經過我。請客的錢已經準備好了。放過我師弟，衝著我來行不行？

估計再過幾天，群裡要開始討論唐牧洲的一百種死法……

【第四章】

胖叔太帥了粉不起，我決定轉黑

被大家在群組裡大卸八塊好幾次的謝明哲，此時還在賽場上對著鏡頭微笑。

李玖是其中最震撼的一個，別人看見胖叔都是透過螢幕，他可是面對面！近距離觀察，這傢伙確實又高又帥，可是這笑容怎麼就那麼欠揍呢？聯想到他就是製作出很多奇怪人物卡的胖叔，李玖真是心情複雜。

倒是謝明哲很禮貌地伸出手，「你好。」

賽前握手是為了彰顯選手們的風度，對方伸出手來，李玖總不好把他原地晾著，只好繃著臉跟他握了握手，語氣十分僵硬，「胖……你好。」

謝明哲笑道：「我叫謝明哲，叫我小謝就行。比賽加油。」

賽前被對手說加油，這似乎不是好兆頭啊？

李玖帶著複雜的神色回到旋轉椅上坐下，兩位面面相覷的解說也終於回過神來，道：「咳咳，胖叔……呃，他叫謝明哲，本人的形象和大家所認為的中年胖大叔，差異有點大。」

女解說在經過十幾秒的天人交戰後，決定繼續粉下去——顏即正義，誰叫這小帥哥長得太好看了。於是她積極地幫胖叔洗白，「其實他從沒在任何場合說過自己是個中年胖叔，所以也不算刻意欺騙，只是大家自己腦補出他是個大叔，遊戲裡取名字與本人不符也很正常。」

看到同事已經開始在幫胖叔洗白，男解說只好心累地附和：「沒錯，我有位男性朋友在遊戲裡的ID還是小公主呢，把ID名稱和本人做聯想，其實是很不理智的行為。咳，比賽快要開始，我們還是先關注比賽吧！」

直播間內的彈幕已經被刷瘋了，直到謝明哲的臉消失在螢幕中，換上了比賽的畫面，大家才暫停了對他顏值和ID差異太大的吐槽，開始關注比賽。

地圖載入，雙方展開對戰。

李玖打得非常主動。

一開局他就直接將所有卡牌召喚出來，先用斑馬的群體恐懼控場，緊接著放出獅、狼、虎群，一大群兇殘的野獸集體撲向謝明哲走在最前方的關羽，這畫面看著真是夠嚇人的。

好在謝明哲早已習慣各種奇怪的星卡幻象，看見所有獸群都撲向關羽，他立刻讓劉備給二弟套了一個免死的金系護盾，並且開啟解控技能。

關羽吸收了一大波傷害，但是他身上有護盾所以一時還死不了。於是謝明哲讓關羽開啟五倍加速技能，跟三弟張飛一起衝進獸群當中。

謝明哲的操作速度極快，關羽和張飛聯手砍向對方的輸出卡，砍完一輪，劉備立即開「桃園結義」連動，刷新技能再砍第二輪！

這兩輪暴力輸出，確實將李玖的三張輸出卡全部打殘。

但李玖完全不怕，因為他早已召喚出了棕熊。

棕熊這張卡牌的設計非常巧妙，不是主動技能嘲諷，而是被動嘲諷——只要有棕熊存在，周圍三十公尺範圍內，友方目標血量低於百分之三十時，對友方目標的攻擊就會自動轉移到牠的身上。別看現在李玖的三張輸出牌都殘血，但只要有棕熊在場，這三張殘血牌就永遠死不掉。

謝明哲迫於無奈，只好去打棕熊，讓黃忠遠距離射出一箭！

黃忠老爺子這一箭，讓血量超高的棕熊居然瞬間掉到半血。此時，關羽有免死護盾，劉備的護盾技能還在冷卻狀態，知道黃忠的可怕，李玖立刻轉移目標，趁機去強殺黃忠，打算等關羽身上的護盾結束之後，一次性收掉對手兩張牌。

眼看關羽、黃忠都只剩不到百分之十的血量，就在這時，謝明哲突然召喚出神農。

只見神農一出場，周圍突然草木叢生，大片的綠草在地面上迅速鋪開——神農的群體陣法治療技，陣法範圍內所有友軍每秒鐘按百分比回復血量！

差一點就能擊殺的關羽和黃忠，居然又把血量給回了上來。

李玖很想吐一口血。

居然藏一張治療卡？說好的正面對拚、以暴制暴呢？不帶這樣欺騙感情的！

直播間內的粉絲們也很一言難盡。

「賴皮，我要給九命貓加油！」

「九命貓要氣死了吧？好不容易打殘黃忠，結果居然開治療陣！」

「神農加血量很高，陣法存在時間又長，剛開始那一波簡直白打，我都替對手心疼。」

「胖叔說：驚不驚喜？意不意外？你打半天我還可以加血喔！」

「樓上你這語氣很欠揍知道不？當然，胖叔或許真的這樣想，他一看就不是什麼正經人。」

路人們很是疑惑，「胖叔的粉絲，怎麼粉得一個個像黑一樣？」

有知道真相的路人表示：「這叫調侃！我覺得胖叔的粉絲，畫風也跟胖叔本人一樣清奇！」

謝明哲的打法，讓李玖極為不爽。

打半天被回血相當於做了白工。李玖深吸口氣，頂著神農的回血陣繼續強殺黃忠——你每秒回血百分之十，我每秒打掉的血量比你回的血多不就得了？

因此比賽現場出現了「一群猛獸追著騎馬老爺子咬」的詭異畫面。

猛獸追了半天，總算咬死黃忠。

李玖鬆口氣，心想著下一個就秒殺關羽，反正關羽身上的金系護盾已經不在了。

他讓獸群轉身去殺關羽，眼看把關羽打到只剩十滴血，結果就見被殺的黃忠老爺子居然原地起立，範圍內出現一大片綠草，然後，原地起立的黃忠和被打殘的關羽，居然迅速回滿了血量！

李玖：「啊？」

女媧，寶寶復活。神農嚐百草，自爆給群體友軍大量回血！

謝明哲又一次卡著時間點，在精神力差一點就耗盡的情況下緊急召喚出女媧！

李玖的獸群早已轉火去殺另一邊的關羽，現在根本搆不著黃忠，黃忠的位置非常安全。而且黃忠的技能冷卻已經好了，再一箭射出去，棕熊直接陣亡。

緊跟著，女媧寶寶標記了對手一張殘血卡，馬超衝過去輕輕一個普攻，獅子也掛了。

李玖：「……」

自爆回血，寶寶復活，能不能更賴皮一點！

李玖的內心簡直是崩潰的。

這種感覺，就像是被人遛狗一樣耍著玩兒似的，特別難受！

第一局比賽輸掉後，李玖的心態已經有些崩了。

第二局胖叔主場，謝明哲捨棄女媧和神農拖後期的打法，直接派上武松和孫尚香。

武松打虎，在對方召喚出棕熊之前，先即死判定秒掉對手的老虎。孫尚香則配合黃忠，當黃忠把對手全部打殘的時候來一波火箭連射收割。

李玖第二局簡直是被壓著打，老虎一出場就被秒，黃忠和孫尚香一箭、兩箭、三箭——金系的箭和帶著火苗的箭一起劃破長空，直接把野獸群給射了個四腳朝天！

——二比零！

胖叔連勝兩局，成功殺入四強！

女解說興奮地道：「恭喜胖……明哲拿下最後的四強席位！」

本來她想叫「胖叔」，結果看到這張臉，女解說立刻改口，於是就出現「胖……明哲」這樣不倫不類的叫法。

謝明哲這兩局比賽打得確實很帥，就連職業聯盟看比賽的大神們也不得不肯定他的反應速度之快，挑選卡組的意識之強。

直播平臺被滿屏的讚賞所淹沒，顯然，他的表現還是獲得了大部分觀眾的認可。

照理說，現場的粉絲們這時候應該激動歡呼。

但粉絲們表示，還沒回過神來呢，比賽這就已經結束了嗎？大家都有點懵。這速戰速決也太快了吧，兩局比賽有沒有超過十五分鐘？

直播間內的粉絲反應更快，集體調侃著刷屏。

「胖……明哲，這個新名字不錯！」

「這麼快就贏了嗎？誰能終結他的連勝！」

「大家一定要粉轉黑，別因為他顏值高就原諒他。」

「沒錯，我們是有原則的粉絲，不會因為他醜就對他轉黑，只會因為他帥才對他轉黑！」

當然，也有一些女生嚴肅地發表言論：「他很有才華，長得還帥，為什麼要黑他？我更喜歡他了怎麼辦！」

「+1，我知道我沒原則，可是他這顏值，真是討厭不起來！」

雖然網上大批粉絲都說要「粉轉黑」，可是實際上，在這場比賽進行過程中，胖叔的個人主頁粉絲關注人數不降反升——從之前的兩百萬，一口氣飆升到了五百萬！

別說是轉黑，露臉後的他反倒吸引了大量的新粉絲。

四分之一決賽落幕，比賽結束得太快，現場的粉絲們好多還沒回過神來，直到大螢幕上開始本場比賽的精彩重播，觀眾席上零星的掌聲終於漸漸變得熱烈起來，到後來，潮水般的掌聲幾乎能掀翻屋頂——忽略選手本身給大家帶來的震撼不說，這一場比賽確實打得很精彩！

當然，掌聲中還夾雜著大量的口哨聲，顯然都是男粉們在笑他「胖叔」這個ID。

見謝明哲灰溜溜地跑回後臺，陳霄笑著走過來說：「心虛了啊？你的粉絲們下巴掉了一地，真是夠壯觀的。」

謝明哲乾笑著摸鼻子，「是他們全部想歪了，以為我很醜。」

喻柯不客氣地說道：「因為胖叔這個ID根本不會聯想到帥哥啊！」胖、叔，任何一個字都無法讓人聯想到一位年輕小帥哥。看來，名字不能亂取，謝明哲也算是吸取教訓了。好在職業聯盟有嚴格規定，所有選手在職業聯賽階段都是以真實姓名參賽，謝明哲也不用再頭疼取什麼名稱了，胖叔這個ID他還是繼續用吧。

回俱樂部的路上，陳霄在前座開車，謝明哲坐在後座順手登入個人主頁，本想看看有多少人在罵他，結果發現自己的個人主頁突然漲到了五百萬粉絲？

他不敢相信地揉揉眼睛——多了這麼多粉絲，有多少人是來罵他的？

謝明哲還是決定發一個正式聲明，畢竟他以後代表涅槃俱樂部，給大眾留下他「故意欺騙粉絲」的印象確實不大好。

仔細思考過措辭後，謝明哲很誠懇地發了一篇聲明：之前一直沒公布照片，很抱歉我的ID讓大家產生了誤解，我不是故意的。當初玩遊戲時覺得胖叔叫著親切，就隨手取了胖叔這個ID名稱，沒想到後來會變成職業選手。我今年十八歲，用這個ID確實不合適，以後大家可以叫我阿哲，希望大家多關注我的卡牌和比賽，我本人長什麼樣並不是重點——你們因為卡牌而認識我，也請繼續因為卡牌而支持我，謝謝你們。

謝明哲這篇聲明一發，留言瞬間破萬，女生們看著他動態消息裡附帶的照片，很想舔屏，但表面上卻故作矜持，紛紛留言表示：「看在你態度誠懇的份上，會繼續支持你！」男粉們則忍不住吐槽：「長這麼好看還叫胖叔，哥們兒你是真的皮啊，讓我們真胖的人怎麼活！」

被頂到最上面的一條留言則是：「太帥了，粉不起，我決定轉黑」後面一大堆排隊+1，轉眼就排了上千條。雖然留言這麼說，卻沒有人取消關注他，顯然是開玩笑的成分居多。

謝明哲並不在意有多少人會真的粉轉黑，但他完全沒想到，粉絲們的戰鬥力如此強悍，居然把他的聲明頂上了當日熱搜榜第一名。

「胖叔聲明」的話題引爆關注，不少路人疑惑之下點進熱搜，發現除了謝明哲本人的聲明之外，還有不少好玩的小段子，比如一首叫「胖叔我不胖」的打油詩被轉發破萬；還有「胖叔這麼瘦，你好意思不減肥嗎」的勵志動態圖，以及很多手繪Q版胖叔頭像。

粉絲們在短短幾個小時內做出了大量的同人作品，寫詩的、寫小說的、畫圖的，填滿了熱搜話題，這些動圖、頭像被廣泛轉發和下載，謝明哲覺得挺好玩兒，自己也下載了不少。

一時間，胖叔的個人主頁關注量又一次提升，突破六百萬大關。

二月五日週五晚上，第十一屆大師賽半決賽正式開始。

之前很多路人看直播的時候，看見胖叔的大量粉絲刷屏說要「粉轉黑」，還以為這場比賽沒多少粉絲來看，結果到現場卻驚呆了。

整個比賽現場，居然有一半以上都是胖叔的粉絲。

只不過，加油海報上的標語有了翻天覆地的變化。

「雖然你不胖也不是叔，但我們是有原則的粉絲，當然會繼續愛你！」

「我們要像胖叔一樣，瘦成一道閃電！」

「什麼叫真愛粉？就是發現他特別帥的時候，還能對他不離不棄。」

「看卡牌，別看臉！帥很了不起嗎？」

謝明哲：「……」

全場的加油海報壯觀至極，各種調侃的言論跟別家「XX加油」或「XX必勝」的海報形成了鮮明的對比。路人很是疑惑——說好的粉轉黑呢？怎麼粉絲比上一場更多了？

謝明哲在後臺看見這些海報，真是哭笑不得。

他突然覺得自己的粉絲是一群傲嬌！

女解說不由感嘆道：「看來，粉轉黑都只是嘴上說說。你們就承認吧，看見胖叔這麼帥，你們其實都偷偷樂著呢，就是不好意思表現出來，因為那樣會顯得自己很膚淺！」

全場粉絲哄笑。

尤其是女粉絲們笑得特別燦爛。她們才不是膚淺的粉絲，她們最喜歡的當然還是謝明哲做的卡牌——喜歡顏值只是順便。

半決賽第一場，陳霄VS.星光。

周星辰是眾神殿的種子選手，據說是凌驚堂大神親自培養起來的新人，風格跟凌神類似，用的是冷兵器卡組。陳霄對上周星辰，從理論和牌面上來看，其實沒有太大的勝算——因為陳霄的風格也偏向於暴力進攻，但是和金系卡組拚暴擊，是很難拚得贏的。

然而，陳霄的反應速度實在太快，走位技術一流。

周星辰的兵器牌好不容易集火秒掉了他的千葉高山松，結果美人蕉、黑玫瑰集體出動，還是把兵器牌全部打殘。

前期明明是周星辰占據主導，可是陳霄對傷害的計算極為精確，關鍵時刻放出黑法師這張卡牌的大招，單攻轉成群攻，瞄準對方血量最低的牌，溢出的傷害瞬間清場！

這種打法給觀眾們帶來的震撼極大，暴力的清場畫面看上去格外過癮，觀眾席爆發出一大片尖叫，陳霄的迷妹們紛紛表示，看他打比賽實在太帥了！

兩局比賽節奏極快，陳霄最後二比零贏下對手，以全勝戰績進入總決賽！

最近剛喜歡上陳霄的粉絲們開心極了，紛紛刷屏表示：陳哥很帥。

陳霄在熱烈的掌聲中轉身走回後臺，謝明哲正在出口處等他，見他出來便主動上前跟他擁抱了一下，道：「陳哥打得真帥！」

陳霄拍拍謝明哲的肩膀，簡單乾脆地說：「加油，決賽等你！」

這句話真是最暖心的鼓勵。

謝明哲用力點頭，「好，我們決賽見！」

他跟陳霄相視一笑，深吸口氣，轉身走上了大舞臺。

看見帥氣的「胖叔」出現，粉絲們的內心激動無比，但不好意思尖叫得太大聲，於是很多女生都捂著嘴偷笑。

謝明哲的對手是葉彬彬。

對付符咒流卡組，定身咒這張牌很關鍵。

葉彬彬本質上其實是「定住對手放風箏」的位移控場打法，對近戰卡組威脅極大。符咒卡的技能冷卻時間都超短，控制只要銜接起來，就會讓對手束手束腳、根本沒法施展，但同樣的，它的缺陷也很大——操作太頻繁。只要抓住其中一個環節的漏洞，就能徹底打斷控制鏈。

謝明哲的神色很冷靜。他的五張明牌依舊放出了蜀國騎兵陣，暗牌卻進行了更換。觀眾們看見熟悉的金系卡組，都是一頭霧水——如果只用這幾張卡牌，一旦關羽、張飛被定身，技能都開不出來，劉備的解控冷卻時間那麼長，肯定會陷入被動。

果然，比賽一開局，葉彬彬就靠定身符強勢控場，謝明哲的騎兵團動不動就被定在原地，馬腿都要斷了，根本沒法跑動起來，轉眼間就被對手打成殘血。

他看上去打得很被動，粉絲們忍不住有些著急。

然而，大螢幕中的謝明哲依舊神色平靜，絲毫沒有慌亂。

葉彬彬抓住機會想強殺黃忠，被劉備的金系護盾有驚無險地救下來。葉彬彬的反應速度也極快，立刻集火馬超，轉眼就將馬超也打殘。

想要用風箏戰術控制對手，先殺全團加速的馬超是很明智的決定。

眼看馬超就剩最後幾滴血，就在這時，一個身高三公尺的龐然大物突然出現在賽場上，只見他手中巨斧用力一揮，賽場就跟地震一樣劇烈顫動，比賽的地圖被巨斧硬生生地劈開了一條溝壑——

盤古，開天闢地，強行停戰！

關鍵時刻的強行停戰，瞬間打斷了葉彬彬的控場節奏。

葉彬彬心裡著急，恨不得越過溝壑去強殺了殘血的馬超。

然而，停戰會持續五秒，謝明哲迅速調整卡牌走位，讓所有卡牌呈扇形分散，並且讓馬超跑到最遠處。這樣一來，葉彬彬就很難完成持續控場。

在停戰時間結束的那一瞬間，又一張神族卡出場——

伏羲，漁網拋撒，群體定身！

從天而降的巨大漁網，反而將葉彬彬的卡牌全部定在了原地！

解說忍不住驚叫出聲：「漂亮！這一波抓準時機的反控，直接控住了對手的五張牌！」

「他打比賽還是很冷靜的，應對方式確實很合理，對手定住他一張卡，他一反手定住對手全部的牌！」

謝明哲就是這麼破解的——你定我一張，我定你全部。你定身技能用的次數多，頻繁干擾我的節奏，但是我只需要用一次群定，就可以徹底扭轉局面。

這就是「點」與「面」的區別。

頻繁單控和一次群控，不能說誰的優勢更大，就看誰更能把握得住機會。

謝明哲抓住機會的能力就極強，藉著伏羲的群定技能，他一波爆發迅速秒殺了對方的定身符。

葉彬彬雖然還有好幾張控場符咒牌，可是控制鏈一旦被撕開缺口，他的符咒牌防禦太弱，根本就挨不住關羽暴力的一刀。

第一局比賽，謝明哲一波逆轉翻盤。

第二局他又調整了策略，換上鐵扇公主，美女手中鐵扇揮舞，旋風群體位移強控！

葉彬彬的關鍵符咒牌，被鐵扇公主一扇子吹飛，直接飛到了天邊去！

卡牌脫離範圍，葉彬彬根本無法控住謝明哲的其他卡牌。新人畢竟大賽經驗不足，三張卡牌被吹飛後，他一時有些手忙腳亂，第二局輸得比第一局還要快。

——二比零，又一次連勝！

謝明哲摘下頭盔，走到大舞臺的中間，微笑著朝觀眾席鞠躬。

這次，粉絲們顯然已經適應了他這張臉，紛紛激動地鼓掌，後排還有不少粉絲把印著胖叔Q版大頭的海報給高高地舉了起來。

現場的掌聲震耳欲聾，直播間內刷滿讚嘆聲。

職業聯盟選手群組裡。

山嵐好奇道：今天出現一張新卡鐵扇公主，他到底還有多少張卡牌沒有拿出來過？

聶遠道神色平靜：他做的卡牌並沒有明顯的屬性偏向，他在大師賽拿出了金系套牌、火系套牌，鐵扇公主卻是土系卡，如果我猜得沒錯，他可能五系套牌全都做了。

師父的壞預言一向很準，看來胖叔的卡池遠比大家想的還要深。

到目前為止，大家所看到的謝明哲不過是「冰山一角」。就連唐牧洲都沒法確定，小師弟的卡池到底有多深？

在這次大師賽上，謝明哲跟風華二隊打車輪戰時用的水系卡組、土系卡組還沒有出現過，更何況是他最後製作的木系套牌以及大量的散卡。

想看到他全部的卡牌，顯然要等到第十一賽季。唐牧洲也非常期待，小師弟會給大家帶來什麼樣的驚喜，還有驚嚇。

比賽結束後，謝明哲在個人主頁發了條動態消息：很高興能打進總決賽，跟@雲霄之上陳哥順利會師。決賽是涅槃的內戰，我跟陳哥一直是好兄弟，不管最後誰贏，我們都會恭喜對方。也請大家多多支持陳哥。七日晚上八點，不見不散。

粉絲們：「……」

這傢伙真是高明，怕雙方粉絲內訌，所以提前發聲明表示友好？

陳霄笑著轉發了謝明哲的消息：阿哲說得沒錯，雖然決賽變成了內戰，但我們並不會刻意讓著對方。尊重競技精神，盡力一搏，輸贏隨緣。

第十一屆的大師賽決賽變成了涅槃內戰，這條消息傳播的速度如同颱風過境，星卡圈內的人一夜之間全都知道了，這其中當然也包括聖域俱樂部的老闆邵博。

怎麼回事？是自己看錯了，還是陳霄當年是故意假裝的？

後者的可能性顯然更大，想到陳霄才剛和聖域解約就以全新的身分回到大師賽，這完全就是早有預謀！邵博怒目圓睜，用力一拳砸向自己的辦公桌，朝手下道：「陳霄突然變得這麼厲害，絕對有問題！他這幾年到底在做什麼？儘快給我查出來！」

手下立刻去查，結果發現陳霄這幾年確實老老實實在學校上課，沒有過登入遊戲的紀錄，而「雲霄之上」這個小號，是在今年九月份解約之後才正式註冊的，跟聖域俱樂部無關。

他所有的卡牌製作時間也全都是在跟聖域解約之後，就算邵博心裡懷疑他有問題，也根本找不到任何證據！邵博當然嚥不下這口氣，哪怕沒證據，想抹黑一個選手還不容易？邵博立刻找來公關公司，請了大批水軍去抹黑陳霄。

二月六日，距離大師賽決賽還有一天，網上突然出現一些奇怪的言論。

「陳霄性格大變，就跟換了個人似的！」

「當年連輸五十局的人會突然變成製作原創牌的高手？反正我不信！」

「陳霄當年肯定是故意隱瞞實力，故意輸掉比賽，求職業聯盟徹查！」

「@星卡職業聯盟，陳霄公然違反選手守則，聯盟難道不管的嗎？」

這時候，聖域俱樂部官方也發了篇公告表示委屈：陳霄原本是我們聖域的簽約選手，這五年來我們給了他最好的資源和條件，悉心培養他，他說沒有打比賽的天賦，要回去上課，我們也很體諒地尊重了他的選擇，還照例給他發工資。沒想到，他一直在隱藏實力，欺騙我們，簽約時間一到就跟聖域解約，重新回到聯盟。還說沒有比賽天賦？沒天賦能打進總決賽嗎？這樣欺騙俱樂部的感情，我們真的很難過。

網友們看見聖域的聲明，一時不知道該怎麼站隊，按照聖域的描述，陳霄就是占用了俱樂部資源，並且合約到期立刻跑路的「白眼狼」。

謝明哲看見這聲明都要氣笑了，他跑去隔壁宿舍找到陳霄，打開光腦給陳哥看了眼聖域置頂的公告，「陳哥，我就猜這個邵博不會輕易放過你，明天就是總決賽，他請大批水軍故意抹黑你，這是要趁你人氣還不穩定之前給你潑一桶髒水，真夠陰的！」

陳霄坐在沙發上淡定地說道：「想靠這點伎倆影響我，他也太小瞧我了。」

謝明哲問：「這件事你打算怎麼辦？他們請的水軍太多，輿論對你很不利啊！」

陳霄仔細想了想，突然微微一笑，「我來點乾脆的。」

他說罷就拿來光腦，登入自己的個人主頁，很嚴肅地發了一篇聲明。

網上有些關於我的惡意揣測，我已經請我的律師截圖取證並提交到法院。@聖域俱樂部，請你們注意言辭。第一，附圖有我這幾年在學校上課的簽到記錄，我沒享受過貴俱樂部所謂的「最好的資源和條件」，一年三百六十五天，我在貴俱樂部的時間不超過五天。第二，邵總看在我哥的面子上給我每個月發一點生活費，附圖是這幾年的銀行存款明細，解約當天我已經讓我的律師把這筆生活費全部退回給聖域俱樂部，有匯款紀錄為證。第三，說我隱藏實力騙你們？請拿出證據。毫無證據的抹黑，可不是一家俱樂部該有的作風。這種惡意的揣測，對我的名譽造成極大的損害，廢話不多說，我們法庭上見。

謝明哲看到這聲明，只能給陳哥豎起大拇指來表示敬意。

還在觀望的粉絲們也都被震住——陳哥好硬氣啊！居然直接把聖域給告了！

邵博完全沒想到陳霄會這麼乾脆，在他印象中，陳千林的弟弟陳霄總是一副小迷弟的樣子圍著哥哥轉，沒什麼主見，特別好騙，當初只用「讓你跟你哥哥一起打雙人賽」就讓陳霄高興地簽了版權買斷的合約……

明明那麼蠢的一個人，怎麼會突然反咬一口？咬得邵博猝不及防。

陳霄列出的證據截圖清清楚楚，上課記錄、銀行帳戶明細，足以說明他完全沒享受過聖域的「好待遇」，時間到期解約，也清算了全部的帳務。反倒是聖域捕風捉影的聲明，在陳霄的證據打臉面前根本就站不住腳。

現在刪公告就坐實了心虛，可不刪吧，這公告確實是言辭不當……剛才發公告的做法確實太衝動了，完全沒想到陳霄的反擊如此凌厲！

他不會真的告到法庭吧？邵博原本就快要禿的頭，這下是真的氣禿了，頭疼地叫來助理，讓公關團隊迅速去處理這件事。

卻不知，陳霄這邊正好有律師發來消息：「聖域的公告已經全部截圖取證，他們請水軍抹黑你的事情，我也拜託人查到了證據，什麼時候起訴？」

陳霄心情愉快地說：「明天是決賽，打完比賽就起訴，謝了學長。」

張律師笑道：「你讓我一直關注聖域的動向，是早就料到聖域會沉不住氣吧？這次取證的過程非常順利，邵博這下可要在你手裡狠狠栽一個跟頭了。」

陳霄微微瞇起眼睛，眸中閃過一絲銳利之色，「他以為我還是那個任他欺負的小孩子，卻忘了，五年時間，足夠讓一個人脫胎換骨。」

這幾年沒有哥哥的日子，陳霄是獨自撐過來的。

哥哥離開時給他的那筆錢他一分都沒動，邵博給他的所謂「生活費」他也一分都沒花。他一邊打工賺錢，一邊完成學業，帶著愧疚的心情，將自己逼到了極限。這樣的環境下如果還不能迅速成長，那就是他的智商有問題了。

他變得精於算計，也善於偽裝。他可以微笑著和邵博握手解約，然後等待時機在背後狠狠地捅對方一刀——他早已不是當年那個單純、傻氣的陳霄。

謝明哲看著陳霄複雜的臉色，心裡輕嘆口氣，用力按住他的肩膀，「陳哥，都過去了，你以前的難處我能理解，以後有我呢，我們一起打比賽，我絕不會看人欺負你的。聖域最好老實點，要是以後再敢找事，我們乾脆搞垮他們俱樂部算了！」

陳霄心裡一暖，笑道：「沒關係，這件事我能處理好，你快回去休息。」

謝明哲認真地道：「有需要我幫忙的地方儘管說。」

次日就是決賽。既然是涅槃內戰，謝明哲也不想對外曝光太多卡池，所以只在有限的套牌和散卡中進行搭配，想了一些對付陳哥的方案，至於到底管不管用，只能等上了決賽場上才能證實。

晚上六點，涅槃俱樂部全員吃過晚飯便提前來到會場。

今天的會場比往常還要熱鬧，除了謝明哲的粉絲依舊舉著臺詞奇怪的加油標語外，陳霄的粉絲也占了一大片場地，舉起了「歡迎陳哥回歸」的巨幅海報，還有兩人都喜歡的粉絲乾脆舉起了涅槃公會的巨型徽章，同時支持兩位選手。

現場解說主持人激動地介紹完他們之後，陳霄和謝明哲便同時出場。

兩人在大舞臺上並肩而立，這畫面別提有多養眼了。

陳霄是英俊成熟，風度翩翩；謝明哲則是青春活力，陽光帥氣。開賽之前其他的選手都會客氣地保持距離，他倆倒好，站在大舞臺上還湊在一起聊天，聊完後互相擁抱鼓勵，這才走回旋轉椅坐下，同時戴上頭盔。

一戴上頭盔，他們就變成了最瞭解彼此的對手。

解說激動地說道：「各位觀眾，第十一屆大師邀請賽總決賽即將開始！兩位參賽選手全部來自涅槃公會，他們已經做好準備，讓我們以熱烈的掌聲給他們加油！」

現場掌聲雷動，而戴著頭盔的陳霄和謝明哲，此時已經專注地投入到比賽當中。

謝明哲的所有卡牌陳霄都知道，同樣，謝明哲也知道陳哥的卡池，兩人平時經常切磋，對彼此的風格、節奏、習慣，全都瞭若指掌。

這樣的對決，肯定會很精彩！

第一局，陳霄選擇的地圖是迷霧森林，這張圖選自遊戲裡的迷霧森林副本，是一片光線昏暗並且有大量迷霧的森林場景圖，方便陳霄的暗黑系植物融入環境控場。

由於總決賽是五局制，第一局兩人都用常規卡組。

比賽一開始，戰況就極為激烈。

陳哥完全沒在客氣，一大波玫瑰花瓣鋪天蓋地撒下來，黑玫瑰的範圍傷害加刺傷出血效果，再配合千葉高山松的範圍松針掃射，謝明哲的騎兵團轉眼間就被打成半血，植物的群攻威力確實可怕。謝明哲為了對付陳哥的暴力群攻，專門帶了群體治療牌神農。

陳霄一波群攻砸下去，謝明哲果斷開啟治療陣，硬是抗住了對方的暴力進攻。

下一刻，陳霄的「美人蕉」出場，這棵植物血色的花苞吸血能力極強，而且吸滿血之後，它還會對指定目標造成巨額血爆攻擊，謝明哲一直等著這張牌，在美人蕉出場的瞬間立刻召喚林黛玉——黛玉葬花，一招秒殺！

他秒殺陳哥的美人蕉，就是因為這張卡牌的單體爆發太可怕。謝明哲的操作速度極快，陳霄這張美人蕉幾乎技能都沒放出來就掛了。

但是，陳霄的操作更快！

下一刻，謝明哲召喚劉備，想開關羽、張飛、劉備的連動技能，結果陳霄突然召喚食人花，詭異的花瓣張開巨大的嘴巴，一口把劉備吞入腹中。

解說驚嘆道：「真是一點都不客氣！阿哲剛秒了陳哥的一張花卉牌，陳哥就以牙還牙秒了他一張人物卡，兩人對彼此極為瞭解，都是抓住對方卡組中的關鍵，用即死牌進行針對！」

直播平臺的粉絲們也看得特別激動。

「棋逢對手，打得太激烈了！」

「這反應速度，我可以說我根本沒有看清楚發生了什麼事嗎……」

「沒看清+1，眼睛一眨，怎麼就死了兩張牌！」

美人蕉被秒殺，陳霄的節奏果然受到影響，但是他很快就調整戰術，開始慢慢耗。

三張群攻牌的輸出比起神農的治療陣，顯然是前者的火力更猛。

一波群控，再一波群控，加上陳霄的走位技術一流，卡牌分散站位，謝明哲的劉備已經掛了，沒法解控，很難在短期內集火強殺對手的輸出牌。

比賽進行到八分鐘時，神農自爆回血，也沒能扛住陳霄手上三張卡的暴力群攻。

第一局，謝明哲敗！

直播間內的粉絲們心情很複雜。

「胖叔的連勝被終結了，居然是被隊友給終結的。」

「這局陳哥打得好，秒劉備秒對了，劉備一死，阿哲的卡組沒人解控，後面會打得很被動。」

「感覺下局兩人都要調整戰術，對彼此太瞭解也不是好事啊！」

第二局兩人果然調整了策略，同時撤下即死牌，陳霄在暗牌中增加兩張木系群攻輸出牌，誓要將暴力進行到底。而謝明哲在暗牌中，帶上了大喬和小喬。

比賽時搭配卡組的思路要靈活，反正蜀國騎兵團不一定要全上，這局謝明哲打算用火系群攻鋪場加上金系秒殺單體的打法。陳霄一看見他的卡組，就知道他是周瑜、陸遜先手，劉、關、張集火殘血牌，而選用的地圖，也是逼著對手迅速召喚全部卡牌的「烈焰焦土」。

烈焰焦土削減精神力速度極快，開局不超過十五秒，雙方就迅速召喚七張牌。

這樣一來，謝明哲就可以直接讓周瑜放鐵鎖連環、火燒赤壁，陸遜再火燒連營，兩人聯手的火系群攻絕對能把陳哥的木系植物燒得外焦裡嫩！

但陳霄走位技術一流，周瑜的連鎖最終只連上了四張牌，第一波群攻並沒有打出預想中的效果。好在謝明哲調整的速度也很快，立刻放關羽、張飛過去，瞄準被燒殘的卡牌就是一通猛砍。

劉備出場桃園結義，砍完一輪再來一輪，陳霄的植物卡瞬間死了兩張。

但是陳霄這局帶的輸出牌超多，死了兩張……還有三張！

黑色的花瓣漫天襲捲，幾張卡牌的大招同時放出來，謝明哲這邊也吃不消，迫不得已召小喬放群體治療回血線，同時讓大喬出來，隱居收回殘血的關羽。

眼看關羽要被黑法師的黑色濃霧所命中，只要命中，就能觸發黑法師的大招溢出效果，說不定又是一波清場！

結果，關鍵時刻，大喬回收卡牌，關羽從賽場突然消失，黑法師的技能居然放空了？

看直播的粉絲們愣了愣，立刻刷屏：「強啊！這個大喬真是強！」

「眼看差一點就要打死，居然被大喬回收，真是白打！」

陳霄也很無奈，他沒帶治療卡拖不到後期，所以才想儘快搶攻。

然而謝明哲這局確實很聰明，上了大喬，關鍵時刻用大喬的隱居回收殘血牌，讓黑法師技能落空，沒法清場，陳霄的輸出鏈中斷，最後反被回收後重新放出來的關羽聯合張飛，連續砍死了好幾張植物卡。

第二局，謝明哲勝！

大螢幕上的比分變成一比一平手。

總決賽之前，兩人都是全勝戰績。結果總決賽第一局，陳霄終結了謝明哲的連勝。第二局，謝明哲又反過來終結了陳霄的連勝。兩個人雖是隊友，卻都很拚，就如謝明哲和陳霄所說，雖然是內戰，但他們都會盡力，給觀眾帶來一場非常精彩的比賽！

第三局，陳霄靠關鍵時刻的藤蔓控場擊敗了謝明哲。

第四局，謝明哲又在暗牌中派出孫尚香，拖到殘局的大小姐一波連射將比分扳成二比二。

觀眾們都快無法呼吸了。

這場比賽的水準，都比得上正規的職業聯賽巔峰對決了吧？兩人都好強，加上對彼此太過瞭解，旗鼓相當的比賽看著特別過癮，今天真是太值回票價了！

第五局，決勝局。

地圖是系統選的最常見的噴泉廣場，卡組方面，明牌變動不大，關鍵還是暗牌。

這一局兩人會選擇怎樣的暗牌來針對彼此，大家都期待極了。

陳霄的暗牌很快出現——吸血藤。

被密集的血色藤蔓追著吸血是什麼感受？謝明哲在訓練時也見過他這張牌，可是真到了賽場上，確實讓人頭疼！

吸血藤的設計非常有趣，它不但能鋪滿三十公尺範圍，有靈性的血藤會自動追蹤並吸取敵人的血量，還能把吸取的血量導入到隊友的身上，算是一張「損人利己」的吸血型群體治療卡。

謝明哲這局也帶了治療，依舊是最近他比較喜歡用的陣法治療卡：神農。

兩邊都有治療卡，那就是拖到大後期的節奏。

由於是決勝局，一向暴力的陳霄也打得比較謹慎，謝明哲的暗牌只出現了一張神農，另一張始終沒出現，他怕這傢伙會出其不意地用一些奇怪的亡語牌，所以放大招之前他會控制好走位。

結果，陳霄這不妙的預感居然成真了！

比賽進行到十分鐘，兩人各自陣亡四張卡牌，剩下的三張卡血量都很殘，但是因為技能都在冷卻中，一時也無法收掉對手的牌。

局面一時陷入了僵持。

謝明哲心算了一下陳哥關鍵牌的血量，終於召喚出最後一張暗牌。

他也是夠能忍的，等了十分鐘才召喚。只見一名身材瘦弱的女子出現在賽場，在沒有任何人碰觸她的情況下，她居然當場暴斃！

——秦可卿。

風華俱樂部二隊的選手對這張卡牌那是記憶深刻！

尤其是周小琪，當初可是被勸著上吊的！

這是秦可卿第一次在比賽中出現，現場的觀眾根本還不認識這張卡牌。見她一出場就原地暴斃，觀眾們一時有些茫然。

「什麼情況？」

「我看陳哥沒放任何技能，她怎麼自己掛了？」

「陳哥表示：不關我的事，妳不要來碰瓷！」

「我去，這該不會是亡語牌吧！」

秦可卿死前給關羽託夢，讓他進入無敵夢境狀態持續五秒，並在五秒後甦醒，防禦下降、攻擊翻倍提升。

由於秦可卿自爆，謝明哲只剩下兩張牌，一張是關羽，另一張是沒攻擊力的劉備。

陳霄還剩三張牌，吸血藤、黑玫瑰和美人蕉。

再過五秒，他的美人蕉技能冷卻就可以結束，絕對能把關羽吸血吸到陣亡。

然而，他的美人蕉此時的血量低於百分之三十！

秦可卿亡語技觸發，對準了殘血的美人蕉，勸對方上吊自殺。

於是，美人蕉直接當著全體觀眾的面——上吊了！

看著通體漆黑、花苞呈現血紅色的植物，用繩子勒住自己，當眾上吊自殺，這畫面實在太詭異，不但全體觀眾沉默，就連看比賽的大神們，也忍不住發出了一排的刪節號：「……」

陳霄哭笑不得！

居然在暗牌裡藏了一張秦可卿，等自己的植物卡血量低於百分之三十之後，他就放秦可卿出來勸人上吊！

兩人剩下的卡牌二打二，陳霄的卡牌技能還在冷卻，關羽五秒後攻擊力翻倍，秒掉陳霄的兩張植物卡完全不成問題。

——謝明哲勝！

比賽已經結束，然而，全場再次陷入詭異的沉默。

因為此時的直播大螢幕中，還播著植物上吊的畫面，觀眾們紛紛仰起頭，滿臉震撼地看著陳哥的美人蕉當眾上吊。

這畫面太奇怪了，遠超過胖叔奪冠帶給大家的震撼。

還是解說主持人最先回過神來，道：「這個……阿哲最後關頭召喚的卡牌叫秦可卿，是一張亡語牌，陣亡後可以讓對手血量低於百分之三十的卡牌上吊自殺。」

女解說很是一言難盡，「美人蕉真是委屈，我有些心疼陳哥的植物牌。」

男解說：「咳咳，我也是！」

陳霄摘下頭盔，謝明哲也摘了頭盔，他走到陳哥的面前有些不好意思，「咳，陳哥，我只是想拿一張亡語牌試試實戰效果，你不會生氣吧……」

陳霄笑道：「沒事，能拿冠軍也是你的實力。」

謝明哲擺擺手，「不，真論實力的話，你肯定比我強，我只是投機取巧。」

陳霄拍了拍謝明哲的肩膀，道：「今天的比賽打得很過癮，你能拿冠軍我也很開心，不用太在意結果，我可沒那麼小氣！」

謝明哲的眼眶微微一熱，看著他道：「陳哥，我欠你一個冠軍！」

陳霄道：「到時候打團賽，我們一起努力再拿一個回來。」

謝明哲笑道：「好！」

兩人用力擁抱了一下彼此，然後轉身給觀眾們鞠躬。

直到這時候，觀眾們才回過神來，現場響起熱烈的掌聲，同時還夾雜著不少笑聲和吐槽。

直播間內更是刷瘋了。

「植物上吊？我沒看錯吧？」

「美人蕉表示：讓我當眾上吊，我記住妳了秦可卿！」

「不，我不想上吊，請給我一個更體面的死法！」

「我腦補了一下聶神的獅子上吊，歸歸的女鬼上吊，老鄭的石頭上吊，還有凌神的兵器上吊的畫面……太美了哈哈哈，胖哲你真是個人才！」

「阿哲怎麼這麼皮呢？就不能做個稍微正常點的技能嗎？勸植物上吊是什麼鬼！」

「想想竇娥的漫天飛雪凍死人，只是一張牌上吊，其實還可以接受……算了，我不說服自己了，我替陳哥心疼！」

一時間，「植物上吊」的話題居然又上了一次熱搜，比大師賽的決賽結果還要火。有才的網友們配了不少植物上吊的圖片，紛紛表示心疼陳哥的植物卡。

謝明哲和陳霄回到後臺休息片刻，現場解說重播比賽片段，過了十分鐘，兩人和上一場比賽的獲勝者葉彬彬一起被請回大舞臺，現場頒獎。

金燦燦的冠軍獎盃被遞到了謝明哲的手裡，亞軍陳霄、季軍葉彬彬，三人還分別獲得了二十萬、十八萬和十五萬晶幣的獎勵。

雖然不缺錢，可是第一次靠比賽贏得獎金，三人都很高興，一起站在舞臺上合影，葉彬彬還非常禮貌地要了兩人的聯繫方式，表示以後再切磋。

在後臺接受採訪的時候，陳霄很豁達地說道：「雖然我也想拿冠軍，但是能重新以職業選手的身分回來，打到總決賽，我已經很滿足了，跟小謝的這一場比賽，輸贏我都能接受，今天他確實發揮得很好，我是真的為他高興。」

謝明哲則笑容燦爛地說：「陳哥是我的貴人，如果不是他收留我，我也不會接觸這個遊戲，發現自己的製卡天賦。我們私下關係很好的，平時切磋的話，陳哥贏我比較多，只是今天，我拿出的牌讓他有些意外，我贏得很僥倖。」

記者道：「你說的牌是秦可卿嗎？勸陳哥植物上吊的那張牌？」

謝明哲點點頭，「嗯，真是委屈陳哥的植物卡了。我回去就向他賠罪，請隊友們吃飯！」

美人蕉這張牌已經被網友們玩梗玩壞了，網上到處是它當眾上吊的截圖。大神們都很是無語，萬一哪天輪到自己呢？上吊自殺，這死法太丟人！

記者整理好表情，嚴肅地道：「大師賽結束後，第十一賽季很快就要開幕，新賽季有什麼計畫，或者有什麼想對粉絲們說的嗎？」

謝明哲收起笑容，認真地道：「我還有很多好玩的卡牌，希望大家繼續支持我。新的賽季，我會和隊友們一起加油，給大家帶來更多精彩、有趣的比賽！」

看直播的大神們聽到這句話，只覺得脊背發涼。

有趣的比賽？

今天是秦可卿勸植物上吊，給大師賽畫下了句號。

到了職業聯賽，謝明哲還想怎麼玩？

——我們可是正規的比賽，你做的卡牌……技能稍微嚴肅點兒行嗎？

第十一屆職業聯賽將在四月份正式開始，三月是聯盟審核各大俱樂部提交場景圖的時間，目前已經是二月中旬，大家聚在一起開了個會，商討了一下接下來的計畫。

首先，是涅槃俱樂部需要儘快「正式成立」，基地已經裝修好，現在的涅槃看上去跟正式俱樂部沒有任何區別。但是，職業聯盟還不知道他們的存在，得讓聯盟儘快審核涅槃的成立申請，讓涅槃俱樂部在職業聯盟「合法化」。

其次當然是場景圖的製作。涅槃之前做的那些場景圖需要進一步完善，此外，謝明哲還有一些新的想法，也可以嘗試著製作出來。

再來就是涅槃戰隊的隊服，聯盟有要求，進行團賽時隊員們必須穿上統一的隊服。他們目前還沒有隊服，畫好衣服的設計稿之後還要找廠商量身製作，這些都需要時間，必須趕緊設計。

時間很緊迫，大師賽結束的第二天，大家就開始忙碌起來。

俱樂部申請審核的流程可以從職業聯盟的官網直接下載，這件事，陳霄乾脆交給俱樂部目前的選手經理池瑩瑩去辦。

隊服的設計則由謝明哲和秦軒負責。之前大家初步討論過設計方案，涅槃的隊服以白色作為底色，加入少量火焰般的銀色花紋，象徵著「浴火重生」，胸前的口袋放上縮小版的涅槃徽章，工藝可以燙銀處理，在光線下會顯得更加清晰。

白底銀色花紋的衣服看上去簡單大方，與其他俱樂部也能形成明顯的區別。謝明哲和秦軒設計了三套方案拿到會議上討論，最後把大家投票確定的定稿發給了廠商。

沒過幾天，職業聯盟也有了回音——池瑩瑩提交的申請表，已經通過了聯盟的初步審核，但還需要實地考察驗收。

眾人立刻做好準備，把涅槃俱樂部的環境徹底打掃一遍，玻璃和地板都擦得一塵不染。

讓謝明哲意外的是，職業聯盟的主席周永勝居然親自前來視察。

見到謝明哲和陳霄這兩位熟人，周主席笑咪咪地指了指陳列櫃裡的冠亞軍獎盃，道：「大師賽的冠亞軍，全被你們涅槃俱樂部包了啊！」

謝明哲和陳霄立刻迎上去，「周主席好！沒想到您親自過來。」

「我來看看你們俱樂部的環境。」周永勝瞄了眼寬敞的辦公區，「你們這才幾個工作人員，俱樂部規模這麼大？這是占了一整層樓嗎？」

「提前預留了一些空間，免得將來不夠用。」陳霄解釋道。

謝明哲將主席帶進工作區參觀，積極地說好話：「周主席，您看，我們俱樂部的條件還不錯吧？能通過審核嗎？」

周主席眼含讚賞，「比我想像中好很多，遠遠超過了職業聯盟對俱樂部基礎條件的要求。就是選手有點太少，目前只有你們四個是嗎？」他的目光掃向跟在後面不說話的喻柯和秦軒，這兩位他也有印象，在大師賽三十二強領取過註冊證的，看來涅槃是有備而來，要打團賽了。

謝明哲認真地道：「主席放心，成績好的話，我們明年一定會擴招隊員。」

眾人正聊著，突然見教練辦公室的門從內推開，一個身材高䠷，神色冷淡的男人走了出來。

男人穿著雪白的襯衫和黑色長褲，身上有種清冷的書卷氣，氣質非常特殊，尤其是一雙顏色偏淺的眼瞳很有辨識度，周主席微微一愣，試探性地問道：「你是……陳千林？」

陳千林走過來，朝對方伸出手，「周主席，好久不見。」

周主席瞪圓了眼睛，「你居然回來了啊？這是要重新打比賽嗎……不對，你沒參加這一屆的大師賽，沒拿職業選手註冊資格證，所以你回來是為了……看你弟弟？」

陳千林神色平靜地說：「我是涅槃俱樂部的總教練。」

周永勝：「……」

看周主席神色複雜，陳霄笑著解釋道：「我哥並不想回到賽場，就在幕後幫我們。」

周永勝恍然大悟，「怪不得，原來你們的背後還有高人。」他輕嘆口氣，伸出手拍了拍陳千林的肩膀，低聲說道：「你願意回來就好！」

作為聯盟主席，他很欣賞陳千林這位選手，當初陳千林的退役讓他一直覺得特別惋惜，如今陳千林願意以教練的身分回歸，他是真的為陳千林高興。

當晚陳千林主動做東，請聯盟高層吃飯，周主席很開心，鼓勵陳霄和謝明哲加油，還說第十一賽季有了涅槃的加入，聯盟的格局肯定能煥然一新。

審核表已經被聯盟大會通過，現場視察只是例行公式，職業聯盟對俱樂部的成立條件有嚴格的規定，涅槃的基礎設備完全符合條件，因此，周主席回去之後也很乾脆地在審核書上簽了字，同意涅槃俱樂部正式加入職業聯盟。

二月二十二日這天，涅槃俱樂部加入星卡職業聯盟的消息正式掛在了官網上。

聯盟總部的會議室牆壁上增加了涅槃俱樂部的徽章。官方通知群組裡，也把涅槃的選手經紀人池瑩瑩給拉了進去。

這個群組是聯盟專門連繫各種賽事通知、比賽安排表用的工作群組，沒人灌水聊天，特別安靜，池瑩瑩也沒主動打破沉默。

相比起官方群組，選手們私下建的群組就熱鬧多了。

唐牧洲把謝明哲、陳霄、秦軒和喻柯四人全部拉進群裡，並主動介紹道：這四位是涅槃俱樂部的選手，陳霄、謝明哲、秦軒、喻柯，大家來歡迎新人的加入。【鼓掌】

四人都很禮貌地打招呼：大家好。

由於唐牧洲和陳霄是舊識，他把涅槃四人拉進來，大家並沒有太多懷疑。

葉竹立刻跳出來道：謝明哲？胖叔？

後面的稱呼特意加重語氣，似乎咬牙切齒。

謝明哲笑道：叫我小謝或者阿哲都行。

唐牧洲在旁介紹：這位小竹子，就是葉竹，胖叔的頭號黑粉。

葉竹立刻反駁：誰是他黑粉，我已經徹底轉成了黑。

後面附加一個秦可卿勸植物上吊的表情圖案——【我不想上吊，不要勸我】。

謝明哲：「……」

鄭峰冒出來開玩笑道：胖叔做的「曹沖秤象」那張卡牌我非常喜歡，閒下來就讓曹沖小朋友去跟我的大象玩兒，不知道你秦可卿的繩子能吊死我的大象嗎？

凌驚堂緊跟著道：我的兵器牌是不會上吊的，我告訴你，兵器牌沒有脖子。

歸思睿也出來湊熱鬧：我的鬼牌已經死了，還要再上吊自殺一次，有沒有天理！

山嵐說：孔雀上吊的畫面太美，我不想看。

謝明哲心道：讓豬八戒揹走你的孔雀，那畫面會更美。

不過，剛加群他還不敢太皮，怕被大神們集體圍攻，於是謝明哲很慫地表示：我們幾個剛來，以後還請各位大神多多關照。小小心意，請大神們不要嫌棄。

謝明哲連發了三個最大金額的紅包。

葉竹憤怒地跳出來道：別以為可以用紅包來收買我們！大家早就決定好了你的死法，你做了多少張即死牌，我們就圍毆你多少次，對吧大家？

才剛說完，就看見眾人紛紛湧上去愉快地搶起紅包。

事實證明「發紅包」這種做法在星際時代同樣管用。

看見一群沒節操的大神迅速搶紅包，葉竹都驚呆了：你們居然為了錢出賣靈魂？

搶到六十六點紅包的凌驚堂笑咪咪地表示：歡迎小謝加入，其實，我的兵器牌也可以上吊，沒有脖子，但是有腰，把繩子吊在腰上。

搶到五十五點的歸思睿說：反正我的鬼牌都是死靈，上吊一次也沒什麼。

只搶了十點的鄭峰說：再發一個，我就站你這邊。

謝明哲立刻再發了一個紅包，鄭峰眼明手快地搶到九十八點，心情大好：我的大象隨便你吊！

葉竹快氣瘋了：你們的原則在哪裡？說好要圍毆胖叔的呢？

凌驚堂義正言辭地說：我們的原則是，紅包必須搶，圍毆——當然要在賽場上進行。

眾人紛紛附和：凌神強啊！搶胖叔紅包和圍毆胖叔，這並不矛盾。

葉竹愣了愣，覺得有道理，於是也衝上去搶紅包，第一個只搶到零點一點，他生了會兒悶氣，搓搓手再搶第二個，結果第二個搶到零點零零五，第三個只搶到零點零零三，葉竹憤怒地把光腦摔在了沙發上，片刻後又撿起來道：再發一個？

謝明哲：「……」

滾吧！想靠紅包收買大家，他真是太天真了！

這群大神一個比一個陰險精明，紅包搶完之後，還要在賽場上圍毆他，有沒有人性？

不過，想想自己做的那一堆即死牌，謝明哲心虛得很，偷偷私聊唐牧洲道：「師兄，我有點想把你供出來，讓我一個人承受火力你忍心嗎？」

唐牧洲哭笑不得，「你不能出賣我，不然就是我們一起倒楣。」

如果讓大家知道是唐牧洲在背後搞鬼，那就不是發紅包這麼簡單了……

唐牧洲想了想，說：「你剛才發的紅包，師兄都給你報銷，嚴守祕密，知道嗎？」

謝明哲忍著笑道：「你慫什麼呀？」

唐牧洲深吸口氣，嚴肅道：「請客吃飯，發紅包，只要能用錢解決的事情我都不怕。我怕的是，全明星賽被他們聯手整死。」

謝明哲很是好奇，「全明星？還有這規矩？」

唐牧洲道：「每年暑假的全明星賽，是最受歡迎的十幾位選手參加的娛樂項目，整人環節特別多，如果讓他們知道我倆的關係，到時候會被他們聯手折磨，我們兩個在觀眾面前，會非常非常的丟臉，懂了吧？」

謝明哲恍然大悟，「懂了，我會儘量幫你保密的，儘量！」

唐牧洲的心裡有種不大好的預感，總覺得兩人的關係瞞不了多久。

不過，他已經做好了最壞的打算，如果真有那麼一天，和師弟一起丟臉……兩個人一起玩大冒險什麼的，好像也不是那麼難以接受？

【第五章】

周總監在過去幾個月到底經歷過什麼

涅槃俱樂部正式成立的時間，正好是二月二十二日，這個日期似乎在嘲諷這裡有一群中二。

謝明哲、陳霄的個人主頁不少粉絲留言恭喜他們，同時交給池瑩瑩管理的公眾帳號「涅槃俱樂部」也正式上線，謝明哲和陳霄一起轉發宣傳，導過去不少流量，粉絲數很快突破了百萬。

喻柯的粉絲現在也有兩百萬了，喜歡小少年鬼牌卡組的網友並不少。

倒是秦軒，一直默默無聞，加上他沒進大師賽八強，也沒在公眾面前露過面，他的個人主頁依舊長滿了荒草，只有零星幾個粉絲從隊友們的關注中摸過去，順帶關注了他。

他原本就喜歡獨來獨往，完全不介意人氣不如隊友這件事。

這幾天，秦軒放了寒假，一直在忙場景圖。因為謝明哲又提出幾張場景卡的設定，讓秦軒幫忙製作出來。

首先是三國時期的經典戰役，謝明哲選了一些適合卡牌對戰的素材製作成場景卡。

第一張是重現郭嘉獻計助曹操擊敗呂布的一役「水淹下邳」，將下邳城製作成對戰場景，在比賽開始一段時間後讓河水湧入城中，隨著河水的灌入，全場景卡牌移動速度越來越慢，直到河水徹底淹沒城市時，全場景卡牌被淹死陣亡。當然，淹死對水族生物無效，這張地圖不能拿來打流霜城，是張「偽水戰」地圖。

第二張戰役重現地圖，就是經典的「赤壁之戰」。曹操的船被鐵索連接在一起，開局時，所有卡牌都在船上，當比賽進行到一分鐘時，黃蓋假裝投降，讓燃燒著大火的船隻衝入曹軍陣營。狂風肆虐，火勢越燒越旺，火舌瞬間吞沒所有船隻。這時候，卡牌位於火焰的包圍之中，全場景卡牌被烈火點燃，每秒大量掉血。

第三張場景卡，謝明哲決定做「八卦陣」。在最中央畫上太極圖，周圍則是四象八卦的陣法。八卦陣最中央的太極陰陽圖案使整個對戰區變成陰、陽兩個部分，白色的陽面地圖全範圍回血；黑色的陰面地圖則全範圍掉血。陰陽八卦圖隨機旋轉、變化，剛才還位於陽面之上的卡牌，說不定下一秒就落在了陰面。時而回血、時而掉血，玩的就是刺激。

第四張場景卡是豪華的建築「銅雀臺」，以氣勢恢宏的閣樓為背景，將卡牌對戰的場景選在銅雀臺最頂端的方形廣場。廣場的兩邊分別有一個牢籠，每隔一段時間，會觸發「銅雀春深鎖二喬」事件，自動將雙方各一張卡牌關進牢籠中。

第五張三國系列場景卡，謝明哲選了「落鳳坡」。落鳳坡是一處風景秀麗的山坡，傳說當時龐統的馬不能騎，劉備好心將自己的馬借給他。龐統騎著劉備的馬出發，埋伏的敵軍誤認他是劉備，便從遠處亂箭射死了龐統。

因此比賽開始一段時間後將自動觸發場景事件，埋伏的敵軍NPC從地圖兩側射來利箭，同時攻擊雙方選手的卡牌，被利箭命中的卡牌不管血量多高都會被「一擊必殺」，場景利箭無法躲避，除非雙方各陣亡一張卡牌才會停止射箭。這張地圖需要選手根據實際情況，派出一些廢牌去「擋箭」送死。

比起之前讓卡牌懷孕之類的場景，謝明哲這次提出的場景設計正常多了。

習慣了謝明哲設計場景時的奇葩思路，這回他稍微回歸正常，秦軒反倒覺得奇怪。結果這時候，謝明哲突然靈光一閃，笑咪咪地說：「還有一張場景卡，我覺得可以這樣設計。將一張地圖區分為藍色魏國區、紅色蜀國區、綠色吳國區，就叫做——三分天下。」

這張場景卡終於恢復了謝明哲一貫的風格。

比賽開始後，整個賽場隨機分成魏、蜀、吳三塊區域，選手的卡牌也會被強制劃分成三個陣營，不同陣營之間暫時不能相通。場上的局面將會形成：在某一陣營中，我方可能只有兩張卡卻對上敵方五張卡，而在另一處陣營中，我方五張卡可能對上敵方兩張卡，如此不均衡的局面，相當於強制分割戰場。

這張地圖對於那些單兵作戰能力強的俱樂部影響並不大，但是對那些需要很多卡牌配合控場的俱樂部，戰場被強行分成三個區塊，這簡直就是要命！

秦軒嘆了口氣，對謝明哲還是別抱太大期望，這傢伙的思維不可能維持正常太久！

謝明哲特別欣賞秦軒同學的效率，六張三國主題的場景卡，秦軒只用了兩週時間就全部製作完成，而且模擬出來的場景格外逼真，讓謝明哲彷彿回到了那個群雄爭霸的三國時代。

他最喜歡的還是「三分天下」這張地圖，重現了魏國、蜀國和吳國爭霸的場面，三個國家的版圖也是謝明哲根據記憶繪製的，百分之九十復原了當時三大勢力的分界。

除了這些新增的事件場景卡外，謝明哲還有一個想法。他找來秦軒問道：「大觀園的場景拼接，完成得怎麼樣了？」

秦軒說：「只完成了百分之五十。」

當初謝明哲讓他製作的大觀園系列場景卡早已完工，但是「場景拼接」難度太大。根據謝明哲提供的平面圖，秦軒在和謝明哲詳細討論過後，在每個小院落之間加上亭臺樓榭、水池綠蔭、叢林小徑等不同的場景素材，才能讓規模空前的大觀園場景圖，在一點一滴的細節填充中，慢慢變得豐富、完整。

一直忙到三月中旬，秦軒才終於宣布——大觀園全部完工！

謝明哲格外激動，他腦海中的場景終於可以在大觀園地圖中完美呈現。

首先是「查抄大觀園」事件，在王夫人的命令下，王熙鳳帶人查抄大觀園，所有卡牌都要接受搜查，被搜查的卡牌必須原地立正三秒，每一張卡牌都有份。到時候，場景事件一旦觸發，觀眾們可能會看到卡牌一張接一張立正的詭異畫面。

其次，是「劉姥姥進大觀園」事件。

謝明哲讓秦軒截取了大觀園中的一大片場景，做出一張「動態場景圖」。

剛開始是一片寬闊的空地，用來讓選手們召喚卡牌和調整卡牌走位。空地之後，連著一座很寬的石橋，走過石橋，就是一處圓形的寬廣亭子，作為最終戰的地點。

動態場景也伴隨著動態事件。

開局一分鐘時，場景會出現NPC「劉姥姥」，她是個沒什麼文化的鄉下粗人，人物設定由謝明哲親自繪製，畫出來的劉姥姥彎腰駝背、衣衫簡樸，確實很符合村婦的設定。

由於她沒見過世面，第一次來到富麗堂皇的大觀園，劉姥姥左顧右盼，好奇極了。當NPC劉姥姥出現時，選手為了向劉姥姥展示自己的富有，必須在三秒內召喚出一張暗牌，否則，劉姥姥就會將隨機的一張暗牌強制拖到戰場上，並使暗牌失去技能持續五秒。

這個場景效果是「強制召喚暗牌」，大家都要召喚一張，對雙方而言很公平。

但是，實戰的時候暗牌之所以重要，就是因為它的「出其不意」，劉姥姥「強制召喚暗牌」的設定，就是為了對付某些暗牌特別厲害的戰隊——例如暗藏關鍵亡語牌的流霜城和暗藏關鍵暗殺牌的鬼獄等等。

當然，劉姥姥也會將涅槃自己的暗牌給召喚出來，這就需要根據劉姥姥出場的時機來設計卡組，並提前做好應對。

劉姥姥進大觀園後，不但強制選手召喚出暗牌，還要讓大家陪著劉姥姥逛一逛大觀園——場景要求，所有卡牌必須跟隨在劉姥姥三十公尺範圍之內，只要是離開此範圍的卡牌，將被驅逐出大觀園賽場。

——陪老人家逛街，這是基本禮貌。

跟著劉姥姥走過石橋來到最終的決戰地點，劉姥姥很開心，於是她坐在那裡講笑話，每隔三十秒劉姥姥講一次笑話，全場景卡牌陷入「爆笑」狀態持續五秒，無法做出任何攻擊。

到了決戰地點，選手們已歷經強制召喚暗牌、陪老人家逛街兩個階段，早就筋疲力盡，還要聽老人家講笑話，這對選手的心理承受能力也是極大的考驗。

不耐煩的選手，或許會想摔了頭盔直接走人！

——這位老婆婆，妳還能不能讓我們好好打比賽了？

劉姥姥進大觀園這張動態場景圖，是涅槃所有場景圖中最麻煩的一張，操作當然也最複雜。就算能通過官方審核，謝明哲也不敢輕易選用。但是至少他在這張場景圖中實現了自己的心願，重現了大觀園的盛景，並且加入了劉姥姥這個活寶NPC。

完成這一切設定，已經是三月二十號，聯盟規定的場景審核時間快要終止了。

謝明哲立刻和秦軒一起，將涅槃所有的場景卡壓縮打包發給聯盟。

三月二十日晚上，星卡官方總部，地圖設計師部門。

看到涅槃俱樂部發來的場景圖，檔案壓縮後仍有幾十G的大小，是其他俱樂部的十倍多，地圖設計總監頓時有種不大妙的預感，他顫抖著手指點開一看，臉上的笑容漸漸地碎裂。

手下笑道：「老大，涅槃是最後提交的吧？他們是新成立的俱樂部，新做的地圖肯定不多，我們能不能審核完，提前放個假？」

設計總監臉色僵如雕像，「放假？你想多了，接下來所有人給我加班！」

隔壁卡牌資料審核部門的總監路過時，正好聽到了這句話，忍不住微微一笑，幸災樂禍地想：這回輪到你們了啊？加油，別被氣死。

職業聯盟規定各大俱樂部提交場景卡審核的最終截止時間是三月二十日，涅槃俱樂部正好卡著「截止時間」完成提交。

星卡官方地圖部門早在三月二十日之前，就已經審核完其他俱樂部的場景卡，並且發給工程部門導入到遊戲裡進行實戰測試抓bug，沒問題的話就可以正式導入到聯盟比賽地圖庫。

大家還想著，涅槃拖到這麼晚，應該是不會製作地圖吧？畢竟是新成立的俱樂部，據說連專門的場景設計部門都沒有！可能會隨便交幾張上來湊數，簡單審核一下就完事了。

結果，最後一天，涅槃俱樂部丟給地圖部門一個幾十G大小的壓縮包！

幾十G啊！他們這是直接做了款遊戲出來嗎？

當時已經是六點鐘的下班時間，大家收拾東西正準備下班，被老大一聲「所有人給我加班」硬是留了下來。

一群人紛紛帶著疑惑湊過來看大螢幕，地圖部門的總監趙毅滿臉嚴肅地道：「你們看看涅槃提交的地圖吧，我還以為他們發錯檔案了，可是打開之後發現——錯的是我！我太低估了這位胖叔的奇思妙想，涅槃做的地圖是全聯盟最多的，重頭戲果然留在了最後！」

前段時間，隔壁的卡牌審核部門動不動就加班，他聽到幾位女同事在抱怨，當時他還幸災樂禍，結果現在輪到自己。

趙總監頭疼地按了按太陽穴，道：「還剩五天時間，我們不一定能審核得完，今晚大家辛苦一下，先把這些地圖分工，分成三個組，每個組挑幾張圖，明天開始全力審核！」

聽到這話，眾人立刻和夥伴組隊開始挑圖。

「這是有多少張場景？我去！還按系列分類的！」一組的資深場景設計師一邊看一邊感嘆，然後湊到自己帶的新人耳邊說：「這西遊記系列容量是最小的，我們挑這個吧。」

「組長英明！」大家都沒意見，地圖容量最小肯定最簡單，審核最快。

「就這麼決定了。我們一定是三個組裡最快完工的。」一組組長覺得自己真是太機智了。

一組下手速度太快，另外兩個組還沒反應過來，於是二組的組長果斷地說：「我挑三國系列，全是小場景，審核應該不難。」

三組的組長只好無奈地挑剩下的，「那紅樓系列就留給我吧。」

趙總監說：「行，明天開始大家儘快審核，遇到麻煩就一起討論，先回家睡個好覺，養足精神！」他相信，明天將是一場苦戰。

三月二十一日早上，地圖部門的人來上班的時候，隔壁卡牌數據資料部的周佳瑤總監正在休息室裡倒咖啡，見他們走過，便推了推眼鏡，問道：「趙總監，涅槃提交了場景卡是嗎？」

趙總監皮笑肉不笑地道：「是啊，還挺多的，我們正要抓緊時間審核。」

周佳瑤意味深長地笑了一下，淡淡地說：「加油。」

老趙的脊背驀地一涼，這位數據師姐姐是出了名的冰山美人，如今卻對他笑……笑了？這肯定不是好兆頭！當初資料部加班的時候，他曾經嘲笑過他們效率低，一張卡牌都搞不定還半夜開會，如今怎麼有種很不妙的預感呢？

老趙咳嗽一聲忽略了心底的不安，也倒了杯咖啡走進辦公室——結果他一進門，就看見員工們各個臉色黑如鍋底，他連忙問道：「怎麼了？大清早誰惹你們了？」

一組的員工苦著臉道：「總監，卡牌懷孕是什麼鬼？要不要通過審核？」

二組的員工臉色嚴肅地道：「總監，卡牌被抓進牢房關起來、被埋伏暗殺、被強制分成三個陣營，這些真的不會影響平衡嗎？」

三組最崩潰，組長直接走過來，黑著臉道：「他們居然把大觀園拼接起來，做成了一張十G的大型場景圖，這麼大的地圖都快變成旅遊勝地了吧！而且還有什麼『動態事件』，一個叫劉姥姥的NPC逛大觀園，所有的卡牌都得陪著她一起逛街，還要聽她講笑話！」

趙總監：「……」

他突然體會到了卡牌資料部的辛酸——胖叔設計的人物卡牌技能肯定很奇葩，才能讓隔壁部門一直加班！

深吸口氣穩了穩情緒，趙總監乾笑著道：「大家先挑簡單的場景審核，至於這些複雜的，咱們留著慢慢討論……如果我們沒法確定，再找工程部和資料部的過來幫忙看看。」

獨自加班，不如大家一起加班，可不能讓胖叔只禍害他們地圖部！

讓地圖部的工作人員震撼的是，涅槃俱樂部提交的場景圖不但設定極為豐富，而且場景繪製得也非常精細——怪不得有幾十G，場景裡面的花草樹木、光效、陰影、湖面波紋等細節，全都處理得堪稱完美。

見多了簡單地圖的設計師忍不住稱讚：「做場景的應該是專業人士，美術系的吧？」

「這樣的水準，到我們官方當專業地圖設計師都不差！」

「看來涅槃真是人才濟濟啊！」

地圖做得漂亮是真的，可是某些地圖的設定太奇葩也是真的。

最後卡在審核階段的地圖，包括女兒國、姻緣樹、查抄大觀園、劉姥姥進大觀園、三分天下這幾張，趙總監自己也決定不了，於是他厚著臉皮去把工程部總監、資料部總監也叫過來開會。

工程師老大很不樂意，心裡吐槽著：審核個地圖，還要這麼興師動眾！

倒是數據資料部的周總監神色自若，「大概是遇到了難辦的設計。」她們審核了那麼多胖叔製作的奇葩卡牌，早就審核出經驗來了。

到了會議現場，看見趙總監放出來的地圖設定，工程師一口咖啡噴了滿桌，「卡牌懷孕？」

趙總監神色尷尬，「是這麼描述的沒錯，本質上其實是生成複製卡牌，這個功能在程式上能不能實現？資料上會不會影響平衡？我們地圖部門只能審核場景地圖有沒有bug，其他的問題還得請兩位一起來把關。」

連續審核了三天涅槃俱樂部的奇怪地圖，地圖部的人每天都加班到深夜，一個個都頂著濃濃的黑眼圈，看上去就跟被人蹂躪過一樣，精神萎靡。

工程師一臉震撼，「周、周總監怎麼說？」

周佳瑤淡定地扶了扶眼鏡，「卡牌懷孕，我也見過。胖叔做過一張卡叫『送子觀音』，就是給指定的卡牌送一個胎兒，讓卡牌懷孕生出一張複製卡。」

會議室裡掉了一地的下巴。

趙總監愣神片刻，總算找回自己的下巴，神色複雜地道：「你們最後怎麼處理的？」

周佳瑤道：「送子觀音生成的複製卡牌基礎資料減半，技能只允許複製一個，免得單挑時複製三個技能的卡牌影響對戰平衡，這是我們資料部討論了一晚上得出的結論。」她淡定地喝了口咖啡，「這個設定如果放在場景圖上面，因為雙方都可以複製兩張卡牌，我認為可以仿照送子觀音的設定進行一些限制。」

工程部總監也找回了自己的聲音，乾笑道：「這個從程式上倒是不難實現，卡牌資料、體積全部縮放一半，呃……比較頭疼的是暗夜之都的一些卡，比如葉竹的蝴蝶、裴景山的蟲子本來體積就小，生出的寶寶太小了看不見怎麼辦？」

眾人：「……」

葉竹對蝴蝶的愛，那是發自內心的真愛，讓他的蝴蝶生寶寶他可要氣死了吧！

周佳瑤道：「特殊卡牌，特殊處理。對於那些體積小於十公分的卡牌所生的寶寶，你們可以保持原貌，別再縮小不就得了。像老鄭的大象生個小象還挺可愛的不是嗎？」

眾人：「……」

看來資料部在經過胖叔的長期「毒害」之後，已經能輕鬆接受各種奇葩設定了。

趙總監咳嗽一聲，繼續問道：「那……姻緣樹這張場景圖，有個強制卡牌談戀愛的設定，你們怎麼看？」

——還能怎麼看？把胖叔抓過來揍一頓行嗎？

地圖部的眾人內心是崩潰的，表面上卻要保持淡定，「地圖方面不難實現，每次掉落兩張許願符，讓被許願符砸中的卡牌進入熱戀狀態……關鍵還是在工程部門，程式碼好不好寫？」

工程部的人快要吐血，說寫不出來豈不是讓人笑話？可是，寫出讓卡牌談戀愛這種程式碼，怎麼想都覺得難受！他們工程師也是要臉的！這是卡牌競技遊戲，不是相親戀愛遊戲！

周總監高冷地說：「喔，這個場景和月老的設定有點像，他做過一張卡牌叫月老，也是用紅線把兩張卡連起來，強迫兩張卡牌談戀愛。」

眾人：「……」

資料部的周總監在過去幾個月到底經歷過什麼！

趙總監臉上的笑容越來越僵硬，他緊跟著拿出下一張地圖，道：「三分天下，地圖倒是很好做，按照他們的設計，把一張場景分成藍色魏國、綠色吳國和紅色蜀國三塊區域就好。關鍵在於卡牌陣營劃分的設定怎麼弄，因為是隨機劃分，完全拚運氣，很難做到公平。所以我想請教一下工程部的劉總監。」

工程主管劉總監深吸口氣，不大情願地道：「我們可以用固定的演算法，既然是劃分陣營，就設定一個平均值，三個陣營中有一個雙方的卡牌數量必須相等，另外兩個陣營，一個陣營A方牌數多於B方，另一個A方牌數少於B方。遇到大規模的團戰，這張地圖的演算法會非常複雜，我們還得回去研究討論。」

趙總監給對方投了個「辛苦你了兄弟」的眼神，繼續說：「查抄大觀園，劉姥姥進大觀園，都是動態事件，就跟電影過場一樣，卡牌要參與到動態事件中跟NPC互動，這應該更複雜吧？」

工程部門的幾位與會人員集體頭痛扶額。

「這樣的地圖很難沒有bug啊！」

「動態圖比靜態圖難做多了，尤其是卡牌要跟隨劉姥姥三十公尺，超出範圍就被踢出賽場的設定，在程式上需要進行大量的運算，規模跟製作三十人大型團隊副本差不多！」
「在團戰時如果有四十張卡牌同時在場，不但要算卡牌和劉姥姥的距離，還要即時運算卡牌的各種技能！」
周總監冷靜地道：「聽起來是挺困難的。但我相信地圖部和工程部的實力，你們技術那麼高超，一定可以完美地處理這些問題。」
眾人：「……」
周姐姐妳就不要給大家戴高帽子了！不要因為卡牌數據資料部之前受過虐待，妳就這麼幸災樂禍地看好戲行嗎？
三方會談持續了一個下午。
最終，三個部門的主管一起敲定了部分地圖的製作方案和資料微調方案。
然後就要交給工程部門去實現了。
不但地圖部加班，工程部也被拖下水加班寫程式。
周總監原本高枕無憂地看好戲，但是其他兩個部門並不想放過她，於是給了她一大堆卡牌，讓她在新地圖上測試，結果就變成了三個部門一起加班！
這天晚上，星卡官方總部燈火通明，工程師們、地圖設計師們、卡牌數據資料分析師們集體熬夜，連星卡總部的老闆都被驚動，親自跑來視察，並且給大家送了好吃的宵夜。
眾人一邊吃宵夜一邊埋頭工作，某些角落裡，時不時傳來工作人員的抱怨。
「這該死的胖叔！」
「謝明哲這個王八蛋哪裡來那麼多奇奇怪怪的設計！」
「好好的卡牌對戰遊戲，被他搞成戀愛生子遊戲了！」
「欸，再這麼加班我感覺我要猝死！」

而此時，罪魁禍首謝明哲同學，正心情愉快地和唐牧洲語音聊天：「我們俱樂部的地圖，是最晚提交的，估計官方要審核好幾天才會有結果。」

唐牧洲發來個「我不要上吊」的植物表情圖案，道：「有沒有強制卡牌上吊的地圖？」

「我們的場景圖都挺正常的，並不會讓卡牌上吊。」謝明哲乾笑，回覆語音訊息時還附帶了一個【誠懇的笑臉】表情包。

唐牧洲當然不信，說道：「你能正常才怪。」

謝明哲摸了摸鼻子，好奇地道：「在師兄看來，我是不是特別奇怪的一個人？」

唐牧洲聲音溫柔：「你是挺奇怪的，但……」

他說到這裡突然停下，謝明哲緊跟著問：「但什麼？我也有很多優點是嗎？」

——你很可愛，獨一無二的那種可愛。

唐牧洲微微一笑，把這句評價藏在了心裡，轉移話題道：「四月一日上午十一點，是新賽季賽前籌備大會，所有職業選手都要到場，記得別遲到。」

謝明哲說：「知道，瑩瑩安排好了車子，到時候我們四人一起過去。」

唐牧洲問：「師父還是不打算露面嗎？」

謝明哲頭疼地道：「師父不大喜歡應付記者，這次的新聞發布會他不想露面，到了正式比賽再說吧。他一露面，我們倆的關係估計就瞞不住了。」

唐牧洲輕嘆口氣，「沒事，反正遲早瞞不住，我已經做好準備了。早點睡吧，到時見。」

「嗯，師兄晚安。」

謝明哲心安理得地睡下，奇怪的是，他在夢裡被一群人拿著刀子追殺，那些人他根本不認識，嘴裡卻異口同聲地說著：「就是你讓我們加班，都怪你！」

「你要給我們加班費！」

「刀子已經準備好了，你快選一種死法！」

謝明哲次日醒來時嚇出了一身冷汗。

想起昨晚做的夢，大概是審核地圖的員工們怨念太大了吧？

他完全沒想到，這次他們提交的大批地圖——居然害得三個部門同時加班。

官方總部如今已是「談涅槃而色變」，三個部門的總監說到胖叔，那叫一個咬牙切齒！

原本三月二十五日就能結束的地圖審核，硬是拖到了三月三十一日這天。

地圖部員工們提前放假的夢想破滅，連累工程部門和卡牌資料部門也一起忙到三十一日，眾人終於在官方規定的最後期限，將涅槃的所有場景圖審核完畢。

官方和聯盟對接，涅槃提交的地圖被導入聯盟比賽圖庫。

聯盟這邊負責賽事安排的人員，看見最後一批提交上來的地圖，又一次驚掉了眼珠子。

卡牌懷孕？卡牌談戀愛？

看來以後卡牌們的私生活要徹底混亂了！

聯盟賽事部門將這件事告訴了周主席。

主席畢竟是見過大風大浪的人，聽到這裡，笑容只微微一僵，緊跟著就笑咪咪地道：「咳，我們鼓勵有趣的創意，第十一賽季有涅槃的加入，聯賽一定會變得……咳咳，更加有趣！」

四月一日上午，星卡職業聯盟官方總部變得格外熱鬧。

今天是新賽季開賽之前的全員大會，各大俱樂部的選手將全部到場，聯盟大樓外面擠滿了記者，謝明哲第一次見到如此壯觀的場面，心情很是激動。他可不想被記者們攔住，所以他很機智地按照師兄之前的提醒，跟隊友們一起走了後門。

後門這邊選手挺多，一進門就看見一位穿著西裝的英俊男人。這男人身材高大，臉色非常嚴肅，有種「不怒自威」的氣場。他的身邊跟著一位一臉溫柔笑容的年輕男生，長得清秀斯文。

雙方正好在走廊裡相遇，謝明哲認出這是裁決的聶遠道、山嵐師徒，便主動上前打招呼：「聶神、嵐神好。」

聶遠道神色平靜地點點頭，沒多說話。山嵐倒是笑容親切，主動伸出手跟謝明哲握了握，笑彎了眼睛，道：「胖叔你好。」

謝明哲被當面叫「胖叔」，有些尷尬，小聲說：「叫我小謝就行……」

正好這時候鬼獄俱樂部的選手也進來了，老鄭豪爽地跟其他熟人握過手，這才看向謝明哲道：「這位就是胖叔對吧？你好你好，久仰久仰。」

凌驚堂也走過來，好奇道：「胖叔？你們這是圍著胖叔算總帳嗎？」

山嵐的聲音溫柔極了，「凌神說笑了，我們哪有那麼壞，只是圍著胖叔打個招呼。」

凌驚堂笑道：「我怎麼覺得你們這是要圍著他動手的樣子？動手的話加我一個。」

老鄭看了眼身後，道：「警衛都去對付記者了，放心，在這裡動手不會被偷拍。」

凌驚堂道：「按資歷，老聶你先來？」

聶遠道平靜地說：「還是交給葉竹吧，他不是一直嚷著要圍毆胖叔嗎？」

葉竹聽到自己的名字立刻跑過來，「什麼？有好事交給我嗎？喔，胖叔在這兒！」

他上下打量著謝明哲，一雙大眼睛直把謝明哲盯得毛骨悚然，還煞有其事地挽起了袖子。

謝明哲本來很淡定，但被這麼多大神圍著，他還是認慫了。

唐牧洲走進來的時候，就見小師弟被人圍在中間，耳朵很紅，還難得露出慌張的神色，看來是非常心虛。他微微一笑，走上前去扒開人群，輕輕環住謝明哲的肩膀，把師弟從人群裡帶出來，

「阿哲，別理他們，這群人搶了你的紅包還拿你開玩笑，真是沒原則。不像我，搶了你的紅包就跟你一條戰線。」

謝明哲：「……」

師兄可真會演，當初自己發的紅包還是跟他報銷的。

不過，唐牧洲主動過來替自己解圍，謝明哲心裡不由生起一絲暖意，朝唐牧洲笑了一下，配合地道：「謝謝唐神，晚上我再給你發一個大紅包。」

聽到這裡，凌驚堂立刻毫無原則地過來跟謝明哲站在一起，「我也要大紅包。」

鄭峰緊跟著走過來，「我跟你們一條戰線！」

唐牧洲一臉「我就知道」的無奈表情，謝明哲也有些幻滅，還以為凌神做了冷兵器卡組，性格會比較高冷，結果是這樣的凌神。

葉竹在後面喊：「你們忘了規矩嗎？新來的都要請客吃午飯！」

唐牧洲挑眉看向葉竹，「別嚇到新人，聯盟才沒這種規矩。」

葉竹義正辭嚴地道：「第十一賽季新加的規矩，不信你問大家。」

周圍一群人立刻點頭附和：「沒錯，新加的規矩。」

「我們已經全票通過了。」

「這次我們跟小竹站一個陣營。」

唐牧洲看向謝明哲，後者只好笑著說：「沒問題，今天午飯我請客！」

這個承諾算是暫時安撫了大神們，唐牧洲湊到師弟耳邊說：「別介意，他們願意跟你開玩笑，就是心裡並沒有真正介意你做即死牌的事情，否則，他們根本不會理你。」

謝明哲理解地點頭，「嗯嗯，我知道。」

比起圍著他開玩笑，更可怕的是大家聯手孤立他，當他不存在。謝明哲自願請客，也是想儘快融入到這個大家庭當中，畢竟十一賽季快要開始，如果被全聯盟針對，涅槃的日子會很不好過。

唐牧洲帶著涅槃四人來到會議室，挑了個座位坐下。

由於今天的全員大會並沒有安排固定的座位，大家都是隨便坐，所以，風華和涅槃坐在一起也沒引起懷疑，大家都以為唐牧洲是跟陳霄很熟才會和涅槃的隊員比較親近，完全沒想到，唐牧洲和謝明哲是師兄弟的關係。

十一點整，聯盟高層先後走進會議室，會議室裡立刻安靜下來。

今天的賽前會議，主要是宣布第十一賽季的一些賽制更改，星卡聯盟每次開會都很簡單乾脆，因為主席不喜歡長篇大論，會議一開始就直接進入正題。

第十一賽季將在四月四日正式開始。

今年的賽事安排表一放出來，所有選手都面帶驚訝——這改動也太大了吧！

往年都是上半年進行雙人賽，下半年舉辦個人賽和團賽。但是今年的賽制卻完全相反，上半年，個人賽和團隊賽的常規賽同時進行，下半年，則是雙人賽和團賽的季後賽階段。

由於俱樂部數量越來越多，團賽的常規賽增加了上半區和下半區，區內大循環只打一輪，區外則是主客場打兩輪，全部打完之後，總共選八支戰隊進入下半年的季後賽。

季後賽的賽制除了以前的二十打二十團戰之外，還增加了一種模式——無盡模式。

賽事主管詳細解釋道：「所謂無盡模式，就是限時不限卡的模式，比賽限定十分鐘，在這段時間內，可以無限制召喚卡牌，十分鐘結束時統計雙方陣亡卡牌的數量，陣亡少的一方獲勝。如果陣亡數相等，則進入一分鐘延長賽。」

會場議論紛紛，之前在開玩笑的大神們也都嚴肅下來，跟身邊的隊友討論著。

「這對俱樂部的卡池是個極大的考驗，不限卡牌數量，表示卡牌越多的俱樂部優勢越大！」

「限時不限卡，如何排兵布陣以少數卡換掉對手多數卡是關鍵！」

「感覺比二十打二十的比賽更激烈啊！」

謝明哲聽到這裡卻格外頭疼——親愛的師父你也變成了烏鴉嘴！

說什麼團賽有可能提前，結果還真的提前了！

團賽的常規賽直接提前至上半年進行，對於其他俱樂部影響並不大，可是涅槃現在還沒有做好充分的準備，尤其是謝明哲和陳霄的指揮水準都很一般，這就要趕鴨子上架去打團賽，能打好嗎？

幸虧他們有很多場景卡，或許可以利用場景卡來做一些戰術布置。

想到這裡，謝明哲深吸口氣，終於恢復了一些信心。

客場不管輸贏，主場至少要拿下。

而此時，官方地圖設計師們卻不約而同地想著：涅槃的場景卡全部通過了審核，以後涅槃的主場，一定會變成所有俱樂部的惡夢吧！

以前的團賽賽制是所有戰隊在常規賽時進行循環賽，最後統計勝場積分排名。

十一賽季，由於參賽的隊伍變多，聯盟將團賽分成了上、下半區，因此，分組的名單就成了大家關注的重點。

在詳細說明新賽制之後，官方賽事主管即將公布分組名單。

分組名單公布之前，選手們私下都很熱烈地討論著，山嵐湊到師父的耳邊問：「師父，你猜我們會分在上半區還是下半區？」

聶遠道平靜地說：「反正不會和涅槃分到一起。」

話音剛落，螢幕上就出現了分組列表。

上半區也就是A組，有老牌俱樂部風華、鬼獄和流霜城，以及六支二流戰隊，其中比較有名氣的是幻影戰隊和聖域戰隊，剩下的四支隊伍謝明哲根本沒聽過。

下半區的B組，老牌俱樂部包括裁決、眾神殿和暗夜之都，其他的戰隊像終結者、巔峰、狼族、輝煌、月夜，全是沒進過季後賽的二線隊伍。倒是今年剛剛成立的涅槃，由於謝明哲和陳霄之前在大師賽打出的名氣，反而備受關注。

山嵐：「……」

他就不該嘴賤問師父，明知道師父這烏鴉嘴說什麼中什麼。

涅槃和裁決不但都被分到B組，而且第一場比賽就會遇上！

和哪些戰隊分在同一區，謝明哲其實並不在意，反正常規賽時和所有隊伍都要進行循環賽，只不過，跟同區的戰隊只打一場，跨區的則需要打兩場。

公布了分組名單後，賽事主管緊接著公布了四月到六月期間的常規賽賽事安排。

看到密集的賽程安排表，謝明哲的心裡也不禁緊張起來——四月份先進行組內循環賽，涅槃最近的一場團賽安排在四月四日，也就是三天後的晚上八點，對手是同區的強隊裁決；緊跟著四月六日打眾神殿，四月八日再對上暗夜之都，簡直就是豪強三連戰啊！

打完這三支強隊之後，接下來的對手雖然全是二線隊伍，但是在賽程安排上幾乎不給他們休息調整的時間，每隔一天就要打一場，五月一日就會結束組內循環，進入組外循環賽。

組外循環的第一個對手，就是A組巨頭風華……

聯盟安排比賽的人是不是跟涅槃有仇？簡直是惡夢賽程！

謝明哲看向陳霄，湊到他耳邊說：「這賽程有點像坐雲霄飛車，開局連續挑戰三支強隊，平穩度過幾天後，又開始連續挑戰風華、鬼獄、流霜城三支強隊……」

陳霄淡定地道：「沒關係，反正這些強敵遲早都要遇到，早些遇上，也方便我們吸取教訓，儘快調整戰術。」他指了指賽程安排的第一場比賽，道：「跟裁決的這一場，你指揮吧。」

謝明哲苦著臉說：「打聶神，我完全沒信心啊！」

陳霄道：「我的風格和聶神太像，正面對拚的打法是拚不過裁決的，還得靠你的奇襲戰術，試試看能不能從裁決的手裡拿下一分。」

謝明哲摸了摸下巴，道：「不然，我們回去再跟師父好好商量商量？」

陳霄道：「嗯，我把賽程表發給我哥，讓他提前準備一下！」

謝明哲點點頭，決定回去再跟師父商量詳細方案。

團賽的賽程表公布之後，緊跟著又公布了個人賽的賽程。

由於本賽季報名個人賽的選手非常之多——聶遠道、凌驚堂、鄭峰等這幾位第三賽季之前出道的老選手居然全部報名；還有曾經拿過個人賽冠軍的大神們包括唐牧洲、方雨、劉京旭、山嵐、裴景山等新生代選手一個都沒有缺席，此外還有徐長風、甄蔓、葉竹、許星圖等亞軍得主，基本上聯盟叫得出名字的選手幾乎全部報名了，可以說是眾星雲集！

謝明哲被這一排名字閃瞎了眼，忍不住低聲吐槽：「今年是怎麼了？這麼多選手報名個人賽？比第十賽季多了一倍啊！」

唐牧洲聽到他的嘀咕，微笑著解釋道：「聯盟成立十年了，第十一賽季算是一個新階段的開始，個人賽項目報名的人多，這也正常。」

有這麼多大神在，想要拿個名次可不是一般的艱難。

好在個人賽也分常規賽和季後賽，和團賽一致，上半年打完常規賽，重頭戲的季後賽都放在下半年進行，因此謝明哲還有很長的時間可以磨煉自己的技術和意識。

個人賽沒有分組，第一階段的賽制和大師賽類似，前十場比賽以抽籤決定對手，每一場都是三局兩勝，贏六場以上的選手才能晉級下一階段。選出三十二強之後，就是小組循環賽，最後從每個小組選出兩位選手成為十六強，在下半年進行季後賽。

第一階段，全聯盟報名參賽的選手有上百人，除了大神們之外，謝明哲對贏下其他選手還挺有信心的，十場贏六場應該不難。難的是三十二強階段，小組賽要爭取四進二，萬一和特別厲害的大神分在同一組，想出線就得滅掉同組的大神……

謝明哲揉了揉脹痛的太陽穴，怎麼看都覺得前途很渺茫。

只能走一步算一步了。

不管最終的結果如何，每一場比賽都認真準備總沒錯。反正他參加比賽，最重要的是讓更多人喜歡他的卡牌，哪怕拿不到冠軍也沒關係，只要對得起自己和粉絲們就夠了。

會議結束後，謝明哲要請大家吃飯。唐牧洲便給他出了個主意，讓他請吃自助餐，附近有家飯店正好有不錯的自助餐，自助的形式也可以照顧到不同選手的口味。

一群人浩浩蕩蕩來到飯店，邊吃邊聊。

有人請客，大家當然不會客氣，紛紛拿起餐盤去覓食。

山嵐主動找到謝明哲，微笑著問：「第一場團賽就對上我們裁決，你會不會拿出秦可卿？我的孔雀已經準備好上吊了。」

謝明哲乾笑著摸鼻子，「嵐神說笑了，到時候虐得輕點，別讓我們輸得太難看啊。」

山嵐道：「你們不一定輸吧，不要謙虛。」

兩人嘴上客氣著，心裡卻都沒底。

照理說，裁決這樣的老牌俱樂部對上涅槃這種新兵，簡直就是二比零碾壓的節奏。但是關鍵在於涅槃有陳霄這位操作、意識一流的選手，還有謝明哲奇奇怪怪的卡牌和戰術……

換成任何俱樂部，都不敢打包票說一定能贏涅槃。

其他俱樂部都在觀望，畢竟老對手之間大家都是知根知柢的，全聯盟只有涅槃的卡組目前還是個未知數。

分在同組的眾神殿凌神，暗夜之都裴隊長也過來和謝明哲他們打招呼，坐在一桌吃飯，聊聊天的同時順便探探口風，看涅槃有什麼新卡牌、新場景圖。

喻柯的個子比較矮，葉竹的身高也不到一百六十五公分，於是「聯盟雙矮」很自覺地湊到一起，一邊拿蛋糕一邊聊天。

葉竹拉著喻柯套話，問道：「我們暗夜之都今年提交了五張場景圖，都是最新研發的，特別好玩。你們呢？提交了幾張？」

喻柯很驕傲地說：「我們提交的地圖檔案有幾十G那麼大！」

葉竹：「……」

路過的歸思睿豎起耳朵聽到這句話，立刻端著盤子走過來，微笑著朝喻柯伸出手，「小柯你好，我關注你的鬼牌很久了，你也很喜歡恐怖靈異風格是嗎？我們可以留個聯繫方式，交流一下恐怖片資源。」

「你有資源嗎？」喻柯雙眼一亮，立刻把自己的聯繫號碼留給歸思睿，心裡想著，這位大神真是一點架子都沒有，很好說話。

歸思睿當場就給喻柯發來一堆資源包，內容全是恐怖電影和恐怖小說。發完後才假裝不經意地問道：「剛聽你和小竹聊天，你們做了很多新地圖是嗎？」

「嗯，幾十G的檔案！」喻柯心情愉快地把對方發來的資源包在光腦裡分類整理好。

歸思睿滿臉驚訝，「這麼大，是有多少張地圖？」

喻柯笑著撓撓頭，「太多了，我都數不清。」

歸思睿：「……」

葉竹：「……」

小傢伙看似單純，其實還挺機靈的，關鍵的資訊一點都不肯透露。

只是，他說有幾十G大的地圖，讓歸思睿和葉竹都有點被嚇到——涅槃這是做了多少張地圖？看來，這個賽季新加入的涅槃戰隊，很可能會成為最不好對付的黑馬。

下午的時間是各大俱樂部的新聞發布會，聯盟安排了統一的會議室讓各大俱樂部分批召開記者會，一線俱樂部的記者會現場當然圍滿了記者，但是涅槃這支剛剛成立的隊伍，人氣居然也絲毫不弱於其他老牌強隊。

謝明哲、陳霄、喻柯和秦軒來到涅槃發布會的現場時，看到早已在這裡等候的大批記者，四個人都有些懵，紛紛抬頭看了一眼門口的標誌，確定是不是走錯了。

發現沒錯之後，喻柯有些緊張地道：「好多人啊！不知道等一下會提什麼問題，我不會回答怎麼辦？」

秦軒在旁平靜地說：「你只需要當背景板，回答問題的事交給阿哲和陳哥就好。」

喻柯覺得很有道理，這才深吸口氣，笑容滿面地跟上謝明哲，儘量減少自己的存在感。

陳霄畢竟是見過大場面的人，走進會場後便拿起麥克風，很有風度地微笑著說：「大家好，我們是涅槃俱樂部的四位職業選手，大家有什麼問題，請有秩序地舉手提問。」

立刻有位女記者舉起手問道：「聽說今年參加團賽的戰隊非常多，涅槃作為本賽季加入的新隊伍，你們的目標是什麼呢？」

陳霄回覆道：「職業聯盟高手如雲，我們上半年的目標就是在團賽和個人賽中出線，雙雙打進季後賽。」

雖然他們真正的目標是拿到獎盃，但是一支新隊伍這樣說只會讓人覺得他們太過自大。上半年先進季後賽，下半年再全力一搏，爭取獎盃，循序漸進。

緊接著又有記者提問道：「官方網站已經公布團賽的賽程表了，涅槃第一場團賽的對手就是裁決，你們覺得這一場比賽有多少勝算？」

陳霄將麥克風轉交給謝明哲，謝明哲坦然地說道：「裁決是非常強的對手，但我們也不會坐以待斃，回去一定好好準備。這是我們涅槃的第一場團賽，不管最後的結果如何，大家一定會盡全力，就當是一次團隊配合的磨鍊。」

謝明哲這話說得滴水不漏，隊友們都在背後給他一個讚。

記者緊接著問：「涅槃本賽季有沒有提交自製的地圖呢？聽說，涅槃俱樂部並沒有專業的地圖研發部門，在主場地圖方面，你們會不會吃虧？」

正在看直播的官方地圖部、工程部和資料部工作人員聽到這裡，都很想去揍這名記者。

——他們會在地圖上吃虧？開什麼玩笑！我們三個部門集體加班才審核完成的幾十G地圖，絕對能坑死人不償命的好嗎！

謝明哲拿起麥克風，微微笑了笑，很謙虛地說：「我們製作了一些主場地圖，已經通過官方審核，但是比起其他俱樂部來說，我們做的地圖可能沒那麼出色，等到了正式比賽，希望觀眾們能對我們多一些寬容，謝謝。」

官方工作人員：「……」

——你就繼續裝傻吧！只有最後這句話才是重點，大家必須要對你們的地圖多一些「寬容」，才可能接受得了卡牌懷孕生子、卡牌談戀愛、卡牌陪老人家逛街……等等設定。

接下來的問答，也有一些記者對新面孔秦軒表示好奇，但由於秦軒全程面癱，面對記者的提問他只用「沒錯」或「是的」來簡短回答，就是個冷場王。還是謝明哲看上去親切，能回答的問題都回答得特別認真，於是記者們一擁而上，都圍著謝明哲提問。

由於是賽前記者會，記者也相對溫和，並沒有提太多尖銳的問題。

只是新聞發布會結束後，網上出現了大量關於涅槃的報導，論壇上也有很多討論文章，紛紛預測著涅槃和裁決的這一場團賽結果。

「涅槃好慘，第一場就遇到裁決這樣的Boss級對手！」

「謝明哲和陳霄個人實力不錯，但是團賽是講究配合的，涅槃的團賽實力並不強啊！」

「涅槃在B組出線形勢艱難，第一場團賽支持率還不到百分之三十。一開賽就要連續挑戰強隊，堪稱惡夢賽程。我感覺他們第一輪常規賽的心態就會被打崩！」

「涅槃首戰遭遇裁決，會對粉絲們交出怎樣的成績？我覺得零比二的可能性很大！」

論壇賽事記者們發表的「分析文」集體唱衰涅槃，真是讓喻柯看著都來氣。

喻柯看完這些文章，忍不住說：「就沒有一家明智的媒體支持我們涅槃幹掉裁決的嗎？說不定我們會爆冷門二比零呢！」

陳霄揉揉他的腦袋，「你想多了，怎麼可能二比零？裁決的團戰確實很強，老聶又特別冷靜，加上他出色的指揮，我們一支新隊很難在團戰中一舉拿下裁決。」

謝明哲附和道：「沒錯，團戰是需要配合的，不像個人賽單兵作戰，涅槃目前有百分之三十的支持率已經算是高的了，換成其他新隊遇上老隊，估計支持率連百分之五都不到。」

喻柯低下頭神色沮喪，「那你們的意思是，我們打裁決是必輸了？」

謝明哲微微一笑，「那倒不是。我們的意思是，做好必輸的準備，然後——爭取贏一局！」

陳霄對此十分贊同，道：「做好最壞的打算，最後的結果才會讓我們不至於太難受，這就叫期待值越低，反而越能給人驚喜。」

喻柯吐槽道：「你是裴隊上身了吧？學什麼哲學辯證的說法！」

陳霄挑眉，「難道我說的沒道理嗎？」

正說著，陳千林推門進來，陳霄立刻閉上嘴，收斂笑容，假裝自己是個非常嚴肅的人。陳千林看了他一眼，嘴角輕輕揚了一下，道：「都回來了？五分鐘後隔壁會議室開會，別遲到。」

如果沒有陳千林，謝明哲和陳霄打團戰那是完全沒勝算的，但是陳千林的存在給了大家很大的信心——雖然涅槃的團戰經驗很少，可是涅槃還有一位戰術出色、經驗豐富的教練，說不定會有一些特別的策略戰術來對付裁決，可以提高他們的勝率！

眾人興致勃勃地來到隔壁會議室，陳千林果然已經做好充分的準備。投影機打開，占據一面牆的大螢幕中出現了關於裁決的詳細分析。其中有不少是陳千林自己總結的資料，在過去的十個賽季中，裁決俱樂部所有選手使用過的卡牌他都整理好了。

同時還有方雨當初為了感謝謝明哲做的「竇娥」卡牌所特意提供的資料——每位選手每一張卡牌的使用次數，可以看出選手們對部分卡牌的偏愛。

陳千林列了一張表，將二者結合起來，然後推理出一套陣容。

他將裁決選手使用頻率最高的二十張卡牌列出來，再根據裁決的風格推算出他們在團賽中可能會使用的二十張卡牌卡組，道：「這是我推測的裁決團戰卡組，當然，最終他們使用的卡牌並不一定和我的推測完全一致，但我能保證八成命中。」

隊員們滿臉崇拜地看著教練。

——賽前推算出對手百分之八十的卡組陣容，這已經相當厲害了！

更關鍵的是，他們能推算出裁決的陣容，但是此時裁決對涅槃的卡組可以說是「一無所知」。知己知彼、百戰百勝，我們知道對手的底細，對手卻不知道我們的，這場比賽說不定還真能贏。

陳千林指著自己推測出的卡組說道：「跟裁決的這一場比賽是B組的組內賽，因為組內賽只打一次，所以在組內賽拿下分數比在組外循環賽獲勝還重要。而且，季後賽是從A、B兩組各選出四支戰隊晉級，如果我們能從裁決的手裡拿下一分，其他戰隊都輸給裁決，這就意味著我們在組內排名時會更占優勢，大家都明白了嗎？」

眾人認真點頭，「明白！」

陳千林道：「組內賽打兩局，抽籤決定主客場。裁決的主場圖我們勝算不大，大家盡力就好。」陳千林按下鐳射筆，緊接著投放出一張地圖場景，道：「這張地圖，是我選出來的涅槃主場圖，專門對付裁決，打位移控場。」

四人看到畫面中熟悉的沙漠和火焰，一時都有些驚訝。

謝明哲摸著下巴思考了片刻，問道：「師父的意思是，拿出豬八戒、孫悟空、唐僧、白龍馬的連動體系，和鐵扇公主、紅孩兒、牛魔王的連動體系，打位移控場？」

陳千林點點頭，目光掃過眾人，冷靜地道：「先跟你們說一下卡組安排，小柯操控黑白無常、判官、聶小倩四張牌，專殺對方的殘血卡；秦軒帶孟婆、神農、女媧、伏羲以及大範圍定身控場的死藤；陳霄挑四張擅長的植物輸出卡和紅孩兒這張群攻輸出卡；位移控場的豬八戒、鐵扇公主、白龍馬、牛魔王和連動核心唐僧、孫悟空都交給阿哲。」

這樣一來，喻柯帶四張牌，陳霄和秦軒都是五張，謝明哲要帶六張卡，且全是操作複雜的位移控場卡牌！

師父的信任讓謝明哲心裡很是感激，但他也有自知之明，主動開口道：「師父，我帶這麼多張卡，還全是位移控場，萬一操作不過來怎麼辦？」

陳千林道：「位移控場最好由同一個人來操作，分給兩個人的話可能會因為思路不同步，反而彼此影響，造成烏龍。而且，這一場比賽需要你來指揮，所以，控位移的卡牌全部交給你會比較合理，我相信你可以把自己的卡牌操控好。」

師父都這麼說了，謝明哲再推辭的話那也太不識趣，而且會讓隊友們覺得他沒信心。

不就是一場團賽嗎？打裁決這樣的強隊，輸了很正常，贏了那就是賺的！想到這裡，謝明哲便乾脆地點了點頭，自信地說：「好，就按師父的安排，我一定盡全力！」

陳千林欣慰地拍拍小徒弟的肩膀，鼓勵道：「接下來還有三天時間，你們用類比模式練習，加深默契。」

四人用力點頭，「知道！」

裁決俱樂部。

聶遠道也仔細做了賽前戰術安排，他布置好卡組和地圖後便嚴肅地道：「涅槃雖然是新隊伍，但他們的卡組目前還是未知數，說不定會在第一場團賽帶給我們驚喜，所以，大家還是儘量認真地對待這場比賽，能二比零拿下最好。」

山嵐心裡有種很不好的預感——師父說壞事一向很靈驗，他都說了「第一場團賽，涅槃會給我們驚喜」，涅槃如果不拿出奇怪的戰術來，那可就不符合聶神「烏鴉嘴」的威力了啊！

只是，涅槃到底會拿出什麼樣的戰術呢？

山嵐心裡好奇極了，除了秦可卿之外，涅槃會不會還有其他的亡語牌？

【第六章】

豬八戒是聯盟頭號渣牌

謝明哲四人接下來的幾天都在模擬訓練室裡練習團戰。

雖然位移控場的打法很難，但是謝明哲天賦很高，加上這些卡牌都是他自己親手做的，他操作起來也是得心應手。

三天時間很快過去，第十一賽季的團賽終於正式開幕。

四月四日晚上六點半，涅槃眾人吃過晚飯後提前來到官方指定的比賽場館。今天是團賽的第一天，安排了兩場對決，第一場是A組的風華VS.聖域，第二場是B組的裁決VS.涅槃。

第一場比賽可以說是毫無懸念。聖域這些年來一直故步自封，早就跌落神壇，如今的聖域連二流戰隊都算不上，當然沒法和實力強勁的風華相比。

唐牧洲表面上從來沒說過聖域的一句壞話——他只付諸於行動。

七點整開始的比賽，七點半就二比零結束。

這讓謝明哲有些猝不及防，由於第一場比賽結束得太快，距離第二場的比賽時間還剩下半個小時的時間。這段空檔總不能播半小時的廣告吧？也不能讓解說尬聊半個小時，觀眾們會砸場的。

於是賽事主管前來通知：第二場比賽提前開始。

當同一天安排兩場比賽的時候，第二場比賽開始的時間會根據第一場結束的時間進行調整，這種情況也很常見，謝明哲只好和隊員們迅速做好上場的準備。

比完賽回到後臺的唐牧洲，走到涅槃準備區，朝謝明哲低聲問道：「打裁決有信心嗎？」

謝明哲坦然一笑，「有沒有信心和能不能贏是兩碼事，我會盡力的。」

唐牧洲最喜歡他任何時刻都活力滿滿的樣子，看著師弟臉上燦爛的笑容，唐牧洲目光溫柔，從口袋裡掏出一顆包裝精緻的薄荷糖遞給他，「吃一顆，提提神。」

謝明哲接過薄荷糖塞進嘴裡，清涼的薄荷味讓他頓時精神起來，他朝唐牧洲豎起大拇指，讚道：「師父今天也在現場看比賽，剛才你打聖域的那場打得太帥了，師父一定很欣慰的！」

「他才不會介意聖域的輸贏，他來現場主要是看你，待會兒好好表現。」唐牧洲輕輕攬住小師弟的肩膀，給了他一些鼓勵，「今天這一場，其他俱樂部全都來觀戰，官方還安排了最好的解說陣容，真是給你們涅槃給足了面子。」

這時候大螢幕的鏡頭正好帶到觀眾席，謝明哲果然發現很多熟悉的面孔——老鄭、凌神、葉竹、裴景山等等，他們今天沒比賽就跑來現場當觀眾，看來大家對涅槃的團戰首秀都還挺期待的。

謝明哲深吸口氣，心想，涅槃的首秀他一定不能搞砸。不管輸贏，至少比賽要打得好看，可不能像剛才的聖域一樣，毫無還手之力地被風華完虐，那就太丟人了。

比賽現場，解說席上出現了兩位熟悉的面孔。

穿著職業西裝裙、留著一頭長直髮的漂亮女解說主持人朝鏡頭露出了甜美的笑容，道：「觀眾朋友們大家晚上好，我是本場比賽的解說吳月！」

身旁的男解說也是西裝革履，容貌清俊，「我是官方解說劉琛。」

「我們將一起給大家解說下一場裁決VS.涅槃的比賽，相信接下來的這場比賽觀眾們都非常期待，因為，這是涅槃戰隊的團戰首秀！」

「從賽前的票選結果來看，有百分之七十的網友都是押裁決二比零拿下涅槃，百分之二十五的網友猜雙方打成一比一平手，剩下有百分之五的人猜涅槃會大爆冷門以二比零戰勝裁決，月姐妳怎麼看？」

吳月笑得很甜，「作為解說，誰都不好得罪，我給雙方各投一票吧。團賽很考驗團隊的配合，涅槃今晚的表現，我也非常期待！時間快要到了，讓我們有請雙方選手出場！」

激昂的官方主題曲響徹會場，在觀眾們熱烈的掌聲中，裁決四人和涅槃四人從不同的通道走到大舞臺上，並肩站好。

這是大家第一次看見涅槃全員穿著隊服出場。

白色為底色，帶有銀色的花紋修飾，並且印了涅槃徽章，這套隊服看上去簡單大方——主要是涅槃四人顏值都高，謝明哲穿上隊服，完全就是個陽光帥氣的校草。雖然陳霄、喻柯和秦軒個人風格各異，共同點是長得都很好看！

哪怕是喻柯的娃娃臉，在粉絲們看來也特別可愛。

現場趕來加油的粉絲們舉起海報激動地尖叫，直播間內也有不少人刷屏。

「涅槃的隊服好漂亮，能不能放在網上賣，讓粉絲們也能買來穿？」

「涅槃能不能弄個周邊商城？我更想買阿哲的卡牌！」

「我要買陳哥的暗黑植物實體卡，在家裡召喚黑玫瑰特別帥！」

池瑩瑩看到這些彈幕，便把周邊商城的事記在心上，打算回頭跟大家討論一下。

賽場上，在熱烈的掌聲中雙方選手簡單握了手，便各自走回旋轉椅上坐好。

主裁判確認過所有選手的遊戲裝置後，將八位選手直接拉進官方賽事頻道，大螢幕上也出現了比賽畫面。

雙方抽籤，裁決抽到了藍色方，優先選擇地圖。

聶遠道選擇的是裁決俱樂部本賽季最新提交的地圖「無盡狂沙」。

隨著地圖的導入，涅槃的選手面前立即出現一條系統提示：由於對手選擇新的場景地圖，接下來進入五分鐘地圖實景播放時間，請用心觀察。

進入季後賽後，就不能使用從未公開過的新地圖，因此賽季中所有俱樂部提交的新地圖，都必須在常規賽階段就拿出來使用，讓其他俱樂部有機會熟悉新地圖。

裁決的這張地圖，困難點在於視野。

謝明哲很快就發現了這一點，因為一進地圖他就被吹了滿臉的沙塵暴。

無盡狂沙，是一張風沙極大的沙漠場景圖，一望無盡的沙漠，剛開始的視野看上去特別的遼闊，但每當狂風吹過，就會有沙塵暴鋪天蓋地襲捲而來，讓選手們的可見範圍急劇縮小，並且沙塵暴還會附帶「全地圖沉默」的負面狀態，讓所有卡牌放不出技能。

喻柯被糊了滿臉的沙子，忍不住吐槽：「沉默就沉默，還吹什麼風沙！」

陳霄笑道：「比單純的沉默地圖更難打，沙塵暴對我們的視野影響太大了，風吹起來後能見度只有十公尺，裁決那邊完全可以卡住起風的時間，讓獸群來一波突襲。」

謝明哲利用短暫的五分鐘時間迅速熟悉地圖並且思考策略——雖然裁決的主場很難打，但他們總不能直接投降吧，還是得認真面對。

場景圖播放完畢，雙方公布卡組。

裁決的卡組是清一色的動物卡，相對來說，涅槃的卡組就比較雜亂。

由於豬八戒、唐僧卡組要留到涅槃主場地圖火焰山才上場，沒有必要現在就提前曝光。因此，第一局謝明哲按照師父的安排，派出大量陳霄製作的暗黑植物卡，由十張植物卡組成了木系團戰套牌，他和小柯則分別拿金系暴擊卡和土系的鬼牌。

比賽開始。

聶神作風果然乾脆俐落，一開局就召喚出大量野獸，獅、狼、虎、豹、熊集體撲向陳霄的植物卡，山嵐的飛禽牌在空中策應，冰鳳凰的群體冰凍直接凍住了一大片！

這對師徒的空襲和陸戰配合得簡直絕了。

裁決的第三人邵東陽，實力也非同一般，大野獸召喚小野獸的打法讓他能見縫插針地協助聶遠道攻擊對手的核心牌。大小野獸四處分散，簡直讓人頭痛欲裂。

一時間，涅槃被全面壓制，聶遠道、山嵐和邵東陽三人配合，以極快的速度直接秒了陳霄的黑法師和黑玫瑰，秦軒連治療技能都來不及放出來，可見裁決的集火速度有多迅猛！

謝明哲第一次切身體會到聶神的可怕，這樣的指揮水準和反應速度，簡直是爭分奪秒啊！

大型團戰局面混亂，指揮的心理可不能亂。

謝明哲深吸口氣，迅速冷靜下來，讓秦軒開控場技能——伏羲的漁網從天而降，緊跟著是大範圍的混亂八卦陣！

連續兩個技能準確地落下來，裁決有十張近戰卡被混亂影響，野獸們開始互相撕咬！

謝明哲道：「打！」

趁著短暫的幾秒群體群控時間，陳霄、喻柯和謝明哲同時出動。

所有輸出技能一波砸下去，想迅速擊殺對方的脆皮輸出牌。然而聶遠道非常精明，像是早就料到有這一招，在近戰輸出卡被控的那一瞬間他立刻召喚獨角黑犀，配合隊友操控的棕熊，兩張超級皮厚的卡牌衝到前線強行嘲諷，將範圍內所有傷害全部吸收。

涅槃的這一波攻擊，只擊殺了裁決兩張嘲諷卡，效果大打折扣。

緊接著，沙塵暴來襲，全地圖沉默，涅槃的卡放不出技能只好迅速後撤。

這一場比賽打得異常艱難，雖然謝明哲找到了幾次反擊的機會，但是都被聶遠道迅速化解，歸根究柢，在指揮意識上雙方有著明顯的差距，謝明哲也輸得心服口服。

第一局在八分鐘時結束。

現場涅槃的粉絲們神色都有些低落，正面被打崩的感覺很不好受！

但是為什麼謝明哲還在笑？

第一局明明輸了，這傢伙居然還笑得很開心是怎麼回事？

其實謝明哲並不開心，沒有人喜歡輸。

但他是今天的團隊指揮，他要是沉著臉神情沮喪，隊友們壓力會更大。所以他只能故作輕鬆地笑笑，朝隊友們鼓勵道：「別灰心，還有下一局，給他們一個驚喜！」

短暫的休息後，第二局開始。

這回是涅槃的主場，謝明哲很快地選擇了地圖——火焰山。導入地圖之後，裁決全員也進入了五分鐘熟悉地圖的模式，顯然這是一張涅槃在本賽季提交的新地圖。

粉絲們看到這裡都有些激動。

「涅槃居然也有新地圖？」

「地圖效果做得還挺好看的，應該是有專業美術把關！」

「聽說謝明哲和秦軒都是美術學院的，該不會是他倆做的吧？」

火焰山地圖確實很複雜，但是多位移的地圖在以前的比賽中也出現過，並不算特別新奇。在現場看比賽的大神們神色都很淡定，比起地圖，他們更關注涅槃在這張地圖上使用的卡組。

雙方卡組公布。

裁決換掉了幾張短腿卡，加入大量飛禽牌，顯然是為了快速位移。

涅槃的卡組也有了很大的變化，謝明哲的金系卡牌全部撤下，換上鐵扇公主、牛魔王、紅孩兒等土系卡，和喻柯的鬼牌組成了土系套牌。這套卡組中植物卡的數量明顯減少。

謝明哲藏起來的四張暗牌，則是豬八戒、唐僧、孫悟空和白龍馬等連動卡。

風華二隊的選手們看到這裡，臉上的表情頓時變得詭異起來。

周小琪神色蒼白地說：「暗牌該不會是豬、豬八戒吧！」

她到現在還忘不了她的植物被豬八戒接連揹過去當媳婦的畫面，如果聶神的牌也被搶去當媳婦，那聶神……會不會氣到原地爆炸？

同樣被豬八戒折磨過的秦宇航苦著臉道：「我也猜是豬八戒，配合鐵扇公主雙位移控場。」

唐牧洲看了新人們一眼，微笑著說：「你們仔細數數，確定是雙位移？」

新人們一愣，立刻掰著指頭仔細數卡牌，秦宇航的臉色格外震撼，「還有聶小倩、牛魔王、大面積定身的死藤、白龍馬……這是有六張位移牌嗎？幾乎達到了三分之一！」
唐牧洲幸災樂禍地道：「這下好玩了。」
聶遠道並不知道謝明哲有土系套牌，光從明牌來看，他發現涅槃的卡組裡有一張核心牌鐵扇公主，正好和火焰山場景的NPC同名，顯然，涅槃是要靠鐵扇公主的扇子進行控場。
牛魔王的衝撞擊退是近戰位移控制，聶小倩甩頭髮只能單次拉走一張牌，死藤是定身技，這些卡牌的威脅遠沒有鐵扇公主來得大。
因此，聶遠道迅速做出決定，吩咐道：「優先擊殺鐵扇公主！」
比賽開始。
火焰山場景，地面上的沙塵都是火紅的顏色。由於環境太過熾熱，所有位於火焰山範圍內的卡牌，都會受到每秒掉血的負面狀態影響。
好在場景事件在開局之後很快就被觸發。NPC鐵扇公主扛著巨大的芭蕉扇出現，只見她扇子一揮，一陣清風吹過，把火焰山場景裡一片十平方公尺方形區域中的火焰給搧熄滅了。
觀眾席有人尖叫出聲。
「這範圍也太小了吧！」
「所以才要搶占安全區啊！」
如果被滅火的範圍太大，卡牌隨便走兩步就進入安全區域，位移地圖的效果就會大打折扣。就是因為範圍特別小，雙方卡牌都要搶占這片安全區域，才會方便鐵扇公主進行遠端控場。
涅槃四人在這張地圖上已經練習了很久，因此NPC一出現，大家立刻操控自己的卡牌在第一時間就來到被滅火的區域。山嵐的反應速度也很快，空中飛禽牌有移速加成的優勢，他迅速讓卡牌位移過去，但是裁決的其他野獸牌跑得就沒那麼快了。
眼看野獸們即將到達安全區域，結果謝明哲秒召鐵扇公主，卡牌鐵扇公主身材比NPC小了一號，如同縮小版，但是她的技能卻非常給力——大扇子一揮，指定範圍內所有卡牌群體被吹飛。好不容易爬到安全區邊緣的野獸們，直接被吹進了大火當中！

同時牛魔王也展開行動，在安全區橫衝直撞，把已經進入安全區的野獸卡牌集體擊飛出去。陳霄操控的紅孩兒也放出三昧真火群攻技能——火上加火，直接燒得野獸群外焦內嫩。

牛魔王一家人三張卡連動，技能效果還有額外加成。

這一波精彩的配合讓現場觀眾席爆發出一陣熱烈的掌聲，大家完全沒想到涅槃會採取這樣的打法！位移控場，技巧性的打法很有看點，居然還真的把裁決的正面進攻給打退了！

裁決此時除了山嵐的飛禽牌，還有聶遠道那張皮最厚並且衝撞速度很快的獨角黑犀牛之外，其他的卡牌幾乎全部陷入了火海，看上去特別慘。

但聶遠道可不是吃素的。

早在看到這張地圖時，他就猜到了對手的策略，也做好了應對措施。

首先，他在暗牌中帶了兩張群體治療卡，應付群體掉血的不利局面。其次，鐵扇公主可以用扇子吹飛卡牌，但他這裡也有職業聯盟第一保鏢坐騎——神龜！

神龜這張卡牌設計得特別巧妙，一隻脊背面積五公尺大小的巨大烏龜，可以作為坐騎來使用，脊背上能擠下很多張卡牌，同時騎在烏龜背上的卡牌可以免疫任何傷害，相當於群體無敵保護技。而且神龜卡自帶防護罩，牠的保護包括了免疫場景負面狀態。

烏龜的移速很慢，然而牠出現後，裁決所有的野獸如同看到救命稻草一樣迅速爬到烏龜背上，火焰山場景的掉血傷害全被烏龜擋下！

看到這裡，連鄭峰都忍不住讚道：「老聶這個處理很漂亮，趁著鐵扇公主技能冷卻，召烏龜保護全團，這隻烏龜的血量都比得上我的大象了，有二十萬吧！」

烏龜做成了土系卡，並且是單技能保護卡，確實擁有最高二十萬血量和最強防禦。

涅槃想要靠場景掉血效果來消耗裁決的計畫落空。謝明哲看到這裡，也立刻調整策略，道：

「強殺那隻烏龜！」

若烏龜不死，裁決就會讓烏龜馱著其他的卡牌慢慢耗下去，這對涅槃來說非常不利。隊友們會意，大量的單體輸出技能全部打在烏龜身上。

涅槃想強殺這張卡牌，而裁決顯然想保住這張卡，雙方展開激戰，一時難分勝負。

就在這時，原本的安全區再次燃起火焰，NPC也再次出現，芭蕉扇熄滅了另一片區域的大火。同時，由於新的安全區距離裁決的烏龜很近，聶遠道讓輔助卡全部位移到安全區，強開群體範圍治療，烏龜背上所有輸出卡立刻下來，配合山嵐打反攻。

涅槃眾人迅速位移，山嵐趁著對方忙著位移的同時，以飛禽牌打了一波反擊。

飛禽牌攻擊力極強，空襲速度又快。一時間，涅槃的幾張脆皮卡反而被山嵐打殘。

裁決反擊的速度實在太快，觀眾們瞪大眼睛，生怕涅槃被裁決的暴力反擊打到滅團。

就在這千鈞一髮之際，謝明哲以極快的速度連召數張牌。

首先是唐僧，這張土系高血量的嘲諷牌一登場，周圍所有的攻擊都自動轉移到他的身上，同時謝明哲還召喚出了孫悟空，並讓唐僧念動緊箍咒。

孫悟空在師父念動緊箍咒時，會進入狂暴狀態，攻擊力不是一般的可怕。只見孫悟空一個筋斗雲，瞬移飛到空中，一棒子敲死了山嵐輸出最高、防禦最低的飛禽牌！

而此時，唐僧由於吸收大量傷害，血量下降到百分之二十，觸發了師徒連動技。

所有人的耳邊同時響起一個奇怪的聲音：「大師兄，師父被妖怪抓走了！」

山嵐一愣，心裡頓覺不妙！

謝明哲在腦海中模擬過無數次西遊師徒卡組的操作，所以這一刻他的精神高度集中，操控卡牌的速度快得讓人眼花繚亂。

他讓孫悟空秒殺山嵐的輸出牌，同時還召喚出豬八戒和白龍馬待命。

唐僧血量一到百分之二十以下，師徒連動開啟，豬八戒念出經典臺詞，唐僧自動召喚沙僧幫自己抵擋傷害。但是裁決的火力太猛，無法抵擋太久，因此豬八戒和白龍馬也必須儘快行動！

只見白龍馬變成坐騎形態，瞬移過去，在混亂中馱走了殘血的師父，把師父成功送回安全區，讓秦軒的治療牌加了一口血。

豬八戒則飛快地跑去野獸群裡，瞄準聶神攻擊力最猛的獅子，二話不說揹起來就往回跑。

聶遠道：「啊？」

看見那頭造型奇怪的豬突然跑過來揹走自己的獅子，聶遠道的臉色有些僵硬，哪怕見慣了大風大浪的他，也被面前這一幕奇葩的場景弄得有些懵。

師徒連動觸發時，豬八戒可以瞬移到大師兄的身邊。

於是，觀眾們就看見豬八戒揹著聶神的獅子，瞬移到孫悟空身邊，讓正處於狂暴狀態的孫悟空，一棒子就把獅子給敲死了。

聶遠道：「……」

此時，鐵扇公主的技能冷卻已經結束。聶遠道原本想集火秒殺她，卻被唐僧強拉一波仇恨沒能秒掉。還活著的鐵扇公主一扇子吹過，裁決所有卡牌再次被強行吹進火海之中，被秦軒用鋪滿地面的死藤給定身困住。

而喻柯和陳霄也沒閒著，陳霄的植物卡大面積群攻壓低對手群體血量，喻柯讓聶小倩開了幻影，在獸群中飛快位移，瞄準殘血牌就甩到黑無常的面前收人頭……

轉眼之間，黑無常連殺五張牌，疊了五層標記，一波爆標記清場，裁決的卡牌死傷大半！

聶遠道的臉色越來越難看。

因為他發現，被救回安全區的唐僧，開始自殘給隊友加血。

秦軒用神農卡給唐僧加了血，然後唐僧又自殘給隊友加血，結果便是——唐僧的血量再次變成了百分之二十，觸發師徒連動技。

觀眾們又聽到熟悉的一聲：「大師兄，師父被妖怪抓走了！」

孫悟空技能刷新，豬八戒又跑出來揹媳婦。

這回豬八戒挑中的是聶神單體暴擊最強的卡牌黑狼，二話不說，揹起來就跑。

然後觀眾們就看到熟悉的一幕——豬八戒揹著搶來的「狼媳婦」，瞬移到孫悟空的身邊，孫悟空也二話不說，又一棒子敲死了黑狼。

師兄弟這套配合，特別流暢，也特別氣人！

聶遠道：「……」

剛開始聶遠道還沒反應過來怎麼回事，可是作為賽場指揮，他第一時間看到了比賽戰鬥紀錄，其中有一條在他眼前一晃而過——豬八戒使用了「豬八戒揹媳婦」技能，揹走卡牌「獅王」。

揹媳婦……揹媳婦！

這三個字刺痛了聶遠道的眼睛，同時也讓現場圍觀的大神們滿臉複雜。

葉竹差點跳起來，「我擦！這什麼鬼技能？揹媳婦？」

裴景山頭痛地揉著眉心，「我就知道他設計的技能不會太正常，但這也太不正常了。」

鄭峰沒心沒肺地哈哈大笑，「我有點同情老聶，哈哈哈，獅子、黑狼都被豬八戒搶去當媳婦了！哈哈哈哈！」

歸思睿小聲提醒他：「師父別高興得太早，我們的卡牌說不定也會被豬八戒揹去當媳婦。」

鄭峰立刻收斂笑容，神色嚴肅地點頭：「嗯，也是，這真是全聯盟的災難。」

唐牧洲忍著笑，心想：當初小琪的植物卡被豬八戒揹走好幾次，害得小琪連續做惡夢。今天老聶的心情大概也不怎麼愉快吧！

第二局，涅槃贏得很莫名其妙。

觀眾席全場懵逼，直播間一群人都在刷問號。

「什麼情況？」

「技能叫豬八戒揹媳婦？所以那頭豬把我們聶神的卡牌搶去當媳婦了？」

「不，他把聶神的卡牌搶走當媳婦之後，又讓他師兄一棍子敲死了！」

「真替聶神的卡牌難過！」

大螢幕中，一向冷靜、沉穩，第一賽季出道的大神選手聶遠道，這時候的臉色僵如雕像。

他想以自豪的自制力保持住冷靜。可是最終，微微崩裂的表情還是出賣了他的情緒。

——誰來打死這個謝明哲！

每場比賽之後，都會有「精彩片段重播」，豬八戒連續揹走聶神兩張卡牌當媳婦並且被大師兄孫悟空一棒子敲死的畫面，再次呈現在大螢幕上。

慢動作的重播，看上去格外清楚，也格外好笑。

聶遠道摘掉頭盔時，正好看到大螢幕中在重播這個畫面。

兩位解說的神色很是複雜。吳月一向甜美的笑容此時也有些僵硬，尷尬地道：「豬八戒這張卡牌其實是張位移強控牌，和植物藤蔓、鬼牌頭髮的牽拉在本質上是一樣的，只不過胖叔做的卡牌技能描述太奇怪，揹媳婦，這樣的描述會給對手造成……咳，精神上的打擊！」

劉琛很快就調整好表情，無奈地道：「換成是我，要是眼睜睜看著自己的卡牌被一頭豬搶去當媳婦，我可能會抓狂……」

直播間內很多觀眾表示贊同，就連謝明哲的粉絲都不好意思誇他。

「心疼聶神的卡牌，要是卡牌有靈魂，胖叔會被全聯盟的卡牌集體圍毆吧！」

「胖叔製作的卡牌總是這麼一言難盡，勸對方的卡牌上吊、搶對手的卡牌當媳婦，還有更損人的打法嗎？」

「我覺得應該有！」

聶遠道表情嚴肅地看完重播，然後從旋轉椅上站起來，走到舞臺中間。

一向神色嚴肅的男人，此時依舊很嚴肅，只不過目光中帶著一絲……殺氣？

涅槃的四人這時候也走了過來，剛贏下一場比賽，謝明哲臉上的笑容格外燦爛，但是對上聶遠道深沉的目光時，他的笑容還是微微一僵，心虛地低下頭。

這殺氣有點可怕。

聶遠道儘量保持著前輩選手的風度，伸出手道：「恭喜你們從裁決手裡拿下一分。」

謝明哲禮貌跟他握了握手，「謝謝……」

聶遠道瞄了他一眼，用只有兩人能聽見的音量，低聲說道：「把媳婦揹過去，讓師兄殺掉，你的豬八戒可真有意思。」

明明聶神的表情很平靜，但是脊背莫名有種涼颼颼的感覺是怎麼回事？正想著，就見聶神輕輕拍了一下他的胳膊，意味深長地說：「加油吧。」

謝明哲立刻認真點頭，「我會的。」

聶遠道和涅槃其他人友好地握過手，緊接著就來到後臺。

比賽結束後，會有短暫的記者採訪時間，剛才也在現場看直播的記者們看見涅槃四人出現，一擁而上，圍著謝明哲爭先恐後地提問：「今天對裁決的這場比賽打得特別精彩，豬八戒這張卡牌尤其出色，阿哲可以跟我們說一下這張牌的設計思路嗎？」

謝明哲解釋道：「我先設計了『鐵扇公主』的群體位移控制，然後想著如果能有一張單體位移控制卡牌進行配合，就可以將對手核心牌帶到我方包圍圈中集火強殺，所以才把豬八戒揹媳婦的技能設計成了單體位移強控。當然，技能的名字不是特別好聽……」

記者們哄堂大笑。

不是特別好聽？看來你挺有自知之明的！如果全聯盟評選「最討厭的技能名稱」，豬八戒揹媳婦絕對能名列前三！

謝明哲餘光瞄到裁決的人也來到採訪間，立刻跟記者們鞠躬致謝，帶著隊友們快速溜走。

裁決雖然一比一戰平，成績並不理想，可是今天大家都很同情聶神，所以問的問題也相對溫和，「聶神，跟涅槃打成平手，這個結果你有料到嗎？」

聶遠道平靜地說：「涅槃是一支全新的隊伍，實力莫測，這場比賽出現任何比分都是有可能的，他們的主場有新地圖和新卡組，確實準備得很充分，能拿下一局也很正常。」

某位女記者大著膽子問道：「剛才第二局，您最鍾愛的兩張卡牌獅王和黑狼，都被豬八戒搶去當媳婦了，聶神當時生氣嗎？」

這個問題問完後，全場爆笑出聲，顯然大家又回憶起了剛才那幕匪夷所思的畫面。

山嵐偷偷看向師父，發現男人臉上依舊維持著平靜，可是身後的拳頭卻用力地攥了起來，手背上青筋爆起——顯然是很想捏死謝明哲那個小混蛋。

聶遠道目光掃過全場，淡淡地說：「不生氣，倒楣的又不只我一個。」

提問的女記者立刻抓住關鍵點，問道：「聶神的意思是，被豬八戒搶去當媳婦的卡牌會越來越多，您只是開了這個先例，其他的選手也逃不掉對嗎？大家都會倒楣？」

聶遠道點頭，「嗯，我們裁決是涅槃在團賽階段遇到的第一個對手，我相信涅槃不會一開始就拿出最強的戰術，他們肯定還有更討厭的卡牌，後面的俱樂部一個都逃不掉。」

全聯盟：「……」聶神你這是公然詛咒啊！

明顯表示出「獨自倒楣不如大家一起倒楣」以及「或許你們還會比我更倒楣」的意思！

不過，他這句話確實有道理，沒有任何戰隊會在一開始就拿出最強的戰術，涅槃肯定還藏著不少厲害的暗牌。在接下來的比賽中，說不定還會出現比豬八戒更討厭的卡牌。

而且，豬八戒這張牌肯定不會只用一次，接下來的比賽中，豬八戒還會經常出場，到處搶媳婦，簡直是聯盟頭號渣牌！

想到這裡，還沒跟涅槃打過比賽的戰隊人人自危，大神們心裡紛紛吐槽著，怎麼會有謝明哲這麼奇葩的選手？你設計位移技能就不能好好設計？非要取個「揹媳婦」的名字？官方到底為什麼會通過審核？

這個問題也是很多網友無法理解的地方。一時間，網上到處都是關於豬八戒的討論，網友們展開唇槍舌戰，爭論不休，結果居然把「豬八戒」這個話題直接刷上了熱搜。

這是謝明哲做的卡牌第二次上熱搜。

大家還記得不久前，他的秦可卿勸陳霄的植物卡在大師賽決賽上吊，於是「植物上吊」的話題被刷上熱搜，很多有才的網友做了不少表情圖案，配上「我不要上吊」的對白。

如今，那批有才的粉絲們又一次出動了。

涅槃和裁決比賽的精彩片段，被人截取製作成了「揹媳婦系列表情包」。

只見在遍地火焰的場景中，豬八戒二話不說揹起聶神的獅子就走，旁邊寫著文字「媳婦別怕，我來揹妳」，獅子被惡搞出紅臉蛋的害羞表情。還有一張豬八戒揹著黑狼的動圖，黑狼的頭頂被惡搞P了一個婚紗頭巾，旁邊配字「老豬揹媳婦去結婚，媳婦的臉有點黑」……

還有人以圖配文「昨天還說愛我，要娶我當媳婦，結果把我揹過去給你師兄殺，你這負心的渣牌，我再也不相信愛情了」。

另外有網友把歸思睿的鬼牌P到豬八戒的背上：我搶了個媳婦，搶到個鬼！

最有趣的是，有人把老鄭的大象也P了上去，讓豬八戒吃力地揹起了大象，配字：這個媳婦太重，我會不會被壓死？

網友們發揮腦洞，做出的系列表情包讓謝明哲笑得在床上打滾。充分證明了豬八戒這張卡牌的人氣，網友們一邊罵一邊玩表情包，玩得不亦樂乎。或許在不久的將來，有才的網友們還會做出一個統計——那些年，被豬八戒揹去當媳婦的卡牌們。

這天晚上做夢的時候，謝明哲再次夢見自己被人揮著刀子追殺，很多人的臉看不清楚，但是其中最清晰的，就是神色平靜的聶遠道大神，他手裡握著一把長刀，嚴肅地對準了謝明哲的後背……

早上起來的時候，謝明哲覺得脊背一陣發冷。現在還只是揹去當媳婦而已，要是將來讓聶神的獅子懷孕，聶神會是什麼反應？想想都很可怕。

謝明哲跑去洗手間用冷水洗了把臉，趕走腦子裡的惡夢，神清氣爽地來到會議室。

陳千林昨晚就發了通知，讓大家在會議室集合。

昨晚比賽結束回到俱樂部時才九點，本來要做賽後檢討，但是陳千林知道大家剛贏了裁決，精神亢奮，加上網上各種熱搜、段子和留言多得數不清，大家都在忙著刷網頁下載表情圖案，他這時討論比賽大家也聽不進去，乾脆讓隊員們冷靜一晚上，好好休息，次日再檢討。

果然，今天早上起來後，隊員們已經神色如常。

陳千林打開投影螢幕，仔細重播了跟裁決的兩場比賽，他給謝明哲的指揮首秀一個不錯的評價，但是也很客觀地指出一些細節上的失誤。

謝明哲認真聽著，一邊聽一邊做筆記。

分析完兩局比賽後，陳千林緊跟著調出賽程安排，道：「我們只有一天做調整，四月六日就要打眾神殿，而且，今晚還有小謝的第一輪個人賽，時間非常緊迫，現在換戰術已經來不及了，所以打眾神殿的時候繼續用這套卡組，在指揮和配合上儘量做到完美。」

謝明哲點點頭，問道：「地圖呢？還用火焰山嗎？」

陳千林說：「地圖自然要換，眾神殿的卡牌不像裁決，神族牌的移動速度快，而且都是遠端攻擊，純粹的位移打法對付他們行不通，這次我們不用火焰山，換成水簾洞。為了輔助孫悟空爆發，除了豬八戒、鐵扇公主外，陳霄多帶兩張藤蔓卡，加上小柯的聶小倩，把對方卡牌拉過來一批，水簾降下時迅速擊殺，打時間差。」

眾人認真聽著，對教練的安排心悅誠服。

只換地圖、不換卡組，這樣也能讓選手們儘快磨煉配合，為季後賽做準備。

打眾神殿用「水簾洞」地圖，斷斷續續的卡節奏打法可以最大程度地干擾神族卡和兵器牌的爆發快攻，但是具體效果如何還是要實戰才知道。

至於個人賽，陳千林對謝明哲並沒有太多指示。

今晚只是個人賽的第一輪，謝明哲對自己很有信心。

暗夜之都俱樂部。

葉竹看見網上發的豬八戒揹媳婦的表情圖案，臉色有些難看，「這些網友怎麼回事，做這些亂七八糟的表情圖案！我不想我的蝴蝶牌受到這樣的侮辱，要是胖……謝明哲敢用豬八戒揹走我的蝴蝶，我就把他的豬頭給打爆！」

裴景山輕笑出聲，拍拍小竹的肩膀安慰道：「別擔心，涅槃的第二個對手是眾神殿，同樣的招數用兩次還可以，沒人會連續用三次。所以在輪到我們暗夜之都的時候，涅槃應該不會再拿出豬八戒這張卡牌了。」

葉竹稍微放心了些，道：「只要不被那頭豬妖揹去當媳婦，其他的我還能接受。」

他關掉光腦，去餐廳吃了晚飯，心情這才變好一些，回到訓練室戴上頭盔。

這一屆個人賽報名的人數有好幾百人，採分批比賽。葉竹在聯盟群裡問了問：大神們，有誰也是今晚第一批比賽的啊？

並沒有多少大神回應。畢竟系統採隨機分組，會按照過去的成績，將排名前五十名的選手分散組隊，免得同一組有太多大神級的高手提前被淘汰掉。

倒是謝明哲舉起手，認真地道：我也是今晚第一批比賽的選手。

葉竹一臉嫌棄：千萬別遇到你！

謝明哲發來個笑臉：我也不希望遇到竹神。

竹神？從來沒人這麼叫過。葉竹被叫得愣了愣，心裡莫名地有些開心。

看來謝明哲也知道我是個高手！我比他出道早，就算年紀差不多，按照資歷的話，他也要叫我一聲前輩——葉竹得意洋洋地想。

晚上七點，所有參賽選手的光腦中彈出提示：第十一屆職業聯賽個人賽項目，第一輪海選階段即將在今晚七點半準時開始，請參賽選手儘快登入遊戲，未及時準備就緒即視為棄權。」

今天被系統抽到進行比賽的選手總共有九十九位，分成九個小組，每個人都要比十場。

晚上七點三十分，比賽正式開始。

連贏九場的葉竹越戰越勇，心情激動極了，他一定要以全勝戰績晉級下一輪！

結果就在第十場的時候，他看見了一個熟悉的ID——謝明哲。

葉竹差點噴出一口血：「怎麼會排到你！」

其實他們一直都在同一個小組，只是前九場都沒有遇上。謝明哲目前也是九連勝。

謝明哲很禮貌地說：「竹神好。」

葉竹心裡有種不大妙的預感。

更不妙的是，這一場比賽居然被抽中直播！

今晚沒有團賽，所以在網路直播間看個人賽的觀眾也非常多，線上人數破百萬。

而葉竹VS.謝明哲的畫面一出現，線上人數立刻瘋漲，在賽前準備的十秒內翻了一倍，兩人按下準備後，又翻了好幾倍，直接飆到好幾千萬。論壇上到處都在號召——大家快來看，謝明哲和葉竹在個人賽初賽相遇了！

網友們紛紛下注，有支持葉竹贏的，也有人押謝明哲說不定會爆冷門幹掉葉竹。

不像團賽打兩局可能會出現平局，個人賽是三局兩勝制，必須分出勝負。很多網友猜測謝明哲可能會以一比二輸給葉竹，這個結局很合理，連謝明哲的粉絲們也如此認為。

畢竟謝明哲是新人，葉竹可是第七賽季就出道的選手。

然而，這一場比賽卻讓觀眾們跌破眼鏡。

第一局是謝明哲主場，由他選擇地圖，他隨便選了一張系統圖庫裡的負面狀態效果圖，全地圖掉血。葉竹的蝴蝶牌攻擊力高、靈活性強，但弱點是很脆，容易死，地圖掉血能讓蝴蝶死得更快。

接下來是卡組公布，謝明哲直接拿出豬八戒、唐僧、孫悟空和白龍馬的連動體系，此外還有一張牛魔王以及兩張暗牌。

葉竹：「……」

剛剛還慶幸自己的蝴蝶至少不用被那頭豬妖搶去當媳婦，結果個人賽就抽到和謝明哲對戰！

看到那頭豬八戒葉竹就來氣。

比賽開始，葉竹放出透明玉蝶去盯謝明哲的豬八戒，他這張隱形追蹤卡，是全聯盟最強的追蹤卡，移動速度百分之六百，全聯盟最快，靈活度也最高。技能設計簡單好用，一是追蹤，可以跟隨在指定卡牌的身後，二是召集，可以將指定隊友瞬間召喚到目標所在位置。

透明玉蝶如影隨形地追蹤對手，當友方攻擊被追蹤的目標時，所有傷害自動翻一倍！

他的蝴蝶牌本來輸出就很高，爆發力強，移動起來又特別靈活，加上透明蝶的追蹤效果，職業聯賽中被葉竹盯上並且暗殺成功的卡牌，數量多到可以繞職業聯盟大樓一圈。

——在豬八戒放技能之前，搶先秒殺掉。

葉竹打定主意後就緊盯著螢幕，他讓玉蝶悄無聲息地來到豬八戒身後，死死盯著豬八戒。謝明哲現在還沒召喚出唐僧，趁嘲諷牌出場之前，他一定要最快速度秒了這張豬八戒，幫聶神的獅子和黑狼報仇，也免得自己的蝴蝶被欺負。

葉竹毫不猶豫，直接讓玉蝶開召集令，將群控卡黑紋蝶、攻擊力極強的紅帶袖蝶、藍閃蝶、枯葉蝶瞬間召喚到身旁！

玉蝶的召集令打法很有特色，這也是葉竹的蝴蝶牌最神出鬼沒的關鍵。

他的透明玉蝶悄悄地隱身瞄準某個對手，然後一個召集令，瞬間將隊友叫來，這種追蹤式打法經常打得對手猝不及防。他相信靠著黑紋蝶的群控和三張卡的爆發，豬八戒肯定會死。

然而，就在他的蝴蝶群飛到豬八戒身旁的那一瞬間，場上突然出現了一名白髮蒼蒼的老奶奶，以及熟悉的唐僧。

——白骨精變形，第一個老奶奶形態為單體嘲諷，直接嘲諷黑紋蝶，讓牠的範圍群控只對白骨精一張卡生效。

——唐僧肉，據說吃了可以長生不老。當唐僧出現時，周圍所有攻擊自動轉移到唐僧身上，展開群體嘲諷！

謝明哲早就猜到葉竹肯定會先殺豬八戒，因此他一直盯著豬八戒的周圍，在蝴蝶群出現的瞬間秒召卡牌。

由於他召喚卡牌的時機特別巧妙，葉竹一腳剎車沒能踩住，所有攻擊技能就這麼放了下去……唐僧瞬間被打殘，血量低於百分之二十。

然後，看直播的觀眾們再次聽到熟悉的聲音：「大師兄，師父被妖怪抓走了！」

謝明哲操作著豬八戒，毫不猶豫挑中葉竹最漂亮的藍閃蝶，揹起來就跑！

葉竹：「……」

由於他的蝴蝶卡此時都在豬八戒附近，豬八戒揹媳婦揹得毫不費力。

只是，觀眾們的表情都很複雜。

今天受邀來解說個人賽的主播七少，忍不住吐槽道：「豬八戒揹著一隻漂亮的藍色蝴蝶，蝴蝶趴在他的背上搧動翅膀，這畫面怎麼看著這麼搞笑呢？」

觀眾們：「哈哈哈，表情圖案素材又多了一個，我回去就P一張豬八戒揹蝴蝶。」

「同情小竹子！」

「連弱小的蝴蝶都不放過，有沒有人性？」

「可憐的葉竹，但我還是想笑，哈哈哈！」

「聽說葉竹超愛蝴蝶，家裡很多蝴蝶標本，而且特別寶貝自己的蝴蝶卡牌，這下，唉……」

比賽現場，葉竹簡直想把頭盔給砸碎！

不要臉，無恥！

謝明哲似乎聽到了他內心的嚎叫，於是給了他一個痛快，藍閃蝶被抓到孫悟空身邊……沒能活過五秒，就慘死在金箍棒下。

葉竹：「……」

——我一定要殺豬八戒報仇雪恨！

接下來的比賽簡直可以用「雞飛狗跳」來形容，葉竹鐵了心要殺豬八戒，偏偏謝明哲帶了兩張嘲諷卡，白骨精的三種形態可以嘲諷三次，唐僧也能自殘給豬八戒回血。

皮厚的老豬就是死不掉，就是活蹦亂跳地要搶他的蝴蝶當媳婦。

葉竹那個氣啊，氣得心態都崩了。

說實話，他出道三年，大大小小的比賽也經歷過不少，第一次遇到一個對手讓他氣得頭疼。明明冷靜下來靠實力就能贏，結果葉竹心態一崩，全場追殺豬八戒，眼裡就只有豬八戒一張牌，被謝明哲反過來利用。

豬八戒連續揹走葉竹好幾張蝴蝶牌，等葉竹終於擊殺掉豬八戒出氣的時候，自己的蝴蝶牌也快要死光，技能全部冷卻。

謝明哲在這時候召喚出蠍子精，劇毒蠍尾單攻爆發，清理殘局。

葉竹居然就這麼輸了？

網友們：「……」

謝明哲打比賽不光靠實力，還有一個絕招是別人學不來的。

那叫精神攻擊。

昨天的聶神還算淡定，葉竹可沒那麼沉得住氣，都被氣得精神凌亂了……

謝明哲在個人賽戰勝葉竹的消息很快就傳遍了全聯盟，照理說葉竹的個人實力比謝明哲要強上許多，但是葉竹這位選手有個明顯的缺陷——容易衝動。

他對蝴蝶的愛人盡皆知，他對待自己的卡牌，就像是對待自己親手養大的小孩。

謝明哲拿出豬八戒揹走他的蝴蝶當媳婦，葉竹完全被氣昏了頭，失去冷靜，發揮失誤，結果在個人賽海選階段的最後一場翻車，以十戰九勝的成績進入下一輪。

雖然輸一場對晉級沒有影響，但是葉竹的心情卻極度鬱悶，比完賽他就摘掉頭盔，憤憤不平地道：「官方應該管管這個謝明哲！好好的卡牌對戰遊戲，被他歪曲成什麼樣子了？搶親遊戲嗎？」

裴景山剛才也在看直播，見小竹氣得眼睛發紅，他強忍著笑意摸摸小傢伙的頭，「別把這些亂七八糟的技能描述放在心上，你只要把它當成是一個位移控場的技能就好。」

葉竹黑著臉道：「我做不到！」

豬八戒揹走卡牌的畫面在他腦海裡印象太深刻，一見豬八戒出現，他就忍不住想起網友們那些奇葩的表情圖案，自己的蝴蝶該不會也遭殃了吧？

他打開網頁，輸入「豬八戒」這關鍵字翻了翻，果然看見新鮮出爐的表情包。

豬八戒背著藍閃蝶、黑紋蝶、紅帶袖蝶……總共有七隻小蝴蝶掙扎著在老豬的背上揮舞翅膀，旁邊配字：我有七個蝴蝶老婆，週一到週日每天換一個。

實在無法直視那個奇葩的表情圖案，葉竹乾脆把光腦摔在旁邊，轉身去吃宵夜——只有食物才能化解他的悲憤之情！

謝明哲以全勝戰績進入個人賽第二輪，不過他很清楚自己的實力，遇到一些冷靜的對手，他就沒法用「精神攻擊」這個招數了，接下來的比賽，想贏只會越來越難。

四月五日晚上的個人賽得到十連勝佳績，反而讓謝明哲有種不大好的預感，總覺得明天的團賽不會太順利。

眾神殿的凌驚堂是第二賽季出道的老選手，平時在群裡搶紅包十分積極，看上去挺幽默的一位大神，但是他的實力卻絲毫不輸聶遠道，也不輸師父陳千林。

眾神殿這家俱樂部之所以能在職業聯盟一線隊伍中屹立不倒，關鍵在於凌驚堂出色的意識和大局觀，以及聯盟首席製卡師葉宿遷對卡牌資料、技能的嚴格掌控。

根據陳千林的分析，眾神殿的卡牌是資料最接近於完美的卡牌。

凌驚堂的兵器牌和許星圖的神族卡，都是暴擊極高的金系卡，稍微不慎，就有可能被他們秒殺。更讓謝明哲忌憚的是，眾神殿為了克制人族卡，專門做了一張卡牌「食人花」，具有人族即死判定，可以直接秒殺他的唐僧。

陳千林讓謝明哲自己調整對付眾神殿的卡組，而不是像第一場比賽時直接為他組好套牌。師父明顯是要訓練他排兵布陣的意識，謝明哲仔細分析後，決定帶上復活牌「如來佛祖」和治療牌「觀世音菩薩」。西遊師徒連動體系，唐僧是關鍵，一旦唐僧被秒，師徒連動技就沒法開啟。當初為了應付唐僧被秒殺的局面，謝明哲特別做了一張復活牌「如來佛祖」，被復活的目標血量回復到百分之十九，正好達到百分之二十以下血量的連動技觸發條件。

一旦眾神殿用「食人花」秒殺唐僧，謝明哲可以立刻用「如來佛祖」復活唐僧，開出師徒連動強殺對手的關鍵牌，進入自己的輸出迴圈。

除了如來佛祖之外，謝明哲還換了幾張牌，一是把神農換下，用觀世音菩薩來替代，這張牌有「玉淨瓶」範圍解控，可以對付眾神殿一些神族卡的群控技能，同時還有「普降甘霖」可以群體回血，提高我方隊友的生存率。當然，這張輔助牌會交給秦軒來使用。

陳霄將一張植物輸出卡換成了「太乙真人」即死牌，目的是用「九龍神火罩」的類即死判定技能，來封印眾神殿特別厲害的神族卡——路西法。

葉宿選做的神族卡當中，路西法和米迦勒擁有連動技，兩張卡牌的群攻很強，連動出暴擊的話能一口氣將對手的大批卡牌打殘，只要破解掉這兩張卡的連動，神族卡的威力肯定大減。

謝明哲將自己的思路跟師父說過後，陳千林也覺得可行。

一天時間很快過去，新調整的卡組，涅槃眾人也已經熟練掌握。

晚上六點半，眾人提前來到賽場。

現場依舊座無虛席，粉絲們熱情高漲，只不過今天的現場畫風有些奇怪——有大量豬八戒的卡通海報出現，其中不少是粉絲自己畫的，配上各種氣死人不償命的文字，簡直是大型拉仇恨現場。

謝明哲：「……」

——我已經很心虛了，粉絲們能不能別再為我拉高仇恨值？給聶神的獅子畫個害羞的紅臉蛋、給葉竹的蝴蝶畫個集體出嫁的婚紗，還做成了十幾公尺高的巨幅喜慶海報……是生怕我不被大神們打死是吧？有這樣當粉絲的嗎？

謝明哲頭疼得很，覺得自己的粉絲越來越皮，看個比賽跟參加婚禮現場似的，婚紗、紅臉蛋、禮炮煙花……能嚴肅點嗎？

導播將觀眾席壯觀的海報放大在螢幕中，解說吳月看到後，忍著笑評價道：「兩家俱樂部的粉絲給選手加油的畫風差別有點大，眾神殿這邊是大天使米迦勒、墮落天使路西法的海報，一白一黑看上去特別酷炫。涅槃這邊則變成了表情包現場。」

劉琛笑著說：「我覺得更像是婚禮現場的迎賓海報。」

吳月道：「看來，涅槃的粉絲們為豬八戒的婚事也是操碎了心，他到底要娶哪個老婆？」

涅槃粉絲哄笑，眾神殿的粉絲則一臉嫌棄，直播間內的粉絲們幸災樂禍。

「豬八戒表示要搶遍全聯盟的媳婦！」

「豬八戒是全聯盟最幸福的一張卡，媳婦可多了！」

「聯盟頭號渣牌豬八戒！」

解說們開了幾句玩笑後，便開始介紹雙方選手。

比賽之前陳千林曾對謝明哲叮囑過：「許星圖的強只在表面上，眾神殿打團戰真正強的高手其實是他的哥哥許航。他是一位默默無聞的專業輔助，他能把凌驚堂和許星圖兩個人的進攻節奏完美地融合，如果說眾神殿的兩位高手是武器，他就是連接武器的那條線。」

許航的名字，謝明哲從沒聽說過，這位選手不參加個人賽，只打雙人賽和團賽，是聯盟為數不多的專業輔助型選手，而且從第五賽季出道開始，已經當了整整五年輔助。

謝明哲知道這是一場硬仗。他已經做好充分的準備。

【第七章】

涅槃到底做了多少張場景卡

比賽開始。

第一局凌驚堂抽到藍色方，優先選圖。他選了一張新圖——冥界。

這張「冥界」是眾神殿本賽季新提交的地圖，因此涅槃眾人有五分鐘時間在新場景熟悉環境。

謝明哲進入地圖仔細觀察，冥界的環境跟東方神話裡的地獄差不多，光線昏暗，到處都是枯骨，還有不少死去亡靈的虛影飄浮在空中。

本以為這張地圖會像鬼獄那張地下密室一樣，讓亡靈觸發某些負面狀態，結果謝明哲剛在地圖逛了一圈，就看見地圖的螢幕中間閃爍著一行場景提示——本場景為冥界，由「冥王」哈迪斯掌管，由於位於死亡之界，全場景任何卡牌陣亡時立刻消失，禁止復活。

謝明哲的心裡陡然一驚。

——禁止復活！

眾神殿這張地圖選得極有針對性，在這種「禁止復活」的場景比賽，如果連動卡中關鍵的卡牌被秒殺，連動技能根本使不出來。

凌驚堂的目標很明確，就是要破涅槃唐僧師徒的連動！

賽前，謝明哲原本準備把「如來佛祖」帶上場專門復活唐僧，可是現在遇到禁止復活的場景地圖，如來佛祖這張卡牌毫無用武之地，而賽前他們並沒有準備其他卡組的戰術……

謝明哲的腦子一時有些混亂。

大賽經驗不足是他最大的缺陷，當遇到突發狀況時，他很難迅速想到應對的方法。陳霄察覺到他的緊張，在遊戲裡輕輕拍了一下他的肩膀，道：「別急，客場圖被針對這很正常，我們先按照自己的節奏打，輸贏都沒關係，練練配合比較重要。」

謝明哲深吸口氣冷靜下來，點點頭說：「好，那就用賽前安排好的卡組，把如來佛祖撤下來，換上孫策，必要的時候用嘲諷加無敵保一下唐僧。」

禁止復活，那就只能靠嘲諷吸收傷害來保護隊友。光靠白骨精的單卡嘲諷肯定不夠，涅槃群嘲最強的卡牌是孫策，可以騎著馬快速拉走仇恨，免得唐僧被秒殺。

然而，謝明哲還是想得太簡單了。

眾神殿今天明顯是有備而來，比賽一開始，他們就打得特別主動。路西法出場的時候，謝明哲立刻召出太乙真人，本想直接封印路西法將他逐出賽場，然而許星圖的操作非常聰明，在路西法出場的同時，還帶了一張保護卡雅典娜！

聖光籠罩——雅典娜的技能開啟，範圍內隊友群體無敵！

趁著短暫的三秒無敵時間，許星圖連續召喚出大天使米迦勒、海神波塞冬來配合路西法，三張神族卡一波群攻砸下來，涅槃的卡牌集體殘血。

謝明哲迫不得已召出孫策抵擋，並且迅速召喚西遊師徒體系，想讓豬八戒去把對方輸出最強的神族卡揹過來殺掉。

但是凌驚堂和新人周星辰的兵器牌全是單體暴擊卡，擬人化的兵器牌行動靈活，身材曼妙的女人雙手握著無雙劍、英俊瀟灑的帥哥單手持著噬魂劍，兩張兵器牌齊齊上陣。眾神殿以金系暴擊卡打出極為恐怖的單體傷害，瞬間就秒殺了超高血量的孫策！

在孫策陣亡的同時，眾神殿的輔助許航召喚出食人花——人族即死判定，對準了唐僧！

唐僧的血量還沒降到百分之二十根本放不出連動技，連給孫悟空的緊箍咒都沒來得及念出來，就直接陣亡。眾神殿隊友間配合的默契真是太可怕了，如果許航的即死牌出場早了零點五秒，攻擊就會被孫策的嘲諷給拉走；而如果晚了零點五秒，他的唐僧就可以開出師徒連動。

但就是不早不晚、恰到好處的即死判定，徹底打亂了謝明哲的連動體系。

這位輔助果然冷靜得可怕，他將凌神和小許的進攻步調完美地連接起來。

第一局比賽涅槃輸得毫無懸念，或許在唐僧被殺的那一刻觀眾們就預料到了。

從禁止復活的地圖，到雅典娜的保護，再到許航控場、許星圖群攻、凌神和小周單秒的默契配合——為了對付涅槃，眾神殿顯然也做了充足的準備。

謝明哲輸得心服口服。

只能看接下來的主場能不能扳回一局。

第二局是涅槃主場。其實觀眾們最期待的就是涅槃主場，畢竟可以看到新場景和新卡牌。

今天的新場景叫水簾洞，地圖設計並不複雜，場景效果是每隔一分鐘地圖中間會有水簾降下，擋住雙方所有的技能。

為了對付豬八戒的強制位移體系，凌驚堂和葉宿遷仔細商量過戰術，眾神殿主場用禁止復活地圖秒殺唐僧，連動體系不攻自破。如果是涅槃主場，對方帶了復活卡，那就用治療卡強行給唐僧加血——沒錯，給對手加血！

看到唐僧血量快低於百分之二十時，給他奶一口血，他的連動技自然開不出來。

大部分治療卡都是「給隊友治療」，但是眾神殿有一張治療牌叫「碧潭劍」，是凌驚堂的作品，擬人兵器牌的形象設定為穿著一身綠裙、紮著馬尾辮的可愛姑娘，手中的碧潭劍如同通體翠綠的玉，這張牌的治療是不分敵我的單體指定治療——專門克制賣血牌！

流霜城的方雨最討厭的就是這張卡。

當他的亡語牌好不容易自殘到快要掛了，凌神突然給他加一口血，他簡直想撞牆。

如今，凌驚堂發現謝明哲這套師徒連動體系中的核心牌是唐僧，而發動技能的關鍵點是「唐僧血量低於百分之二十」。這個條件在一般情況下很容易達成，因為唐僧可以自殘給隊友加血，還能開範圍嘲諷技能主動吸收傷害，很快就可以掉血掉到百分之二十以下。

這時候給他加一口血，他會是什麼心情呢？

凌驚堂將「碧潭劍」這張特殊金系暴擊治療牌放在暗牌之中。

謝明哲意外地發現，眾神殿在看到他的新地圖之後，立刻大量換卡，徹底改變了卡組陣容。上一局群攻特別強的路西法、米迦勒和波塞冬都被撤下，反而換上單攻極為暴力的邪神洛基、眾神之王奧丁。卡組中神族牌數量減少，加入了大量單體暴擊兵器牌。

顯然凌神已經參透了「水簾洞」這張地圖的奧妙，特地加入大批單體暴擊牌，讓涅槃很難透過秒殺其中一兩張卡牌來影響戰局——畢竟你秒殺我一張，我還有無數張。

加上兵器牌中有很多是近戰卡，這時如果用位移把對手的近戰卡拖過來，正好方便對手近身打你。凌神這意識也是絕了。

臨場換陣容是大忌。這幾天涅槃一直在練唐僧體系，不可能大換血，只有幾個位置可以微調。

謝明哲思考片刻，在暗牌中換上「太上老君」，打算用金剛鐲吸走凌神的兵器牌。

然而，他仔細一數，第二局眾神殿派出的兵器牌超過十張，而且沒有明顯的關鍵牌，所有卡牌都是單攻加單控卡，只吸走一張意義不大。

謝明哲想了想，將太上老君撤下，換上另一張卡牌——諸葛亮。

指揮在設置暗牌的時候，隊友們是可以看到的，喻柯不由得叫道：「諸葛亮，這張卡牌的配合我們還沒練過啊！」

陳霄也說：「你確定要用沒試過的暗牌？」

謝明哲猶豫了一下，沒配合過的卡牌貿然拿到賽場上，很容易和隊友脫節。

但是，諸葛亮這張卡牌確實是對付兵器卡的利器——草船借箭！

眼前就有這麼多兵器，不借真是虧大了！

謝明哲在聽到陳霄的疑惑時，自覺地將諸葛亮撤了下來。但是仔細一想，他又重新換了上去，目光中滿是堅定，「我相信諸葛亮能幫我們逆轉局面。沒試過，那就今天試試吧！」

陳霄心想：少年你的膽子真大！用沒配合過的卡牌直接上場比賽！全聯盟膽子這麼大的指揮，

也就只有你了。

謝明哲心態確實好，不管輸贏反正試試又不會少塊肉，大不了輸了被網友們噴幾句，回去再被師父罵一頓。現在只是常規賽階段，最重要的是練兵。打眾神殿，不上諸葛亮太浪費了。

雖然沒有和隊友配合過諸葛亮的打法，但是謝明哲自己很熟這張牌。

由他親自操控，關鍵時刻來一波草船借箭，或許能打得對方猝不及防？

比賽開始。

水簾洞場景，雙方展開激戰。

凌驚堂確實是非常冷靜並且大局觀極強的指揮，在他的指揮下，哪怕水簾洞是涅槃的主場，依舊被他壓著打。

尤其是唐僧這張關鍵牌，被凌驚堂盯得死死的。

唐僧出場開技能賣血，剛賣到百分之二十，凌驚堂立刻召喚暗牌碧潭劍，給唐僧加了一口血——不多不少，正好把唐僧加到百分之五十的血量！

此時唐僧一技能冷卻中、二技能賣血給隊友一次只能賣百分之十，不足以觸發連動技。見唐僧陷入很尷尬的血量狀態，連動效果無法觸發，凌驚堂微笑著道：「迅速集火，別打唐僧！」

這也是他帶大量單攻卡的原因，針對性地攻擊其他卡牌，就不去碰唐僧。

謝明哲很想吐血——凌神這個辦法真是厲害，居然主動幫唐僧加血！謝明哲無比佩服！

連動技開不出來，豬八戒和孫悟空的技能就無法刷新，這兩張卡牌技能效果雖然強，可是冷卻時間比較久，一次揹走一張牌就跟撓癢癢一樣，對眾神殿的威脅遠沒有連動技那麼大。

好在陳千林有先見之明，在這次暗牌的卡組中，控位移的卡牌比較多。

豬八戒揹一個，聶小倩拉一個，藤蔓卡再拉兩個，當水簾洞降下的那一刻，觀眾們發現，眾神殿居然有四張卡牌被涅槃強行拉到己方的包圍圈中！

凌驚堂完全不懼，被拉走的四張卡牌趁機近身攻擊，其中一張卡牌被殺後，三卡聯手強殺豬八戒！四換一，看上去眾神殿第一波團戰打得很失敗。但是實際上，眾神殿陣亡的四張輸出牌還有其他卡牌可以替代，涅槃陣亡的卻是核心卡，無其他卡牌替補，眾神殿其實並不吃虧。

卡牌的數量，並不等同於卡牌的重要性。

謝明哲急忙復活豬八戒，但是眾神殿也早有準備，冥王哈迪斯再次出場——死亡領地，在冥王劃分的死亡領地範圍內，敵方已陣亡卡牌不允許復活。

又不讓復活！冥王這個技能真是太討厭了。

涅槃靠豬八戒控場的體系被打破，緊接著，凌驚堂開始全面反擊！

眾神殿的執行能力確實一流，指揮一聲令下，全體卡牌出動，趁著水簾升起的時間迅速反攻，將原本陣亡四張卡的頹勢瞬間拉回來。

雙方打得格外激烈。眾神殿靠大量單體暴擊卡集火涅槃核心牌，「單殺暴擊流」的打法讓涅槃疲於應對，眾神殿也迅速建立優勢，卡牌數量從最開始的十六比十九，在比賽進行到八分鐘時，已經逆轉成了九比七。

涅槃能支撐這麼久，關鍵還是謝明哲在看到對方派出大量單攻卡時，在暗牌中換上劉備、觀世音菩薩——前者有金系護盾可防秒殺，後者能群體回血、群體淨化，提高生存能力。

要不是有秦軒不斷地加血、加護盾，情況可能會更糟。

八分五十五秒，距離下一次水簾升起，還剩最後五秒。

涅槃在場上有六張牌，謝明哲的手裡還捏著一張暗牌諸葛亮。

謝明哲深吸口氣，道：「大家留著技能，準備全體進攻！」

觀眾們看到這裡都覺得涅槃沒戲了。直播間內紛紛刷起唱衰彈幕。

「涅槃今天有點慘，第一局被完虐，第二局只在開局拿到一點優勢，很快就被扳回去。」

「畢竟是凌神，大局觀一流，看眾神殿殺卡牌的順序就知道了，特別能抓涅槃的軟肋！」

「豬八戒第一個陣亡，謝明哲的卡都被殺光了！」

「眾神殿的下一波集火，涅槃一定頂不住，應該會被滅團！」

只有少數人注意到，卡牌數量不對。

涅槃剩餘牌數是七張，場上的卡牌卻只有六張，還有一張暗牌一直沒出現。

發現這一點的觀眾忍不住好奇，「涅槃好像還有一張暗牌？」

「就只剩一張牌，應該掀不起什麼風浪吧！」

「該不會是指揮被壓著打，腦子糊塗忘了吧？」

在團賽混亂的局面中，忘了自己還有一張卡牌沒上場，這也是有可能的。

八分五十九秒，還剩一秒，水簾即將降下。這時候，涅槃突然做出一個出人意料的舉動——所有的卡牌都迅速靠近水簾的位置，像是要朝眾神殿猛撲過去一般。

然而就在涅槃卡牌到達水簾位置的那一刻，水簾降下，雙方被隔絕。

觀眾們一臉莫名——這是做什麼？指揮精神凌亂弄錯方向了嗎？眾神殿是近戰卡，涅槃往近戰卡的臉上衝，是要去送人頭？

等水簾再次升起時，眾神殿果然襲來一波猛攻。幾乎是同一時間，一名手持羽扇的英俊青年突然出現在賽場上，他手中的羽扇輕輕一揮，一艘巨大的草船猛地橫在雙方卡牌的中間，眾神殿所有的攻擊全部被草船擋住。

直播間的觀眾紛紛發彈幕表達疑問。

「這是保護技能嗎？」

「群體無敵？撐不了多久吧！」

然而下一刻，所有人都瞪大了眼睛。

當凌驚堂的兵器牌在攻擊草船時，射出的兵器居然全被船上的稻草人給吸走！凌驚堂微微一怔，下一刻，涅槃的卡牌就全部失去了蹤影。

水簾洞中安靜極了，只傳來一陣悠揚的琴聲。

諸葛亮坐在中間，旁若無人地撥動琴弦——空城計，己方卡牌群隱！

涅槃全部卡牌隱身，以極快的速度繞到後方！

觀眾們即使有上帝視角，也完全不知道場上發生了什麼事，就見涅槃六張卡牌突然出現在眾神殿卡牌的背後，集體發起了攻擊！

同一時間，草船上借來的兵器，如同劍雨一般反射向眾神殿。

KO，眾神殿團滅。

觀眾們：「……」

謝明哲這招玩的就是心跳！

在現場看更是驚險刺激，連聯盟的其他大神們都差點掉了下巴。

最後時刻，涅槃居然用一張巧妙的暗牌，在五秒之內徹底翻盤！

而坐在場地中央彈琴的諸葛亮，此時依舊維持著雲淡風輕的樣子，像是賽場上的一切爭鬥都與他無關。英俊的男人揮一揮羽扇、彈一彈琴，優雅、從容地立在賽場，宛如運籌帷幄的軍師。

他也確實是一位出色的軍師。

觀眾們這才看清他的臉，一群迷妹立刻開始尖叫。

「我的天，好帥啊！」

「阿哲畫的人物真是的一張比一張帥。」

「這是什麼牌？以前從沒出現過？」

「諸葛亮？我心裡又要多一位男神了！」

謝明哲此時雙手都在微微發抖。

兵行險著。他還沒和隊友磨合過諸葛亮這張牌的打法，卻在正式比賽中貿然使用，他也佩服自己的膽大包天。他很怕回去被師父罵死，罵他太任性衝動。

但是事實證明，諸葛丞相沒有讓他失望！

草船借箭的傷害延遲反彈、陳霄雙植物卡的群攻、喻柯鬼牌的單殺，加上秦軒的輔助控場——在空城計結束、集體繞到後方的那一瞬間，群體爆發的威力讓眾神殿猝不及防，直接團滅！

兩位解說也是久久不知道該說什麼。

群體隱身，迅速繞到後方，一波爆發反攻，團滅對手……

如此精彩絕倫的逆轉，讓他們一時都找不到合適的言語去評論。

謝明哲的粉絲們都快激動瘋了，現場的尖叫聲此起彼落。

涅槃上一場打裁決的時候，豬八戒揹媳婦讓粉絲們啼笑皆非，雖然贏了比賽，但是網上都在玩表情包，沒人評論謝明哲指揮得如何。

但是今天這一場，在豬八戒開局就被秒殺的情況下，涅槃靠著治療卡強撐九分鐘沒有崩盤，最後來一波絕境反撲。諸葛亮這張卡牌真是——帥炸了！

由於諸葛亮這張MVP卡牌被呈現在螢幕中，所有人都能清晰地看到諸葛亮的技能設計和資料。比起豬八戒「揹媳婦」的討厭描述，諸葛亮的技能描述相對來說要正常許多。

第一局涅槃被壓制得很慘，第二局也一直處於劣勢，粉絲們根本沒想到最終會是這樣的結果。前期的壓抑，到後期的帥氣逆襲，有些粉絲激動得都哭了——也正因為如此，諸葛亮這張卡牌的人氣直線攀升。比賽才剛結束，諸葛亮就被粉絲和路人一起刷上了熱搜。

之前豬八戒上熱搜，網上出現各種惡搞的表情包，這次的諸葛亮卻廣受好評。

在謝明哲畫的人物卡牌當中，顏值高的並不少，但是諸葛亮的氣質非常特殊，他似乎有種與生俱來的風度，輕輕揮動羽扇召喚草船的帥氣瀟灑，在亂局中彈奏古琴的鎮定從容，再加上一張年輕英俊的臉和高大修長的身材，一現身就吸引了無數迷弟迷妹們的目光。

其次，他的技能設計也堪稱完美，是一張集群控、群反和群隱於一身的戰術牌。即便血量很低，看起來弱不禁風，但是卻能在關鍵時刻翻轉戰局——剛才在五秒內團滅眾神殿就是事實證明。

這樣一張有顏值、有實力的卡牌，當然會受到很多網友喜愛。

比賽結束後的採訪時間，記者們也紛紛圍繞著「諸葛亮」展開提問。一位專業記者問道：「用諸葛亮這張戰術牌在最後關頭出其不意地反擊對手，並且算好了所有隊友和對手的技能時間，這是你們早就計畫好的戰術嗎？」

其實並不是提前計畫好的，而是謝明哲膽子太大，臨時才將諸葛亮換上場。

要是實話實話，會顯得他狂妄自大，好像隨便換一張牌都能贏，對眾神殿的凌神也是一種赤裸裸的蔑視。謝明哲很機智地順著記者的話，一本正經地說：「是的，為了從眾神殿的手裡拿到一分，我們這兩天做了很多準備。諸葛亮這張牌的打法，我們也練習過很多次，草船借箭和空城計的連招大反擊，也是專門針對凌神設計的戰術。」

喻柯：「……」

睜眼說瞎話還能面不改色，阿哲的演技真是越來越強了！

陳霄倒是很讚賞謝明哲的說法，這樣的回答，給眾神殿留足了面子，自己也不至於招黑。涅槃最近動不動就上熱搜，還是低調點好！

網友們聽到這裡，只會覺得諸葛亮體系是涅槃私下練了很久的祕密陣容，贏眾神殿不奇怪。但是事實上，諸葛亮卻是謝明哲臨時起意，突然拿出來的暗牌。他在倉促之下選用這張卡牌來針對凌神的兵器牌，在賽場上精打細算，最終成功逆襲。

足以說明他掌握戰局的能力之強。

隊友們深有體會，但是又不好明著誇他。好在記者們都不瞎，知道謝明哲這一場指揮得很好，就圍著他繼續提問：「阿哲在最後關頭算準了一切技能，一波翻盤確實很帥！在長時間被壓制的情況下還能保持冷靜，你是怎麼做到的呢？」

謝明哲笑著說：「我沒想太多，只是專心盯著賽場的情況。隊友們在團隊語音頻道隨時交流，他們的卡牌大招冷卻時間好了會主動給我提示，我只需要確認所有人的卡牌大招都在，然後召喚諸葛亮來一次集體大反擊。這不是我一個人的功勞，是大家配合得好。」

順便把隊友們也誇一誇，他還挺會做人。

雖然他的某些卡牌很招人厭恨，但是謝明哲本人明明就是個禮貌謙虛的好少年啊！

看著他陽光明朗的笑容，記者們都不好意思黑他，於是這場比賽結束後各大網站的新聞稿都狠狠地把謝明哲誇了一遍，什麼天才製卡師、出色的指揮天賦、冷靜又謙虛的少年天才……

看到各大網站關於這一場比賽的正面報導，謝明哲並不高興，反而覺得很心虛。

回去的路上，喻柯也忍不住誇他一句：「阿哲你真是膽大心細！當你拿出諸葛亮時，我都快嚇死了，總覺得這局會崩，沒想到效果居然這麼好！」

陳霄拍拍謝明哲的肩膀，稱讚道：「不錯，有前途。」

謝明哲嘿嘿笑道：「謝謝大家願意跟著我冒險。」

如果不是隊友們的信任，只要有任何一人不願聽指揮，他們就無法在第二局絕境翻盤。謝明哲是膽子大，但是他敢這樣做的關鍵原因，其實是因為相信隊友們不管在什麼情況下都會齊心協力，因為有這些全心信賴他的隊友，再冒險的戰術也值得嘗試。

正聊著，謝明哲的光腦突然亮了——是唐牧洲發來的語音訊息，簡單乾脆地問：「諸葛亮這張暗牌，是你臨時加進去的吧？」

謝明哲怔了怔，很是疑惑，「師兄你怎麼猜到的？」

唐牧洲輕笑著道：「以我對你的瞭解，如果真像你所說的『在賽前練習了很久』，你不會在亮牌時反覆調整。我記得你當時換上換下，連續換了三次暗牌，應該是在和隊友們商量要不要拿出諸葛亮。」

師兄真是火眼金睛，這樣的細節都被他注意到。

謝明哲當時反覆調整暗牌，大部分人看到之後都會以為涅槃在調整陣容或者是故弄玄虛，唐牧洲卻一下子猜到了謝明哲這麼做的真正原因——是因為心裡沒有底，不敢換上諸葛亮，猶豫了兩次，最後還是鼓起勇氣換上來。

他對謝明哲的瞭解自然比其他人更深。

被師兄猜透心思，謝明哲也沒想隱瞞，直說道：「諸葛亮是我後期做的散卡，不屬於套牌，我們其實沒練過諸葛亮的打法，今天拿出來是因為第一局輸得太慘，第二局正好凌神換了十張以上的兵器牌，我就想著用諸葛亮的草船借箭來克制。」

唐牧洲笑道：「真是臨時拿出來的？你膽子夠大。」

謝明哲厚著臉皮道：「我也覺得我膽子太大，你說，師父會不會罵我？」

唐牧洲安慰道：「別擔心，你指揮得很棒，師父不會說你的。」

謝明哲鬆了口氣，「那就好。」頓了頓，他又得意地道：「你也覺得我指揮得很好嗎？」

唐牧洲發來一段語音訊息，聲音低沉溫柔：「今天第二局確實打得不錯，你很有指揮團戰的天賦，大局觀挺強的，只是缺了些實戰經驗，相信自己，以後會越來越好。」

聽著男人低沉的嗓音，謝明哲開心極了，迅速回道：「哈哈，我也覺得我超有天賦！」要是他身後有尾巴，現在已經翹到天上了。

唐牧洲能想像他興奮得意的神色，在記者面前裝得冷靜從容，回答問題滴水不漏。但是實際上，他的性格才不是這種成熟穩重型的，估計比賽結束的那一刻他就想跳起來慶祝，避免仇恨值太大，才一直忍到現在。

真是越想越覺得可愛。在記者面前故作正經的傢伙，內心戲肯定超多吧？唐牧洲不由輕笑出聲，片刻後，他才摸了摸鼻子，給謝明哲發消息道：「你什麼時候用王熙鳳、賈探春這套水系卡牌？笑聲攻擊，搧耳光，應該會更精彩。」

謝明哲並不打算隱瞞，回道：「對上聖域的時候吧。」

唐牧洲：「……」

謝明哲從光腦裡找了一張【誠懇的笑臉】的表情包，一起附上回覆道：「師兄那天打聖域用二比零贏得很乾脆，特別解氣，我也想給聖域準備一份驚喜。到時候用王熙鳳的哈哈哈笑聲攻擊，賈探春的抽耳光攻擊，這不就是在打邵博的臉嗎？」

唐牧洲哭笑不得，「一邊聽王熙鳳哈哈笑，一邊被探春打臉，邵博估計會被你氣死。」

謝明哲認真道：「師父一直叫我們不要介意過去的事情，可是每次看見聖域拿出的卡牌背後製卡師logo寫著一個『林』字，我就覺得特別不爽。」

唐牧洲微微一笑，道：「收了你這樣的徒弟，師父一定很開心。」

謝明哲道：「我哪裡能跟師兄比，你當年那可風光了，個人賽五十連勝，直接拿下冠軍，師父的得意弟子是你這位大徒弟才對。」

唐牧洲道：「但是現在，師父跟你在一個隊，大徒弟已經被放養了。」後面還附帶了一個【難過】的表情。

謝明哲忍不住笑起來，「是喔！以後風華VS.涅槃，面對師父、師弟還有陳霄這個好兄弟，你的壓力肯定很大吧！」隨後附上【同情的眼神】。

唐牧洲道：「別高興得太早，師兄到時候也給你準備了驚喜。」最後附上【微笑】。

謝明哲脊背一涼，總覺得這「驚喜」一定不簡單。唐牧洲是最瞭解涅槃的人，在職業聯盟的所有戰隊中——風華，將是涅槃最可怕的對手。

按照賽程安排，五月份才會開始與A組進行組外循環賽。屆時要如何對付風華，還有很長的時間可以思考。下一場比賽的對手暗夜之都，才是謝明哲目前應該關注的重點。

謝明哲帶著忐忑的心情回到涅槃俱樂部，推開門時，陳千林正在看今天兩局比賽的重播，臉上的神色平靜如常，看不出喜怒。

謝明哲垂著腦袋道：「師父，咳，我們回來了。」

陳千林瞄了他一眼，說：「看上去都挺有精神的。那就去會議室開會。」

謝明哲本以為他要罵自己，結果陳千林對他貿然調用諸葛亮這張牌什麼都沒說。直到檢討結束後，謝明哲終於憋不住，主動開口道：「師父，我在第二局用了賽前沒有練習過的諸葛亮，算是計畫之外的臨時變更，您不罵我嗎？」

陳千林看向他，淡淡地道：「季後賽你這麼衝動，我肯定會罵你。但是現在常規賽才剛剛開始，一局比賽的勝負，並不會產生太大的影響。你可以放開手腳去嘗試各種戰術，把所有的卡牌都練熟，我沒什麼好罵你的。」

師父的認可讓謝明哲的雙眼一亮，「真的可以嗎？那下一場和暗夜之都的比賽，我能不能試著自己搭配一下卡組？」

陳千林鼓勵道：「可以，你說說看。」

謝明哲咳嗽一聲，打開自己在光腦裡寫好的筆記，道：「暗夜之都最厲害的選手是裴景山。裴景山的蟲蟲可以靈活地分裂、聚集，配合葉竹的隱形追蹤蝶進行群體召喚，再加上葉彬彬的符咒定身和群體負面狀態，還有暗夜之都輔助選手林權的控場，他們的打法如果要用一句話總結，就是葉竹追蹤、其他人迅速跟隨的潛伏游擊戰術。」

陳千林讚賞地點頭，補充道：「暗夜之都的卡牌在賽場上經常神出鬼沒，很難防得住他們的游擊暗殺。」

團戰時暗殺的發動時機由裴景山掌控，他會觀察玉蝶的位置，找到合適的機會就讓葉竹開召喚，群體瞬移過去秒殺對面核心牌，然後再迅速分裂、散開。對手就算想反攻，一時也很難抓住移速高的蝴蝶和裴景山四分五裂的蟲蟲。

謝明哲仔細看過暗夜之都和其他俱樂部的比賽，他發現對付靈活度極高的蟲蟲牌、蝴蝶牌，不能靠單攻秒殺，因為根本就抓不住牠們。最好的辦法就是——群攻！

不管母蟲在哪兒，範圍群攻一起炸，把分裂的蟲子全部炸死。

謝明哲提議道：「我覺得打暗夜之都，我們可以使用大量群攻牌加上少數單攻牌，群攻牌專門炸裴隊的蟲蟲，單攻卡盯著葉竹的關鍵蝴蝶牌進行秒殺。」

陳霄笑了笑，「這辦法不錯，蟲子分裂之後，直接放群攻，群攻範圍大的話牠們也逃不掉。」

謝明哲道：「卡組我們一起商量看看，要上什麼陣容？」

「黑玫瑰、黑法師、吸血藤……我的群攻牌特別多，我挑五張帶上場吧，你呢？」陳霄仔細想了想謝明哲的卡組，突然想到一套群攻特別強的卡組，「周瑜和陸遜？」

「對！」謝明哲很開心能和陳哥想法相同，他興奮地說：「周瑜和陸遜在卡牌數量越多的時候，傷害就越高，團戰一方就有二十張卡牌，裴隊的蟲蟲卡還會分裂，這一分裂，現場的幻象肯定比平時的團戰還要多，正好方便周瑜鐵索連環打出火系蔓延傷害！」

「哈哈哈，到時候全部連起來，管他分裂了多少隻蟲子，一起燒成灰！」喻柯也激動起來，「那我不如把牛頭、馬面都帶上，開黃泉路、彼岸花的連動群攻，還可以幫你們補傷害。」

「嗯，小柯你可以帶牛頭馬面、黑白無常。秦軒再帶一張薛寶釵蝴蝶即死牌，秒掉一張葉竹的關鍵蝴蝶牌。」謝明哲很嚴謹地安排著陣容。

「玉蝶移速太快抓不到，我可以秒他攻擊力最強的藍閃蝶，或者群控牌黑紋蝶。」秦軒冷靜地開口說：「到時候看情況，需要秒蝴蝶牌的時候給我一個提示。」

「沒問題！」謝明哲仔細想了想，「地圖就用『火燒赤壁』如何？裴隊的那些蟲子生命值都很低，全場景起火會給他們更大的壓力。而且，周瑜和陸遜的火攻與赤壁之戰的場景火焰融合在一起，在視覺上也容易造成一些誤判。」

「我覺得不錯。」陳千林贊同地點點頭，「除了周瑜和陸遜，你還要帶哪些牌？」

「黃月英和諸葛亮。黃月英可以把諸葛連弩放在場地的中間，進行三百六十度自動掃射。諸葛亮就當成戰術牌，技能以舌戰群儒的群體混亂和空城計為主。」

「自動掃射這主意不錯。在蟲子們大批分裂的時候，月英的諸葛連弩可以自動瞄準附近的敵對目標。」陳千林道：「還剩下一張牌呢？」

「最後一張牌，我想給暗夜之都一個驚喜！」謝明哲笑咪咪的，滿肚子都是壞主意，哪裡還有記者面前那懂事、禮貌又客氣的樣子？

「什麼牌？」陳霄瞄他一眼，打趣道：「不會是月老吧？要讓蟲子們拉著紅線談戀愛？」

「不。」謝明哲搖搖頭說：「蟲子太小了，月老的紅線很難命中，我想帶的卡牌是送子觀音！」

送子觀音也沒比月老好多少啊！

送子觀音可以生成複製卡，這樣的技能絕對不會放給對手，目標只會是自己人——複製出關鍵群攻技能來增加戰鬥力。只不過，他想讓誰的卡牌生寶寶？

隊友們對視一眼，人人自危。

謝明哲看向喻柯，後者立刻擺擺手，緊張道：「別給我的黑無常送寶寶，我不想生個Q版的小黑無常！」

秦軒道：「我帶的都是輔助卡，沒必要複製吧？」

陳霄摸著鼻子，心裡突然有種不大好的預感，問道：「你又瞄準了我的植物？」

謝明哲笑道：「陳哥你有兩張植物卡，基礎群攻資料是我們所有卡牌中最強的，即使複製出來之後的傷害資料減半，也還是非常給力。所以我覺得，可以讓你的植物生個寶寶。」

陳霄露出了一個悲傷的表情。

謝明哲拍拍他的肩，「為了贏，陳哥你就犧牲一下吧。」

陳霄還能怎麼辦？只能讓他的暗黑植物生寶寶了。

當初他的植物卡被秦可卿勸著上吊，網友們把「植物上吊」的話題刷上了熱搜。

如今謝明哲又要荼毒他的植物卡，給他的植物強行送寶寶。說不定等打完比賽之後，「植物懷孕生寶寶」的話題又要上熱搜了。這根本不符合自然科學的常理！

不過，星卡世界本來就不符合常理，小蟲子可以咬死大象、海洋生物可以在陸地上行動、鬼牌還能用頭髮擊殺對手……植物懷孕，似乎也說得過去？

欸，有個謝明哲這樣的隊友，不僅其他俱樂部的大神要擔心卡牌被搶去當媳婦，連自己隊上的卡牌也過得不容易得啊——隨時要擔心會不會莫名其妙地懷孕生寶寶！

涅盤第三場團賽即將迎戰的俱樂部，是聯盟六大巨頭之一的暗夜之都。

開賽之前，網上的支持率居然變成五五開，並且有百分之八十以上的網友投票推測本場比分為一比一。和一開始涅槃對戰裁決時，大部分群眾支持裁決二比零獲勝的比分形成了鮮明的對比。

謝明哲並沒有關注網上的討論，比賽前一整天他都在俱樂部專心和隊友們練習配合。

四月八日晚上，團賽常規賽第三回比賽正式開始。

第一場比賽是A組兩支二線隊伍的對決，第二場就是涅槃VS.暗夜之都。

由於第一場結束的時間不固定，為避免需要提前上場而措手不及，涅槃戰隊的選手們早早地就來到現場等待。謝明哲在洗手間湊巧遇到葉竹，葉竹顯然在神遊，走路的時候不專心，差點一頭撞進他的懷裡，謝明哲立刻急剎車停下腳步，微笑著道：「竹神好。」

葉竹聽到這陌生的稱呼，茫然地抬起頭，看見謝明哲之後臉色立刻一變，「是你？豬八戒這張卡牌的精神攻擊不會一直有效，你以為我在個人賽失誤過一次，團賽還會失誤嗎？不可能的。」

謝明哲笑道：「我知道，同樣的套路用多了肯定就不靈了。」

跟他的淡定比起來，自己好像很衝動？虧自己還是比他早三個賽季出道的「前輩」選手，想到這裡，葉竹忍不住有些臉紅，立刻灰溜溜地轉身跑了。

謝明哲覺得小葉竹還挺可愛的，他年紀太小，想事情也比較單純，哪怕在聯盟已經打了三年比賽，思想上還沒被各大俱樂部大神們的壞心眼給污染。

所以等會兒打暗夜之都，可以從葉竹這裡尋找突破口。

柿子要挑軟的捏，打不過裴隊，先打小竹子是個不錯的選擇。謝明哲笑咪咪地想著。

偶遇謝明哲的插曲讓葉竹心裡有些彆扭，裴景山看葉竹時而困惑迷茫、時而咬牙切齒、這會兒又是意氣風發，臉上的神色變換個不停，他終於忍不住問道：「你是在現場製作表情包嗎？」

這句話讓周圍的隊友都笑出聲來，小竹子現場製作的表情包真是豐富極了。

裴隊大概因為是哲學系畢業的緣故，說話總帶著一種「很正直」的感覺，不過他有時候一針見血的評價卻很毒舌，比他蠱蟲的疊毒還要可怕。

葉竹揉了揉臉，迅速調整好表情，「我在想，用你安排的戰術打涅槃，肯定會把他們打崩。」

裴景山似笑非笑地看著他道：「打崩？是誰跟謝明哲打個人賽時心態先被打崩的？」

葉竹惱羞成怒，「那是特殊情況！」

裴景山輕笑著道：「被豬八戒揹走幾隻蝴蝶你就氣瘋了，萬一涅槃有更過分的卡牌，我怕你會原地爆炸。待會兒打比賽需不需要帶一支鎮定劑給你？」

「不用！我會調整好。」葉竹滿臉通紅地轉身走開，根本不想理他。

裴隊又氣走了葉竹，隊員們早就習慣了。

葉彬彬在旁邊說：「裴哥，你這樣氣小竹，萬一他等會兒發揮失常怎麼辦？」

裴景山意味深長地道：「不會，我很瞭解小竹，讓他回憶一下過去的黑歷史，他會打得更拚命。我相信等一下不管涅槃拿出什麼卡牌，他今天的心態絕對不會崩盤。」

隊員們：「……」你這個激將法也真夠特別的。

第一場A組對決在七點半的時候結束，輪到B組上場。

比賽開始，裁判將所有人拉進房間開始抽籤。

涅槃最近的抽籤運不是太好，每次都抽到紅色方後手，這一場也是暗夜之都優先選圖。

裴景山提交的地圖叫「毒蟲谷」。這名字一聽就讓人頭皮發麻，作為本賽季第一次亮相的新地圖，涅槃有五分鐘的時間熟悉地圖環境。

謝明哲四人進入地圖，在大螢幕中也3D實景播放了地圖的景色。

觀眾席中不少有密集恐懼症的都集體捂住眼睛——太可怕了！地圖周圍的樹木、地面上，居然爬滿了密密麻麻的小蟲子！

這些蟲子屬於場景NPC，並不會攻擊雙方卡牌，但是會釋放毒霧。每隔一段時間，全場景釋放出的毒霧會遮擋雙方視野，一來方便葉竹的隱形蝶進行追蹤和群體瞬移，二來毒霧還附帶「中毒」負面效果，並且能不斷疊加，讓卡牌每秒鐘掉血。

裴景山的策略確實高明，地圖的選擇很符合暗夜之都的戰術。

這張地圖是密集恐懼的惡夢，謝明哲對小蟲子沒什麼感覺，陳霄只是皺了皺眉，但是喻柯很煩這些小東西，忍不住罵道：「太噁心了！」

直播間也有不少人吐槽。

「裴神看上去挺正常的一個人，怎麼會喜歡蟲子這麼重口味？還做了一張全場景蟲子的地圖？」

「我真的看不下去了，隔夜飯都要吐出來！」

這張場景圖歸根究柢就是「迷霧」和「中毒」兩種負面效果，裴景山一定會利用迷霧出現的時間集火暗殺對手的關鍵牌。

謝明哲仔細考慮後，決定先用周瑜和陸遜這套火系群攻卡組試水溫。他決定先不讓黃月英和諸葛亮上場，免得第二局被對手用即死牌針對。

第一局不帶薛寶釵，先看看葉竹今天要上哪些蝴蝶牌，第二局再調整。

這樣一來，在涅槃的卡組中，群攻型卡牌就占了四分之三。

包廂內，唐牧洲看到這裡，不由得問道：「這是他自己安排的卡組？」

陳千林平靜地點頭，「他想試著自己布置陣容，我就放手讓他去練練。」

唐牧洲看向大螢幕上神色鎮定的少年，眼裡滿是欣賞，「小師弟確實很有天賦，師父讓他多練練是對的，他要學會自己拿主意，不能每場比賽都靠你全部安排好。不然到了季後賽時，如果需要現場布陣，他就會手忙腳亂。作為團賽指揮還是應該儘早學會獨立應付突發狀況。」

陳千林回頭看向大徒弟，「你對他好像挺關心？」

唐牧洲假裝很坦然地微笑了一下，道：「關心師弟不是應該的嗎？我也很關心師父，怕你被記者發現，還專門給你找了這間僻靜的包廂，不會有記者來打擾。」

陳千林沒多話，目光看向螢幕說：「這一局會很難打。」

比賽一開始，暗夜之都所有卡牌都和涅槃刻意保持著三十公尺之外的距離，並且到處分散，免得被周瑜鐵索連環給連接起來。裴景山的攻擊牌直接分裂出四個小蠱蟲朝不同的方向移動，葉竹也迅速派出隱形追蹤蝶，跟在周瑜的身後。

先秒周瑜，再殺陸遜。

這是暗夜之都選手們的共識——打團賽時，先殺謝明哲的卡牌準沒錯。

葉竹的追蹤蝶速度極快，悄無聲息地追到周瑜背後，正好場景效果觸發，周圍的毒蟲們釋放出一大片綠色的濃霧，濃霧中選手們的視野會受到影響，同時全場景卡牌身中劇毒！

裴景山道：「召喚！」

葉竹會意，直接開追蹤蝶的召喚技能，將幾張核心牌群體傳送到自己附近。

上帝視角的觀眾們只見濃濃迷霧中，突然有大批蝴蝶、蠱蟲和符咒牌出現在周瑜的背後，這場面詭異至極，現場不少觀眾都忍不住閉上眼。

被大批蟲子咬死，這畫面太慘不敢看。

然而，當大家睜開眼時卻發現周瑜並沒有死，他還好好地活著，並且開了鐵索連環技能，將周圍到處亂飛的蟲子、蝴蝶和符咒牌全部連了起來。

吳月解釋道：「是伏羲的群體混亂！涅槃的預判很精確，提前開出反控技能，阻攔了暗夜之都的第一波進攻！」

然而，裴景山畢竟指揮經驗豐富，遇到這種局面他也能迅速做出應對——強開「月光蠱」的群體淨化技能，並且讓周圍三十公尺範圍內群體友方在月光的籠罩下戰鬥力飆升。

在迅速解控後，裴景山下令集火強殺周瑜！

就算謝明哲即時召喚出孫策開範圍嘲諷進行救援，也沒能擋住太久。

孫策第一個陣亡，周瑜第二個陣亡。

反觀暗夜之都，由於「月光蠱」這張特殊蠱蟲卡的存在，加上葉竹的隱形蝶追蹤目標後會獲得攻擊加成，此時飛在空中的毒蟲、蝴蝶，看上去體積很小，攻擊力卻極為可怕。

謝明哲有些心驚——裴隊這是要硬碰硬，迅速秒殺他的核心卡？

就在這一刻，謝明哲的耳邊突然響起一陣「嗡嗡嗡」的聲音。他正疑惑時，就看見在不遠處的濃霧中，突然有一大片蜂群朝著他們飛過來！

謝明哲心中暗道不妙，但是這時候撤退已經來不及了。

——蜂王！

裴景山的王牌卡，而且是以前的比賽中從沒出現過的新卡！

這張「蜂王」可以召喚蜂群，引發大範圍蜜蜂突襲，螫得人滿頭是包。更可惡的是，蜂群的攻擊還附帶一個負面狀態——被蜜蜂螫傷的目標，由於傷處會鼓起膿包，獲得的治療效果將降低百分之五十。

此時此刻，涅槃所有在場的人物卡、鬼牌、植物卡都被蜂群螫傷，相當於群體減治療。

毒霧場景原本就會每秒大量掉血，這時治療效果還減半，會讓涅槃治療的功能大打折扣。

再這樣下去，涅槃根本撐不了多久。

想到這裡，謝明哲咬了咬牙，道：「開群攻，強攻一波！」

一時間，雙方技能對轟，暗夜之都分裂的小蟲子被打死一大片，但是涅槃這邊的卡牌也是死傷大半，雙方剩餘的卡牌數量粗略估計在十比八左右，而且血量都很殘。

就在這時，謝明哲看到一隻巨大的紫色蜘蛛出現在視野中。

裴隊製作的卡牌一般體積都很小，但是這一張卡牌體積卻非常大——叫「蜘蛛皇后」。

蜘蛛皇后一出現，立刻開始瘋狂吞噬其他殘血的小蟲蟲。

謝明哲簡直驚呆了！

他曾經聽過一種養蠱的方法，就是把毒蛇、毒蠍子、毒蜘蛛等大量的毒蟲放在一起，讓牠們互相撕咬，最終存活下來的就會成為「蠱王」。

裴隊該不會是想現場養蠱吧？

事實證明，裴神還真的要在現場養蠱。

蜘蛛皇后每吞噬一隻小蠱蟲，體積就會長大一些，在牠連續吃掉所有的殘血蠱蟲後，變成了三公尺高的龐然大物，全場僅剩的——蠱王！

緊跟著，劇毒的蜘蛛蠱王釋放出群控技能：密集蛛網。

從天而降的巨大蛛網將涅槃的卡牌困在原地，讓所有卡牌都無法移動。同時，牠口吐附帶的大量毒液的蛛絲，蜘絲一碰到殘血牌幾乎就是秒殺！

這比歸思睿的食屍鬼還要可怕。

好不容易把對面的蠱蟲卡全部打殘，結果毒蜘蛛突然出現，自己把殘血隊友給吃光，變成全場唯一的、攻擊力爆炸的「蠱王」——蜘蛛皇后顯然也是大後期的卡牌，裴神這個「現場養蠱」的戰術太強了，謝明哲打從心底佩服。

這麼一張Boss卡突然出現，確實讓涅槃戰隊猝不及防。

第一局比賽迅速崩盤，觀眾們都沒回過神來。

就連暗夜之都俱樂部的粉絲也很疑惑。

「裴神今天拿出來的蜂王、蜘蛛皇后，都是新卡牌吧？」

「以前比賽沒見他用過，在常規賽打涅槃居然拿出新卡，有必要嗎？」

「蜘蛛皇后太強了，瘋了一樣地吃隊友啊！」

「裴神現場示範怎麼養出蠱王，密集恐懼症又被他治好了……」

讓裴景山拿出新做的強力卡牌，這也表示了他對謝明哲的重視。

包廂內，唐牧洲無奈扶額，「小裴有點誇張了，這種卡牌放在季後賽都不為過。」他瞭解這位好友，也知道裴景山一向謹慎。這次特別拿出蜂王、蜘蛛皇后來打涅槃，可見他是有心要終結涅槃「強隊收割機」的稱號。

陳千林平靜地說：「小裴挺有想法，養蠱的這種戰術很難破解，如果用群攻技能迅速壓低蟲蟲卡血量，他就可以放出蜘蛛皇后吃掉自己的殘血隊友，變身蠱王，反而是幫了他。」

「沒錯，這真的很難處理。」唐牧洲輕笑著說：「我倒是挺期待，接下來小師弟會怎麼處理這種局面？」

謝明哲快頭疼死了。

他早就有心理準備第一局會輸，但是沒想到會是這種輸法。

裴景山的戰術意識讓謝明哲心服口服，從場景的選擇到關鍵時刻的蜜蜂群攻滅治療，再到大後期所有蟲蟲殘血時，突然派出蜘蛛皇后直接吃掉自己的隊友變身蠱王，每次遇到劣勢局面，都能被他迅速化解，並且轉劣勢為優勢。

這才是真正厲害的指揮。

不愧是唐牧洲的好友，兩個人的戰術思路不一樣，但是同樣很強。

第二局，謝明哲原本準備的戰術是周瑜、陸遜的火攻體系，但是裴景山的「現場養蠱」戰術一出現，他這個策略反而是在替暗夜之都送分啊！

該怎麼辦？

一旦讓裴景山養出蠱王，上一局的下場就是被迅速秒掉八張牌。

除非能一口氣把蟲蟲卡全部打死，讓蟲蟲屍體迅速消失，而不是打殘後讓蜘蛛皇后吃掉。這就需要火力更猛的群攻技能——第二局不能拖後期，必須速戰速決！

涅槃所有的場景圖中，赤壁之戰是全場景烈火負面效果圖，但是燒得慢，節奏算是中等。

快節奏的地圖其實還有一張——怡紅夜宴。

當初在製作大觀園系列場景圖的時候，關於賈寶玉的住處「怡紅院」的設定，是在比賽開始到某一個節點的時候突然提速——全場景暴擊率、暴擊傷害大量提升！

謝明哲記得陳霄曾經說過他最愛這張場景圖，因為可以在瞬間爆發打出極為可怕的傷害。

或許可以利用這張地圖的設定，瞬間爆發清場，將暗夜之都的毒蟲全部秒殺，就不會再給裴景山養出蠱王的機會。只是賽前原本準備好的地圖是赤壁之戰，突然換地圖，隊友們可能會不適應。

不過這張圖由於製作的時間比較早，大家經常練習，已經非常熟悉。

謝明哲想到這裡，便深吸口氣，看向隊友們詢問道：「第二局，如果用赤壁之戰慢慢燒，對方可能會像剛才那樣又養出一隻蠱王來。我想，不如換地圖，試著打一波流——換成怡紅夜宴，大家覺得可行嗎？」

喻柯已經習慣了謝明哲的突發奇想，上次打眾神殿突然換諸葛亮效果還不錯，他完全沒意見，道：「沒關係，反正這張地圖我也很熟！」

秦軒不說話，點點頭表示贊同。

陳霄拍拍謝明哲的肩膀鼓勵道：「就照你的想法。」

謝明哲認真道：「謝謝大家。」

指揮臨時更換場景地圖，對隊友們來說也是一個極大的考驗，但是大家都很支持他，給了謝明哲更多的信心。「卡組不變，依舊是之前練習過的打法，我會卡住怡紅夜宴開始的時間，大家記得留住關鍵技能，才能一波清場。到時候我會看情況讓送子觀音複製群攻卡。」

第二場比賽開始，謝明哲提交了地圖——大觀園系列之怡紅院。

看到這麼長的地圖名字，粉絲們都很疑惑。

「系列？涅槃到底做了多少場景？大觀園系列還有別的地圖嗎？」

「我就知道胖叔不會讓我們失望，涅槃的主場肯定很好玩！」

裴景山是個理智得可怕的人，他認真看了看地圖環境，迅速找出關鍵，朝隊友們道：「這是一張一波流地圖，有一個節奏爆發點，看來他們是想一波清場。留好保護技能，帶一張全團無敵卡，在夜宴開始的時候放無敵技能，扛過對方的集體爆發。」

輔助選手林權立刻點點頭道：「知道了，裴隊。」

比賽開始。

前期暗夜之都打得很拚，想在夜宴開始之前把涅槃打崩。但是謝明哲早就做好準備，派出嘲諷牌和復活牌。孫策的高速群體嘲諷技硬是扛住了兩波傷害，犧牲自己保護所有隊友。

孫策陣亡時，周瑜會觸發連動技，傷害加成。

涅槃放群攻技能時故意讓蟲蟲卡的血量維持在百分之五十左右，這時候如果讓蜘蛛皇后吃掉其他的蟲蟲，是很不划算的。蜘蛛皇后這張卡牌必須在殘局出場才有效果，要是出場太早，吃掉隊友卻沒法殺光對手的其他卡牌，就相當於自斷雙臂。

裴景山在等一個機會。涅槃同樣在等。

隨著時間的推移，怡紅院的NPC們做好了豐盛的晚飯，場景從黃昏漸漸轉入夜晚。華燈初上，怡紅院內頓時變得燈火輝煌。

——場景事件，怡紅夜宴！

夜宴開場的那一瞬間，裴景山立即讓輔助派出金蟬，展開群體無敵保護。他知道涅槃留了很多控制技能和群攻技能，預測涅槃會在這一刻展開控制並進行一波群攻清場。

裴景山的反應速度很快，然而……

涅槃並沒有立刻攻擊。

觀眾們發現，謝明哲在夜宴開始之前，突然召喚了一張卡牌——送子觀音。

然後，陳霄的某張植物卡原地靜止不動，身上還帶著一層柔和的光澤。

在夜宴開始的那一刻，植物牌的頭頂同時顯示出一行字：懷孕中，即將生下寶寶，免疫一切攻擊和控制，倒數計時九、八、七、六……

觀眾們：「什麼？」懷孕中是什麼鬼？

玫瑰這種花卉，不都是用種子種出來的嗎？陳哥的黑玫瑰怎麼就懷孕了呢？

黑玫瑰頭頂的那一行「懷孕中」狀態文字簡直刷新了網友們的三觀——卡牌還能懷孕，而且倒數計時九秒生寶寶？這真的是星卡職業聯賽的現場，而不是一部家庭倫理電視劇？

全場觀眾茫然地看著黑玫瑰頭頂的倒數計時，一向冷靜的裴景山也不淡定了。

金蟬這張卡牌的技能是「金蟬脫殼」，可以在原地留下金色的外殼，自身及周圍的隊友集體進入短暫「避免被選中」的狀態，相當於一個群體無敵保護技能。

結果，金蟬大招放完，衣服都脫了，涅槃居然完全不進攻？簡直浪費感情！

大招放空，這在賽場上並不少見。但是像裴景山這樣專業的指揮，預判開大招很少會出錯，今天「群體無敵」這樣的大招居然放空，場面看上去特別尷尬。

更尷尬的是黑玫瑰還在倒數計時生寶寶。

在職業聯賽的賽場上，所有觀眾眼睜睜地看著一朵黑玫瑰懷孕生子，這簡直難以置信……

好在裴景山只是愣了一秒就迅速回過神來，他已經想清楚了謝明哲的策略。

涅槃正在醞釀大規模的進攻計畫，夜宴開始並不是涅槃進攻的節奏點，而是謝明哲故弄玄虛，讓裴景山誤以為夜宴開始的這一刻是他們的進攻時間。

【第八章】

我們的卡牌不需要生寶寶，謝謝！

謝明哲的戰術分為三步。

第一步是讓「送子觀音」出場，給黑玫瑰送寶寶，複製出一張縮小版的黑玫瑰。第二步是召喚出諸葛亮、黃月英這兩張連動卡。第三步是讓秦軒召喚出薛寶釵，強殺葉竹的關鍵卡牌——碧蝶。

第一局謝明哲沒派出薛寶釵，就是想看看葉竹的蝴蝶牌與裴景山蟲蟲卡的配合方式。他發現葉竹的粉蝶和藍閃蝶雙卡連動攻擊很強、黑紋蝶的群控很厲害、紅帶袖蝶的單攻能力極強，而玉蝶的追蹤速度也是奇快。

然而這些蝴蝶牌再強，團戰中最令人頭痛的其實是治療牌碧蝶。

別看這張卡牌的單次治療量不高，但是牠存在的時間越長，為隊友疊加的治療buff就越高。第一局就是因為牠的存在，暗夜之都在「毒蟲谷」這種全場景掉血的地圖上才可以存活那麼久。

第二局，謝明哲決定在團戰全面開啟之前先秒掉碧蝶，免得待會兒一波群攻過去，葉竹靠著碧蝶硬撐住全團的血線。同時，為了防止對方利用復活卡復活碧蝶，擊殺碧蝶的時間必須和全面進攻的時間密切相連，不能讓對手有任何反應的機會。

這三步的銜接，環環相扣，每一個環節都不能出錯。

夜宴開始了，黑玫瑰的寶寶還沒生出來。直播間內許多網友都在吐槽。

「黑玫瑰難產了嗎？」

「第一次看見玫瑰生寶寶，我真是長見識了！」

「黑玫瑰這麼高冷酷炫的植物，居然當眾生寶寶，我要是黑玫瑰我不如一頭撞死！」

黑玫瑰頭頂的倒數計時數字一直在減少，暗夜之都這邊已經迅速反應過來，開始全面進攻。

雖然謝明哲故弄玄虛延遲開戰，裴景山也不可能在原地等著對方生完寶寶再打——既然涅槃不來打我們，我們就過去打他們！

接到裴隊的命令，葉竹的追蹤蝶迅速行動，瞄準了周瑜，並將隊友集體召喚至身邊。

怡紅院夜宴一旦開場，就會開啟全場景暴擊效果加成的效果，這個效果雙方都能享有。暗夜之都的卡牌攻擊力原本就很高，在場景暴擊加成下，幾乎是瞬間便秒殺周瑜。

陸遜、孫尚香也沒能逃過被蟲蟲卡、蝴蝶牌圍殺的命運，不過謝明哲操控的這幾張卡牌剛才已經放了一波技能，把暗夜之都的卡牌血量壓到半血左右，逼著對手召喚出碧蝶，已經算是功成身退，即使被殺了影響也不大。

陳霄的黑玫瑰還在倒數計時生寶寶，由系統保護不會被攻擊。暗夜之都就先殺向謝明哲操控的卡牌，緊接著再撲向喻柯的鬼牌，黑無常因此遭受數張輸出牌的集火攻擊。

就在黑無常快掛的這一刻，謝明哲突然召喚出一張熟悉的卡牌——諸葛亮。

年輕英俊的諸葛亮出現在賽場上，拿出古琴，旁若無人地彈奏起來，耳邊響起清澈悅耳的音律——空城計，群體隱身！

謝明哲讓隊友們迅速調整走位。

這時候有上帝視角的觀眾們可以看到，在諸葛亮的不遠處還出現了一名用輕紗遮著臉的女子，只是因為她處於隱身狀態，形象看上去很像一個虛影，她的名字是：黃月英。

可怕的是，她的頭頂也出現了一行字：卡牌懷孕中，即將生下寶寶，倒數計時九、八、七……

觀眾們集體無語。

「又有一張卡牌懷孕了嗎？」

「我擦，謝明哲要不要臉？為了贏，涅槃的卡牌說懷孕就懷孕，都沒個前奏的！」

「黑玫瑰生個寶寶，這張黃月英再生個寶寶，這兩個寶寶手牽手簡直無敵了，不如讓他們來個指腹為婚？」

「人物和植物怎麼能指腹為婚？」

「豬八戒還娶蝴蝶呢！」

都怪謝明哲，卡牌們的關係已經全亂了。
後臺觀賽的唐牧洲語氣中滿是讚賞：「師弟真聰明，黃月英這張卡牌是和諸葛亮一起召喚出來的，但是因為諸葛亮出場的瞬間立刻放了空城計，黃月英一出場就隱身，小裴根本沒有發現。」
陳千林說：「這張卡牌的技能設計得很好，可以無視所有場景負面狀態，在指定位置放置諸葛連弩，自動朝周圍射箭，比沈安的水果亂砸還要好用。」
唐牧洲很是好奇：「黃月英跟諸葛亮有什麼關係嗎？」
陳千林道：「夫妻，有連動效果加成。」
唐牧洲若有所思說道：「怪不得他要同時召喚。看來，空城計的群隱效果結束後，涅槃就要展開全面反擊了。」
五秒的群隱時間裡，涅槃一直在調整卡牌位置，暗夜之都看不見對方，只能暫時停火。五秒時間一到，裴景山意外地發現賽場上居然多出一張卡牌——黃月英，而且也在倒數計時生寶寶！
裴景山作為經驗豐富的指揮，當賽場上出現新卡牌時，立即迅速地分析出卡牌的技能特色。他發現黃月英是張能「自動射擊」的群攻牌，一旦她再複製出一張卡牌，暗夜之都的蟲蟲卡絕對逃不過被三百六十度掃射打殘的命運。
必須在她和黑玫瑰的寶寶出生之前將涅槃全面打崩。
時間不多了，裴景山迫不得已直接召喚出暗牌中最強的攻擊卡——螳螂女王。
這是一張極為暴力的群攻牌，牠會召喚出無數隻小螳螂自動追擊範圍內的敵人，造成大範圍的中毒傷害。密密麻麻的小螳螂開始瘋狂地追擊對手，畫面會讓有密集恐懼症的人吐出來。
謝明哲卻神色鎮定，毫不猶豫地開啟諸葛亮的第一技能「舌戰群儒」——範圍內群體混亂！
被混亂的小螳螂們頓時失去方向，互相撞擊。
然而裴景山早有準備，立刻召喚「月光蠱」使出群體淨化解控。

解控後的螳螂終於不再四處亂撞，大批螳螂配合葉竹的蝴蝶群迅速撲向涅槃的卡牌，眼看就要把喻柯的鬼牌全部咬死。就在這時，涅槃所有卡牌的血量突然固定在一個數值上，即使遭受火力猛烈的攻擊，血量卻完全沒有下降。

觀眾們很是疑惑，「是出現bug了嗎？」

官方解說劉琛迅速調出賽場戰鬥紀錄，解釋道：「是白無常的技能『一見生財』，對三十公尺範圍內全體友方施加白無常的祝福，在五秒內受到的所有傷害，都會在五秒後再結算。」

延遲結算，因此對手不管攻擊得多賣力，涅槃所有的卡牌血量都固定在白無常開技能的那一瞬間，等五秒後統一結算並一次性掉血。白無常這個保命的技能，在這一刻，由喻柯精準地開了出來——居然真的保住了全團隊友的性命！

關鍵時刻，小柯的反應還是挺快的。

五秒時間足以讓黑玫瑰和黃月英的寶寶順利出生。

謝明哲激動得聲音都在發顫：「小柯太棒了！大家準備全面反擊——三、二、一，開打！」

指揮一聲令下，涅槃早就練習過無數次的輸出鏈立刻放了出來。

秦軒召喚薛寶釵，直接秒掉葉竹剛召喚出來要幫隊友回血的碧蝶。

陳霄的黑玫瑰和複製出來的縮小版黑玫瑰，同時開啟大範圍「玫瑰之吻」群攻，只見純黑色的玫瑰花瓣，有大有小，混雜在一起，如同狂風暴雨般襲捲了暗夜之都的卡牌幻象！

謝明哲之前召喚出的卡牌被殺光，但是他還有終極輸出牌黃月英，以及黃月英剛剛複製出來的小月英。

縮小版的黃月英寶寶，身高只到成人版的腰部，小姑娘手裡拿的「諸葛連弩」和原版相比也縮小了一半，看上去可愛極了。

黃月英早已趁著剛才全體卡牌隱身的機會，將炮臺「諸葛連弩」安置在對方卡牌的中央。如今，小月英再放一個縮小版的「諸葛連弩」，兩個技能同時開啟，大大小小無數利箭，如同機關槍般朝周圍進行三百六十度瘋狂掃射，對射程內的敵人造成大量傷害。

怡紅夜宴開始後，全場景卡牌的暴擊傷害皆會獲得大量加成。

黃月英一箭射過去，幾乎就射掉蟲子們半條命。小月英的連弩體積縮小了一半，輸出也被減半，但是小連弩射出去所造成的傷害，正好能彌補大連弩的不足。

二十枝利箭激射而出，一時間，耳邊全是利箭破空的尖銳聲響！

暗夜之都的卡牌根本就難以招架。

諸葛亮依舊風度翩翩地在場地中間揮舞著羽扇，像是看戲一樣從容自若。

延遲結算的五秒時間還沒到，暗夜之都的卡牌就被團滅！

涅槃這一波反擊太過凌厲，隊員們配合也極為默契，裴景山看著螢幕上彈出的「失敗」兩個字，一時不知道說什麼才好——他想，自己可能還是低估了謝明哲。

葉竹的臉色極為難看，最後忍不住摘下頭盔，吐槽道：「謝明哲到底要不要臉啊！讓卡牌懷孕九秒生出寶寶，這麼奇葩的技能他到底是怎麼想出來的？」

裴景山也很無語，讓卡牌生寶寶，這樣的技能真是讓人一言難盡。

但是從戰術來說，謝明哲這局比賽確實準備得很充分，同時召喚諸葛亮和黃月英，並且讓諸葛亮立刻開啟空城計，黃月英趁著隱身去放置連弩。加上諸葛亮的群體混亂強逼對手解控，白無常的延遲五秒結算傷害，保護了隊友不被秒殺。

前後加起來，他爭取到了將近十二秒的時間，而卡牌複製寶寶只需要九秒。

涅槃利用最後三秒全面反擊。這樣的操作極為驚險，一旦某個環節配合失誤，可能會滿盤皆輸。但是事實證明，他們並沒有配合失誤。

不管是謝明哲召喚的核心牌，還是喻柯和秦軒的技能銜接、陳霄的全力輸出，四人的卡牌形成一條完整的配合鏈。

比起上一局跟眾神殿打比賽時的「賭一把」，這一局涅槃在戰術方面的安排確實高明不少。不過才短短兩天的時間，進步居然這麼快。看來，謝明哲的天賦遠超過大家的想像。

裴景山摘掉頭盔走到舞臺中間，平靜地和涅槃的四人握手。

謝明哲知道他是師兄的好友，又是帝都大學哲學系的校友，對他非常禮貌，讚賞地說：「裴神現場養蠱的戰術真的很厲害，你的蜘蛛皇后真是讓我長見識了。」

裴景山客氣地道：「你讓卡牌懷孕的戰術，也讓我刷新了世界觀。」

這是裴神在委婉地表示「你真是個奇葩」的意思吧？

裴景山接著說：「這個賽季有你們涅槃加入，比賽變得好玩了不少。」

謝明哲尷尬道：「謝謝裴隊誇獎。」

「好玩了不少」應該不算誇獎吧？但他就厚著臉皮當它是誇獎了！

這一場比賽的賽後採訪，涅槃戰隊被圍了個水洩不通，比起四天前豬八戒剛出場的比賽有過之而無不及。

豬八戒搶媳婦，這個設計歸根究柢就是一種「位移強控」。和唐牧洲的藤蔓牽拉、徐長風的浮空吹飛，以及歸思睿鬼牌的頭髮牽拉等技能，在本質上其實是差不多的。

但是「卡牌懷孕」簡直是聞所未聞啊！

卡牌還能懷孕生寶寶？謝明哲你是不是走錯片場了？

這種「複製出一張屬性減半的卡牌」技能機制，在過去從來沒有出現過。

謝明哲創作出「送子觀音」這張卡牌相當於是歷史性的革新，自然會被記者們圍著提問。

一位女記者激動地將麥克風遞給他問道：「送子觀音這張卡牌會給其他卡牌送寶寶，讓卡牌懷孕。這樣的設計最初是出於什麼想法呢？」

謝明哲認真解釋道：「某些卡牌的技能非常強，但是在賽場上同一張卡牌不允許重複出現。我想說，如果能讓某些強力卡牌生出一張複製卡，厲害的技能不就可以重複放兩次了嗎？所以才設計出『送子觀音』這張卡牌，讓卡牌生一張寶寶卡，複製母卡的技能。」

「你不覺得這樣複製強力卡牌，會影響競技平衡嗎？」有位男記者冷靜地問道。

「官方有非常專業的資料師團隊，當初我在提交這張卡牌時，被人工審核退回來大幅度修改過。」謝明哲微笑著說：「我相信官方資料師們的專業。」

這些話讓加班了很久的資料部工作人員，總算對他有了一點點好感。

謝明哲緊接著說：「競技場的勝負都是按照卡牌數量計算，送子觀音雖然可以給隊友送寶寶，但是送完兩個寶寶她自己就會陣亡，而且生成的寶寶牌屬性是減半的，相當於以一張卡牌交換出兩張一半屬性的卡牌，我認為並不影響競技平衡。」

「讓哪張卡牌懷孕，是你們賽前就說好的嗎？」有記者笑著問道：「隊友們知道自己的卡牌會被強制懷孕的時候，是什麼反應？」

「為了贏，大家都挺有自覺的，該懷孕就必須懷孕。」謝明哲笑著看向陳霄，「比如陳哥的植物卡，先是被秦可卿勸著上吊，今天又當眾表演懷孕生寶寶，真是委屈它們了。」

「對，我的暗黑植物已經完全沒有身為植物的尊嚴。」陳霄一臉嚴肅地說：「黑玫瑰本來是一張很酷的植物卡，結果今天這麼一生孩子，形象已經徹底崩了。」

「和阿哲同一個隊，我們壓力很大的！」喻柯故作認真地道：「要知道，其他戰隊的選手只需要忍受一局比賽的時間，我們私下卻要練習很多遍！從四月六日到四月八日，兩天時間我們反覆練習這套陣容，陳哥的黑玫瑰已經在訓練場生了幾十個寶寶，都可以開一座玫瑰園了！」

全場記者哄堂大笑。

可以想像，私下練習的時候，黑玫瑰肯定生了很多次寶寶⋯⋯

真是越想越替黑玫瑰委屈。

有記者道：「直播間有很多人留言，說你為了贏比賽臉都不要了，居然想出這種技能設計！還有人說，隨隨便便讓卡牌懷孕，還搶別人的卡牌當媳婦，全聯盟的卡牌都因為你遭殃。你的卡牌，簡直是卡牌界的災難！」

底下又是一陣笑聲，謝明哲一本正經地道：「卡牌們天天只知道打比賽，太無聊了。我也給它們增添了一些生活的樂趣嘛。結個婚，生個寶寶什麼的……」

如果此時手上有雞蛋，估計記者們會集體朝他扔過去。

正在看採訪直播的網友們開始瘋狂吐槽。

「替我的卡牌謝謝你了！它不需要結婚生孩子，它只是一張單純無辜的卡牌！」

「謝明哲你去拍電影吧，拍一部《卡牌情史》，我肯定買票支持。」

「謝明哲你還要怎麼玩弄卡牌的感情？替卡牌們感到委屈！」

今晚註定又是網友們的不眠之夜。

涅槃俱樂部第三回團賽常規賽，又有一個話題被刷上當日熱搜。

熱搜頭條「卡牌寶寶」，點進去就可以看到有才粉絲們做的各種表情包。大家為職業聯盟大神們的王牌卡都P了一張縮小的Q版寶寶卡，比如Q版的小獅子、小神樹、小象、紅衣小鬼、小石頭、小果樹，一大群寶寶卡排排站，倒還挺可愛的！

當然，聯盟大神們統一認為：我們的卡牌不需要生寶寶，謝謝！

謝明哲的個人主頁被各種留言刷爆，粉絲人數再次飆升。

回到俱樂部後，他收到唐牧洲發來的語音訊息：「讓卡牌懷孕生寶寶，你的腦袋整天都在想些什麼呢？」男人低沉的聲音中，帶著明顯的笑意，在深夜裡聽著格外溫暖。

謝明哲輕咳一聲，嚴肅地回道：「你也覺得很奇怪？」

唐牧洲回覆：「嗯，小裴剛才還跟我吐槽，你是他見過最奇怪的一位選手，明明可以用『複製卡牌』來做技能描述，偏要描述成懷孕、生寶寶，真是一言難盡。」

謝明哲笑道：「哈哈，要是卡牌們真的有意識，我肯定是它們最討厭的設計師吧？」

唐牧洲不客氣道：「你還挺有自知之明。」

謝明哲無所謂地聳聳肩，坦率地說：「沒關係，我還有很多更過分的卡牌。以後，卡牌們的生活會越來越豐富的！」

唐牧洲無奈扶額，「你還想怎麼折騰它們？」

比如讓卡牌牽著紅線談戀愛、給卡牌寫封信挑撥離間讓隊友孤立它、讓卡牌們陪著老太婆逛街聽笑話等等……當然，謝明哲不會提前透露，便賣了個關子道：「師兄，你可以期待一下。」

等將來女兒國場景出現的時候，師兄你會自願讓自己的植物卡懷孕，而且還會搶著喝子母河的水，讓最強的卡牌生個寶寶。

相信其他的大神們，到時候也會搶著讓卡牌懷孕生子。

——為了贏得比賽，掉節操算什麼？

B組總共有十二支戰隊，能進季後賽的只有四支，有三分之二的隊伍要被淘汰。涅槃雖然在三大豪強手裡各拿下一分，可是萬一在其他同組戰隊的比賽中翻車，最後在積分榜上被人超越也是很有可能的。

十二支戰隊中除了三巨頭之外，剩下的九支謝明哲都不熟，比如「星空」這支戰隊也是本賽季新成立的隊伍。好在陳千林想辦法找出了這些戰隊過去的參賽影片，分析他們的風格和卡組，並整理出詳細資料提供給選手們參考。

打完三支強隊後，涅槃有三天的休息時間。

陳千林利用這一點時間，讓大家把B組所有的對手都瞭解了一遍，並重點關注下一場比賽的對手——星空戰隊。

星空戰隊的徽章是一片浩瀚星雲，設計得很漂亮。從目前的賽程來看，他們會在四月九日，也就是明天和眾神殿對局，涅槃的隊員們打算在會議室一起觀看比賽，分析一下對手。

四月九日晚上的比賽打得非常激烈。

讓眾人意外的是，星空戰隊居然靠著獨特的偏門戰術，以一比一逼平了眾神殿。

賽後，陳千林調出比賽錄影進行討論，並列出本場比賽星空戰隊所用的卡組，說道：「這支新戰隊很有特色。今天的比賽你們也看到了，他們的打法很新穎，而且配合得很有默契，團戰的實力並不輸於我們。」

謝明哲看著螢幕上列出的卡組，忍不住道：「他們製作的卡牌挺有意思的，全是和宇宙、星空相關的卡牌，有太陽、月亮、各種星座，還有宇宙蟲洞什麼的，他們的選手該不會是天文系的高材生吧？」

陳千林道：「據我瞭解，星空戰隊的隊長白旭是天體物理系畢業的。不過，這個人比較特別，他是上個賽季大師賽的亞軍得主，但是在獲得職業選手註冊資格後，他沒有簽約任何俱樂部，反而找了幾位志同道合的朋友自己組建戰隊。」

瞭解一些情況的陳霄說道：「並不是所有人都把打卡牌比賽當成職業，白旭就是少數的『半職業選手』。聽說他是某個航空集團老總的兒子，標準的富二代。比賽輸贏對他來說無所謂，和幾個好朋友組隊一起玩玩而已。」

富二代組隊來打比賽體驗生活，謝明哲並不意外，畢竟有錢就能任性。不過，這個白旭腦洞倒是挺大，把各種星球做成了卡牌，什麼雙魚座、獅子座，十二星座一個都沒少，宇宙蟲洞、宇宙沙暴之類的卡牌設計也很新穎。

陳千林將星空和眾神殿比賽中的關鍵轉捩點慢鏡頭重播了一遍，說道：「本質上，星空戰隊採用的是『空間分割式』打法，他們這套星空卡組湊齊了十二星座，雙子座、獅子座群攻很強，射手座、天蠍座單殺暴擊高，處女座、天秤座和白羊座有大範圍控場技能，整套卡組非常平衡。」

陳霄微微皺眉，「他們的卡組關鍵是靠『宇宙蟲洞』和『空間裂隙』這兩張卡牌的空間分割技能，再加上星座牌的各種負面控制，確實很難打。」

奇奇怪怪的星座卡，加上太陽的刺眼光線放射群攻，月亮的冷光降防禦——星空戰隊以這套星系卡組在主場擊敗了眾神殿，這也是他們在B組內戰亮相的第一場比賽。

對於這場比賽，新聞報導也是以正面評價居多。

「B組競爭激烈，除了三大巨頭外，涅槃和星空都有實力爭奪第四個出線席位！」

「星空戰隊白旭原創的星空系列卡牌非常新穎，將各類宇宙天體和景觀製作成卡牌，是天文愛好者的福音！」

「白旭、謝明哲，今年的最佳新人獎很可能在這兩人當中誕生！」

一時間，星空成了眾人口中涅槃最大的對手。將會有一場涅槃和星空的對局，比賽還沒開始，這兩支新隊的交鋒就引起全聯盟的廣泛關注。

喻柯見隊友們神色嚴肅，便撓撓腦袋，一臉迷茫地問：「空間分裂打法要怎麼破解？」

謝明哲笑著提醒他：「你忘了我們也做了一張強制分割戰場的地圖嗎？」

喻柯雙眼一亮，「對，魏國、蜀國和吳國三分天下的那張地圖對吧！」

這就是最簡單的「以牙還牙」策略。

雖然在涅槃主場可以這麼做，但是客場是由星空戰隊選圖，利用「空間分裂打法」一次傳送多少張卡牌、具體傳送到哪個空間位置，這些都是由星空戰隊來決定的，所以星空在戰術上會比較主動並且靈活。

謝明哲也有些頭疼，「他們要是把陳哥關鍵的植物卡，或是我的核心人物卡用宇宙蟲洞吸走幾張，再用空間裂隙單獨劃分出一個空間，我們確實很難配合得起來……但是如果選一套不需要太多配合的陣容，又不容易打贏他們，師父有什麼好主意嗎？」

陳千林冷靜地道：「有一張牌，可以拿出來用。」

謝明哲立刻問道：「什麼牌？」

陳千林並沒有直接說出答案，而是給出一個提示：「這張卡牌在上一場打暗夜之都的時候也用過。你們再仔細想想。」

謝明哲和陳霄對視一眼，兩人同時說出一張卡牌的名字：「送子觀音？」

陳千林欣慰地揚了揚嘴角，說道：「表面上，送子觀音的技能屬於增益效果，可以複製出指定卡牌一半屬性和其中一個技能，照理說應該是要給我方的卡牌使用。但是卡牌要生下寶寶，還有一個前提。」

謝明哲笑道：「被送寶寶的卡牌有長達九秒的時間不能移動，也不能釋放任何技能，必須懷孕待產，是不是？」

隊友們：「……」這形容怎麼越聽越奇怪呢？

懷孕待產？卡牌們要是有意識，聽到這個形容應該會想吐血。

陳千林已經習慣了謝明哲的各種奇葩臺詞，淡淡看了徒弟一眼，說：「是的，相當於長達九秒的放逐，而且能一次放逐兩張卡牌。我們可以針對一些威脅巨大的卡牌送寶寶，讓它去旁邊懷孕生孩子，不要影響我們。」

眾人：「……」

這一招也太毒了吧！

林神怎麼也越來越壞了？還是說，林神本質上就是滿腹壞水不外露？

謝明哲心情愉快地笑瞇眼睛，「師父說得對，我們就瞄準宇宙蟲洞、空間裂隙這些戰術作用超強的功能卡，讓它們去旁邊懷孕，看它們要怎麼把我們的卡牌給吸走！」

陳霄尷尬地摸摸鼻子，「所以下一場比賽，送子觀音要給對手送寶寶？」

謝明哲乾脆地道：「沒錯，給他們送個驚喜！」

大家想像了一下那個畫面，頓時哭笑不得——這絕對不是驚喜，是驚嚇吧？

四月十二日，涅槃在B組內戰循環賽遭遇星空戰隊。

比賽現場的觀眾滿座率雖然比不上之前和強豪對戰的那三場，但是也超過了七成。兩支新隊的比賽能有這麼多觀眾捧場，足以證明兩支隊伍的實力和人氣。

謝明哲在後臺見到了星空戰隊的隊長白旭。

上次觀賽的時候匆匆一瞥，沒看清楚對方長什麼樣子。這回近距離接觸，發現這位富二代的皮膚特別白，有一頭像是泰迪般的金色捲髮，高高瘦瘦的，雖然不算特別英俊，但是長相至少能打個八十分，再加上富二代的人設，怪不得有那麼多粉絲。

白旭見到謝明哲，便笑著說：「喲，這不是胖叔嗎？今天給我們準備了什麼驚喜？」

涅槃和星空作為本賽季成立的新隊伍，經常被人拿出來做比較，但是白旭的心裡其實很不服氣，總覺得涅槃的人物卡是嘩眾取寵。他們星空戰隊同樣以一比一逼平了眾神殿，接下來，他們也會逼平裁決和暗夜之都，所以B組到底哪支戰隊能出線，不到最後一刻誰也說不準。

謝明哲知道他不服氣，也不好明著拉仇恨，便微笑著客氣了一句：「確實有驚喜，白隊長你待會兒就知道了。」

白旭：「啊？」

看著謝明哲明亮的笑容，他突然有種脊背發涼的感覺是怎麼回事？到底有什麼驚喜？

這一場B組內戰在晚上八點準時開始。

之前的三場比賽，謝明哲每次都抽到紅色方，第二局才能選地圖。今天謝明哲大概是轉運了，讓他抽到藍色，第一局便是涅槃的主場。

謝明哲迅速選好地圖——三分天下。

這張地圖一出現，觀眾席爆發一片驚呼，直播間內的彈幕也刷了滿屏。

「魏國、蜀國、吳國三塊區域強制劃分，這太無賴了！」

「為了保證地圖平衡，還規定了每個陣營最多容納的卡牌數量！」

「一方是蜀七、吳五、魏八，另一方是蜀八、吳五、魏七。也就是說，吳國是雙方五打五，蜀國和魏國則各有一方比較強勢？」

數學不好的觀眾們都懵了。

吳月道：「三分天下強制陣營劃分的打法，會大大破壞卡牌配合度需求高的團戰體系。看來涅槃今天是有備而來，星空戰隊的空間分割打法，最怕的就是被對手反分割！」

三分天下這張地圖確實無比精妙。拿來對付裁決、風華、鬼獄這些單兵作戰強的隊伍，可能發揮不了太大的作用。但是用來應戰星空戰隊，真是一下子就掐住了對手的軟肋。

觀戰的唐牧洲忍不住問道：「該不會又是他臨時改的地圖吧？」

陳千林說：「這回不是，賽前戰術分析的時候他就想到了以牙還牙的策略。」

唐牧洲的眼神裡有種「家有師弟初長成」的欣慰，「不錯，他的戰術意識一直在進步。」

白旭看到這張地圖有些懵——怎麼會有這麼不講理的地圖？讓二十張卡牌分批去三個地盤？白旭雖然心裡很不服氣，但是也沒辦法。他完全沒想到涅槃會這樣出招，一時之間也想不出破解的策略，只能硬著頭皮繼續派出平時演練的卡組。

比賽開始，星空這邊必須按照蜀國領地八張牌、吳國領地五張牌、魏國領地七張牌的限制來召喚卡牌。涅槃則相反，蜀國弱勢、魏國強勢。

雙方各有一個強勢陣營，在吳國則是兩方卡牌數量勢均力敵。

比起涅槃的早有準備，星空顯得有些手忙腳亂。

涅槃把陳霄的攻擊卡和喻柯的鬼牌都放在魏國的強勢陣營，一開局就全力猛攻，直接靠八打七的卡牌數量優勢，把星空戰隊的卡牌給打了一波團滅！

在吳國陣營，涅槃派出的是一些皮厚、耐抗的防禦卡和一張輸出卡。弱勢的蜀國陣營則安排了靈活度極高的卡牌，由謝明哲操控馬超全團加速，加上諸葛亮群體隱身——靈活移動的卡組讓對手一時很難秒殺。

漸漸地，涅槃卡牌數量全面碾壓星空。

謝明哲設計這張地圖時，其實是效法了「田忌賽馬」的策略。用我方最強陣容迅速滅掉你的弱隊，用我方皮厚的防禦卡和靈活的卡牌先拖住你的強隊，再找機會殺掉你的強隊卡牌。最後自然會是我方的卡牌總數占優勢。

星空戰隊第一局輸得十分憋屈，配合根本沒打起來，在魏國陣營崩盤後蜀國也跟著崩盤。在吳國的卡牌則全是輔助卡，根本沒有還手之力，被涅槃的一張攻擊卡給磨死。

第二局，白旭皺著眉選擇了地圖——星際巡洋艦。

這是他們的主場，他一定要一雪前恥！

這張地圖也很有特色，是位於宇宙中的巨大艦群。星空戰隊的策略就是利用隨處出現的宇宙蟲

愛吻文創
愛吻文創
《星卡大師3》蝶之靈 ◎著 Leila ◎繪

洞，將涅槃的關鍵卡牌吸走，再用空間分割策略迅速秒殺。

宇宙蟲洞，這張卡牌可以在選擇好的起點、終點之間隨時打開、關閉蟲洞，讓卡牌群體進行瞬間傳送，要比暗夜之都靠玉蝶追蹤的游擊戰術更加靈活，可以說是一張神卡。

空間裂隙，可以在比賽地圖上畫出最多五個獨立空間，不過這些空間並不是完全隔絕的，空間與空間之間有傳送門相連，卡牌必須經過傳送門才能到達其他空間。

星空戰隊開啟大量空間後，星際巡洋艦的地圖就會變得非常複雜。

而客場作戰的隊伍，必須在五個空間中來回尋找自己被宇宙蟲洞吸走的隊友，要是遇到路癡，轉都轉暈了，還談什麼支援？

第一局被打得太慘，星空戰隊第二局打得特別主動。

比賽一開始，白旭就放出宇宙蟲洞，強行吸走陳霄攻擊力最強的黑玫瑰和黑法師，在涅槃的支援趕到之前，就把陳霄這兩張植物卡迅速給秒殺了。

被蟲洞吸走的黑玫瑰和黑法師死得很慘，但這也是沒辦法的事，畢竟這種強行分割空間的打法，確實會讓隊友很難及時支援。

但是宇宙蟲洞的技能畢竟是有冷卻時間限制的，趁著這一波冷卻，涅槃開始全面反擊。

星空戰隊早有準備，各種防守技能和治療技能全部開了出來，硬是頂過了一波反擊，保持住兩張卡牌的數量優勢。

雙方戰況膠著，持續了七分鐘。

這時候陳霄的植物卡已經被殺光，星空戰隊的卡牌剩下八張，涅槃的卡牌只剩六張。

謝明哲心算了一下隊友們的技能情況，道：「準備最後一波！」

他算準了宇宙蟲洞技能冷卻即將結束的那一瞬間，火速召喚出送子觀音，直接給宇宙蟲洞送去了一個寶寶。

白旭剛要開啟蟲洞的技能，結果發現自己的卡牌居然原地不動，毫無反應。

接著，宇宙蟲洞的頭頂出現了一行提示：卡牌懷孕中，無法釋放技能、無法被攻擊和控制，倒數計時九、八、七……

白旭：「啊？」

全場觀眾：「啊？」

白旭懵了兩秒，總算反應過來——自己這是被謝明哲給坑了！讓我的卡牌懷孕，待產九秒放不出技能，這就是你給我的「驚喜」？

白旭差點吐出一口老血。

由於宇宙蟲洞懷孕，要等九秒才能生下一隻小蟲洞，星空戰隊眼下無法用開蟲洞傳送的方式吸走涅槃的關鍵卡牌。

白旭脊背一僵，立刻說道：「快開空間裂……」

然而他還是說晚了。

因為，送子觀音給「空間裂隙」也送去了一個寶寶。

空間裂隙的頭頂同樣顯示：卡牌懷孕中……

白旭簡直要崩潰——關鍵時刻怎麼能懷孕？要你們放技能，你們在這裡懷孕！

直播間內的觀眾們都要笑瘋了。

「謝明哲你這個機靈鬼！關鍵時刻讓對手的控制卡懷孕，哈哈哈，相當於九秒放不出任何技能，白費了！」

「蟲洞和空間生下寶寶後發現：欸？我的隊友怎麼死光啦？沒有攻擊力的我們該怎麼辦呢？」

「關鍵時刻懷孕出包！這計謀，給你九十九分！」

謝明哲神色淡定地讓對手的兩張控制卡同時懷孕。

——懷孕了就好好請產假吧！打架這麼暴力的事情，交給隊友就好了。

星空戰隊很抓狂！在懷孕的九秒期間，這兩張卡牌等於報廢。白旭感到不妙立刻撤退，但最終他還是慢了一步，涅槃早就準備好的攻擊技能猛地砸下來，在九秒內將他剩餘的卡牌全部殺光。

九秒後，生下寶寶的蟲洞和空間：「……」

隊友們已經死光。只剩兩張輔助卡還能怎麼辦？面對涅槃的攻擊卡很是絕望。哪怕有了寶寶，再開出十個空間又能怎麼樣？這兩張卡牌和它們的寶寶都沒有任何攻擊能力，只能眼睜睜地看著自己和寶寶被對手無情斬殺……

白旭氣得差點摔了頭盔！

大螢幕上二比零的比分讓謝明哲愉快地揚起了唇角。

客場獲勝的感覺比主場獲勝要爽得多。涅槃終於在客場贏了一次，而且是贏下很有實力爭奪季後賽席位的星空戰隊，至少在以後的組內排名上會有很大的優勢。

送子觀音，真是一張能靈活運用的卡牌。

既可以增強己方效益，也可以在關鍵時刻作為控制技能使用，廢掉對手的關鍵卡牌，讓對手請個九秒鐘的產假。

——誰說只有我們的卡牌會生寶寶？今天讓星空戰隊的也生兩隻！

比賽結束後，謝明哲主動走到舞臺中間和星空戰隊的人握手，白旭原本白皙的臉看上去明顯有些發紅，也不知道是不是氣的。

謝明哲微笑著伸出手，「承讓。」

白旭：「……」承讓個鬼！就是你在關鍵時刻強迫我的卡牌懷孕待產，耽誤了整整九秒，否則團滅的就是你們涅槃……

白旭心裡吐槽著，礙於觀眾們在場，表面上他還要保持風度跟謝明哲握手。

來到後臺接受採訪時，面對記者們的誇讚，謝明哲很謙虛地說：「為了能在客場戰勝星空戰隊，這三天時間我們一直在練習送子觀音的戰術配合。送子觀音這張卡牌其實有著很大的風險，萬一在九秒時間內秒不掉其他卡牌，就相當於送給對手兩張強力輔助卡。」

也怪星空戰隊太過輕敵，在比賽進行到七分鐘的時候，白旭已經把暗牌全部召喚出來，讓謝明哲知道了星空剩餘的卡組中並沒有能撐過涅槃九秒爆發的保護性卡牌。天秤座的「全團血量分攤」技能也正在冷卻，謝明哲這才抓住對手防禦上的缺口，一波把星空打崩。

白旭看著謝明哲接受採訪時禮貌、謙虛的樣子，心裡突然有些彆扭。

記得上回一比一逼平眾神殿的時候，記者問他：「你認為星空戰隊有沒有競爭季後賽席位的能力？」白旭毫不猶豫地說：「當然有，我們對季後賽的席位勢在必得。」

還有記者問：「B組的涅槃戰隊也很強，下一場對涅槃的比賽你有信心嗎？」

當時的自己是怎麼回答的？好像說了句：「我會讓涅槃知道，誰才是B組真正的種子戰隊！」

結果呢？今天就被涅槃二比零打臉，臉都被打腫了。

網友們肯定在罵他吧？

白旭刷開了個人主頁一看，果然有大批涅槃的粉和星空的黑湧進來嘲諷。

「誰才是B組真正的種子戰隊？事實證明涅槃才是。」

「白隊你的臉疼嗎？」

「可憐的白旭，今天喜當爺爺，突然多了兩個卡牌寶寶孫子。」

「小蟲洞和小空間特別可愛，可以和涅槃的小黑玫瑰、小黃月英一起組團上幼稚園了。」

「你家不是超有錢嗎？要不要投資開家卡牌幼稚園？」

什麼叫說狠話反被打臉，白旭今天算是體會到了，更鬱悶的是，他根本沒法反駁！

這時候，記者突然問謝明哲：「對於今天的對手星空戰隊，你是怎麼評價的呢？」

謝明哲微笑著說：「我覺得星空是一支很有特色的隊伍，白旭做的星空系列套牌也很有創意，空間分割的打法非常新穎。只不過，他們的戰術對卡組配合度要求太高，容易被針對。」

記者道：「你對涅槃出線進季後賽，有信心嗎？」

謝明哲道：「B組強隊很多，不到最後誰也說不準，我們會盡全力。」

瞧瞧別人，年紀還小，是個剛出道的新人，但是每次採訪說話那叫一個滴水不漏。白旭想起自己接受採訪時的滿嘴大話，心裡有些羞愧，恨不得挖個地洞把自己給埋了。要是家裡人知道他來卡牌比賽丟人，估計會打斷他的腿。

白旭用力握了握拳，他製作的星系套牌今天拿出來的還不到一半，以後可以多嘗試別的打法。組內賽雖然輸給涅槃，但是常規賽目前才進行不到兩週，還有很多比賽機會。等到打組外循環賽時，他們還是有機會在積分上超過涅槃。

白旭下定決心，深吸口氣轉身離開了後臺。

他在走廊的轉角處聽見一個熟悉的聲音，低沉的成年男性聲音，語氣相當溫柔，「今天的比賽打得不錯，贏下星空，你們在B組出線的機率就更大了。」

另一個清脆的少年音明顯是謝明哲：「關鍵時刻讓白旭的卡牌懷孕請假，想到他當時臉上的表情，我就想笑。哈哈哈，他肯定很想打我吧？」

白旭：「……」你也知道我想打你？還在這裡說嘴！真是越聽越氣。

謝明哲覺得脊背莫名有些發冷，回頭一看，正好對上白旭的目光，他的笑容立刻僵在臉上，尷尬地道：「白旭，你也在這裡？」

白旭神色複雜地點點頭，「嗯。」

唐牧洲將手握成拳，抵在唇邊輕咳一聲強忍住笑意，問道：「你不去接受記者採訪？」

白旭繃著臉說：「正準備去接受批評。」說罷又看看兩人，「你們很熟？」

謝明哲立刻澄清：「不是很熟，剛才湊巧遇到唐神，就聊了幾句。」

白旭疑惑地看向唐牧洲，問道：「我記得今天沒有風華戰隊的比賽吧？哥你特地來現場看其他比賽？」

唐牧洲微笑，「來給你加油的。」

白旭挑高了左側的眉毛，「你會來給我加油？來看我的笑話還差不多吧！」

他的左右眉毛不一樣高，挑高一側眉毛時看著挺有趣的，加上捲捲的頭髮有如一隻小泰迪，謝明哲越看越覺得這個傲嬌的傢伙挺有意思。但是他好像叫唐牧洲「哥」？

正疑惑著，這時候有工作人員來催：「白旭，記者那邊正等著你呢。」

白旭的臉猛地一紅，「我不去行不行？」

工作人員道：「聯盟有規定，賽後每支戰隊必須至少派一個人接受採訪，你們隊的人都不想去，你作為隊長只能……」

白旭皺著臉擺擺手，「知道了，這就去！」

他挺直的脊背很是僵硬，最開始在後臺看見謝明哲時的滿臉傲氣已經蕩然無存，反而一副無精打采的模樣，看著有些可憐。

唐牧洲輕笑起來，問道：「如果記者問你，誰才是B組的種子戰隊？你要怎麼回答？」

白旭猛地回頭，「誰會這麼問啊！」臉卻變得紅紅的，顯然是惱羞成怒。

唐牧洲聳了聳肩，「上次採訪時把話說得太滿，你就該做好輸掉比賽被記者和網友們嘲諷的準備。我早說了涅槃實力很強，你偏偏不當回事，活該被阿哲教做人。」

白旭瞪他一眼，轉身走人。

等白旭走後，謝明哲才一臉疑惑，「你們是什麼關係？他好像叫你哥？」

唐牧洲湊到謝明哲耳邊，低聲解釋：「我媽姓白，白旭是我小舅的兒子，白家的獨生子，從小被寵壞，性格有些傲慢。不過，他的心眼並不壞，就是嘴上不饒人，要是說了什麼得罪你，你也別往心裡去。」

知道了白旭和唐牧洲是表兄弟，謝明哲對白旭的印象莫名地好多了。加上白旭只除了在採訪的時候囂張了些，也沒做什麼過分的事。今天被教訓後，耷拉著腦袋的樣子還挺可憐的。

想起卡牌懷孕時白旭複雜的臉色，謝明哲不由得笑了笑，輕聲說：「我不會介意的，我覺得他挺可愛，頭髮很漂亮。」

唐牧洲問：「像隻小泰迪，是不是？」

謝明哲點頭，「嗯，金毛小泰迪！」

兩人相視一笑，唐牧洲接著說：「小時候他挺乖的，大家都喜歡揉揉他這一頭捲髮，反而越大越不懂事了。不過，他來打卡牌聯賽是受了我的影響，看我創建風華的成績好，他也想組個俱樂部、拿個冠軍回去炫耀。只是他把聯賽想得太簡單，也該吃點虧長長見識。」

「他做的卡牌確實很有趣，但戰術單一是星空戰隊的致命缺點，太容易被針對了。」謝明哲認真地說：「B組還有幾支隊伍也很強，星空要出線不大容易。對了，你今天親自來現場看比賽，也是因為你弟弟吧？」

「我是……」為了能在後臺遇見你。對上謝明哲明亮的眼睛，唐牧洲沒有明說，微微一笑，道：「表弟和師弟打比賽，我當然要來現場看看，怎麼？你不高興見到我嗎？」

發現男人溫柔的目光一直注視著自己，謝明哲的心跳突然有些失速，移開視線道：「怎麼會呢？能在後臺見到你，我也挺開心的。」這句是真話，不過說出來後，謝明哲感覺到自己的臉頰莫名發燙，忙開口道：「我得先走了，隊友們還在等我！」

他快步走出後臺，感覺到身後目光的追隨，耳朵都有些發紅。

謝明哲迅速忽略腦子裡亂糟糟的思緒，飛快地上了涅槃戰隊的車。

回到宿舍後，謝明哲刷了刷網頁，發現今天的留言裡有很多「不，我才不要懷孕」、「爸爸我懷孕了，請九秒產假可以嗎」的表情包，他一邊看一邊笑得打滾。

網友們實在太有才了，他在光腦裡下載的表情包都快有一G。

這時候，他發現留言裡突然彈出一條：「我發現白旭關注了胖叔啊！」

「小白泰迪，這個是白旭的帳號，他還真的關注了阿哲？」

「噓，你們別說出來，他一氣說不定就要取消關注了。」

「哈哈哈，他還真的被你們笑到取消關注了！」

謝明哲：「……」

白旭到底是有多糾結？偷偷關注，被網友們發現後，又惱羞成怒立刻取消關注……

中二病還沒好嗎？

謝明哲點進去他的帳號，順手關注了他，並且發去條私訊：沒想到你居然是唐神的表弟。

白旭脹紅臉：你這話什麼意思？我比唐牧洲差很多嗎？

謝明哲忍著笑回覆：你跟唐神之間大概還差二十張寶寶卡，怎麼樣？要不要我送給你？涅槃懷孕生子一條龍服務，只需九秒就可以擁有。

白旭：「……」啊啊啊誰來收了這個謝明哲！

把唐神表弟氣到炸毛這件事做起來十分順手。謝明哲心情大好，關掉光腦準備睡覺，結果唐牧洲突然發來一條私聊，說道：「白旭在跟我要涅槃俱樂部的地址，說要給你寄去一顆定時炸彈。」

謝明哲：「哈哈哈，氣一氣他，說不定他醒悟得更快呢。」

唐牧洲微笑道：「沒事，他的年紀比你小半歲，你可以把他當成弟弟，隨便欺負。」

弟弟就是用來欺負的嗎？大概對唐神來說……是吧！

那師弟是用來幹麼的？謝明哲想到這個問題，突然心頭一跳，有些不好意思問，便跟唐牧洲說了聲晚安，迅速躺進被窩裡睡下。

次日，池瑩瑩把謝明哲拉到一邊說：「阿哲，周邊商城的前期籌備工作已經差不多了，不如讓商場儘快上線？」

謝明哲並不反對，只是對於要上架哪些周邊商品，他心裡還沒有譜。「別的俱樂部都賣些什麼？我們的商城總不能太寒酸吧？」

池瑩瑩興奮地道：「我已經調查好了，俱樂部周邊商城裡賣的大部分是實體卡，還有一些特製的書籤、Q版抱枕之類的衍生產品。」她靈機一動，道：「我們不是有送子觀音生成的寶寶卡嗎？縮小一半的造型，做成抱枕的話肯定很可愛！」

謝明哲腦補了一下，之前比賽時黃月英生的小月英，體積縮小後確實挺可愛，要是把小月英和小連弩弄成Q版的圖案抱在懷裡，似乎有點萌？女生們大概會喜歡吧。

想到這裡，謝明哲便乾脆地點頭答應，「沒問題，那商城的事情就交給你們了，需要我幫忙的地方儘管開口。」

池瑩瑩道：「好，我這就去準備！」

周邊商城很快地上線了，涅槃的官博也正好發了一波宣傳。

第一批上架的商品，是謝明哲製作的套牌實體卡，包括目前已經出現過的東吳卡組、部分西遊卡組和蜀國金系卡組。有了實體卡，就可以在現實世界中召喚卡牌幻象。

實體卡的數量有限，不出十分鐘就被搶購一空，尤其是最近比較熱門的「諸葛亮」，十秒內就被搶光了，拚手速都拚不過。

緊接著，周邊商城放出廣告：寶寶卡抱枕，開放首批預購。

抱枕這種東西，池瑩瑩也不知道能賣掉多少，不敢隨便找廠家訂做，所以效仿其他俱樂部先開放一波「預購」，根據預購的數量再來製作。

沒想到，開放預購的瞬間就有了上萬條訂單。

更沒想到的是，「小白泰迪」的帳號發了這麼一條動態消息：我在涅槃官方周邊商城預購了【月英寶寶－抱枕－大紅色】，大家快來跟我一起買吧！

粉絲們：「啊？」

因為關注了白旭，也看到首頁彈出這條動態的謝明哲：「什麼？」

他這是手滑不小心按到了「分享」鍵吧？哈哈哈，真是丟人丟大了啊小白弟弟！

白旭回頭刷開自己的個人主頁一看……

偷偷搶個抱枕為什麼就按到了「分享至個人主頁」的按鍵？涅槃的周邊商城到底怎麼設計的，「預設分享」的按鍵字體就不能放大一點嗎！

粉絲們同情地表示：「白旭這是喜當爹後精神受了刺激，才買寶寶抱枕的吧？」

「你要買涅槃的抱枕拿來出氣嗎？」

「好好，跟你一起買寶寶，不如給你的宇宙蟲洞卡也做個寶寶抱枕？」

「白旭，誰是B組的種子戰隊？請正面回答記者的問題，不要逃避！」

白旭面紅耳赤，迅速刪掉這條手滑分享的消息，假裝什麼都沒發生。

結果，謝明哲居然私訊他：你手滑按了分享鍵？真想要寶寶抱枕的話，我送給你幾個吧，你喜歡大紅色啊？

白旭：「……」

白旭手滑轉發消息後，雖然刪得很即時，但是唐牧洲當時正好在刷網頁，也看到了那條「預購抱枕」的分享動態。

謝明哲剛和白旭發完私訊，唐牧洲又發來一條：寶寶抱枕？大紅色？

白旭恨不得挖個地洞把自己埋了。

唐神不忘繼續取笑弟弟，並在弟弟的傷口上撒鹽：你的品味跟我小徒弟沈安差不多，他做了很多水果抱枕，你要嗎？我給你寄幾個大紅色的蘋果抱枕？

白旭：不要！

白旭惱羞成怒，直接拉黑了唐牧洲的訊息。

謝明哲緊跟著發訊息道：除了月英寶寶抱枕，我們接下來還會推出同系列的諸葛亮Q版寶寶抱枕，我給你留一個大紅色的，地址給我一下。

這兩人聯手笑話他，實在太過分了。白旭關掉私訊視窗，假裝自己什麼都沒看到——至於偷偷搶抱枕這件事，他相信過不了多久就會被大家遺忘。

謝明哲逗了逗金毛小泰迪，心情很好，忍不住跟唐牧洲說：「你弟弟好可愛，哈哈，偷偷關注我，被粉絲們發現後立刻取消關注。今天搶抱枕不小心按了分享鍵……我真是服了他。」

唐牧洲無奈地揉揉眉心，「他學習成績特別好，大學四年的學業在兩年內完成，門門功課考滿分。但是在生活上他就是個大號迷糊蟲，經常把毛衣穿反，兩隻襪子穿著穿著就少一隻，沒有導航的話根本分不清東南西北。手滑分享，是正常發揮。」

謝明哲覺得有個這樣的弟弟挺好玩兒的，忍不住問道：「你還有別的弟弟嗎？」

唐牧洲玩笑道：「弟弟只有白旭一個，怎麼，不夠你欺負？」

「哈哈，我隨便問問。我也沒欺負他，就覺得他特別好玩。」

「我家親戚不多，還有一位堂兄在家幫著管理生意，他比較嚴肅，對遊戲完全不感興趣。」唐牧洲介紹道：「涅槃租下商辦大樓的事情，他幫了很大的忙，以後再介紹你們認識。」

「嗯，有機會當面謝謝他。」

兩人閒聊幾句，唐牧洲緊跟著道：「你們最近在找廠家訂做抱枕是嗎？之前你給我畫的那張唐牧洲卡牌能不能也做成寶寶抱枕？」

謝明哲直率地說：「把自己做成抱枕，你不覺得太自戀了嗎？」

唐牧洲：「……」

——我想把自己做成抱枕送給你，讓你天天抱在懷裡。

不過，這個做法確實有些太自戀。唐牧洲想想，還是等兩人關係更進一步，再送這種親密的禮物比較好，想到這裡，唐牧洲便微微一笑，換話題道：「接下來的比賽，你們應該輕鬆多了吧？」

謝明哲說：「B組內戰總共打十一場，我們已經打完了最難的四場，剩下的七場應該比較好打。但是還有一個狙擊戰隊，據說實力也很強。」

唐牧洲道：「這支隊伍很有特色，你們得好好準備。」

謝明哲認真點頭，「嗯，我們在B組的最後一場比賽才會遇到他們，時間還長著呢。」

【第九章】

爲了贏比賽，節操算什麼？

謝明哲原本覺得打完七場比賽的日子還久得很，但是真的打起比賽來，時間卻過得飛快。

一開始比賽遇到的都是一線強隊，後面的對手相比之下就打得比較輕鬆。

涅槃在六場比賽中有四場都拿到二比零的好成績，另外兩場因為卡牌陣容被對方猜中而拿下一比一的比分。B組內戰還差最後一場比賽——涅槃戰隊VS.狙擊戰隊。

涅槃現在總積分十五分，在B組排名第四，緊隨其後的是星空戰隊十四分、狙擊戰隊十三分。

自從零比二輸給涅槃後，白旭為改善星空戰隊「戰術單一」的致命缺陷，又研究出一批新的宇宙星空套牌，包括大範圍群攻牌「宇宙沙暴」，控場牌「漩渦星雲」、「黑洞」和「鑽石星球」等，小白弟弟雖然在生活中呆了些，做起卡牌來腦袋確實很聰明，星空戰隊的實力也越來越強。

目前B組的積分榜上，裁決、眾神殿和暗夜之都三大強隊地位十分穩固，關鍵還是第四名至第六名的爭奪，彼此之間只差一分。

星空戰隊已經打完B組的全部比賽，只能等最後一場涅槃VS.狙擊的結果。

如果涅槃能以二比零戰勝狙擊，星空就是B組第五名，依舊有出線希望。但是如果涅槃輸掉，星空就會被狙擊戰隊反超。

狙擊戰隊的風格很特殊，他們的標誌卡「狙擊槍」可在超遠距離外狙殺指定卡牌。潛伏兵手裡捏著閃光彈、催淚彈，能大範圍影響對手視野。裝甲兵的電磁炮、光能炮可以造成巨額熱武器傷害，還有醫療兵的防彈衣、生命藥水，負責保護隊友。

謝明哲有種穿越到了吃雞遊戲裡的錯覺。

陳霄閒暇時很喜歡研究其他戰隊，為大家介紹道：「據說狙擊戰隊的隊長是一位軍事迷，他把很多武器、兵種都做成了卡牌，連戰鬥機甲都有。」

謝明哲看著大螢幕重播中電磁炮爆破的那一瞬間，不由得感嘆，「要不是星卡官方限制了卡牌的資料，他們這一炮轟下去，別說是炸死對手的卡牌，整顆星球都要炸沒了吧？」

陳千林說：「狙擊戰隊做出來的卡牌，都是大眾熟知的武器。基本上，他們的戰術偏向於一波流和風箏流。」

他指著大螢幕，詳細說道：「一波流，就是靠潛伏兵隱身開催淚彈和閃光彈群控，銜接上熱武器的一波轟炸，直接把對手打殘；風箏流則是前排靠裝甲兵的機甲來頂住傷害，狙擊手在遠處單殺、點射對手的關鍵卡。這位狙擊戰隊的隊長，對武器和機甲很有研究。」

謝明哲道：「我不大擅長正面對拚的打法，這一場是不是由陳哥來指揮比較好？」

陳霄原本還想客氣幾句，結果聽到陳千林平靜地說：「這一場由陳霄來指揮，你上中學的時候，不是特別喜歡研究這些軍事武器嗎？」

「好吧！」陳霄很開心哥哥記得他以前的愛好。他一直都對狙擊戰隊特別關注，狙擊在B組內戰中的每一場比賽他都仔細研究過，對於這個對手的瞭解，自然比謝明哲更深。

接下來的時間，陳霄精心準備了兩套卡組，一套打衛燕苑主場，另一套打客場。

四月二十八日B組內戰的最後一場比賽——涅槃VS.狙擊，正式開打！

白旭雖然很不想給謝明哲加油，不過為了星空戰隊能夠出線，他心裡還是盼著涅槃這一場能以二比零贏下狙擊戰隊，因此，他戴上帽子和口罩親自來到了現場看比賽。

但是因為他的打扮太誇張，整個人包得只露出一雙眼睛，就像是電影裡搶劫銀行的犯罪分子，被記者們一眼就認了出來。

「白旭、白旭！」記者們追上他，「今天親自到現場，是來給涅槃加油的嗎？」

「聽說你搶購了涅槃的周邊商品，還分享到個人主頁幫涅槃做宣傳？」

「白旭，聽說你偷偷關注了謝明哲，你跟他私交是不是很好啊？」

白旭口罩下的臉都快綠了，恨不得怒吼一聲：我只是手滑！手滑不行嗎？

被記者們包圍的白旭一時手足無措，不知道該怎麼回答，只能拚命低頭減少自己的存在感。

謝明哲經過選手通道入口時正好看到這一幕，便從記者群裡擠進去，輕輕地把小泰迪拉過來護住，朗聲道：「大家散了吧，白旭也是我們B組的選手，關注一下同組的比賽沒什麼好奇怪的。」

記者們看見謝明哲出現，立刻一擁而上。

「阿哲對今天的比賽有信心嗎？」

「今天會不會出現新的陣容呢？」

謝明哲大大方方地微笑著說：「這些戰術的問題不方便透露，我們先進去打比賽，賽後採訪時間大家再提問，謝謝！」

他單手護著白旭，迅速突破記者的包圍走進後臺。

白旭的臉上滿是迷茫，莫名覺得這樣的謝明哲有點帥……不對，這一定是錯覺！

察覺到自己的肩膀被他輕輕地摟著，就像是兄長在保護弟弟一樣，白旭彆扭地閃到旁邊，瞪著謝明哲道：「你別以為替我解圍，我就會謝你！」

謝明哲笑道：「沒指望你會謝我，我只是看在唐神的面子上才順手幫你。」

這句話正好被路過的唐牧洲聽見，他心裡一暖，低聲道：「看來我的面子還挺大的？」

謝明哲回頭，正好對上男人帶著微笑的目光。

那溫柔的目光讓謝明哲的耳根微微發燙，連忙輕咳一聲，問道：「唐神怎麼也來了？」

白旭疑惑地看著他道：「怎麼每次有涅槃的比賽，都能在後臺看見你！」

小白弟弟無意中說出真相，唐牧洲笑而不答，謝明哲有些心虛地移開視線，「你們兄弟先聊，我去跟隊友們會合，馬上要比賽了。」

謝明哲飛快地溜走，直到他的背影消失在走廊盡頭，唐牧洲才皺著眉指了指白旭的口罩，道：「下次買口罩，別買這種只露出兩隻眼睛的，看著就像是防毒面具。你這個打扮，等於在臉上寫著：我是白旭。」

白旭對著旁邊的鏡子一照，這個打扮確實有些蠢，他只好憤怒地摘了這張「防毒面具」，耷拉著腦袋跟在唐牧洲身後，去後臺找了個觀賽包廂一起看比賽。

晚上八點整，B組內戰最後一場比賽開始。

解說吳月道：「B組目前第四到第六名的競爭相當激烈，如果這一場比賽狙擊戰隊能以二比零戰勝涅槃，就會反超涅槃排到第四名；如果打成一比一平手，那麼涅槃依舊排名第四，狙擊和星空則並列排在第五；要是涅槃以二比零贏了狙擊，接下來組外循環賽的壓力就會小很多！」

劉琛道：「每支隊伍組內的成績，在積分相同的情況下會影響到最終的排名，所以這一場比賽對涅槃、星空和狙擊三支戰隊來說都非常關鍵。最近連續六場比賽，涅槃的戰績是四場二比零和兩場一比一，隊員之間的默契有了很大的提升，不知道今天他們會採用什麼樣的戰術？」

比賽開始，涅槃抽到藍色方，優先選擇地圖。

讓觀眾們意外的是，今天坐在指揮位置上的人居然是陳霄。

男人的嘴角掛著自信的笑容，毫不猶豫地選擇地圖——大觀園系列之蘅蕪苑。

比起之前用過的「三分天下」，這張「蘅蕪苑」的場景設計比較簡單，庭院裡有大量的鮮花，每隔一段時間，香氣四溢，整個場景會陷入「鮮花盛開」的幻覺效果。

幻覺控場地圖在職業聯賽中很常見，在後臺看比賽的白旭忍不住小聲嘀咕：「涅槃這一局比賽，難道是由陳霄來指揮嗎？」

唐牧洲點點頭，「陳霄確實有指揮的能力，他的風格和阿哲不大一樣，你可以仔細看看他待會兒怎麼打。」

直播間內也有不少粉絲對此表示疑惑。

「今天是陳哥當指揮嗎？」

「之前的比賽一直是謝明哲指揮，這一局突然換指揮，靠不靠譜啊？」

陳霄當然不會讓哥哥失望，這幾天都在熬夜做準備。只不過，他畢竟是第一次擔任指揮，粉絲們會擔心他發揮不好，也是合情合理。

比賽很快開始。

涅槃的主場，卡組陣容以陳霄的暗黑植物作為主力，謝明哲帶的是金系套牌，以馬超負責全團加速，由關羽、張飛、趙雲干擾和單殺對面的關鍵牌，同時讓黃忠點射對手的厚皮卡。陳霄的植物卡展開大範圍控場和群攻，秦軒輔助治療，喻柯則找機會收割殘血卡。

四個人分工明確。比賽一開始，陳霄的植物就開一波群體恐懼控場，緊跟著就是連續幾個群攻砸下去把對方卡牌全部打殘。

謝明哲見機行事，迅速讓騎兵團衝進敵方陣營中，直接秒殺了對手的醫療女兵！

醫療女兵這張卡牌帶有「生命藥水」和「解毒藥劑」兩個技能，前者回血，後者解控，回復能力極強。涅槃想要正面強攻，必須先殺這張治療卡。

涅槃一改往日「氣死對手」的奇葩風格，這局打得特別霸氣。

開局不到一分鐘就連殺對手五張牌，黑無常身上還疊了三層陰陽標記，而涅槃自己的卡牌也陣亡了五張。

解說吳月驚訝道：「陳霄的指揮風格跟謝明哲很不一樣！開局就是正面火拚、一換一的強硬打法，目前雙方各陣亡五張卡牌，在數量上尚屬均衡。」

劉琛道：「馬上就要出現場景幻覺了……」

話音剛落，蘅蕪苑飄過一陣香氣，全場景百花盛開！

所有選手的視野中出現各色鮮花，根本看不清楚對方的卡牌在哪裡。

這時候，大部分指揮都會選擇撤退防守，狙擊戰隊也確實這樣做了，所有的潛伏兵、狙擊手、裝甲兵全部後撤，各類熱武器也跟著後撤……

然而，涅槃的做法卻讓觀眾們跌破眼鏡。

——陳霄不但沒有撤退，反而展開一波大範圍進攻。他的黑玫瑰和黑法師都留著技能，在幻覺出現的這一瞬間，對著狙擊戰隊卡牌的方向就是一波盲打！

只見漫天黑色玫瑰花瓣瞬間聚集成一條直線，以傾斜的四十五度角撲向對方的裝甲車，同時，純黑色的毒霧也飄向空中，對準了同一部裝甲車。

剛才一波正面對轟之後，裝甲車的防禦罩血量只剩下百分之六十。

在全場景幻覺控場的情況下，陳霄居然對著裝甲車盲打，這操作實在太過冒險！

因為此時在賽場上的選手們眼裡看見的全是鮮花，根本無法判斷對手卡牌的位置，只能憑藉剛才的印象來做預判。

這時只有以上帝視角俯視賽場的觀眾們，能把賽場上所有卡牌的位置看得清清楚楚。

大家發現，狙擊戰隊的裝甲車後撤了大概一公尺，而陳霄的兩個技能斜線打過去，居然全部精準地命中了正在後撤的裝甲車！

這一招命中，裝甲車的防禦罩直接被打成血皮。

此時，陳霄再讓黑法師的收割技能直接命中殘血的裝甲車，黑法師十萬的單體攻擊，溢出的傷害將全部轉化為群攻——只聽「轟」的一聲巨響，狙擊戰隊的裝甲車瞬間就被打成碎片，而周圍的潛伏兵、熱武器等卡牌，也全部受到黑法師技能的波及，集體殘血。

陳霄道：「小柯爆標記！」

喻柯立刻聽陳哥的指揮，爆掉黑無常的三層標記。

對狙擊戰隊來說這無疑是雪上加霜。

短暫的幻覺效果結束時，狙擊戰隊意外地發現，己方所有的卡牌都被打成一絲血皮，而謝明哲的騎兵正揮著大刀趕來。

這一波利用幻覺控場的精準團戰，涅槃出乎意料地直接收掉了對手六張牌，卡牌數量上的巨大優勢，讓狙擊戰隊再無翻身之力。

第一局，涅槃勝。

這局變化太快，粉絲們都沒回過神來。

直到慢鏡頭重播的時候，吳月才激動地道：「陳霄的預判太強了！在幻覺強控的情況下，他居然冒著所有技能放空的風險，不退反進，一波盲打，把對手全面打殘，真是一次漂亮的突襲戰！」

劉琛的眼裡也滿是讚賞，「幻覺只會造成選手視覺上的偏差，並不影響卡牌技能的釋放。幻覺控場出現時，大部分的指揮都會選擇撤退，誰能想到陳霄這麼凶，居然盲打！他的記憶能力和分析能力確實很出色，清楚地記住對手所有卡牌的位置……」

盲打，就是在看不見對手卡牌在哪裡的情況下，閉著眼睛放技能。

能進行這種高端操作的選手幾乎都是聯盟一流大神，不但需要絕佳的記憶力，記清對手卡牌的位置，還必需在極短的時間內，預判對手撤退時的卡牌走位。

陳霄居然全部做到了……

極為精準的記憶和預判！

粉絲們完全沒想到，第一次擔任指揮的陳霄，居然能在細節上做得如此完美。

真正的膽大心細。

第一局獲得勝利，但涅槃並不滿足於此。

第二局是狙擊戰隊的主場，狙擊選擇的地圖「地鐵站」，是一張比較複雜的游擊戰地圖，狙擊手會有很多可以藏身的位置，顯然對手是想靠風箏、點殺的方式來擊敗涅槃。

然而涅槃早有準備。

比賽一開始，陳霄就讓全團卡牌聚集在一起，免得被對方的狙擊手單殺。皮厚、防禦高的卡牌走在前面，保護其他脆皮卡，秦軒的治療卡佇立在後方，給殘血的隊友不斷回血。

狙擊手再強，也不可能一口氣狙殺好幾張牌。

涅槃以大部隊抱團、緩慢逼近的方式，將狙擊戰隊幾張落單的卡牌率先擊殺。

接著，陳霄故意放出幾張散卡去引出敵人的游擊隊伍，待對方威脅最大的狙擊手一冒頭，喻柯的聶小倩立刻開倩女幽魂瞬移過去，直接用頭髮把狙擊捲起來甩進隊友的包圍圈中。

第二局在十分鐘內結束，涅槃穩紮穩打，緩慢地蠶食狙擊戰隊的卡牌，最後在卡牌數量優勢大於對手的情況下，以大量技能一波清場。

二比零！

大螢幕上的比分讓很多人不敢相信。

直播間內，回過神的粉絲們瘋狂刷屏。

「臥槽，看陳哥指揮的比賽，感覺好燃啊！」

「陳哥跟阿哲的風格不一樣，阿哲的戰術會讓對手特別討厭，觀眾們一邊看一邊笑！陳哥就是正面火拚，簡單粗暴，但很熱血，在細節上做得非常精確。」

「涅槃簡直強爆啊，雙指揮！」

「沒想到陳哥指揮也這麼厲害，這支新隊真的太強了！」

二比零的涅槃好帥！看到這一幕的白旭激動地跳了起來，結果對上唐牧洲看傻瓜的眼神後，他又故作鎮定地坐下，淡淡地道：「二比零，打得還行。」

唐牧洲：「……」

白旭也覺得自己裝得很失敗，耳根微微發紅，咳嗽一聲，道：「涅槃的實力還不錯，是我進季後賽的最強阻力。」

唐牧洲不客氣地道：「你還是別抱希望了，B組能進季後賽的第四個位置肯定是涅槃的。」

白旭瞪了他一眼，「你還是不是我哥啊？只知道潑我冷水，就不能給我打打氣？」

唐牧洲淡淡地道：「我比較客觀。星空戰隊和狙擊戰隊都不是阿哲、陳霄他們的對手。他們到目前為止，還有很多卡組沒拿出來。」

白旭好奇地豎起耳朵，問道：「還有很多卡組嗎？」

唐牧洲微微一笑，正好大螢幕中出現謝明哲的臉，他的神色不由自主變得溫柔起來，「為了對付組外循環賽的強隊，阿哲肯定留了不少厲害的卡牌，我們等著看好戲吧。」

比賽現場，謝明哲站起來給了陳霄一個擁抱，「陳哥好樣的！」

陳霄滿面笑容，看上去開心極了——這是他的指揮首秀，能以二比零的成績在B組內戰做一個完美的收尾，他特別滿意，希望哥哥也會滿意。

時隔五年重新站在這片賽場上，作為涅槃的一員，他也確實是涅槃重生了。

換成五年前，或許他不會有這樣的自信。

可是今天，在眼前全是幻覺的情況下，他冒著巨大的風險盲打，居然沒有絲毫的猶豫——因為他相信自己的判斷，同時也相信隊友們會百分百地配合他。

這正是「涅槃」這個團隊給予他的信心。

也是謝明哲多次出其不意地換卡給予他的勇氣。

大不了就是輸，有什麼好怕的？贏了大家一起高興，輸了大家一起被罵。涅槃的四個人從來沒有埋怨過隊友的選擇，他們是一個非常和睦，並且默契十足的隊伍。

好的團隊，才能讓選手發揮出最大的潛力。

組內循環賽到此全部結束，涅槃以十一場比賽共獲得十七分的好成績，在小組排名第四。

相信進入組外循環賽之後，涅槃戰隊一定會再接再厲，保住這珍貴的季後賽席位！

今天的記者們都很亢奮，顯然沒想到涅槃還有一位風格和謝明哲完全不同的指揮，採訪的問題也都圍繞著陳霄。

一時間，陳霄被記者們重重包圍，也享受了一把「眾星捧月」的待遇。臉上帶著笑容的陳霄比平時更加英俊，回答問題的時候也很乾脆俐落：「我和阿哲的風格不大一樣，比賽之前我們會私下交流戰術，覺得誰更適合打這支隊伍就由誰來指揮。」

記者感興趣地問道：「B組的內戰已經打完了，涅槃目前成績挺好，進入組外循環賽後還會遇上很多厲害的對手，之前用的戰術很可能會被其他戰隊針對，有沒有一些新的戰術方案呢？」

陳霄道：「當然有，這方面不好透露，大家可以期待一下。」

有一位女記者站起來道：「有個私人問題想請問陳霄，之前你說要起訴聖域俱樂部的事，好像一直沒有下文，是不是私下跟聖域達成了什麼協定？」

這句話真正的意思其實是在問：你們是不是私下用錢解決了？娛樂圈經常出現這種情況，看上去要撕破臉告上法院，結果私下賠錢，大事化小、小事化了。

陳霄揚起唇角，看向那位記者的目光很是坦然：「這件事很快就會有消息。」

愛八卦的記者又問：「聖域被分在A組，組外循環賽上肯定會遇到這個老東家。你跟聖域的過節大家都知道，會不會針對他們做一些特別的準備呢？」

陳霄淡淡地道：「對我來說，聖域只是一個很普通的對手，我們當然會盡力從聖域手裡拿分。

至於戰術準備，相信到時候會給他們一個驚喜。」

通常涅槃說的驚喜都不是一般的驚喜，往往都會成為驚嚇。比如卡牌被搶去當媳婦、懷孕生子之類的，聖域估計會被虐得很慘。

看到這段採訪的邵博，氣得臉色鐵青，立刻讓經理通知隊員們做好充分準備去對付涅槃。同時也要想想辦法，看能不能從涅槃公會下手，打聽一些涅槃的卡組機密……

陳霄隨口一句話讓聖域忙得團團轉。其實距離涅槃和聖域的比賽還有很長的一段時間，涅槃在組外循環賽的第一個對手是風華俱樂部。

內戰結束後，會有短暫的兩天假期，但是對涅槃的選手們來說，這兩天的時間根本就不夠用，大家不敢休息放鬆，次日大早就在會議室集合。

陳千林調出風華俱樂部四位王牌選手的卡組仔細分析。

「唐牧洲風格多變，藤蔓位移控場、花卉幻覺混亂控場、木系毒素疊加……各種打法他都運用得非常熟練。更關鍵的是，身為總指揮的他，對時機掌握能力極強，抓節奏很厲害，哪怕我們在前期打出優勢，後期稍微不注意也有可能被他一波翻盤。」

身為師父，陳千林對大徒弟給予了極高的評價，唐牧洲也確實擔得起這樣的評價。他的大局觀和戰術意識非常強，放眼整個職業聯盟，能和他相提並論的大神屈指可數。雖然他很年輕，但是他已經成為新生代選手的代表，人氣和實力都位於聯盟金字塔的頂端。

更可怕的是——唐牧洲是全聯盟最瞭解涅槃戰隊的人。

想到這裡，謝明哲忍不住道：「想贏風華，我們得用師兄不知道的卡組，要不要上木系卡？」

陳千林微微皺眉道：「木系這套卡組太難操控，郭嘉的亡語爆發點，你們目前配合得還不夠熟練，容易自亂陣腳。」

師父說得也有道理，這套卡組他們一直在練習，但是要操控得宜還有困難。

郭嘉的亡語技當初設計得很強，但是陣亡的時機卻很難掌握，在沒練好的情況下貿然拿出來對付風華，可能會適得其反。

陳霄也贊同地道：「唐牧洲的反應速度很快，我們如果用的是不大熟練的卡組，可能無法像當初用諸葛亮對付眾神殿那般發揮奇效。組外循環賽不是有兩輪嗎？我的建議是，等下一輪對戰風華的時候再拿出這套木系卡組，第一輪還是先用簡單一點的戰術。」

「那再想想別的吧。我後來新做的散卡，也有好幾張是師兄不知道的……」謝明哲摸著下巴思考了片刻，突然靈機一動，「不如試試月老如何？」

「月老體系？」陳千林看他一眼，「讓你師兄的卡牌談戀愛嗎？」

謝明哲笑著摸鼻子，「搶親、懷孕都有了，總得讓卡牌們談談戀愛啊。」

喻柯忍不住吐槽：「你這順序完全反了吧？應該先談戀愛、再搶親、再生寶寶。」

謝明哲無所謂地擺擺手，「沒事，未婚先孕也很常見的！我們這回就讓師兄的卡牌好好體驗一下談戀愛的感覺。」

看著謝明哲神采飛揚的樣子，陳霄無奈扶額，「真的要上月老嗎？」

謝明哲說：「還要上姻緣樹場景圖！讓卡牌們談戀愛談個夠。」

陳霄：「……」你師兄會想打你吧。

陳千林對謝明哲的奇思妙想早就習以為常，他只從戰術可行性的角度來分析，「月老體系可以嘗試，你們再商量一下其他卡組的搭配。既然有月老在，就多帶些攻擊卡，防禦卡可以少帶幾張，到時候去拴住唐牧洲的大榕樹吸血就行了，他的榕樹血多。」

林神果然也是滿腹壞水，直接把唐牧洲的榕樹當血庫，這樣好嗎？

眾人：「……」

五月一日晚上七點，組外循環賽正式展開。

今晚將舉行兩場對決，第一場是A組鬼獄對B組星空，第二場是B組涅槃對A組風華。

不同於組內循環賽以「抽籤決定先後手」的制度，組外循環賽因為有兩輪，因此採用固定主客場的賽制——哪支戰隊名字在前面，哪支就是主場。

傍晚六點半，今晚的參賽選手們提前來到後臺。

白旭心裡很緊張，鬼獄的主場有多難打他之前看A組內戰的時候就深有體會。到目前為止，鬼獄主場戰績全勝，連同樣在A組的風華、流霜城都沒能打得過他們。

正頭疼著，結果就聽見兩個熟悉的聲音：「今晚是涅槃主場，你為我準備了多少驚喜啊？」唐牧洲的聲音帶著笑意，聽起來很溫和。

謝明哲直率地說：「太多了。我怕你打完比賽後會揍我。」

唐牧洲無奈一笑，反問道：「看來，你準備的驚喜又會變成驚嚇？」

謝明哲道：「猜對了！」

白旭：「……」

這兩人明明是對手，賽前還這麼「和睦」地聊天，這科學嗎？

正想著，就見唐牧洲和謝明哲並肩走了進來。謝明哲看見白旭後，很自來熟地走到白旭的旁邊坐下，道：「小白，待會兒比賽加油，可別被鬼獄二比零。」

白旭愣了愣，茫然地看著他，「小白？誰讓你這麼叫我的？」

唐牧洲說：「我讓他叫的，你有意見？」

白旭總覺得表哥和謝明哲之間關係不大簡單？白旭腦子裡有些亂，乾脆不理他們，去找隊友做賽前準備。

七點整，比賽開始。鬼獄的主場打得非常凶，星空戰隊幾乎無力招架，第一局不到八分鐘就被打崩，第二局七分鐘戰鬥結束，還沒到七點半，第一場比賽就以二比零結束了……

唐牧洲不客氣地說：「結束得這麼快，我都還沒反應過來。」

白旭鬱悶地低著頭，被哥哥取笑也沒心情反駁，悶悶不樂地坐在沙發上。

謝明哲見他可憐，便拍拍他的肩膀，安慰道：「別在意，在鬼獄的主場輸掉很正常，七分鐘迅速輸掉，總比被對手慢慢折磨半個小時，最後還是輸掉要好。」

還不如不要安慰。白旭看了對方一眼，黑著臉問：「待會兒涅槃的主場你有信心打贏我哥嗎？」他頓了頓，又覺得自己表現得太過關心，立刻改口：「B組今天總不能全軍覆沒吧？」

謝明哲微笑道：「我儘量給B組爭一點面子。」

第二場比賽即將開始，風華和涅槃共八位選手一起走到大舞臺上，唐牧洲和謝明哲握了握手，謝明哲笑咪咪地看著他說：「加油。」

唐牧洲挑眉，「賽前給對手加油，你這是用意念詛咒我發揮失誤吧？」

謝明哲：「被你看穿了。」

兩人相視一笑，這才轉身回到旋轉椅上坐下。

直播間內，粉絲們看到唐神和謝明哲的舉動都很疑惑。

「唐神和阿哲看上去私交不錯的樣子？」

「剛才還相視微笑呢！應該關係挺好的？」

也有更關注戰術的粉絲在刷屏。

「今天的比賽不知道是誰指揮？」

「打風華應該是阿哲指揮。陳霄跟唐牧洲都是木系，內戰的話贏面不大吧？」

正說著，謝明哲就坐在了象徵指揮身分的最左側一號位置。

解說吳月道：「看來今天是阿哲指揮，讓我們一起期待吧！」

地圖選框出現，謝明哲迅速選出了第一局的主場圖——姻緣樹。

只見巨大的廣場中間矗立著兩棵大樹，枝葉交融，幾乎要合為一體，樹的名字叫「姻緣樹」，上面掛滿紅色的許願符，每隔一段時間，樹上的許願符就會掉落下來，每次掉落兩個。

許願符具有特殊功能——可以讓兩張卡牌迅速墜入愛河，陷入熱戀狀態。處於熱戀狀態的兩張卡牌不會攻擊對手，反而會因為彼此相愛而分攤所有正面、負面狀態。

由於是新地圖，有五分鐘的熟悉場景時間，讓全場觀眾們都清楚地看到地圖的奇葩設定。

直播間內開始瘋狂刷屏。

「熱戀狀態是什麼鬼？」

「所以今天涅槃的卡牌們要談戀愛了？」

「哈哈哈，姻緣樹，掉落戀愛許願符，你們看唐神的表情……」

唐牧洲的嘴角微微抽搐了一下，很快就換上風度翩翩的微笑。

——小師弟滿腦袋都在想些什麼？一會兒搶親，一會兒懷孕的，如今這是回歸到最初的階段，要讓卡牌談戀愛了嗎？不談行不行？

唐牧洲迅速思考著策略，在指揮頻道說：「許願符只會掉落兩張，涅槃既然早有準備，我們很可能會搶不到，先按照我們自己的節奏打。」

沈安滿臉茫然，「師父，許願符會讓卡牌陷入熱戀當中，分攤傷害和治療……是不是和我們的常春藤有些像啊？」

唐牧洲點頭，「沒錯。常春藤的連結是全團分攤傷害，許願符只會讓兩張卡牌分攤傷害，涅槃應該會讓一張防禦高、血量多的卡牌去和脆皮卡牌談戀愛，保護脆皮卡。遇到這種情況，我們就迅速轉移火力，優先殺那些單身卡牌。」

徐長風忍不住笑出聲：「卡牌現在也分單身不單身了？」

甄蔓面無表情道：「不但分單身不單身，還分生過寶寶的和沒生過寶寶的。」

眾人：「……」

唐牧洲輕咳一聲，忍著笑說：「好了，大家準備。」

五分鐘時間到，雙方開始公布卡組。

唐牧洲猜不到師弟的思路，只好「以不變應萬變」，第一局先以試探為主。

比賽開始。

風華戰隊是客場作戰，因此唐牧洲打得非常謹慎，並沒有貿然進攻。

涅槃倒是比較主動，由於謝明哲的金系牌移動速度非常快，他一開局就讓馬超開加速，關羽、張飛騎著馬衝入敵軍陣營，劉備再開連動，讓青龍偃月刀和丈八蛇矛聯手進攻，連動再砍一輪，優先將徐長風的冷卻卡「風信子」和「風車草」秒殺！

徐長風的全團冷卻縮減卡並不是風華本局戰術的關鍵牌，但是有這兩張牌的存在，會讓所有植物大招的冷卻時間縮減，打到後期會越來越難打。

謝明哲抓機會的能力特別強，趁著風華沒有發起進攻，以極快的速度先秒掉這兩張冷卻卡，減小技能時間上的壓力。

但是甄蔓的反擊速度也極快，在關羽、張飛騎著馬近身的時候，她迅速放出蛇群，給涅槃三十公尺範圍內的卡牌疊了好幾層的中毒。

這時候，唐牧洲強開曇花一現，三十公尺幻覺控場！

謝明哲不得不交出劉備的解控技，但是唐牧洲緊接著又放出珊瑚藤——大範圍的藤蔓如同觸手一樣迅速地在地面爬動，將範圍內的涅槃卡牌集體捆綁。

這個群體捆綁放得很有技巧，謝明哲根本沒反應過來，騎兵團就被全部綁在原地。馬跑得再快，被藤蔓綁住也跑不動！

風華戰隊的輸出技能集火砸向關羽和張飛，防禦力原本就不高的關羽幾乎是立刻躺倒在地，喻柯衝在前面的聶小倩也被迅猛的火力瞬間秒殺。

雙方一波技能交換，開局各陣亡兩張卡牌。

就在這時，姻緣樹掉落了兩張許願符。

唐牧洲懶得理會，他這局帶了常春藤，可以全團分攤傷害，所以許願符的兩張卡分攤傷害對他來說可有可無。與其去搶這個場景道具，不如趁機多殺幾張涅槃的卡牌。

謝明哲眼明手快地搶到了兩張許願符，讓前方血量最低的張飛和喻柯手裡血量超過十五萬的白無常相連，這樣起碼能保證張飛不死。

戰鬥頻道出現文字提示——卡牌張飛和卡牌白無常陷入了熱戀。

直播間內又是一波彈幕刷屏。

「比賽的時候還要談戀愛，卡牌們真忙啊！」

「人牌和鬼牌牽著紅繩談戀愛，感覺怎麼有點彆扭？」

「我覺得張飛和白無常兩人對這段感情都很不情願！」

「有個亂牽紅線的主人，卡牌們也很無奈吧！」

唐牧洲看見這一幕有些想笑——小師弟讓卡牌談戀愛的設定也是絕了。還好自己的卡牌不必受這種折磨，作為正經的卡牌，還是保持單身吧。

此時，謝明哲開局用來衝鋒陷陣的人物卡血量都所剩不多，尤其是全團加速卡馬超，只剩下不到百分之十的血量。既然張飛和白無常綁定分攤血量，一時秒不掉，那就先秒馬超。

唐牧洲召喚出大榕樹，打算開榕樹的全團無敵技能，一波爆發清掉涅槃的殘血卡。

但是就在榕樹出現的那一瞬間，謝明哲突然召喚出一張新卡牌——月老。

賽場上出現一名白髮蒼蒼的老頭一手挽著紅絲，一手拄著拐杖，笑容溫暖而慈祥。老頭的手輕輕一揮，就將紅線的一端拴在唐牧洲的大榕樹上，另一端拴在涅槃的殘血卡馬超身上。

——千里姻緣一線牽，月老將手中紅線拋出，紅線兩端連接任意兩位指定目標，在被紅線連接的狀態下，雙方會情難自已、互生愛意，相愛之後的兩張卡牌平分一切增益與減益效果，平攤一切治療與傷害資料，直到紅線斷裂為止。

——情思纏綣，被紅線連接的卡牌由於彼此深愛著對方，當其中一方殘血時，另一方會心痛無比，願意將自身的生命值分享給對方，直到雙方血量相等為止。

突然出現的月老讓全場觀眾都有些懵。

馬超和大榕樹被紅線連起來，雙方墜入愛河。

受第二個技能「情絲纏綣」影響，榕樹「很心疼」殘血的戀人，於是把自己的血量分給了馬超，迅速給馬超回血不說，增益狀態也是共用的，唐牧洲正好開了榕樹的無敵，於是……馬超也變成無敵了。

唐牧洲：「……」

眼睜睜地看著自己的大榕樹直接把對方馬超的血量給回滿，唐牧洲的嘴角不由輕輕抽搐。

——我不去搶許願符，你還另外做了一張月老，強制我的植物談戀愛？

——謝明哲你這樣很討打知道嗎？

觀眾們也驚呆了。

「唐神的榕樹愛上了謝明哲的馬超？」

「榕樹犧牲自己的血量給馬超回血，我是不是看錯了？」

「榕樹在給對手加血，還讓對手無敵，這是真愛！」

「強迫人和植物談戀愛，心疼榕樹。」

「榕樹表示：這份愛情我是不願意的，都怪那個謝明哲！」

比起唐牧洲的神色複雜，謝明哲這時候卻滿臉笑意。

馬超拴著紅線談戀愛，用大榕樹當血庫，幾秒內就把血量給吸滿，比自己加血還快，真爽！

月老很快就會再生成兩根紅線，接下來跟師兄的哪張卡談戀愛比較好呢？

如果榕樹有意識，這時候大概要氣瘋了——給對手回血，還讓對手無敵，這種「背叛」的行為它一點也不願意。但是在牽著紅線的狀態下這也由不得它。

馬超牽著紅線繞著榕樹轉，由於榕樹血量太高，一平攤，馬超直接滿血……

風華要秒殺馬超的計畫落空，趁著這個機會，謝明哲迅速召喚出諸葛亮和黃月英這對組合，全團隱身調整走位。

幾乎是同一時間，秦軒召喚出了暗牌中的輔助神卡——王母娘娘。

這也是一張木系牌，可以在出場後迅速種植出一棵蟠桃樹，每隔五秒長出一顆具增益效果的蟠桃，謝明哲讓黃月英吃了「暴擊傷害加成百分之五十」的桃子，這樣一來，諸葛連弩的利箭連射就可以造成巨額的範圍傷害。

諸葛亮群體隱身的效果結束，榕樹的群體無敵效果也同樣結束。

雙方展開技能對拚，甄蔓的蛇牌由於移動靈活，已經全部潛入涅槃的陣營當中，眼鏡蛇、赤鏈蛇、竹葉青、黑曼巴蛇，各類毒蛇將涅槃的卡牌咬出了好幾層的中毒。

就在甄蔓召喚出黃金蟒，打算開群體恐懼控場再用毒蛇咬死陳霄植物卡的那一瞬間，秦軒突然開出王母娘娘的大招——鵲橋相會！

王母娘娘認為，不同種族談戀愛不合規矩，她摘下頭上的金釵劃出一條長十公尺、寬兩公尺的銀河，被銀河隔開的目標，彼此之間的治療、增益buff等支援技能全部失效。

看到賽場中間突然出現一條銀河，河上面架起了鵲橋，觀眾們都不知道要說什麼才好。技能描述依舊是謝明哲招牌的欠揍風格。

不過，王母娘娘這個技能，從本質上來說是戰場隔離技。

秦軒在這時候開出「鵲橋相會」的限定技，是擔心甄蔓的蛇牌和其他植物卡配合來一波爆發，涅槃很可能會頂不住風華的火力。

然而，銀河一出現，甄蔓的蛇牌就被隔絕在銀河的另一端，她的隊友一時無法支援她，相當於被孤立。單純的蛇群沒有黃金蟒這隻龐然大物的協助，造成的威脅就不會太大。

謝明哲看到被隔開的蛇群，激動地道：「大家集火，先殺蛇牌！」

陳霄的吸血藤開始大範圍吸血，黑玫瑰的花瓣漫天撒落，秦軒緊跟著放出金魚草三十公尺範圍恐懼，喻柯迅速讓黑無常收人頭，謝明哲則見縫插針，讓馬超開著加速專殺殘血卡……

涅槃四人超強的行動力，讓甄蔓的蛇群不出五秒就被團滅！

由於黃月英為了布置諸葛連弩，和隊友距離比較遠，此時被隔在了銀河的另一端。同樣在另一端的，還有諸葛亮和月老。

諸葛亮可以開「夫妻情深」連動技，用羽扇遮住面部，免疫一切傷害，持續五秒。

那麼，黃月英當然可以共用這種增益效果。

謝明哲毫不猶豫地讓月老放出第二根紅線，這次拴住的是諸葛亮和黃月英。

既是自己人談戀愛，而且還是夫妻連動卡談戀愛，畫風總算正常了一回。

諸葛亮可以將自身一切增益效果分享給妻子黃月英，他羽扇遮面享有五秒無敵，黃月英也跟著五秒無敵，而且在有諸葛亮存在的情況下，黃月英的「諸葛連弩」冷卻時間大大縮短，轉眼間又在地上布下了一個諸葛連弩。

兩個不受控制效果影響的機關，朝著周圍瘋狂射箭，把風華的卡牌全部打殘！

諸葛亮和黃月英暫時殺不掉，唐牧洲只好下令集火月老。

但是月老這時候已經生出了第三根紅線，謝明哲掃了一眼風華剩下的卡牌，毫不猶豫地讓月老拋出最後一根紅線——這次拴住的是月老本人，還有唐牧洲剛剛召喚出來的千年神樹！

戀愛雙方共用增益狀態，但是同時也會分攤所有傷害。

風華這一波集火瞬間秒殺了月老，連帶被月老拴住的千年神樹，也迫於無奈地「殉情」了。

直播間的粉絲們簡直為風華心酸。

「打個比賽卻看自己的卡牌和對手談戀愛，不但給對手加血，還要陪對手殉情……我要是唐神我會氣死！」

「月老這張卡牌真的好煩啊，比豬八戒還煩！」

「沒錯，豬八戒最多揹走一張卡牌當媳婦，月老卻強迫你的卡牌跟對手戀愛，感覺就像好不容易養大的閨女跟一個王八蛋跑了，還把自家的存款給捲走！」

唐牧洲：「……」

千年神樹相當於被自己人給打死了。甄蔓的黃金蟒又被餵下孟婆湯遺忘了技能，徐長風的控制卡和冷卻縮減輔助卡差不多死光，剩下最多的是沈安的水果樹。

但是光靠群攻，面對陳霄吸血藤的大範圍吸血治療，一時也很難把涅槃打崩。風華難得陷入劣勢，而雙方的卡牌數量差距一直被涅槃保持到最後。

——第一局，涅槃勝利！

直播間內的觀眾紛紛看起了好戲。

「可憐的唐神，榕樹給對手加血，千年神樹跟對手殉情，被自己養的卡牌背叛，心好累啊！」

「唐神的表情好無奈，哈哈，謝明哲好過分！」

比起唐牧洲無奈的笑，謝明哲的笑容就非常燦爛了。

難得能在賽場上坑師兄一把，比起贏下比賽，看唐牧洲無奈的樣子似乎更讓他愉快。

第一局比賽結束，中間有幾分鐘休息時間，很快就開始第二局。

由於今天是組外循環賽的涅槃主場，因此第二局依舊是謝明哲選地圖。這種連續兩局主場的方式，也會讓客場挑戰的隊伍感受到巨大的壓力。

解說吳月同情地道：「風華第一局輸得肯定很不甘心，畢竟看到自己的卡牌和對手談戀愛並不是什麼愉快的經驗！第二局依舊是涅槃的主場，風華會不會調整策略呢？」

劉琛道：「如果不及時調整，被涅槃二比零的話那也太慘了，我相信以唐牧洲的心理素質第二局肯定會迅速找回狀態。比賽即將開始，讓我們一起期待涅槃和風華第二局的對決！」

大螢幕上出現選圖視窗，謝明哲這次選的地圖是——女兒國。

看到這地圖出現，現場觀眾們紛紛疑惑。

「是有很多美女的國度嗎？」

「我覺得以涅槃的風格，這張名字很簡單的地圖，內涵肯定會讓人一言難盡……」

兩位解說對視一眼，道：「女兒國，這也是從來沒出現過的地圖，涅槃本賽季提交的地圖還挺多的，我們來看一下地圖環境。可以看到地圖中間有一條河，兩岸有許多漂亮的女子，都是場景NPC，她們是場景負面效果嗎？」

正說著，大螢幕中出現一行醒目的提示：女兒國只有女子，沒有男性，當女子們想要延續血脈，生育子嗣的時候，可以飲下子母河的水，讓自己懷孕。

同時出現的，還有場景效果的說明文字：每當雙方卡牌陣亡兩張時，子母河的水變成「可飲用」狀態，雙方可以選擇讓自己的兩張卡牌懷孕，並生育寶寶卡。懷孕狀態的卡牌不能釋放任何技能持續九秒，同時免疫任何控制和攻擊；生下的寶寶卡，複製母卡的一半屬性和其中一個技能。

全場觀眾：「……」

喝水懷孕？場景允許雙方各有兩張卡牌生寶寶？

第一局強制對手的卡牌跟自己的卡牌談戀愛，第二局居然是場景懷孕？

當然，你也可以選擇不懷孕，但是這樣的話卡牌的數量就會比對手少兩張。女兒國的場景說明幾乎都在暗示：為了贏下比賽，還是趕緊懷孕吧。

唐牧洲看到這裡也很無語。

第一局談戀愛，第二局生寶寶，謝明哲你這一條龍服務真是到位啊！

他揉揉太陽穴，低聲問道：「你們誰想要寶寶嗎？」

徐長風笑道：「你來吧。」

甄蔓和沈安也異口同聲：「你來吧！」

唐牧洲：「……」

他還能怎麼辦？只好讓自己的卡牌懷孕了！

後臺看比賽的白旭神色複雜——自從當初他被送子觀音強行塞了個寶寶「喜當爹」後，今天，終於輪到唐牧洲也要「喜當爹」了嗎？

第二局比賽正式開始。

女兒國這張地圖除了有生寶寶的設定之外，雙方卡牌在開局的時候還會被強制分隔在南、北兩邊的河岸上，河水會阻攔卡牌的一切技能，想要攻擊對手的卡牌，必須先通過子母河上的橋。整個場景總共有三座石橋連接河岸的兩側。

風華的卡牌一旦召喚，會自動出生在南岸，涅槃則出生在北岸。

在卡牌數量達到七張的時候，風華全體卡牌在唐牧洲的指揮下迅速占領了最東邊的石橋，集體渡河來到涅槃的領地——這種主動進攻的打法讓觀眾們大為意外。畢竟第一局風華輸了，第二局不是應該更加謹慎嗎？

然而，唐牧洲似乎完全沒有受到第一局比賽結果的影響。

他鎮定自若地指揮著風華大部隊，氣勢洶洶地走過石橋，朝涅槃的卡牌發起全力猛攻，以極快的速度強殺了涅槃兩張卡牌！

場景效果觸發：當卡牌陣亡兩張時，子母河的水就可以飲用。

這時候，涅槃由於率先損失了兩張卡牌，可以讓自己的卡牌懷孕進行卡組數量上的補充，謝明哲毫不猶豫地召喚諸葛亮——舌戰群儒群體混亂，空城計群體隱身！

連續兩個技能放下來，立刻阻斷了風華進攻的節奏。

緊接著，謝明哲毫無節操地讓諸葛亮飲用了子母河的水，進入九秒無敵狀態。

在九秒後，諸葛亮將毫無疑問地複製出「寶寶卡」。縮小版的諸葛亮會複製出哪一個技能呢？觀眾們都極為期待。

風華的卡牌陣亡數尚未達到兩張，暫時不能飲用河水，加上涅槃群體隱身，風華也不能繼續進攻。但是，唐牧洲似乎早就料到謝明哲會帶諸葛亮這張暗牌，他這局也帶了一張針對性的暗牌——夜光樹，範圍照明，所有隱身目標集體顯露行蹤。

這張功能牌讓涅槃「群體隱身、渡河繞後」的策略被唐牧洲一眼看穿。

謝明哲原本的計畫是複製諸葛亮的「空城計」技能，連續兩次群隱可以繞後打風華一個措手不及。然而，夜光樹這張卡牌是針對「隱身流」打法的利器，謝明哲看到夜光樹出現後，立刻改變策略，讓剛剛出生的Q版小諸葛亮複製了另一個技能——草船借箭。

體積縮小一半的草船出現在賽場上，跟諸葛亮的大船並排立在一起，風華的進攻被草船全部攔下，尤其是沈安的水果攻擊屬於「射擊類技能」被草船吸收後可以盡數反彈回去。

一時間，只見漫天的蘋果、香蕉、鳳梨砸向涅槃，被恰到好處出現的草船又全部反彈回到風華陣營，涅槃扛住了風華的猛攻不說，反而將沈安的卡牌彈死了三張！

直播間的網友們刷了一排的驚呼。

「沈安被自己的水果砸死了……」

「可憐的沈安，水果亂砸有一天也砸到自己的頭上。」

「天上掉水果啦，居然砸死了自己的果樹？」

唐牧洲毫不慌亂，反而趁著場景設定被觸發，迅速召喚自己的榕樹卡去喝子母河的水。

其實，沈安剛才的進攻是他故意安排的，為的就是逼出諸葛亮的大招「草船借箭」，同時還能讓風華達成「卡牌陣亡兩張以上則可飲用子母河水」的場景條件。

於是，觀眾們看到了匪夷所思的一幕畫面——唐神的大榕樹懷孕了？

大榕樹的頭頂出現「卡牌懷孕中，倒數計時九秒」的熟悉文字。

觀眾們心情複雜：「唐神主動讓大榕樹懷孕了嗎？」

「上次的白旭是被送子觀音強行塞了個寶寶，如今的唐神是……自願懷上寶寶？」

「唐神表示：為了贏比賽，懷孕算什麼！」

「反正上一局大榕樹跟對手談戀愛談得火熱，這一局懷孕也正常。」

解說吳月忍著笑說：「唐神的大榕樹上局拴著紅線跟對手談戀愛，這局懷孕待產，咳咳，接下來的九秒，風華應該會主動避戰。」

謝明哲看到這裡也很是佩服——師兄確實為了贏比賽完全不顧什麼節操了，讓自己的卡牌懷孕那叫一個積極，而且還算好了場景設定，犧牲了沈安的卡牌，換來大榕樹的寶寶卡和全團無敵技能，這樣一來，風華俱樂部就有兩次全團無敵技。

必須儘快在大榕樹開無敵之前殺掉風華的主力卡牌，否則等榕樹寶寶出生，大榕樹的五秒無敵加上小榕樹的三秒無敵，涅槃將極難擊破風華的防禦體系。

謝明哲做出決定後，迅速帶著涅槃卡牌部隊從石橋追去南岸，主動發起大面積的進攻。陳霄的植物群攻、謝明哲的單體暴擊、喻柯的遊走暗殺——三人配合下的暴力強攻，讓風華戰隊的卡牌疲於招架。

唐牧洲迫於無奈召出好幾張治療卡來緩解涅槃的火力，但是涅槃這一輪進攻實在太過猛烈，風華的殘血卡牌再次陣亡，此時，雙方的卡牌數量差距已經達到五張之多。

謝明哲並沒有放鬆警惕，因為師父在賽前就叮囑過——唐牧洲只要抓住機會，很可能在劣勢局一波翻盤。

正在待產的大榕樹依舊是謝明哲的心頭大患，必須消滅更多風華的輸出卡。

唐牧洲連續召喚出控場牌，顯然是想打亂涅槃的進攻節奏。

在這個關鍵時刻，絕不能讓他們把群體控制技能給開出來。

謝明哲立刻召喚出月老、秦可卿兩張卡，讓月老的紅線準確地拴住秦可卿和唐牧洲的控場牌白罌粟。

由於秦可卿碰瓷能力太強，體弱多病，一出場就陣亡了，於是和她「墜入愛河」的白罌粟也因為「傷害分攤」的規則直接被她拖累去世。

秦可卿陣亡的同時還觸發亡語技，順便勸了旁邊一張殘血的植物上吊。

觀眾們：「秦可卿好過分，自己碰瓷自殺還要帶對手殉情！」

「唐神的植物們今天真是被謝明哲折磨得不輕，戀愛、殉情、上吊、生寶寶，全部來一套，就差被豬八戒搶去當媳婦了！」

話音剛落，就見現場突然出現一張熟悉的卡牌——豬八戒。

觀眾們：「……」

好吧，謝明哲對唐神的植物看來是真愛，少不了要搶親。

更過分的是豬八戒這次搶的不是別的卡，而是在懷孕九秒後終於出生的——榕樹寶寶！

這下連涅槃的粉絲都不淡定了。

「禽獸啊！剛出生的寶寶都要搶走？」

「大榕樹好不容易生下小榕樹，結果被一頭豬搶走，唐神好傷心。」

「豬八戒是全聯盟最沒節操的卡牌，搶起媳婦來不分物種和性別，現在連寶寶都不放過？」

不過也有些粉絲疑惑地問：「榕樹寶寶複製的技能不是全團無敵嗎？豬八戒揹走榕樹寶寶做什麼啊？」

解說吳月對此給予了合理的解釋：「豬八戒揹走榕樹寶寶，是想用強制位移的方式把榕樹寶寶移到河的對岸去，不能和大榕樹形成無敵的技能銜接，也就是把關鍵保護卡揹出作用範圍，讓它無法支援隊友。」

謝明哲的想法被唐牧洲一眼看穿。

大榕樹是三十公尺範圍內五秒無敵，榕樹寶寶是十五公尺範圍內三秒無敵，如果兩張卡連續開無敵，風華就可以趁著長達八秒的免控時間來一次暴力進攻，涅槃肯定擋不住。

小師弟確實很聰明，被揹到河對岸的榕樹寶寶慘遭涅槃集火，屬性只有母卡一半的寶寶幾乎是瞬間陣亡，這寶寶算是白生了。

涅槃敢用「女兒國」這張地圖，果然是有戰略準備——豬八戒揹走寶寶卡，在寶寶卡發揮功效之前，利用屬性只有母卡一半的劣勢迅速擊殺。

不過沒關係，唐牧洲還有後招。

此時，雙方卡牌數量差距達到七張之多，風華剩下十張，涅槃還有十七張，在數量上幾乎是碾壓的局面。

但對手是唐牧洲，誰都不敢掉以輕心。

尤其是涅槃大部分卡牌的技能已經陷入冷卻，諸葛亮和寶寶卡的限定技都已經釋放過，風華卻還有一些關鍵的卡牌沒有召喚出來。

風華現在剩餘的關鍵卡牌並不少，尤其是甄蔓的蛇牌一張都沒死，此時正好發動進攻。

只見甄蔓突然召喚出大量蛇群，密密麻麻地從三座橋迅速爬過對岸，以三面夾擊的打法攪亂了涅槃的陣營。

這一波突襲將雙方的卡牌差距瞬間縮小到三張，涅槃有五張脆皮卡被蛇群一波咬死！

陳霄迅速開啟植物的群攻強殺對方蛇群，喻柯接著讓黑無常收人頭疊標記、爆標記，甄蔓的蛇群雖然依靠靈活的優勢突圍到河對岸完成任務，最後也是傷亡慘重。

風華只剩七張牌，涅槃還剩十張。

現場的氣氛越來越緊張，觀眾們都目不轉睛地盯著大螢幕。

吳月提示道：「按照子母河的場景規則，雙方都還有一次讓卡牌生寶寶的機會。」

謝明哲選擇了讓黃月英喝下子母河的水。

九秒後將會有大小月英一波連弩爆發。他之所以敢這樣做，是因為風華的保護技能和治療技能差不多都用完了，九秒後的群攻爆發，足以讓涅槃清場。

這時唐牧洲突然召喚出千年神樹，毫不猶豫地讓神樹也喝下子母河的水，時間跟謝明哲讓黃月英喝水幾乎是分秒不差。

唐神「搶著懷孕」的做法讓粉絲們跌破眼鏡，觀眾們意外地發現，比賽打到現在，居然到了「拚寶寶」的時候。

風華在卡牌數量上少對手五張，但是涅槃大部分卡牌技能陷入冷卻，此時雙方剩餘的輸出牌都不多。而唐牧洲留到最後的千年神樹和謝明哲留到最後的黃月英，都是具有清場能力的高傷害群攻牌。

到底是誰的寶寶先出生？誰會先放出清場技能？

事實證明，謝明哲對這張地圖的熟悉程度超過唐牧洲，對卡牌懷孕時機的把握也更加精確——黃月英頭頂上的寶寶出生倒數計時，已經到了最後一秒，而千年神樹還有兩秒。

看來是月英姊姊、神樹弟弟了。觀眾們不忘調侃寶寶卡的出生順序。

可是就在月英寶寶即將出生的那一瞬間，唐牧洲突然召喚出一張暗牌。

——移花接木。

——將對方指定卡牌的增益效果立刻轉移到己方指定卡牌身上。

然後，觀眾們就看到極為好笑的一幕。

黃月英的寶寶沒能生出來，而「懷孕」的增益狀態居然瞬間轉移到唐牧洲的單攻卡牌「鳶尾花」身上，並且在倒數計時一秒後，鳶尾花生下了一個已經複製好資料和技能的月英寶寶。

兩位解說：「……」

每次解說涅槃的比賽，都好心累啊！

植物生了個月英寶寶這種玄幻劇情到底是怎麼發生的？

而且，剛出生的月英寶寶居然站在風華陣營裡，擺出一個小連弩就朝著涅槃瘋狂掃射，根本六親不認啊！

直播間的彈幕真是要刷瘋了。

「唐牧洲怎麼也學會了不要臉，公然搶謝明哲的寶寶？」

「哈哈哈，唐神表示：我搶的是還沒出生的胚胎。養育之恩為大，所以月英寶寶會向著我。」

「哈哈！懷胎八秒，寶寶已經成型，就在即將生下寶寶的關鍵時刻被對手搶走，阿哲這下很心塞吧！」

「唐神說，誰叫你用豬八戒揹走我的榕樹寶寶，我這次移花接木，搶你一個月英寶寶過來，我們算是扯平了。」

在唐牧洲毫無節操的「搶寶寶」策略下，月英寶寶一通掃射反將涅槃的卡牌打殘。

謝明哲有些懵。

趁謝明哲愣神的時間，唐牧洲的千年神樹和神樹寶寶同時放出「死亡絞殺」，連續三個群攻將涅槃本就殘血的卡牌迅速打死，其他卡牌則被鳶尾花的高爆發單攻技能收走。

一瞬間，風華俱樂部在逆境驚險翻盤，團滅了涅槃！

吳月有些無語：「最後關頭被唐神移花接木搶走寶寶，這真是太讓人意外了。每次都是謝明哲讓對手說不出話來，這下換他自己說不出話了吧。」

劉琛笑道：「看來唐神也為這場比賽做了充分準備，移花接木應該是他新研製出來的卡牌，放在本局比賽的暗牌當中，最後關頭才出場。在卡牌懷孕倒數計時只剩一秒的關鍵時刻，移花接木把寶寶搶走，真的太讓辛苦懷孕的卡牌難過了。」

謝明哲很想吐口血。

——師兄你的節操呢？直接把別人還沒出生的寶寶轉移給自己，公然搶小孩，還要不要臉？

唐牧洲的臉上帶著一絲微笑，似乎在說：你可以為了比賽強迫我的卡牌談戀愛、殉情、上吊自殺，我也可以為了贏比賽，毫不猶豫地搶走你未出生的寶寶。

直播間的觀眾們也紛紛表示對今天比賽的看法。

「今天的比賽，唐神的大榕樹經歷了談戀愛、懷孕、生子的完美歷程。它的牌生，已經徹底地圓滿了。」

「唐神告訴我們，搶媳婦算什麼？我還能搶你懷孕中的寶寶呢。」

「職業聯盟的大神們，已經被謝明哲徹底帶壞了。唐神讓卡牌懷孕那叫一個積極，還算準了卡牌懷孕的時機和預產期？」

為了贏比賽，節操算什麼？

【第十章】

師兄放心，我會加油的

第二局比賽，最後關頭的反轉太出人意料，以至於在現場看比賽的大神們都愣住了。
唐牧洲搶走月英寶寶，並讓小月英放諸葛連弩一通掃射反過來打殘了涅槃……這是什麼劇情？
回過神的葉竹笑得上氣不接下氣，好久沒在群裡發表言論的他終於忍不住跳出來，幸災樂禍地道：哈哈哈，謝明哲的寶寶居然被搶，唐神幹得漂亮！【大拇指】
山嵐微笑著說：我就知道，在群裡第一個發言的人肯定是葉竹你這位頭號黑粉。
葉竹一邊笑一邊跟身邊的裴景山說：「看見謝明哲那鬱悶的表情我就忍不住想笑，哈哈哈，我好像確實像嵐哥說的，變成了謝明哲的黑粉？」
裴景山道：「別高興得太早，唐牧洲這張『移花接木』可不只是用來搶寶寶的，這張卡牌可以轉移指定卡牌的任何增益效果，你好好想想。」
葉竹怔了怔，仔細一想突然覺得脊背發涼：「這麼說，它也可以轉移你蠱王卡的攻擊加成？」
裴景山點點頭，「牧洲做的這張卡牌屬於萬能控場牌，關鍵時刻偷走對方增益效果，可以對戰局產生逆轉性的影響。比如打鬼獄的時候，歸思睿那張食屍鬼特別難對付，在陣亡卡牌數量很多的情況下，食屍鬼可以吞噬屍體提升自己的攻擊，如果被唐牧洲『移花接木』一轉移，提升的攻擊力就轉移到了風華的輸出卡上。我的蜘蛛皇后吞噬殘血蠱蟲，變成蠱王後獲得的攻擊加成增益效果也可以被『移花接木』轉移。」
看著大螢幕中出現唐牧洲微笑的臉，裴景山有些無奈地道：「以我對牧洲的瞭解，他這張卡牌應該早就做好了，並不是針對謝明哲，而是針對所有的大後期清場牌。」
葉竹瞪大眼睛，「臥槽！唐神這一招真狠！大後期吃屍體的食屍鬼、吃蠱蟲的蠱王，還有謝明哲這種輸出卡生寶寶同時爆發的後期打法，全都能被他的移花接木強行轉移？」
裴景山聳了聳肩，道：「唐牧洲本來就是一位極有天賦的選手，他這些年做的新卡並不多，但每一張都會改變風華的戰術布局。打涅槃主場，他顯然是精心準備過，總不能被涅槃二比零吧？」

即便涅槃主場拿出了新的地圖和戰術，但是如果被打出二比零的比分對風華這種老牌強隊來說也太丟人了些。

第一局唐牧洲是被月老的紅線強制戀愛打亂了陣腳，第二局他顯然在看到子母河的生寶寶設定後才決定拿出「移花接木」，在關鍵時刻轉移走了謝明哲的寶寶。

只能說他早有準備，並且隨機應變調整了戰術。

大舞臺上，唐牧洲和謝明哲在賽後友好握手，謝明哲臉上的表情很是無奈，用只有兩人能聽到的音量輕聲說道：「師兄，把寶寶搶過去變成自己人，你太沒節操了吧！」

唐牧洲面帶微笑，「不然怎麼能當你師兄？」

謝明哲：「……」

好吧，無法反駁。小師弟做卡牌完全沒節操，當師兄的怎麼可能嚴肅正經？師門的風氣整個都被帶壞了……

唐牧洲輕輕拍拍他的肩膀，「待會來休息室找我，請你吃宵夜。」

兩人簡短地聊了幾句，便各自回到後臺。

大螢幕上的比分是一比一，有百分之七十五的觀眾在賽前都猜對了這個比分結果，只是比賽的過程讓人一言難盡——第一局談戀愛，第二局生孩子、搶孩子，感覺不像是在看比賽，而是在看一部精彩的《卡牌愛情故事》。

而聯盟的大神們對謝明哲沒節操的卡牌設定早已習慣，即使看到「月老」這張卡牌出現，強制卡牌們談戀愛的時候，大家的表情都沒怎麼變。因為，大神們已經把謝明哲和「畫風清奇」劃上了等號，謝明哲做出多奇葩的卡牌都算正常——他做出正常的卡牌才叫不正常！

倒是看見唐牧洲搶走寶寶的那一刻，大神們心情複雜。

裴景山和唐牧洲是好友，很快就猜出唐牧洲製作這張卡牌的思路，其他大神當然也不蠢，歸思睿苦著臉道：「組內賽我們跟風華打成一比一，當時如果唐神拿出『移花接木』來破解我的食屍鬼，我們那一局或許就輸了。」

鄭峰皺著眉若有所思，「以唐牧洲的風格，在常規賽階段不會把所有底牌都拿出來，他手裡肯定還捏著別的王牌。仔細算的話，移花接木是風華本賽季拿出的第一張新卡牌，沒想到居然在對付涅槃的時候拿了出來？」

歸思睿道：「可能是謝明哲最近人氣越來越高，唐神想趁機給大家一個驚喜？」

鄭峰搖了搖頭，道：「沒那麼簡單。組內賽他打鬼獄和流霜城都沒用新卡牌，卻在打涅槃的時候拿出來用了。唐牧洲的做法，更像是告訴大家，在他心裡涅槃和鬼獄、流霜城這些強隊並沒有多大區別，值得風華祭出最強力的暗牌。」

鄭峰頓了頓，果斷地總結道：「他是在用這種方式，肯定謝明哲的指揮實力。」

——以最強的卡組、最充分的準備來迎戰，就是對一支隊伍最大的肯定。

——也是對謝明哲這位團戰指揮最大的肯定。

就如鄭峰所說，唐牧洲最重要的目的是在向整個聯盟證明：我打涅槃，派出的是藏了很久的強力新卡牌。在我心裡，謝明哲是值得我如此對待的選手，你們看著辦。

這樣一來，其他強隊打涅槃時也必須精心準備，否則在涅槃手裡被二比零翻車豈不是要被唐牧洲笑話？

唐神做事不動聲色，但是聯盟其他大神很快都領會到了他的深意。

比賽採訪結束後，謝明哲很自覺地去風華的休息室裡找唐牧洲。

風華其他隊員已經和薛姐一起回俱樂部，休息室裡只有唐牧洲一個人在。

他正跟人視訊通話，看見謝明哲進來，唐牧洲招招手讓師弟先坐，緊跟著朝著視訊說：「先不聊了，我跟阿哲一起去吃夜宵……為什麼？為了慶祝一比一的比分。」

視訊那頭傳來不服氣的咆哮聲：「一比一有什麼好慶祝的？對了，你吃夜宵可以順便帶上我啊，我也有點餓。」

唐牧洲一臉嫌棄，「不帶，你想吃自己去買。」

白旭憤怒地掛斷了視頻。

謝明哲走過來問：「小白是不是在誇你第二局幹得漂亮？」

唐牧洲微笑著收起光腦走到他的面前，「你怎麼知道？」

謝明哲聳聳肩，「小白和葉竹一樣已經變成我的黑粉，剛才葉竹在群裡幸災樂禍我都看見了，小白雖然在群裡沒說話，可是我知道他肯定會私下誇你第二局打得好，對吧？」

唐牧洲笑出聲：「沒錯，你猜的全中，他說我第二局打得特別帥。」

謝明哲有些無奈：「看我被坑，他們真是一個比一個興奮啊！」

唐牧洲輕輕環住師弟的肩膀，柔聲道：「不要理他們這些幼稚鬼。今天師兄請你吃飯，想吃點什麼？」

謝明哲並不餓，不過，他跟唐牧洲已經很久沒一起吃過飯了。這段時間一直用視訊和文字聊天，今天正好趁機聚一聚，也請教師兄一些問題。

想到這裡，謝明哲便說：「隨便吃什麼都行，關鍵還是跟師兄聊聊天。」

這句話讓唐牧洲聽著格外順耳——吃飯是順便，聊天才是關鍵。

他仔細想了想，很快就訂下一處環境非常安靜優雅的地方，道：「我帶你去吃特色小菜，私房菜，味道很好。」

謝明哲點頭，「你安排就行。」

為避免職業選手被記者和粉絲包圍打擾，聯盟給各大俱樂部安排的專用停車場是禁止外人入內的，相對來說比較安全，唐牧洲開車出來的時候也沒遇到記者，但是謝明哲心裡卻隱隱有些不安。

唐牧洲見他這心虛又緊張的表情，輕笑道：「你怕什麼？我們只是去吃宵夜，就算被記者拍到也沒關係吧？」

謝明哲道：「大半夜的，私下吃飯不大好解釋，還是儘量小心些吧，我不想惹麻煩。」

唐牧洲給了他一個放心的眼神：「沒關係，我訂的地方很少人知道。」

謝明哲這才放心了些。

唐牧洲選的地方環境確實好，內部的裝修很有格調。

夜宵不適合吃得太油膩，唐牧洲很貼心地點了些暖胃的湯，以及清淡的小菜，私房菜的分量小，但每一道都精緻美味。

兩個人邊吃邊聊，氣氛格外的溫馨和睦。

唐牧洲給謝明哲夾了一塊小糕點，微笑著問：「我今天那麼針對你，不生氣吧？」

謝明哲立刻擺手，「賽場上誰都想贏，你要是隨便派一套卡組敷衍我讓我們二比零拿分，我才會生氣。相反的，師兄你準備得那麼充分，說明你對這場比賽很重視，我應該高興才對。」

隨便應付，只能說明師兄並不把涅槃這種新隊放在眼裡。

認真準備，才是對涅槃的重視和認可，這個道理謝明哲自然懂。

師弟一向聰明懂事，唐牧洲欣慰地笑了笑，「不管網友們怎麼調侃，你的卡組和戰術體系非常新穎，這一點確實值得肯定。不過，常規賽你可以隨便玩新卡新場景，到了季後賽只能拚硬實力和隊員們的默契配合，你還得抓緊時間多練練各種細節。」

謝明哲用力點頭，「我明白，組內循環我們已經用了近一半的新地圖，組外循環的第一輪我們會把剩下的新地圖和新卡組全部試一遍，第二輪還要繼續練配合。」

唐牧洲贊同地道：「沒錯，季後賽階段是全聯盟地圖共用，比如你這張生寶寶的『女兒國』地圖，別的俱樂部在季後賽也可以選用，場景優勢在季後賽是不存在的，必須拚實力，這個規定對你們非常不利。」

謝明哲忍不住問：「師兄你認為，在季後賽階段其他俱樂部也會選女兒國這張地圖？他們不怕被網友們笑嗎？」

唐牧洲輕輕摸摸鼻子，微笑著道：「不要被那些大神們的外表騙了，表面上一個比一個正直，內心一個比一個沒節操。今天這場比賽後，只有葉竹在群裡笑你，其他大神都沒說話。我猜，他們正琢磨著，季後賽如果用女兒國地圖，該讓自己家的哪張卡牌懷寶寶。」

謝明哲：「……」

看來大神們確實沒什麼節操，說不定聶神為了贏，也會讓獅子和大榕樹談戀愛呢！

唐牧洲接著說道：「另外還有卡組的問題，這個賽季新出了一個規則，在季後賽增加卡組公告規定，每家俱樂部必須在官網公布卡池。所以，打季後賽你想靠一兩張卡牌來扭轉戰局幾乎是不可能的，所有俱樂部都會仔細研究對手的卡池，對彼此都知根知柢，這也在最大程度上保證了比賽的公平性。」

涅槃常規賽一路走來還算順利，尤其在謝明哲和陳霄都缺乏經驗的情況下，從裁決、眾神殿、暗夜之都和風華手裡都拿到了一分，可以說靠的全是新卡組、新地圖的驚喜。

這樣的成績並不能證明涅槃的實力已經和這些老俱樂部旗鼓相當——涅槃還需要儘快磨煉配合，這是唐牧洲透過比賽告訴他的，謝明哲也深知這一點。

唐牧洲提出建議道：「比如月老、送子觀音這樣的核心散卡，你可以圍繞它們做一些新的戰術布局。這一類的新卡，如果你還有新的創作思路，也要儘快製作出來。提前準備，到時候才不至於手忙腳亂。」

謝明哲認真地點點頭：「我明白。」

他主動倒滿一杯茶水，微笑著舉起來道：「比賽期間不能喝酒，以茶代酒，敬師兄一杯。」

「為什麼敬我？」

「我太依賴新卡和新地圖，完全沒想過一旦自己的戰術被對手猜到並且針對後，我該怎麼反擊。指揮方面我才剛入門，還得多跟師兄你學習。」

少年臉上的神色無比認真，不像是客氣。

唐牧洲微微笑了笑，溫柔地看著他說：「比起葉竹和白旭，你真的成熟太多。」他舉起茶杯，跟對方輕輕碰了碰，道：「下次風華的主場，我依舊不會對你客氣。」

「那是應該的，師兄千萬別客氣。」兩人相視一笑，謝明哲也乾脆地把茶給喝光了。等比賽結束，再約師兄喝幾杯小酒，現在比賽期間還是不能大意。

兩人把桌上的食物都吃光，這才走出餐廳。

此時已將近十一點，唐牧洲開車親自送謝明哲回到涅槃俱樂部。

臨別時，謝明哲站在路邊揮揮手，「回去注意安全。」

暖色路燈照射下的謝明哲，笑容實在太好看。

唐牧洲一時沒忍住，下車給了他一個友好的擁抱，輕輕拍著他的肩膀，在他耳邊柔聲說：「涅槃一定能打進季後賽，而且能打進總決賽，我相信你可以做到。」

謝明哲笑著回抱了一下他，「師兄放心，我會加油的。」

唐牧洲的懷抱微微收緊了些，然後就不動聲色地放開他，低聲道：「晚安。」

回到宿舍後，謝明哲亢奮得睡不著覺，被師兄請著吃了精緻的宵夜，臨別時還被擁抱鼓勵，謝明哲覺得胃裡和心裡都特別暖。

他在這世上沒什麼親人，唐牧洲對他是真的沒話說。

要是有個這樣的哥哥就好了。

這天晚上，謝明哲熬到很晚才睡，夢裡都是師兄身上清爽的味道，還有師兄注視著他時溫柔的眼眸……早上醒來時，發現自己嘴角帶著笑意，心情特別愉快。

他在洗手間用冷水洗了把臉，神清氣爽地來到餐廳吃早餐，結果就見池瑩瑩急匆匆地朝他走過來，神色嚴肅地說：「阿哲，你大半夜跟唐神出去了嗎？」

謝明哲心下一驚，「妳怎麼知道？」

池瑩瑩頭疼地揉了揉眉心，「……頭條。」

謝明哲翻開網頁一看，果然看見被頂上頭條新聞的熱搜話題「唐神與人深夜約會」。點進去之後正好是唐牧洲和他在深夜街頭擁抱的照片。照片拍攝得不大清晰，當時他正好靠在唐牧洲懷裡，唐牧洲身高比他高了幾公分，遮住了他的臉。

網友們激動地八卦。

「哇，大清早這麼勁爆？唐神喜歡男的？」

「好萌的身高差，兩人看上去很配啊？」

「這個男生是誰？唐神抱他的動作超溫柔！」

「唐神快放開他，衝我來！」

「唐神的懷裡是不是很暖？羡慕……」

粉絲們起鬨了一陣，很快地就有火眼金睛的網友扒出「唐神懷裡的男人」的身分。

「這人穿的是不是涅槃的隊服？」

「是涅槃，放大看他肩膀處的徽章！」

「你們看他的右手戴的那塊手錶好像跟謝明哲昨天比賽時戴的是同一款……」

「身高一百八十出頭，短髮，清瘦身材，涅槃隊服，這不就是謝明哲嗎？」

「唐牧洲和謝明哲大半夜抱在一起幹麼？」

職業聯盟選手群組裡，葉竹首先忍不住冒了出來：那照片真是唐神和謝明哲？

白旭：昨晚說一起去吃宵夜？你倆難道有一腿！【震驚臉】

山嵐：唐神不是說順路送謝同學去超市嗎？難道順錯了路，送去涅槃樓下？

歸思睿：沒想到唐神和謝同學私下關係這麼好，怪不得昨天打個比賽都是家庭倫理劇現場，把對方的寶寶搶來搶去的。【發現真相的眼神】

鄭峰發來個意味深長的笑臉：原來如此。【拉板凳吃雞排】

唐牧洲：「……」

謝明哲：「……」

一路上明明很安全，誰能想到大半夜的在涅槃樓下居然有狗仔隊出沒？真是防了一路，偏偏棋差一招，最後關頭被狗仔隊拍了個正著。

好在他跟師兄也沒什麼出格的動作，只是友好地擁抱鼓勵對方，就算被拍到又能怎樣？聯盟的大神緋聞多得滿天飛，這種沒證據的捕風捉影，過幾天就會被粉絲們忘了。

謝明哲很淡定，畢竟他倆只是好哥們式的擁抱而已。

不過，這件事涉及到兩個人，他也不好自作主張，於是謝明哲給唐牧洲發私聊：「師兄，我們要不要發一個聲明，就說是一起吃宵夜，反正這張照片也不能證明什麼。」

唐牧洲道：「別急，這家狗仔隊很厲害，可能還會有後續爆料。」

後續爆料？師兄這話讓謝明哲忐忑不安，一上午的訓練都心神不寧。

直到中午的時候，這個新聞熱度被刷夠了，網上再次爆出猛料——這回不是照片，而是十五秒的影片。

視頻中，兩人擁抱過後相視微笑，看上去非常有默契。

謝明哲說：「師兄放心，我會加油的。」

這句話特別清晰。

而且被重點紅線給圈出來，並仔細重播了三遍。

師兄放心、師兄放心、師兄放心……

圍觀群眾頓時驚掉下巴。

「他叫唐神什麼？師兄？」

「唐牧洲有個徒弟，什麼時候多了個師弟？」

「這時候應該@陳千林！」

聯盟群裡，葉竹滿腦袋問號：師兄是什麼意思？

白旭：@謝明哲你叫唐牧洲師兄？

山嵐：保持隊形，為什麼叫師兄？

歸思睿：唐牧洲是謝明哲的師兄？這事兒林神知道嗎？

老鄭發來個抽菸的表情：徒弟可以自己收，可沒聽過自己收師弟的。兩位從實招來。

凌驚堂發來一把懸在頭頂的利劍：坦白從寬，這次發紅包也沒用，兩位深夜擁抱的師兄弟看著辦吧。

聶遠道皺著眉說道：我突然想起來，當初做即死牌的時候，大家都認為是我在私下幫胖叔，看來我是替某人揹了黑鍋？@唐牧洲請給我一個解釋。

葉竹：我也發現每次我們討論胖叔的時候，唐神都潛水不說話，這是心虛吧？

山嵐：怪不得胖叔做即死牌那麼有針對性，拍賣會高價買走林黛玉卡的是不是唐神？

歸思睿：我想起來了，當初帝都大學的新生交流賽，唐神和謝明哲有PK過一次，當時氣氛就不大對啊，原來是早就認識？

葉竹發揮了黑粉的戰鬥力，記憶立刻浮現：那場比賽唐神是在打指導賽！臥槽，怪不得打指導賽，原來是師兄弟？

凌鷩堂：呵呵，我們被瞞了這麼久，唐牧洲你看著辦吧。

聶遠道：我幫你揹黑鍋這麼久，唐牧洲你打算怎麼辦？

一時間，群裡所有人都冒出來聲討唐牧洲，幾乎要把他大卸八塊。

謝明哲：「……」

唐牧洲：「……」

——他為什麼要嘴賤叫師兄？

——現在把請客吃飯的錢拿出來，還來得及嗎？

聯盟群裡的大量聲討讓謝明哲被嚇到了，本想替師兄說話，可是看到這陣勢他也不敢出聲了，畢竟他自己就是罪魁禍首，這時候出來，說不定會跟師兄一起被人圍攻。

葉竹：唐神快出來！謝明哲做出薛寶釵針對蝶系牌，是不是你的主意？【拿起血淋淋的長刀】

歸思睿：我猜，鍾馗捉鬼也有唐神的指導，要不然，那時候才剛學會製作卡牌還是個新人的胖叔，怎麼會想到「放逐鬼牌」這種設定呢？【看我機智的眼神】

凌鷩堂：太上老君的金剛鐲吸取兵器，太乙真人的九龍神火罩放逐神族牌，看來也是唐牧洲的傑作了？【年輕人，我對你很失望】

鄭峰很是滄桑地嘆了口氣，打字道：曹沖秤象也跟唐牧洲脫不了干係吧？【曹沖秤象表情系列，給我一隻大象，我能秤到地老天荒】

聶遠道最後總結：怪不得全聯盟的卡池胖叔都瞭若指掌，原來真正的內鬼是唐某。【無意中發現了真相】

群裡光是表情包就發了一大堆，這時候大家倒是很默契地發起了文字，不發語音，大概是擔心聲音會透露出太多的情緒，或者直接笑場。

唐牧洲現在已經不能用裝死來解決問題，畢竟大家除了在群裡@他，叫他出來解釋，還有不少人給他發私訊，各種呵呵冷笑、血淋淋刀子的表情圖案讓唐牧洲格外心虛，他只好主動站出來道：大家先冷靜，咳，這件事說來話長……

鄭峰：那就好好解釋，今天沒比賽，大家都有空聽你講故事。

唐牧洲硬著頭皮道：我先聲明，剛開始讓阿哲製作即死牌的時候，我們還不是師兄弟，我也以為他是個胖叔叔，師父突然收他當徒弟純屬意外，我是後來才知道的。

葉竹一針見血：不管什麼時候知道的，即死牌確實是你教他做的，這沒錯吧？

唐牧洲：……沒錯。

——小竹子你很會抓關鍵啊！

葉竹：請你選一種死法！【冷酷的眼神】

歸思睿：上吊自殺怎麼樣？等你掛了我把你做成吊死鬼，戰鬥力一定很強。

聶遠道：屍體留給我，我給他披一張狼皮，就是一張狼族獸卡。

裴景山：我覺得把他做成人蠱比較合適？

凌驚堂也參與討論：骨頭拆兩塊給我，做成兵器牌。

唐牧洲：「……」

——這樣就被你們用意念肢解了，還有沒有人性？

被圍攻的唐牧洲只好無奈地替自己找藉口：我讓胖叔做出那麼多即死牌，這不是為了公平嗎？

如裴景山所說：一個人被針對，才叫針對，大家一起被針對，那就不叫針對了。

裴景山：請不要拖我下水，我們多年的友誼已經在今天終結。

葉竹：呵呵呵，唐神你別解釋了，不管怎麼解釋大家都不會原諒你的。

唐牧洲：「……」

好吧，既然解釋不通，那就只能用紅包大法。

唐牧洲發了一個紅包、唐牧洲發了一個紅包……

連續十個紅包砸下來，群裡的大神們立刻開始爭搶，之前罵唐牧洲讓自己揹了黑鍋的聶神，手速那叫一個快，瞬間搶了十個紅包，好幾百晶幣入帳。

凌驚堂、鄭峰等人也毫不客氣地開搶，葉竹速度最慢，搶到的金額也最是心酸，他大概跟紅包無緣，每次都是零點三、零點五的金額，加起來還不如聶神一個搶的多。

葉竹不服：再發十個也沒用！

然後唐牧洲又發了十個。

葉竹這次總算搶到個一點五，裴景山在旁邊笑他：「小竹你終於破一了，真不容易。」

然後把自己搶到的六十六點六六給葉竹看，把葉竹氣個半死。

謝明哲看師兄瘋狂撒紅包雨，只好安靜裝死，紅包都不敢搶……

在連續發了數十個紅包後，唐牧洲微笑著道：大家的氣消了嗎？

眾人異口同聲排隊：沒！

於是唐牧洲又發了三十個。

聯盟群裡很少有這麼壯觀的時候，紅包如同下雨一般在群裡瘋狂刷屏，以至於退役多年、神隱已久的水系鼻祖蘇洋大神也冒了出來，發出一句疑惑的問話：這麼多紅包，是有人結婚嗎？小唐發的啊，恭喜恭喜。

眾人：「……」

謝明哲差點一口茶噴出來——恭喜個鬼！大神能不能別這麼出戲？

這幾年，蘇洋很少在聯盟出現，但是他畢竟是水系鼻祖、方雨的恩師，出於對他的敬重，在職業聯盟這個私群他依舊是管理員之一。今天他是被群裡上百個紅包給炸出來的，好奇之下翻開一看，發現唐牧洲一批一批地撒紅包，如同撒喜糖一樣豪氣。

沒上網看新聞、不瞭解行情的蘇洋大神很自然地以為小唐結婚了，隨手一搜，正好是「唐牧洲深夜私會」的新聞，於是就說了句「恭喜」，並順手搶走一個紅包。

聯盟其他人集體陷入沉默。這句恭喜說得怎麼就那麼奇怪呢？恭喜他倆師兄弟關係曝光？還是恭喜他倆深夜擁抱被狗仔偷拍？

唐牧洲哭笑不得：前輩，我沒結婚。

蘇洋一臉困惑：那你為什麼發這麼多紅包，跟撒喜糖一樣？

一直沉默不語搶紅包的方雨，見恩師出現，也在群裡露頭：師父，唐牧洲跟他師弟聯手坑了整個聯盟，在發紅包賠罪。

蘇洋還是一副「我家網路剛通，不知道發生了什麼事」的茫然表情：@陳千林，林林，你收了個小徒弟嗎？唐牧洲怎麼有師弟了？

眾人：「……」

——林林是什麼鬼稱呼！

其實群裡的人一直很想讓林神出來作證，看看到底是怎麼回事。但一來林神是前輩，晚輩們不好直接找他。二來他神隱多年，群裡人即便找他，他也不怎麼理會。

蘇洋這一叫，大家都挺期待，看看林神會不會露面。

結果，陳千林還真給蘇洋面子，在時隔五年後終於出現在聯盟群裡：沒錯，我發現小謝很有製卡的天賦，就收了他當徒弟，指導他卡牌資料的分配。

陳千林一出現，群裡立刻開始拜林神。

「林神請受我一拜！」

「傳說中的林神？」

「今天看到蘇洋大神和千林大神一起出現，圓滿了！」

「林神好，歡迎林神！」

一波鼓掌歡迎後，蘇洋才緊跟著說：不錯不錯，我有四個徒弟，你也有兩個徒弟了，老聶和老鄭都只有一個徒弟，凌驚堂呢？好像一個都沒有。真替他難過。

凌驚堂怒道：什麼時候開始拚徒弟了？老拿徒弟說嘴，你要點臉行不行？

蘇洋哈哈笑道：我徒弟最多，你不承認嗎？

流霜城四人組立刻站出來挺師父。

「師父好！」

「師父好！」

「凌神沒人叫師父，您有四個人叫師父，同情凌神。」

凌驚堂：「……」

——媽的，他也要去收一個徒弟。

蘇洋出來攪局，群裡畫風徹底改變，唐牧洲總算鬆了口氣，還以為自己這次的「劫難」會被脫線的蘇洋大神意外化解。

然而，他低估了某些大神的執著。

聶遠道完全不理蘇洋，嚴肅地說：只發一百個紅包是不是太便宜小唐了？風華今年能進季後賽嗎？要不要我來預言一下？

唐牧洲立刻認慫：好好，聶神你別說了，我服了你。休賽期請大家吃飯賠罪！

葉竹機智地問：吃幾頓？別用一頓自助餐就打發我們。

白旭也不站表哥了，跟著起鬨：@謝明哲，主角之一不出來說幾句嗎，還裝死呢？

葉竹很默契地配合：@謝明哲你師兄發了一百個紅包，你呢？

歸思睿：師兄做出了好的表率，當師弟的應該學習@謝明哲。

一群人又開始起鬨讓師弟發一波紅包。

謝明哲裝了這麼久，總不好繼續沉默只讓師兄一個人被圍攻，於是他硬著頭皮出來幫師兄分擔火力：為了照顧某些手氣不好的人，我就不發紅包了，跟師兄一起請大家吃飯吧。

手氣不好的葉竹立即說：可以！

歸思睿：兩個人合請，數量要翻倍。

葉竹：我有個主意，謝明哲生了多少張寶寶卡，搶了多少個媳婦，讓多少張卡牌談戀愛，就請吃多少次飯！畢竟我們要吃飯慶祝寶寶的生日啊、慶祝某豬搶親成功啊，也慶祝卡牌脫單墜入愛河啊，對不對？

謝明哲：「……」

——你這個黑粉夠了，這麼請下去，是想讓我傾家蕩產嗎？

唐牧洲卻乾脆地說：沒問題。葉竹你仔細算一算次數，我已經存好了請客的錢。

眾人：「……」

——提前存好請客吃飯的錢？你是有多自覺？

謝明哲對師兄的「深謀遠慮」無比佩服，私聊他道：「師兄這次太破費了，剛剛紅包都發了上百個，不然請客吃飯的錢我們兩人各承擔一半？」這件事畢竟是兩人合謀，謝明哲還是挺講義氣的，覺得該一起分擔。

但是唐牧洲並不想跟他分得這麼清楚，微笑著說：「沒關係，指導你做即死牌本來就是我的主意，他們對我的意見比對你更大，只有我多請幾次客，大家才不會繼續圍攻我。」

謝明哲頭痛地道：「真的要像葉竹說的，請那麼多次嗎？」

唐牧洲無奈，「不要懷疑這群人的厚臉皮，蹭飯這種事情他們最樂意了。」想起今天被刷上頭條的話題，唐牧洲緊跟著試探性地問道：「對了，狗仔隊拍到我們擁抱的照片，不少網友說我們很般配，你有什麼看法？」

謝明哲直率地說：「師兄你不用想太多，反正我們沒做什麼出格的動作，只是擁抱而已，比賽結束後跟關係好的對手擁抱不是很正常嗎？只要我們問心無愧，不用管網友怎麼說。」

唐牧洲：「……」好一個問心無愧，關鍵是你師兄問心有愧。

幸虧忍住了沒親下去，不然被狗仔隊拍到了那還得了。

不過，看謝明哲這迅速回覆的坦然態度，他顯然還沒有意識到兩人的關係比普通的師兄弟要親密許多，唐牧洲想了想，道：「我們一起發一個聲明吧，免得網友們胡亂猜測。」

他想看看，謝明哲對待這次緋聞事件會怎麼處理。

謝明哲乾脆地答應下來，「沒問題！」

網上的看戲群眾並不知道唐牧洲指導謝明哲製作即死牌這件事，大家的關注點一半在「師兄」的稱呼上，還有另一半則依舊對「深夜擁抱」抓住不放。

謝明哲的個人主頁也有無數人在問：「阿哲，你跟唐神不會是真的吧？」

輿論越來越離譜，甚至有人分析說唐牧洲和謝明哲早就暗中在一起了，還有人信誓旦旦地表示曾經親眼見過唐牧洲深夜帶謝明哲回自己的住處……

謝明哲看到這些留言頭大如牛，只好迅速站出來澄清：大家不要亂猜，我是在遊戲裡無意中認識了林神，林神覺得我可以培養就收了我當徒弟，我們一起創建涅槃俱樂部。唐師兄跟我是後來才認識的，我跟他之間只是單純的兄弟情誼。在賽場上，我們都會想贏下比賽，可打完比賽，我們是同門師兄弟，約著一起吃個飯，互相擁抱鼓勵對方，這都很正常。在我心裡，唐牧洲如同我的兄長，請不要侮辱我們之間純潔的兄弟情誼。

唐牧洲：「……」

師弟說話一向滴水不漏，這次卻把話說得太滿，根本不留餘地。

如同兄長？純潔的兄弟情誼？

抱歉，師兄對你的想法可不怎麼純潔。有朝一日，要是你也喜歡上師兄，想跟師兄做一些不純潔的事情，你這個聲明豈不是很打臉嗎？

唐牧洲輕笑著摸了摸鼻子，私聊謝明哲道：「當我是兄長？」

謝明哲很直率地說：「上次在帝都大學辦休學手續的時候，你不但當了我的擔保人，還在家屬那一欄簽了字。看你簽字的時候我真的特別感動，感覺你就像是我哥一樣。」謝明哲頓了頓，突然靈機一動，「對了，師兄你比我大四歲，要不然我們結拜成兄弟？」

唐牧洲：「……」結拜個屁！家屬還有另一層意思你不懂嗎？

唐牧洲本想溫水煮青蛙，慢慢讓謝明哲感受到他的關心和喜歡，讓阿哲淪陷在他的溫柔攻勢中，自然地愛上他。結果，阿哲確實是淪陷了，但是淪陷的方向似乎不大對勁？為什麼會想要結拜成兄弟？

唐牧洲揉了揉眉心，不甘心地繼續問道：「你真的當我是兄長？」

謝明哲毫不猶豫：「嗯！」

唐牧洲氣得腦仁疼，默默追了他這麼久，搞半天，他當自己是哥哥，還要跟自己結拜？這也太失敗了！看來，溫水煮青蛙的做法對謝明哲不大管用——這隻青蛙皮太厚，煮不熟。

唐牧洲思考片刻，決定加快速度。在常規賽結束，確認涅槃能進入季後賽後，不如趁著休賽期來一次集體出遊，跟師弟更進一步。

如果集體出遊由他做東，房間、交通全都可以由他安排。到時候利用「東道主」的便利，把小師弟跟自己安排在一間房，自然沒人會有意見吧？

長途旅遊時住在一起，勢必可以讓感情升溫，等有了適當的機會再告白，或許能事半功倍。

唐牧洲打定主意，立刻在群裡說：光請吃飯還不夠有誠意。如果像小竹說的那樣請吃很多頓，我怕你們都吃成大胖子。這樣吧，最近賽程安排緊湊，想找個大家都有空的時間也很難，不如等常規賽結束後的休假期，我抽出一週時間，請大家集體去旅遊，費用我全包，地點大家選，怎麼樣？

聯盟大神都要驚呆了……

集體出遊，至於下這麼重的血本嗎？

大家在群裡聲討唐牧洲，並不是真的恨他，更多的是趁機調侃、開玩笑，再搶搶紅包。

唐牧洲說要請吃飯的時候大家都已經準備放過他了，葉竹說的「按卡牌生寶寶、搶親和脫單次數請客」也不過是添油加醋、占占便宜想多蹭幾頓飯。

沒想到唐牧洲居然說要請大家出遊？集體出遊包吃包住，這花費可不是普通的請吃飯可以比的，太土豪了吧？

葉竹很是疑惑：土豪你錢多得沒地方花？請大家集體旅遊這麼好？

歸思睿道：唐神是投資股票賺大錢了？還是買彩券中了大獎？

白旭直接私訊表哥發來一大排問號：你錢那麼多，我過生日也不給我買一臺天文望遠鏡！

唐牧洲微笑著表示：反正我一個人存錢也沒地方花，假期大家一起出去玩就當是放鬆心情。就是不知道有沒有人肯賞臉？

這話一出，群裡立刻開始瘋狂排隊。

老鄭毫無節操地道：賞臉算什麼？我直接把我的臉給你。

聶遠道嚴肅地說：既然小唐這麼有誠意，我最近先不預測任何跟風華有關的賽事結果。

唐牧洲立刻發來個鞠躬的表情圖案：謝聶神嘴下留情。

凌驚堂道：這麼好的事怎麼能少了我？

葉竹：我們暗夜之都全員報名！

有人願意花錢請大家出遊吃飯，不去白不去，聯盟一線選手幾乎全部報名了，連流霜城的四位師兄弟，終極宅男團居然也決定集體出動。當然，那些跟唐牧洲不熟的新人是不好意思厚著臉皮去湊熱鬧的，跟大神們沒太多話題可聊會很尷尬。

謝明哲深深佩服唐牧洲的豪氣——怪不得唐牧洲年紀輕輕，在聯盟的地位卻不輸於五系鼻祖，瞧瞧師兄多會做人？收買人心的方式也是絕了。

那時候他還完全不知道，唐牧洲邀請這麼多人一同出遊，賠罪只是順便，更重要的是可以有機會和喜歡的小師弟同住整整一週的時間，把「溫水煮青蛙」變成「大火燉青蛙」。

說不定這趟旅行回來，青蛙就熟了呢？

五月一日的第一場組外循環賽，涅槃在主場與風華以一比一打成平手，按照賽程的安排，接下來的兩場比賽涅槃都是客場作戰。

五月三日打鬼獄，五月五日打流霜城，遇到的全是A組最強的對手。這種像雲霄飛車一樣的賽程表是聯盟早就訂好的，謝明哲也早就做好了心理準備。

接下來的兩場硬仗都很不好打。當然，不好打也要硬著頭皮上。

五月三日，鬼獄VS.涅槃。

陳千林第一次以教練的身分公開亮相。

唐牧洲和謝明哲的關係已經曝光，他這個師父自然沒必要再藏著。

本以為自己退役多年後已經是個過了氣的老選手，不會有多少人認識，但是讓陳千林完全沒想到的是，時隔多年，記得他的人居然還有那麼多，他一到後臺，就被記者們包圍得水洩不通。

記者們爭先恐後地給他遞麥克風，「是什麼原因讓退隱五年的林神決定回歸呢？」

陳千林平靜地答道：「弟弟和徒弟想成立俱樂部，我順手幫忙。」

有記者開玩笑道：「你跟小徒弟一支戰隊，就不怕大徒弟有意見嗎？」

陳千林說：「大徒弟自己建立了風華俱樂部，他已經是一位成熟的隊長，不需要我這個師父指手畫腳，不會有意見。」

也有些記者刻薄地問：「離開職業聯盟整整五年，您對自己的戰術意識還這麼有自信嗎？難道不怕自己會跟不上時代？」

陳千林淡淡地看向那位記者，他淺色的眼瞳清澈如水，幾乎能映出對方的投影，那記者被他看得有些心虛，還是強作鎮定地道：「五年前您是木系最強的選手，但是這五年聯盟早就變了，出現了無數厲害的後輩新人，您現在回來，當年的那些戰術、打法，不一定適用於這個賽季吧！林神就沒有這方面的困擾嗎？」

這火藥味十足的問題，讓現場立刻沉默下來。

雖然陳千林奠定了木系卡組的基礎，在聯盟的地位難以超越，但是畢竟離開了整整五年，聯盟的變化翻天覆地，他確實要面對自己「跟不上時代」或「無法適應新賽季」的尷尬。

陳霄聽到這裡，心裡陡然生起一股怒氣，剛準備站出來懟那位記者，卻被陳千林用冷靜的目光制止他。

記者們全部看向陳千林，都在等待林神會如何回答這個問題。

陳千林波瀾不驚地說：「這位記者朋友說得很對，我離開聯盟太久，以前的戰術打法放在現在早就過時了。但是……」他話鋒一轉，目光掃過記者群，「涅槃在本賽季的表現大家也看在眼裡，你們見過，涅槃有哪一場比賽是用五年前的陳舊戰術嗎？」

這句犀利的反問讓記者們啞口無言。

陳霄發現，哥哥懟記者好像比自己還厲害，瞬間抓住了關鍵。

陳千林繼續說：「作為總教練，我並不需要每一場比賽都親自安排好戰術，我不希望涅槃的指揮是個只會聽教練安排的機器人，阿哲和陳霄會有自己的想法——帶他們入門，發掘出他們最大的潛力，這才是我身為教練最該做的事。」

林神在面對記者時的冷靜淡定，確實很有前輩大神的風度。

這回答也贏來全場記者熱烈的掌聲。想為難他的記者面紅耳赤地退了下去，接下來的問題便溫和多了，當然也有一些愛八卦的記者繼續追問。

「您跟邵博的關係現在怎麼樣了？當年官司敗訴後還有來往嗎？」

「這次回來，有沒有想過收回自己卡牌的版權？」

聽見這些尖銳的問題，陳千林淡定極了，連眉頭都不皺一下，用平靜的語氣說：「過去的事情我不想再提。對我來說，現在最重要的是做好教練的工作，讓涅槃俱樂部拿到好成績。」

記者們沒法再問下去，只好散了。

回後臺的路上，陳霄走在哥哥身邊，低聲問道：「哥，你真的完全不在意嗎？」

陳千林看向他反問道：「在一個坑裡不小心摔了跟頭，你難道要守在那個坑的前面，用土把它填平了再繼續往前走嗎？」

陳霄一愣，仔細一想也很有道理。

過去的事沒法改變，不如往前看，吸取教訓別再踩坑就行。其實哥哥的那些卡牌版權即便現在收回來，大部分的卡牌也已不適用於十一賽季，聖域抱著那些陳舊的卡牌吃老本，也快到頭了，何必因為這件事讓自己心情不好？

客場打鬼獄，陳千林親自露面，老鄭也很給面子地親自在後臺迎接，並且給了陳千林一個大大的擁抱，笑著拍對方的肩膀，「千林，歡迎回來！」

作為同期出道的選手，被稱為「五系鼻祖」的五個人私下關係特別好，當初陳千林在遊戲裡開的「千林餐廳」就是他們的據點，那時候的他們年紀都不到二十歲，經常聚在一起討論各系卡牌，做出了新卡也會跟朋友們一起練習對戰。

年少時的感情沒有太多雜質，在如今競爭激烈的聯盟也顯得尤為純粹和珍貴。

鄭峰感嘆道：「這麼多年過去，我們都老了，連徒弟都變成了大神。」

陳千林道：「這句話你別在凌驚堂面前說，他可沒有徒弟。」

鄭峰哈哈大笑，「對對，可憐的老凌。」

眾神殿的凌驚堂在這一刻突然打了個大大的噴嚏。

兩人聊起來，後輩們插不上話，謝明哲只好和歸思睿坐在一起，笑咪咪地說：「歸神，今天連續兩局都是鬼獄的主場，你千萬別手下留情。」

歸思睿一愣，「我還以為你要客氣地說手下留情，你真是不按常理出牌！」

謝明哲繼續笑著說：「多被強隊虐一虐，打季後賽才不會那麼慌。」

歸思睿有些意外——這傢伙心態倒是很好，似乎早就料到鬼獄不會對他們客氣。

事實證明，謝明哲的預感並沒有錯，鬼獄的主場異常難打。

以前，鬼獄的標記流是由衛小天來操控卡牌，給對手的關鍵牌打上標記後一波秒殺。

但現在他們的策略變得更加靈活，人手一張標記牌，加上食屍鬼、傀儡師這些大後期的卡牌，和劉京旭新做的兩張單體暴擊妖族牌，涅槃的核心卡在出場五分鐘內就被秒了個精光，從開局就一直陷入劣勢。

這是涅槃開賽以來第一次得到零比二的比分，大家都很淡定。

謝明哲接受記者採訪的時候微笑著說：「早有預料，所以並不覺得意外或者難過。」

「零比二沒什麼可怕的，很多戰隊打鬼獄的主場也是零比二，重要的是能從中學到一些新的東西，為以後的比賽累積經驗。」

接下來和流霜城的比賽，和鬼獄的主場極為相似——流霜城的團賽是出了名的強，上個賽季擊敗風華奪下冠軍。在新賽季的勢頭也很猛，目前在A組積分榜排名第一。

難得的是蘇洋大神也露面了，還帶來了超可愛的雙胞胎女兒。於是，後臺的畫風變得十分詭異，一群大男人爭先恐後地抱女兒。

謝明哲超喜歡小孩。兩個小女孩穿著一樣的粉色公主裙，紮著萌萌的小辮子，他一手一個抱起來給她倆餵糖果，來後臺的唐牧洲正好看到這一幕，不由微微一笑，「你很喜歡小孩子？」

謝明哲滿臉都是溫柔笑意，揉揉兩個小女孩的腦袋，「蘇洋大神的女兒超可愛。」

唐牧洲道：「更喜歡女兒嗎？」

謝明哲點頭，「兒子太皮，還是女兒好。」

唐牧洲心想，將來我倆在一起的話，雖然無法生小孩，但是可以做試管嬰兒，到時候就用兩個人的基因生一對可愛的女孩兒。如果覺得做試管嬰兒太麻煩，領養幾個孩子也可以——反正錢已經存好了，多少個孩子他都養得起。謝明哲這麼喜歡孩子，肯定會是個很好的爸爸。

發現師兄的眼神十分溫柔，謝明哲還以為他也喜歡小孩子——完全沒想到唐牧洲的思維已經發散到將來一起養孩子上面了。

比賽快要開始，蘇洋走過來將兩個女兒抱走，朝唐牧洲道：「小唐，那天真是不好意思，我沒看清楚新聞，還以為你在群裡發紅包，是因為跟那位緋聞主角結婚了。」

謝明哲無語，「前輩，緋聞主角就是我啊！您沒看完新聞嗎？」

蘇洋一愣，「我這人看八卦總是看一半。」

唐牧洲微微一笑，「沒關係，將來如果真的結婚，一定會請前輩光臨我們的婚禮。」

蘇洋道：「那就說定了，到時候給你們包個大紅包！」

謝明哲：「啊？」

你們？這個「們」字用得不對吧？這裡就我跟師兄兩個人，「參加你們的婚禮」聽著很奇怪！果然，這位大神打比賽技術一流，說話卻總在狀況外，真不知道他是從哪裡冒出來的，就像家裡斷網很多年，剛剛才連上wifi一樣……

剛連上網的蘇洋大神笑咪咪地抱著女兒去找流霜城的四個徒弟——來看陳千林當然是首要，順便給女兒要幾個紅包才最重要。

四個徒弟見到師父的女兒，當然不好空著手，小女孩的懷裡被塞滿了紅包。

蘇洋心情大悅，在群裡表示：我有四個徒弟，兩個女兒，你們有誰比我更圓滿的？

凌驚堂：滾！

鄭峰：女兒很可愛，你真是一點都不可愛。

聶遠道：不要在很多單身漢的群裡發表這種言論。

被眾人聲討的蘇洋立刻閉嘴。

不過，謝明哲從師父口中聽說，蘇洋突然露面不僅是為了看老朋友陳千林，順便秀女兒——官方重金請他回來，是想讓他擔任季後賽的解說嘉賓。

本來他不樂意，但如今陳千林都以教練的身分回來了，五系前輩只缺他一個，他也就順水推舟地答應下來，今天正好是過來簽合約的。

謝明哲心情複雜，這位「經常斷網」的蘇洋大神，當解說肯定會很搞笑……

季後賽大概會比常規賽更加熱鬧了！

在經歷鬼獄主場、流霜城主場的雙重折磨後，涅槃在B組的積分暫時落到第五名。

涅槃的粉絲們非常緊張，但是謝明哲的心情卻很平靜。

涅槃落到第五名的關鍵原因是星空戰隊在第一天以零比二輸給鬼獄後，接下來的兩場比賽遇到的都是弱隊，連續兩場都拿到二比零的比分。

星空和涅槃在組內賽階段積分差距本就不大，這樣一來星空就暫時反超了涅槃。

白旭超開心，私下給唐牧洲發語音訊息：「我超過你師弟了，有沒有覺得表弟比師弟厲害？說不定我們星空真有希望進季後賽，哈哈哈！」

唐牧洲乾脆地回覆兩個字：「醒醒。」

白旭：「當表哥的就不能鼓勵我幾句？」

唐牧洲道：「涅槃組外循環賽的對手是A組最強的三支隊伍，打完這三支，他們的積分只比星空差一分，再打一場，他們就會重新超過你。」

白旭鬱悶：「我知道，不用你提醒！」

他只是暫時開心兩天，畢竟在積分榜上超過涅槃可不容易，但是白旭也清楚，下一局涅槃的對手是聖域，這支隊伍本就實力二流，加上聖域和涅槃有不少過節，謝明哲肯定不會對聖域客氣。

更關鍵的是，這一場是涅槃的主場！

主場可以自己選擇地圖並做出針對性的布置，聖域估計要被涅槃給虐哭……

五月八日，涅槃俱樂部賽前會議。

陳千林道：「聖域這支隊伍在第四賽季之前是聯盟強隊，但這些年因為故步自封，一直在走下坡，我們只需要把聖域當成一支普通的二流隊伍來對待，別想太多，更不要想著要為我報仇。如果帶著仇視的情緒去打，恨意有時候會讓你們熱血過了頭，反而容易發生失誤，明白嗎？」

陳霄第一個表示：「明白，哥你放心，我們一定會穩住。」

謝明哲笑道：「師父別擔心，怎麼打聖域我跟陳哥已經仔細討論過了。」

【第十一章】

這場比賽就是要保王熙鳳

聖域俱樂部。

邵博在辦公室來回踱步，急得就像熱鍋裡的螞蟻。

自從知道謝明哲和唐牧洲是師兄弟之後，他的心裡就一直很不安，前兩天跟鬼獄的比賽中看見陳千林親自露面並接受採訪，他的內心更是五味雜陳。

畫面裡的男人還是跟記憶中一樣年輕清俊，而他，明明是跟陳千林一起長大的哥兒們，卻已經變成了挺著肚子、頭頂禿髮的中年大叔形象。這幾年忙著生意和應酬，經常泡在酒局、飯局，早就忘記了跟陳千林一起成立聖域的初衷……

二十歲時的他，也是個喜歡卡牌遊戲的少年。

是什麼時候改變的，他自己也說不清，大概是看到銀行卡上的數字一天比一天多，被金錢蒙蔽了雙眼，所以忽略了很多其他的東西。現在，他確實變成了有錢人，坐擁聖域俱樂部，靠陳千林的那些卡牌賺了不少錢，他一直覺得陳千林是個故作清高、冥頑不靈的傢伙，明明當初可以跟他一起合作賺更多的錢，卻非要把他告上法庭……

如今看著接受採訪時的陳千林冷靜、淡然的模樣，邵博更是氣得發抖，彷彿在這個人的面前，自己永遠抬不起頭來。明明自己才是贏家。

當時在A組內戰被風華二比零時，唐牧洲的微笑讓他一直耿耿於懷，如今馬上要組外循環打涅槃，結果涅槃不但有陳千林的弟弟，還有一個小徒弟……

要是再被二比零的話聖域的臉往哪兒擱？

想到這裡，邵博臉色一沉，撥內線叫經理上來，「交代你的事情怎麼樣了？」

經理的表情很難看，「邵、邵總，您讓我私下聯繫涅槃的管理，給他們一大筆錢，讓他們告訴我們涅槃的卡組，我聯繫了金躍，一直沒收到回覆。」

邵博問道：「那個胖子呢？」

經理的臉色更加難看，「他也沒回覆。」

邵博皺著眉道：「你確定他們收到了嗎？價錢開得合不合適？」

透過對方的公會管理員提前掌握卡組資訊，聖域這麼做已經不是第一次了。畢竟公會管理員不算俱樂部核心成員，領的薪水也不高，而且不像選手那麼團結，聖域已經好幾次成功收買了內鬼。當然，風華、裁決這些大俱樂部的管理員沒那麼好對付。

原本想著涅槃那幾個公會管理員跟著謝明哲都是半路出家，感情不深，付一筆錢交換涅槃的卡組資訊應該不會太難，沒想到卻接連碰壁……

邵博感覺到不妙，追問：「你發郵件的時候沒說自己是誰吧？」

經理嚴肅地道：「當然，我沒那麼蠢。我用的是剛申請的小號，沒有透露我是哪家俱樂部的，他們應該不會懷疑到我的頭上。」

邵博皺著眉冷冷地道：「既然買不到卡組資訊，那就讓選手們好好準備，用最新的戰術打他們一個措手不及。我倒要看看，陳霄和謝明哲還能得意多久！」

此時，涅槃宿舍。

謝明哲剛洗完澡就聽見敲門聲，開門一看，是胖子和金躍。

兩人抱著光腦來找他，並把自己收到的郵件給謝明哲看，「阿哲，這幾天有個人老是給我發郵件，要我把涅槃的卡池和地圖提前透露給他們，說會給我一百萬晶幣做為報酬，私下交易，不會讓任何人知道。我覺得這件事有些奇怪……」

金躍道：「我也收到了，之前沒跟你們說是怕打擾到你們比賽，但是郵件的報酬越提越高，我和胖子覺得不大對勁，還是跟你說說。」

謝明哲簡直驚呆了，「收買公會管理？誰會幹這麼卑鄙的勾當？」

聽到動靜的陳霄淡淡地道：「估計是聖域。」

看來聖域是擔心比賽時被打臉，所以狗急跳牆了吧？放心，這回比賽時，涅槃還真的是要「打你們的臉」。

陳霄冷笑道：「邵博以前就幹過這種事，當年被我哥無意中發現了，這也是我哥堅決要和聖域解約的原因。邵博認為錢是萬能的，還曾收買過一位選手讓對方在比賽的時候故意放水。」

為了贏，不擇手段，確實符合邵博的作風。

不過這樣一來謝明哲就更堅定了，他忍著笑說：「我覺得邵博有時候真是蠢得可笑，他覺得知道了我們的卡組和地圖就能贏我們嗎？他怎麼不直接給我錢，讓我在打比賽的時候送分？」

陳霄冷道：「我估計他本來是這麼打算的，結果，突然爆出來你是林神的徒弟，他沒敢收買你。至於小柯和秦軒嘛，小柯是你的跟班，肯定不會出賣你；秦軒家裡有錢，而且摸不清底細，所以他只能找公會管理員下手。」

龐宇笑呵呵道：「我雖然家裡條件一般，可出賣哥們這種事我是幹不出來的！」

金躍推了推眼鏡，道：「而且我們不傻，現在涅槃的發展前景這麼好，為了一百萬出賣涅槃，以後在這圈子裡還怎麼混下去？」

陳霄拍拍兩人的肩膀說：「你們倆我當然信得過，這件事我們先不要聲張，郵件全部截圖存證，等打完比賽再在網路上曝光。之前還怕弄不死聖域，結果這幫蠢貨自己送上門來……既然他們毫無底線，那就別怪我不客氣，這次一定要讓聖域名聲掃地。」

謝明哲靈機一動，道：「陳哥，比賽時要不要讓秦軒再拿出幾張治療牌和復活牌，保護好王熙鳳？用王熙鳳的哈哈哈一直攻擊他們，我擔心他們會上人族即死牌。」

陳霄點頭，「沒錯……我還有個主意。」

謝明哲問道：「什麼？」

陳霄道：「乾脆兩局都上王熙鳳吧，第一局慢慢笑，第二局你配合我的正面猛攻，一波把他們笑死——連續兩局嘲諷不是更有殺傷力嗎？」

「有道理！」

兩人相視一笑，商量好之後便各自回去睡覺。

五月十日，涅槃和聖域的比賽正式開打。

比賽還沒開始就引來大批關注，畢竟涅槃和聖域的過節大家都清楚，陳千林雖然說不想提起過去，可是他的弟弟和徒弟不可能輕易放過聖域啊！

而且，涅槃最近在客場打鬼獄和流霜城，成績不大好，在B組的排名被星空反超，如果這一場拿下聖域，他們就可以穩穩坐回B組第四了。

賽前採訪時，謝明哲和陳霄都表現得很淡定：「我們對聖域沒什麼特別的想法，就正常打。」

「教練也說了要保持冷靜，待會兒正常發揮就行，會盡力拿分的。」

兩個人的笑容一個比一個坦率無辜，好像真的會是一場普通的比賽。

第一局由謝明哲指揮，選擇地圖——大觀園之櫳翠庵。

這張地圖是帶治療的圖，可以搶妙玉的茶水來回血，適合拖節奏慢慢打。

結果，比賽開始沒多久，觀眾們就聽到一陣奇怪的聲音——哈哈哈哈！

未見其人，先聞其聲，豪爽的笑聲頓時充斥著整個會場。

觀眾們：「哈？」

誰在笑？為什麼比賽中還能聽見笑聲啊？

風華二隊已經見識過王熙鳳的新人們：「……」

毫不同情聖域，來自謝明哲的精神攻擊即將開始！

賽場上一陣豪爽的笑聲不但讓觀眾們很懵，聖域的四位選手也以為自己聽錯了。沒想到，涅槃居然在這一場比賽拿出王熙鳳——哈哈哈的笑聲不就是公然嘲諷嗎？

王熙鳳出場後會自動隱身三秒，並對周圍三十公尺範圍內敵對目標造成群體水系聲波攻擊。

三秒後，現場出現了一位容貌豔麗的女子，她有一雙特色的丹鳳眼、柳葉眉，衣著華麗，珠光寶氣，剛才那一陣哈哈哈的爽朗笑聲，就是她發出來的。

觀眾們：「……」

姑娘笑得好開心，聖域的選手們一臉豬肝色，看來是被刺激得不輕！

笑聲攻擊，這種攻擊模式在職業聯賽中極為少見，現場觀戰的大神們聽到王熙鳳的笑聲，神色都很是複雜。

鄭峰感嘆道：「千林，你這小徒弟做的卡牌真有意思，笑聲攻擊？」

陳千林淡定地點點頭，他才不會告訴別人王熙鳳的卡牌資料是他親自調整過的，本來十五秒一次的笑聲攻擊，被他調整成了十二秒一次，一分鐘五次。

十二秒在賽場上過得極快，幾乎是眨眼之間，聖域俱樂部還沒準備好反擊的方式，眾人耳邊就再次響起了一陣「哈哈哈哈」的爽快笑聲。

現場觀眾面面相覷。

「今天這場比賽是要笑著打完嗎？」

「王熙鳳的笑聲洗腦效果一流，我只聽了兩次，腦子裡就全是哈哈哈了！」

「王熙鳳這是要笑死對手？」

——笑死對手，這做法也太氣人了。

兩波群攻讓聖域的卡牌群體掉血，雖然掉血量不算很多，但是這笑聲聽著確實很煩。邵總吩咐過，今天和涅槃的比賽只能贏、不能輸，最差的結果也必須拿到一分，如果被二比零，這個季度的獎金就別想拿到。

聖域的選手們本來壓力就很大，還要忍受王熙鳳的公然嘲笑，身為隊長的朱崇亮有些忍無可忍，厲聲道：「王熙鳳防禦弱，快點集火秒了她！」

聖域的四位選手用的全是植物卡，而且大部分都是陳千林當年製作的卡牌。看到熟悉的植物卡牌出現在賽場上，坐在陳千林旁邊的老鄭忍不住吐槽道：「真不要臉，過了這麼多年，還抱著你做的卡牌吃老本。」

陳千林淡淡地說：「他們也沒有多少新卡可以用。」

鄭峰輕嘆口氣：「也是。聖域沒一個能原創卡牌的選手，總有一天會被聯盟淘汰。」

賽場上，聖域開始全面反擊。

水仙花、夾竹桃、一品紅，各種有毒的花卉開始瘋狂給王熙鳳疊加毒素，所有技能集火王熙鳳的後果就是王熙鳳的血量瞬間被打成一絲血皮。

然而，這一場比賽謝明哲就是要保王熙鳳，因此讓秦軒帶了好幾張治療卡。

其中就包括大喬。

在王熙鳳只剩一絲血的時候，秦軒果斷開了大喬的技能「隱居」，讓謝明哲將殘血的王熙鳳收回手中。

被收回的卡牌瞬間滿血，而且還不會用掉使用次數，不需要修理費，簡直完美。

聖域的四位選手快要氣死了——耗費那麼多技能去強殺王熙鳳，打到最後一滴血居然被回收？

這種賴皮的技能到底是怎麼通過審核的？

此時，王熙鳳的「笑裡藏刀」技能正在冷卻，謝明哲迅速召喚出賈探春。

當初製作賈探春的時候，謝明哲給這張牌設計了三個技能，一是「怒搧耳光」的攻擊，二是「探春理家」的免控，第三則是「探春遠嫁」的瞬移。

賈探春出場的位置距離對手卡組超過三十公尺，但謝明哲開了第三技能「探春遠嫁」後，她立刻瞬移到對方的面前，對準聖域的植物卡就是用力一巴掌！

同時，謝明哲還召喚出賈元春，這樣就能啟動賈府四姊妹的連動技「原應嘆息」。

元春是一張純輔助牌，技能「元春省親」和「冊封貴妃」不但可以提升範圍內友方目標的攻擊力、攻速、暴擊效果，還能縮減全體友方卡牌的技能冷卻時間。

元春的狀態加成讓賈探春攻擊力爆表，這一巴掌搧得對面植物卡風中搖擺，花瓣都快掉了。現場觀眾大開眼界——正面抽耳光，這攻擊模式真是猛啊！

賈探春作為近戰高敏爆發卡，怒搧耳光的攻擊造成的單體傷害極高，被搧了一巴掌的水仙花血量嘩嘩地掉，轉眼就只剩一絲血皮。

讓聖域的選手們更鬱悶的是，賈探春剛剛搧完耳光，技能冷卻結束的王熙鳳緊跟著站了出來，對準聖域就是一波「哈哈哈」的豪爽大笑。

搧耳光還帶配音的？

就像王熙鳳在笑賈探春這耳光抽得好一樣？

現場觀眾哭笑不得——抽完耳光又哈哈大笑，謝明哲今天是故意的吧！

朱崇亮的臉色極為難看，誰都知道聖域俱樂部對不起陳千林，謝明哲嘴上不說一句髒話，賽前表現得也非常平靜。可是今天的比賽又是笑聲嘲諷、又是抽耳光的，聖域的選手坐在大舞臺上無比尷尬，真想集體吐一口老血。

比賽後臺，在VIP包廂裡看比賽的邵博緊緊攥住拳頭，臉色一陣青、一陣白。

涅槃卡牌的攻擊模式是專門做給他看的吧？雖然被抽的是聖域的卡牌，他卻覺得臉頰一陣火辣辣地難受——謝明哲這個臭小子，比唐牧洲還難對付！

唐牧洲雖然每次比賽都會碾壓聖域，但是在比賽過程中並沒有這種奇葩的攻擊模式。今天換成陳千林的小徒弟謝明哲，當著全場數萬觀眾的面抽聖域卡牌的耳光，這算什麼？是擔心大家看不懂他想「打臉聖域」的意思嗎？

邵博氣得腦殼疼，用力捏緊拳頭，冷笑著道：「你也就得意這幾秒，等聖域拿出殺手鐧，看你還笑不笑得出來！」

賽場的戰況越來越激烈。

謝明哲這一波攻擊砸下來，水仙花只剩下不到五百點血量。喻柯也沒閒著，果斷讓聶小倩用頭髮將殘血的卡牌一把拉過去，送到黑無常的面前，讓黑無常收人頭疊標記。

陳霄配合王熙鳳，開出黑玫瑰的大範圍群攻，聖域的卡牌血量全被壓到百分之五十以下。

就在這時，場景效果觸發——妙玉獻茶。

現場出現了茶杯，聖域果斷搶來茶杯給自己的卡牌回血，涅槃也搶了兩個，茶杯的回血量極高，殘血牌一喝茶直接滿血。

吳月看到這裡，便跟觀眾解釋道：「帶治療效果的場景圖會拖慢比賽的節奏，看來，這會是一場持久戰。」

然而，場景回血畢竟有時間限制，而且茶杯數量也有限，不是所有卡牌都能回血。

賈元春這張卡牌的「群體冷卻縮減」效果，讓本來十二秒笑一次的王熙鳳，變成了十秒笑一次——這是限定技，永久縮減，相當於為全部卡牌穿上一件冷卻時間減少百分之十的裝備。

單獨一張卡減少冷卻並不可怕，但是當涅槃所有的卡牌集體減冷卻的時候，朱崇亮意外地發現，對方的攻擊火力越來越猛，賈探春依靠位移技能在卡牌當中靈活地遊走，專門挑脆皮卡抽耳光，連續打殘好幾張卡牌，聖域已經漸漸頂不住涅槃的攻勢了。

此時，雙方的卡牌數量差距拉開到三張，十七比二十。

不能再讓王熙鳳繼續囂張下去，朱崇亮一咬牙，道：「即死牌強殺王熙鳳，召喚暗牌反打一波，把他們的勢頭壓回去！」

聽到指揮的隊員立刻召喚食人花對準了王熙鳳。

謝明哲看到這裡，心中不由冷笑：果然帶了人族即死牌，看來是專門針對他的。

不過，聖域這樣的做法對謝明哲來說卻是正中下懷。

王熙鳳被食人花秒殺，聖域開始瘋狂反擊——這些植物卡牌在現在來看雖然不算新穎，可畢竟底子還在，陳千林對卡組資料的平衡很有研究，聖域這套卡組由幾張植物卡搭配起來的輸出能力還是很強的，有群攻、有單殺，還有毒素疊加和負面控場。

朱崇亮強行召喚出一張暗牌——五色梅。

這是一種比較罕見的花卉，盛開時會使範圍內的敵對目標產生色彩幻覺，持續五秒，每一秒變幻紫、橙、粉、黃、紅各一種顏色。

短期內迅速變幻的顏色不但會讓選手看不清眼前的景象，而且從科學的角度來說，人的雙眼在五秒內接受大量的色彩變化後會產生視覺疲勞，即便眼前的環境恢復真實，也需要一至兩秒的反應時間，這是眼睛的自我保護機制，跟碰見強光時會忍不住閉眼一樣的道理。

所以，理論上五色梅的幻覺控制是五秒，但在實際比賽中其實可以達到六至七秒。

這麼長時間的群體幻覺控場，技能的冷卻時間當然也很長，只不過，關鍵時刻只要控得好，絕對能發揮出奇效。

邵博看到這裡，不由揚起嘴角，心想聖域專門做的新卡肯定能發揮出效果，六、七秒的時間，足夠聖域殺光謝明哲的人物卡，看他還能囂張多久……

然而，邵博的嘴角剛剛揚起，就立刻僵在唇邊。

因為，幾乎是被幻覺控場的那一瞬間，謝明哲立刻招出一張卡牌——巧姐。

涅槃所有選手被幻覺影響看不清周圍發生了什麼，但是謝明哲仍可以開出巧姐的技能，畢竟巧姐的技能是自動對周圍三十公尺範圍內友方目標生效的。

於是，謝明哲倒數三秒後，開了巧姐的第一技能——遇難成祥：賈巧姐從小體弱多病，但她的運氣非常好，每次遇到危難都會轉危為安。當範圍三十公尺內的隊友受到攻擊時，巧姐可以讓敵方卡牌的攻擊轉化為對我方卡牌的治療，持續三秒時間。

謝明哲之所以倒數三秒才放，是因為他估算好了聖域的卡牌傷害量。

按照花卉牌瘋狂疊毒的速度，疊滿五層毒素差不多需要三秒時間，三秒之後，他們肯定會毒爆、群攻、單殺去秒自己的人物卡，這時候再開巧姐的「遇難成祥」，就可以讓對手的大招攻擊全部轉化為治療。

當然，巧姐這個技能冷卻要十分鐘，一場比賽差不多只能放一次。

但是在關鍵時刻放出來卻足以扭轉局面。

邵博看到的就是這一幕畫面——聖域趁著這幾秒控場的時間，好不容易把涅槃的關鍵卡牌全部打殘，朱崇亮剛要開毒爆去秒對方的核心牌，結果謝明哲召喚出巧姐——

大招群攻，居然變成了給對方的大招回血？

涅槃的卡牌瞬間被回滿了血。

邵博差點一口氣沒上來，胸口一陣絞痛。

朱崇亮也是滿臉茫然，巧姐這張卡牌他並沒有聽過，當初在公會聯賽遇到胖叔的兩名選手，只知道胖叔的卡組裡有王熙鳳的哈哈哈聲波攻擊——謝明哲雖然和喻柯去公會聯賽練手，可是他並沒有完全曝光十二釵卡組，所以在巧姐出場的這一刻，聖域顯然有些手足無措！

此時，涅槃還處於幻覺狀態，謝明哲眼前的顏色變成了五色梅的最後一種：紅色。

幻覺結束，眼前的視野變得和之前一樣清晰，謝明哲幾乎是條件反射一般閉了一下眼，讓眼睛迅速適應正常光線，然後立刻做出指令：「全面進攻！」

巧姐，王熙鳳，母女情深連動。

逢凶化吉──當隊友陣亡時，巧姐可讓隊友逢凶化吉，重獲新生。指定友方陣亡卡牌復活，並讓其刷新全部技能。

巧姐復活了王熙鳳，正好刷新了王熙鳳的笑裡藏刀。

當女兒巧姐使用技能時，王熙鳳身為母親感到非常欣慰，她的笑聲更大了，基礎攻擊力也會獲得百分之十的提升。

於是，重新復活的王熙鳳，再次展開大笑攻擊──

哈哈哈哈！

之前的哈哈哈已經十分豪爽，這次的哈哈哈聲音更大了，那中氣十足的笑聲，魔音般地貫穿全場，觀眾席上的觀眾們都是一臉複雜，徹底被鳳姐的笑聲給洗腦，有些人甚至頭疼地捂住耳朵。

直播間內瘋狂吐槽。

「以後打涅槃，強烈要求官方出一個靜音模式！」

「王熙鳳笑聲更大了，攻擊更猛了，聖域的選手臉色更難看了……」

隨著王熙鳳的攻擊提升，陳霄、喻柯也同時行動。

所有群攻技能、單攻技能毫不保留地釋放出來，聖域的卡牌再也無法抵擋涅槃的超強火力，瞬間就被秒了七張。

雖然聖域咬牙支撐下來，並靠場景回血苟延殘喘，最終還沒能拖過七分鐘。

第一局，涅槃勝，雙方剩餘卡牌數量為七比零。

在這七分鐘的時間內，王熙鳳有兩次差點掛了，有一次是真掛了，可是謝明哲總能用各種方法把她救回來，她前前後後笑了三十多次，全場觀眾的腦子裡已經充滿了她的笑聲，以至於比賽結束的休息時間，觀眾們還在捂著腦袋，驅趕被洗腦的哈哈笑聲。

朱崇亮臉色黑如鍋底，拳頭用力握了起來。

巧姐的「遇難成祥」瞬間化解了他們利用五色梅長時間強控的集火戰略，謝明哲的指揮意識遠比他想的還要強。

第二局該怎麼辦？

他真的完全沒信心，反而是腦袋一陣陣脹痛。

短暫的休息過後，第二局比賽正式開始。

這次換成陳霄主動坐在一號指揮位置上，他果斷地選好了第二局的主場地圖——大觀園系列之紫菱洲。

當初謝明哲做的大觀園系列場景圖在B組內戰階段已經用得差不多了，紫菱洲還沒有用過，這張地圖的場景非常的淒涼、蕭條，正好用來打聖域。

紫菱洲的地圖設計並不複雜，每隔兩分鐘，被整個場景淒涼的景象所影響，全場景的卡牌會陷入三秒沉默，無法釋放任何技能。

陳霄的風格不像謝明哲那樣慢慢氣得對手崩潰，第二局，他只想速戰速決。

比賽開始後，涅槃戰隊就迅速進攻，跟對手正面拚技能。在短短一分鐘內，雙方火力交鋒，各有三張卡牌陣亡，節奏快得讓人目不暇給。

陳霄這種硬碰硬的打法，聖域其實是不怕的，畢竟陳千林這套卡組論攻擊力，並不輸於其他俱樂部的主流卡組，他們更怕的是謝明哲這種偏門、奇葩的戰術。

這局換了指揮，朱崇亮鬆了口氣，心想總算不用再忍受王熙鳳的笑聲了。

比賽時間飛快流逝，轉眼就到了一分五十秒的關鍵時刻。

按照場景設定，紫菱洲的全場景沉默很快就要觸發，涅槃會不會有什麼大動作？

正想著，就見涅槃突然開始瘋狂召喚卡牌。

轉眼間，原本環境蕭條的紫菱洲地圖就被涅槃的卡牌給占滿——他們居然一口氣召喚出了十幾張卡牌！

現場觀眾都很是疑惑，大部分團戰雙方召喚卡牌都會一次六到七張分批召喚，像涅槃這樣一波把所有卡牌都放出來的打法極為少見。

聶遠道微微皺眉，「陳霄這是想一波把對手打崩？風險太大了。」

山嵐摸著下巴若有所思，「確實很冒險，如果聖域開出群體混亂、僵直、麻痺之類的控制技能，涅槃這邊的卡牌越多，受到的影響就會越大。」

這也是為什麼團戰比較忌諱一次性召喚太多卡牌的原因。

在二十張卡牌全部在場的情況下，萬一被對手控住，很可能會造成無法承受的巨大損失。如果一次只召喚六、七張，哪怕這一波卡牌全滅，至少還有其他的卡牌可以尋找機會。

涅槃的做法很多觀眾都不贊同，甚至有人覺得陳霄玩一波流太過衝動。

但陳霄卻是神色平靜，在召喚大量卡牌後，立刻指揮卡牌調整走位，逼近對手。

朱崇亮眼睛一亮，認為自己找到了機會。

對面卡牌越多，混亂群控就越強，等他們自亂陣腳的時候再打一波反擊豈不是很爽？

然而，他剛放出一張群體混亂的技能想一波控制住涅槃的大量卡牌，但是放出去的那一刻，他卻發現技能失效——因為李紈在場！

李紈，作為金陵十二釵卡組中最強的解控牌，正是謝明哲配合陳哥一波流的關鍵牌。

「詩社社長」的技能一開，她就會在周圍三十公尺範圍內劃出一片「海棠詩社」的位址，處於詩社範圍內的友方目標，不受任何控制效果的影響，並免疫傷害持續五秒！

長達五秒的群體免控免傷，相當於五秒群體無敵，足夠打斷聖域的節奏。

看到這張新卡牌出現，山嵐忍不住微笑著看向師父，讚賞地說道：「怪不得他們敢一次性召喚出這麼多卡牌，原來是早有安排。」

聶遠道平靜地說：「他們的戰術不只是李紈，謝明哲這套水系卡組，我們瞭解得並不多。據我推測，肯定還有其他新卡。」

山嵐心道：你的推測那肯定會變成真的。

聶神的嘴果然是開過光的，幾乎話音剛落，謝明哲就召喚出另一張新卡牌——賈迎春。

這是一張水系亡語牌，出場之後，當她範圍三十公尺內的敵對目標釋放攻擊技能時，她會主動承擔一切傷害，相當於範圍嘲諷，而等她吸收傷害陣亡後，她會在接下來的三秒內，讓敵對目標集體陷入沉默。

聖域的選手反應不夠及時，放出的技能被賈迎春強行吸收，迎春本就身體脆弱，血量低、防禦低的她幾乎是瞬間就掛了——亡語技觸發，全體沉默！

聖域這邊反應速度倒是不慢，看到這裡立刻解控。

然而，涅槃像是算準了時間一樣，聖域剛剛解控，紫菱洲的場景沉默效果就被觸發。

場景沉默是沒法解控的，雙方陷入三秒的尷尬時間，誰都無法做出攻擊，聖域見對方這麼多卡牌，待會兒正面對拚，自己的卡組說不定要團滅，朱崇亮只好迅速召喚其他的卡牌準備防守。

就在三秒全場景沉默結束的那一瞬間，聖域和涅槃同時做出了操作。

謝明哲召喚出一張新卡牌——賈惜春。

青燈古佛，惜春默念佛經，對範圍三十公尺內敵對目標施加沉默狀態，使其無法釋放技能，持續三秒。

又是三秒的沉默！

朱崇亮本來要讓新召喚的花卉卡放出幻覺控場技能，然而，他對紫菱洲地圖的熟悉程度畢竟不如謝明哲，放技能的速度慢了那麼零點五秒。

而關鍵時刻的零點五秒，幾乎是致命的。

謝明哲先放出了技能，聖域所有卡牌群體被沉默，緊跟上陳霄暗黑植物卡「金魚草」的恐懼。然後秦軒以陳千林製作的新卡牌「黑接骨木」、「血薔薇」放出去群體疊出血，小柯挑一些高血量的卡牌攻擊，陳霄的主力植物輸出卡集體出動，最後再由謝明哲所操控的探春和王熙鳳來收尾。

這一套控制、輸出鏈，涅槃四人反覆演練了無數次，配合起來無比默契！

聖域的選手三秒沉默，三秒恐懼，在接下來的六秒內幾乎無法有任何操作。

而涅槃卻井然有序地開始瘋狂釋放技能。

黑玫瑰的漫天花雨，千葉高山松的松針掃射，喻柯黑無常的標記爆發，就連輔助秦軒也帶了兩張新卡牌，黑接骨木染色掉血、血薔薇群體出血……

一大波技能砸下來，聖域根本就沒法招架！

更何況謝明哲的關鍵牌又一次出場，熟悉的賈探春瞬移過來，毫不猶豫就是當面一巴掌；王熙鳳似乎覺得上一場比賽還沒笑夠，第二局又出來笑了——

哈哈哈哈！

隨著王熙鳳豪爽的笑聲，被群體打成血皮的聖域卡牌，瞬間陣亡一大片。

這效果，就好像所有卡牌是被王熙鳳笑死的一樣。

全場觀眾：「……」

職業大神們：「……」

其實涅槃想打一波流團滅聖域，方法多的是，例如讓陳霄的黑法師清場，讓喻柯的黑無常最後爆標記收割，可是最終謝明哲和陳霄卻選了這種最讓對手難受的打法。

植物卡、鬼牌、探春耳光，將聖域卡牌全部打殘，最後清場的任務，交給了王熙鳳。

王熙鳳的聲波攻擊造成的群體傷害並不高，但是……

精神傷害高啊！

最後，一波笑死對手，這做法實在是太絕了！

涅槃的粉絲們喜聞樂見地表示：「沉默、恐懼控場，對面站著別動，讓探春抽你幾個耳光，再讓王熙鳳笑死你！」

「聖域的卡牌真可憐，最後是被哈哈哈笑死的……」

「王熙鳳一波哈哈哈，卡牌們受不了折磨，群體陣亡，這絕對可以入選賽季經典鏡頭！」

見過被花卉打死的、被動物咬死的、被鬼牌暗殺的，就沒見過被人物卡笑死的卡牌，今天看比賽的觀眾們也算是大開眼界。

第二局，涅槃勝。

整局比賽不超過五分鐘，是速度極快的碾壓性勝利。

最後，由王熙鳳的「哈哈哈」笑聲清場收尾，幾乎是對聖域赤裸裸的嘲諷。

謝明哲和陳霄對視一眼，笑得很是愉快。

聖域的人越不高興，他們就越高興，要不是礙於太多觀眾在場，他倆也想哈哈哈了。

打聖域打出二比零的成績，涅槃的四位選手都很滿意，粉絲們也覺得格外解氣，直播間內更是充滿了網友們對聖域的嘲諷。

「用林神的卡組，卻被林神的兩個徒弟打崩，聖域真是可悲。」

「一套卡組用了五年的俱樂部也就他們了，不思進取，怪不得會被打臉。」

「不得不說，抽耳光和笑聲嘲諷，才是和聖域俱樂部打比賽時最貼切的攻擊方式！」

這幾年，邵博為了吸引廣告商的注意，招攬的選手全是顏值一流的年輕男孩，還有網友開玩笑說，聖域的四位選手組個唱歌跳舞團體，可以直接去娛樂圈出道——他們吸引粉絲的那一套也是向娛樂圈看齊，時不時在微博發自拍，每一張圖都修得像電影海報一樣精緻。

這樣的做法也確實吸引了一些看臉的粉絲。

然而，星卡聯盟是靠實力說話的地方，你聖域再有錢、再會行銷，選手們打不出好成績、拿不到獎盃，自然沒辦法鞏固粉絲，照片修得再好看，也不過是四個花瓶。

聯盟顏值高的選手並不少。像裁決的聶遠道是成熟、穩重型男神的代表，風華有溫文爾雅的唐牧洲，鬼獄有帥氣的歸思睿和豪爽的老鄭，流霜城師兄弟長得都不差，暗夜之都的裴景山高大英俊，眾神殿的凌驚堂人長得帥還很幽默……

粉絲們為什麼要繼續喜歡聖域的那四個花瓶？

和又有顏值、又有實力的大神相比，聖域的四個年輕小帥哥簡直是來搞笑的。

更何況，如今的涅槃又出了謝明哲和陳霄兩位高顏值選手，聖域原本就不大死忠的粉絲們，在這一場比賽後紛紛倒戈——畢竟當聖域的粉絲真的很丟人。經常被二比零不說，今天還是被王熙鳳一波笑死的，誰還要繼續粉他們，那真是腦子不清醒。

聖域官博在比賽結束後的短短十分鐘內，粉絲數由原本的兩百多萬迅速縮減成一百五十多萬，脫粉近四分之一，這可是聯賽史上第二次壯觀的脫粉浪潮——第一次也是發生在聖域，陳千林退役的那年，他的大批粉絲對聖域粉轉黑。

此時，後臺的邵博臉色無比難看，他用力攥著拳頭，幾乎要把指甲掐進手掌心裡。

他瞪大雙眼，惡狠狠地盯著直播螢幕。

只見採訪直播間內，謝明哲坦然說道：「這套水系卡組並不是專門為聖域準備的，我很早就做好了，還跟喻柯在公會聯賽中試驗過，所以，這應該算是我們涅槃半公開的卡組。」

記者道：「為什麼偏偏在打聖域的時候拿出來用呢？」

謝明哲笑容燦爛，「首先當然是想在正式的比賽中磨合一下這套新卡組的操作。另外，相信大家也知道，我師父和聖域俱樂部的邵總有一些過節，師父已經看開了，不想計較過去的事情，但我這個當徒弟的，師父受了委屈我總不能不管，幫師父打敗聖域是我應該做的。」

記者問：「賈探春的抽耳光攻擊，還有王熙鳳的笑聲嘲諷，算是你對聖域的正面回應嗎？」

謝明哲毫不猶豫地說：「沒錯，相信邵總已經感受到了。」

眾人：「……」

沒想到他居然這麼直白，一點都不委婉。

鄭峰哈哈笑道：「你這個小徒弟的脾氣我真是喜歡。當著幾百萬觀眾的面抽聖域的耳光，夠爽快，採訪時還直說他要抽邵博耳光，一點都不做作！」

陳千林有些無奈，阿哲確實是這個直脾氣，不喜歡誰就表現在行動上，也不管記者和粉絲們會對他有不好的評價，居然直接說了出來。

記者們面面相覷，在採訪的時候公開懟人，全聯盟沒有一個選手敢這麼做，畢竟大家都要顧及形象以及被懟的人背後的勢力——謝明哲膽子是真的肥，就不怕邵博在背後陰你？

唐牧洲看到這裡卻忍不住微笑起來，果然是自己所熟悉的小師弟，嫉惡如仇，眼裡容不下一點沙子。估計早在認了陳千林當師父的時候他就一直想替師父出口惡氣，今天總算找到了機會。

賽場上嘲諷聖域，賽後採訪公開嘲諷邵博——膽大包天，卻又真實直率，毫不虛偽做作。至於以後會不會被邵博針對，謝明哲會怕邵博嗎？怕的話就不會拿出王熙鳳這套卡組了。

我就是在罵你呢，放馬過來——這就是謝明哲的潛臺詞。

邵博在後臺氣得手抖，眼睛都瞪紅了，恨不得用凌厲的目光將那個笑容燦爛的小傢伙給凌遲處死！一個不到二十歲的少年，居然在採訪的時候公然嘲笑他？居然敢說打耳光就是給聖域的正面回應？這小子哪兒來的膽子？

邵博怒氣攻心，猛地站起來，卻因為氣血上頭而一陣暈眩，他立刻扶住旁邊的沙發，喘著氣說：「給我查查這臭小子的黑歷史，我就不信弄不死他！」

經理認真地道：「邵總，謝明哲的背景資料我已經仔細查過，沒發現有什麼黑歷史，倒是他的身分來歷比較特別。」

邵博立刻感興趣地問：「哪裡特別？」

經理道：「他是個無父無母的孤兒，從小在孤兒院長大。」

邵博的雙眼驀地一亮，湊到經理的耳邊低聲說道：「這就好辦了，你給我找一家公關公司……」經理越聽越是震撼，總覺得這樣對付一個少年太過分，可是對上邵總如同毒蛇一樣陰狠的眼神，他只好硬著頭皮點了點頭，「邵總放心，我這就去辦。」

結束採訪回到後臺時，謝明哲看見在走廊裡等他的唐牧洲。

男人面帶微笑，目光溫柔地注視著他，走到他面前，輕輕按住他的肩膀說道：「阿哲，你說出了我這些年一直想說的話。」

謝明哲詢問道：「你不覺得我這麼做太衝動？」

唐牧洲道：「必要的時候，偶爾衝動一次也沒關係。」他的目光更加溫柔，看著謝明哲說：「不過，邵博這個人特別陰險，你接下來要多留意，他肯定會買水軍去抹黑你，說不定已經翻出了你的詳細背景來歷。」

謝明哲爽快地說：「對這一點我早有準備，師兄你就等著看好戲吧。」無父無母的他沒什麼好顧慮的，俗話說「光腳不怕穿鞋」，他只有一個涅槃俱樂部，而涅槃成立的資金全是他自己賺的，他不怕邵博陰他。

唐牧洲確實很瞭解邵博，當天晚上，就有一個奇怪的話題被刷上了熱搜。

話題是「謝明哲不良少年」，點進話題可以看到一個網友的爆料。

網友自稱是謝明哲的中學同學，爆料說謝明哲是一個無父無母的孤兒，從小在孤兒院長大，由於家教不好，在十四、五歲的時候，他就跟一群流氓整天鬼混，抽菸、酗酒、蹺課、聚眾鬥毆，是讓老師們頭疼的不良少年，還差點殺人被抓。

爆料中還有些照片，是一個穿著破洞衣服的少年，染了奇葩的頭髮，嘴裡叼著菸，腳邊都是被喝光了的酒瓶，頭髮亂糟糟、形象全無，可是那張青澀的臉確實是謝明哲少年時的模樣。

這渾身流氓混混氣息的傢伙，讓人完全沒法產生好印象。

死忠粉當然不會輕易相信，但有不少平時就看不慣謝明哲的路人因此表示對他轉黑。

這條爆料消息下面漸漸又冒出一些所謂的「小學同學」和「中學校友」，都表示謝明哲在學生時代獨來獨往，性格陰鬱，經常混跡於酒吧，是老師最討厭的問題少年。還有一些奇怪的爆料，說是他沒有親人的關懷，因此性格偏激，在學校經常虐待小動物……

這些爆料越來越離譜，謝明哲自己的個人主頁也湧入大批水軍，留言瞬間超過十萬，除了部分死忠粉表示相信他、會等待他的回應之外，大部分都是質疑的聲音。

謝明哲簡直要氣笑了。

都說邵博這個人做事沒有下限，今天他也算是長了見識。

小時候的謝明哲雖然性格有些孤僻，沒幾個朋友、喜歡獨來獨往，但是謝明哲一直默默地學習，從來沒去過酒吧這種地方——因為沒錢啊！他所有的錢都省下來買畫筆、買顏料用了。

爆料的照片裡，臉全是他的臉，身體卻是別人的。這個時代的P圖技術確實很厲害，要不是謝明哲百分百確定自己沒去過這些地方，差點要以為這些照片是真的。

唐牧洲看到網上的輿論後，立刻給謝明哲發來一條訊息：「照片肯定是P的。」

師兄的信任讓謝明哲心裡微微一暖，不過仍反問道：「你這麼確定啊？我過去是什麼樣子你並不瞭解吧。」

唐牧洲道：「我相信你。」

謝明哲：「……」

唐牧洲微微一笑，「抽菸酗酒、虐待動物的變態孤兒少年，不可能長成現在這樣的你。在師兄心裡，你是一個不管遇到什麼困難，都會用積極的心態去面對的人，我相信你的人格。」

謝明哲被誇得臉頰有些發燙，「人格這東西，我不知道自己有沒有，哈哈哈！看電視經常聽見別人說『我以人格保證』，感覺都不大靠譜。」

唐牧洲道：「如果是你說這句話，那絕對可靠。」

謝明哲發現師兄安慰起人來，真是句句都說到他心坎裡，之前的不愉快瞬間煙消雲散，謝明哲認真地說道：「放心，我的承受力沒那麼脆弱，這些明顯是水軍在抹黑我，不用在意，很快會真相大白。」

唐牧洲：「不介意就好，我相信你能處理。」

就在這時，秦軒突然給謝明哲發來一條私聊：「爆料裡的照片是後期合成，不過對方技術高超，放大無數倍之後只能看到髮梢部分有一點塗改的痕跡，這點證據沒多少說服力。」

在作圖方面，秦軒比謝明哲專業得多，也知道怎麼找證據。這位隊友平時很少說話，可關鍵時刻卻以行動表達了他對謝明哲的信任和支持。

謝明哲開心道：「謝謝，哪怕是一點點證據，在關鍵時刻也足夠了！」

喻柯則很直接地說：「阿哲我挺你！在你那裡留言罵你的路人，我全開小號懟了回去。」

謝明哲哭笑不得，「別急，我和陳哥早有準備，等他們亮完了底牌，我們再打後手。」

此時，陳千林的宿舍內。

陳霄將準備好的資料給哥哥看。陳千林看到一條條清晰的證據，沉默片刻，才輕聲道：「為了我的事，你跟阿哲確實是費心了，謝謝。」

陳霄笑道：「哥，你這麼說就太見外了，老是看聖域這群人在眼前晃，我們也很煩，這次乾脆一棍子打死，讓他們再也沒法翻身，徹底滾出聯盟，以後我們也清靜。」

對上弟弟的笑容，陳千林突然道：「你知道聖域這幾年為什麼一直輸嗎？」

陳霄怔了怔，「哥你這話的意思是？」

陳千林的唇角微不可查地揚了揚，「因為我這套卡組存在著明顯的漏洞，被對手抓住之後很容易崩盤。老聶、老鄭他們其實早就看出來了，我當年發現之後，原本想另外做幾張卡牌彌補，但後來因為官司的問題，我離開了聯盟，並沒有補好這個漏洞。」

陳霄：「……」

陳千林冷靜地說：「所以，聖域一直走下坡，其實也是我造成的。」

看著哥哥平靜的表情，陳霄完全無法相信——原來哥哥早就知道了聖域的結局。他說不在乎，其實是因為聖域會走到今天這一步，一直在他的掌握之中。

陳千林說：「邵博最蠢的地方就在於太依賴我做的卡組，卻培養不出具有原創卡牌能力的一流設計師。我並不是完全不在乎，我只是早就知道聖域走不長遠，懶得理會他們罷了。」

陳霄心情複雜。怪不得唐牧洲滿腹壞水，謝明哲也特別會坑人——因為當師父的陳千林根本就是「腹黑」的鼻祖。

呃……他喜歡的哥哥好像沒他想的那麼簡單？

聖域這次抹黑謝明哲確實準備得很充分，先是「同學」爆了一大堆猛料，緊跟著又是所謂的「中學老師」出來含蓄地說謝明哲在學校不受歡迎。

一個人說大家還不大信，可說的人越來越多，還有一個個曬圖、曬成績單，證據確鑿……漸漸的，就有越來越多的人相信了謝明哲過去是個抽菸酗酒、蹺課泡酒吧、而且還虐待動物、心理變態的不良少年。

這個形象確實很幻滅，不少年紀小的粉絲受不了自己的偶像是這種人，紛紛取消關注。

然而，謝明哲這段時間表現出色，做的卡牌又個性十足，吸引了不少死忠粉絲，這些粉絲雖然嘴上天天嘲笑他說要粉轉黑，可真的出事了，凝聚力那不是一般的強。

粉絲們自發地組織起來，幫謝明哲懟黑粉，但是大家的心裡並沒有底，依舊在等謝明哲自己的聲明。

謝明哲一直沒發表任何聲明。

這一夜的網路口水戰極為壯觀，他個人主頁的留言突破了五十萬，爆料的那條評論被轉發超過百萬，一整夜都飄在本日頭條上。

直到次日早晨八點。

涅槃俱樂部官方突然發布一條聲明：某俱樂部私下收買涅槃公會管理員，開高價竊取涅槃卡組資料的做法，嚴重違反了職業聯盟公平、公正的原則，請@星卡職業聯盟出面調查！

聲明中附帶幾封郵件的截圖，是一個小號發來的郵件，其中明確表示「只要你把涅槃的卡組資料全部發給我們，我們會私下轉帳給你一百萬，不讓任何人知道」，後來這報酬提高到了兩百萬，郵件前後共發了五封，分別發給涅槃的管理員龐宇和金躍。發郵件的ID是新註冊的，表面上看不出蛛絲馬跡，然而聯盟若真的介入，絕對能查出來。更何況，聖域這麼做已經不是第一次了。

這條聲明立刻轉移了大家的注意力，網友們看到這裡簡直不敢相信。收買公會管理員，這麼不入流的手段到底是哪家俱樂部幹的？

聯盟主席看到這條消息後，嚴肅地接通涅槃辦公室的通訊光腦，表示會詳查。涅槃給主席提交了這兩大查到的線索，加上陳千林、陳霄兩位證人的證詞，聯盟直接鎖定了聖域俱樂部，聯合警方迅速查出發郵件的位址、身分證註冊資料。這些資料全都是假的——是代理IP位址和虛擬身分證號。

然而註冊資料可以作假，銀行帳戶卻不能。

警方緊跟著查了陳千林指證的聖域收買選手放水的事，果然發現了幾筆帳務問題，順藤摸瓜查下去，發現聖域這幾年收買的選手還不少！

聯盟主席氣得不輕，當天下午就直接把聖域的管理人叫回總部。

在接到職業聯盟主席傳話的時候，邵博終於慌了。

他完全沒想到，涅槃這次會破釜沉舟跟他們徹底撕破臉，居然把郵件的內容給爆了出來！之前每次都能成功，這回卻栽在兩個小透明公會管理員身上？

邵博氣得將辦公桌上的文件一把掃到地上！

經理戰戰兢兢地道：「邵、邵總，我沒想到他們會直接爆出郵件，我在郵件裡沒留下證據，註冊的小號也用了假身分證……聯盟怎麼可能查到我們的頭上？」

邵博黑著臉道：「銀行交易記錄也被查了！」

如今的時代沒人使用現金，交易都是銀行轉帳，做不了假，自然會留下證據。

經理面色煞白，「那該怎麼辦？」

邵博怒道：「我怎麼知道！」

他也是六神無主，他雖然有錢，但他沒厲害到可以跟聯盟對著幹的地步。聯盟主席是一位很嚴謹的人，肯定不會容忍他這種行為。

果然，當天下午，職業聯盟就雷厲風行地宣布了對聖域的處罰結果。

星卡職業聯盟經過仔細調查，發現聖域俱樂部這些年來多次用金錢收買其他俱樂部選手，在賽場上故意放水；同時用金錢收買各大公會管理員，提前掌握對手的卡組、地圖和戰術資料，這種行為嚴重違反了職業聯盟守則。經聯盟大會討論，決定取消聖域俱樂部在星卡職業聯盟的註冊資格，並收回聖域俱樂部所有選手的職業選手資格證，特此公告。

這條公告一發，全網譁然！

聖域，這家曾經由陳千林和邵博一起開創的豪門俱樂部，居然落到了醜聞曝光、被驅逐出聯盟的悲慘結局。一手好牌，卻被邵博打得稀爛，真是令人唏噓。

陳霄在看到這條公告後，直接轉發，並附帶一句評論：@聖域俱樂部走好。另外律師函已經寄給你們了，貴俱樂部之前污衊我的官司過幾天也要宣判，邵總別忘了給我的賠償金。【微笑】

謝明哲轉發了聯盟的消息，並附帶一個粉絲們剛做的動態表情包——【王熙鳳：哈哈哈哈】。

粉絲們：「……」謝明哲你好皮啊！這時候哈哈哈，真是……咳，十分應景！

不過，對自己被潑髒水的事情謝明哲倒是不甚在意的樣子，粉絲們紛紛湧上來留言：「阿哲，抹黑你的該不會是聖域的水軍吧？」

「你小時候真那麼流氓嗎？反正我不相信！」

謝明哲其實正在醞釀該怎麼說。

抹黑他的網友以及那些冒充他「同學」的水軍都是公關公司養的小號，註冊資料全是假的，查不出什麼結果，秦軒的技術流分析是目前唯一的證據。

如秦軒所說，這個證據並沒有太大的說服力，但是，在聖域被逐出聯盟的這一刻拿出來，相信有腦子的路人都能想明白是怎麼回事。

何況，秦軒還很給力地合成了一張圖，將他自己的臉也P進了那張不良少年的照片裡，喻柯知道後想湊熱鬧，於是秦軒又P了一張喻柯的照片。陳霄看到後表示：涅槃四個人怎麼能少了我？秦軒無奈，把他也P了進去。

最後合成的照片十分詭異——只見荒涼的街道上，「不良少年」謝明哲嘴裡叼著菸，腳邊都是空酒瓶，和他一模一樣打扮的三個「不良少年」秦軒、喻柯和陳霄站在他旁邊，如同四胞胎。

謝明哲發了一則貼文，展示了秦軒對照片放大後的分析結果，確實可以看到頭髮被輕微擦拭的痕跡，緊跟著就是後期合成的少年秦軒、喻柯、陳霄和謝明哲混混四胞胎合影的照片，附帶評論是簡單的一句話：P圖，我們秦軒也會，而且技術更專業。下次給我挑件好看點的衣服把頭P進去行嗎？這衣服真不符合我的審美，好醜。【王熙鳳：哈哈哈哈】

這句話加上涅槃四胞胎的合影，足以說明真相。粉絲們看到這合照都快笑抽了。

「太絕了，秦軒請把我也P進去，我要跟涅槃混混四人組合影！」

「怪不得這圖怪怪的，原來是後期合成？確實好醜哈哈哈！」

「可憐的阿哲，被人這麼抹黑，還要自黑一把來證明清白。」

搖擺的路人們紛紛表示會支持謝明哲，並趁機罵了幾句聖域。

謝明哲又發了一條動態消息：我是個孤兒，這一點確實是真的。但我認為，不同的出身只是起點不同，以後過得怎麼樣還得靠自己。這些年我一直在努力，自學考上帝都大學美術系，自製卡牌成為星卡職業牌手，我對得起自己，問心無愧。看不慣我的，請儘管罵我，我不在乎，因為這些言論根本不會影響到我。喜歡我、支持我的，對你們說一聲感謝，這一路有你們陪伴，我會更有動

力，愛大家。【月老的紅線讓我們墜入了愛河】

謝明哲用粉絲做的表情包真是越用越順手了。

粉絲們既心疼他的出身，又喜歡他的直率豁達，被聖域這麼一黑，謝明哲別說是脫粉，粉絲數量反而暴漲——居然在一天之內突破了八百萬大關，直逼千萬粉絲的一線選手！

謝明哲笑著表示：神一樣的隊友很給力，豬一樣的對手更給力。聖域這一波令人窒息的愚蠢操作，真是讓涅槃打了一次漂亮的逆襲。

如今，聖域滾出聯盟，師父舒心了，涅槃的大家也就安心了！

【第十二章】

神擋殺神佛擋殺佛，我是孫悟空

聖域俱樂部的結局讓無數網友拍手叫好，邵博想過以公開道歉、增加聯盟會費、贊助全明星賽等方式爭取聯盟寬容處理。然而，聯盟高層在處理這件事上的態度非常堅決，不給聖域任何迴旋的餘地——畢竟這是星卡職業聯盟自成立以來爆出的最大醜聞！

聯盟這次不但驅逐了聖域俱樂部，過去曾和聖域有過金錢交易的選手也全都被取消了註冊資格，那些私下收錢的公會內鬼，自然也被各大俱樂部辭退。

聖域這幾年靠選手顏值吸引的粉絲，在經過這件事後終於認清了聖域的嘴臉，本就為數不多的粉絲集體粉轉黑，聖域的官博最後只剩下不到五十萬的關注，其中還有百分之八十是為了罵邵博才關注的路人，和風華、裁決這些大俱樂部上千萬的粉絲量相比，這簡直是一種諷刺。

更雪上加霜的是，法院對陳霄的「名譽侵權案」做出了判決，聖域必須公開道歉並賠償陳霄違約金。

陳霄這個做法，也是想讓邵博親自嘗嘗當初陳千林賠償違約金時的心情。

邵博第一次發現，他居然沒一個朋友。那些平時喝酒聊天哥倆好的贊助商，爭先恐後地紛紛撤資，還有一些以「聖域損害了我們的品牌形象」為由要求聖域賠償損失……

牆倒眾人推，這群人一個個的全都在看他的笑話！

當年陳千林退役的時候大量粉絲聯名挽回，如今他走的時候卻是全體網友集體歡送，網上瘋傳王熙鳳哈哈哈的表情包，邵博差點給氣出心臟病來。

陳千林用毫無波瀾的語氣平靜地給他發了條消息：「真希望從沒認識過你。走好，不說再見。」這一句話，徹底否定了兩人二十多年的情誼。

邵博臉色鐵青，直接把光腦摔了個粉碎！

據說，那天晚上邵博突發心絞痛，是被救護車送去醫院的，不少記者得知消息後追去醫院採訪，被他的助理攔住。

聖域俱樂部的官博最終沒有發表任何聲明，邵博也沒在公眾面前露過面。曾經稱霸職業聯盟整整四個賽季的豪門俱樂部聖域，就這樣徹底從職業聯賽的舞臺上退場。

對涅槃來說這當然是件好事，蒼蠅雖小，天天在面前晃也會讓人心煩。如今，聖域被驅逐，整個聯盟的空氣似乎都變得清新了不少，大家鬥志昂揚，連臉上的笑容都變多了。

陳千林趁著大家狀態不錯，便召集隊員們開了個小會，叮囑道：「涅槃雖然重新回到了B組第四名的位置，可是最近星空、狙擊兩支戰隊進步神速，我們不能鬆懈。」

目前，涅槃以總積分二十二分的成績排名第四，星空二十一分排在第五，狙擊二十分排第六，如果涅槃在弱隊的手裡翻車，或許就會被虎視眈眈的星空和狙擊戰隊超越。

涅槃必須穩住小組第四的位置，可不能大意輕敵、功虧一簣。

謝明哲和陳霄都明白這個道理，接下來的對手都沒什麼名氣，也沒有特別能拿得出手的大神和卡組，都是涅槃最佳的練手對象。當然，打弱隊並不需要拿出太強的陣容——拿以前用過的卡組，再結合新的地圖場景，就是最佳的方式。

每一張本賽季新提交的地圖都必須在常規賽階段被使用過，因此，打這些隊伍的時候謝明哲和陳霄很有默契地選用了一些難度係數比較低的新地圖，例如瀟湘館、秋爽齋、稻香村、藕香榭等大觀園系列圖，還有水淹下邳、赤壁之戰、銅雀臺等三國系列圖。

粉絲們驚喜地發現，涅槃每一次主場比賽都會有新的場景圖。

聯盟大神們也很疑惑：涅槃到底做了多少張場景圖？

「聯盟對各俱樂部提交的場景並沒有數量限制，涅槃這個賽季準備非常充分，應該還有沒拿出來的王牌場景卡。」

網上對此議論紛紛，也有不少網友開始猜測涅槃總共會有多少張地圖，對此，官方地圖分析師們幸災樂禍地想——涅槃的地圖那可是幾十G啊！等最龐大的「大觀園拼接地圖」出現，估計會讓所有人嚇一大跳！

接下來幾天的比賽由於對手實力都不強，涅槃連續拿下二比零的比分。五月十八日，涅槃在組外循環賽將遇上暗影戰隊，並且是客場作戰。

暗影隊長邵夢晨是全聯盟唯一女指揮，謹慎細心。她的外表漂亮大方，喜歡紮一個俐落的馬尾，粉絲數比很多男選手都要多，和風華的甄蔓並稱為聯盟雙女神。

對付暗影戰隊陳千林也不敢大意，在賽前專門做了戰術分析。

謝明哲其實也很想和這位邵夢晨正面交手。

上個賽季能讓裁決、流霜城這些大俱樂部翻車，這位邵夢晨不可小覷，想到這裡，謝明哲便說：「師父，您覺得他們會不會再用『夢幻泡影』這張地圖？」

陳霄皺著眉道：「夢幻泡影是暗影戰隊最擅長的地圖，我看了統計，在這張地圖上他們的勝率超過了百分之八十。目前在A組，暗影戰隊的積分排行比較危險，並不是穩進季後賽，為了從我們手上拿分，我覺得邵夢晨有很大的可能會選用這張最強的主場圖。」

陳千林贊同點頭，「新地圖的不穩定因素太多，用舊圖會更有保障。夢幻泡影這張地圖該怎麼破解是很多俱樂部都在頭疼的問題，我們再仔細研究研究。」

這張地圖曾在上賽季被評為「最受歡迎地圖」，除了夢幻的彩色泡泡讓女孩們少女心爆棚之外，還因為這張地圖從上帝視角看比賽會特別刺激——往往對手的眼前還是泡泡製造出的幻覺，暗夜戰隊卻已經在神不知鬼不覺的情況下強殺了對手好幾張牌。

謝明哲揉著太陽穴道：「眼前全是彩色的泡泡，說實話，這種地圖打起來不但會眼花，腦子也會亂套，我得再好好熟悉一下。」

各大俱樂部曾經使用過的地圖會被聯盟加入到聯賽地圖庫中，隨時都能調用，接下來的時間，謝明哲一直在熟悉地圖，整天在充滿彩色泡泡的地方來回轉悠，他感覺自己好像逆生長十歲，回到了童年吹肥皂泡的時候……

謝明哲光在地圖上就花了一整天時間。不過，他要藉此機會把一些細節搞清楚，大家也很支持他，一直等謝明哲將地圖全部記清楚之後，才配合他練習卡組戰術。

很快就到了比賽當天。

涅槃全員來到比賽現場，正好在後臺碰見又一次出現在賽場的唐牧洲，他來到謝明哲面前，微笑著說：「打暗影戰隊可不能大意，之前在組內循環賽，我們風華打暗影就在客場輸了，邵夢晨抓細節非常厲害。」

謝明哲點點頭，「我知道，我會儘量拿下一分。」

比賽開始，今天兩局都是暗影戰隊的主場。

邵夢晨在第一局毫不猶豫地選擇地圖——夢幻泡影。

果然是這一張熟悉的地圖，暗影在這張主場地圖上的勝率超過了百分之八十，看到這裡，職業聯盟的很多大神都在期待涅槃會怎麼應對暗影的主場，會不會拿出新的卡組陣容？

雙方公布卡組，謝明哲迅速展示了早就安排好的陣容——涅槃今天沒有拿出新卡牌，明牌看上去全是舊卡，但奇怪的是，謝明哲今天所用的卡組不是金系、土系或者水系的人物套牌，而是用了大量散卡。

以前他拿出馬超的時候，肯定會有關羽、張飛這套騎兵體系；有豬八戒的時候，通常也會派出唐僧、孫悟空來連動。

但是今天，他選擇的卡牌卻雜亂不成套，比如土系選了觀世音菩薩、伏羲、女媧、黃蓋等四張輔助卡和輸出牌孫悟空，木系則是神農……

兩位解說也沒想到他會這樣打亂卡組，吳月不由疑惑：「從明牌上來看，涅槃今天應該是土系套牌？五張土系人物卡和妖族卡，加上五張土系鬼牌，符合了十張以上組建套牌的條件。」

劉琛道：「但嚴格來說，謝明哲今天帶的並不是人物土系套牌——五張土系卡都是單卡，並沒有連動技。或許，他是把豬八戒、唐僧這些連動牌放在了暗牌當中？」

唐牧洲一下子就看出了謝明哲的思路，扭頭問師父：「他是把所有卡牌打亂、重組，針對『夢幻泡影』這張地圖挑出了一套最合適的卡組嗎？」

陳千林點頭，「今天的卡牌陣容全是阿哲挑的。你看著吧，等一下會有驚喜。」

指揮最忌諱的就是一成不變。如果謝明哲只會打套牌，等到了季後賽階段，只要場上出現了豬八戒、王熙鳳、關羽這些核心卡牌，對手一下子就能猜到你的整套陣容體系。而實戰當中，大部分厲害的指揮都是把戰隊所有卡牌打亂重組。

這個問題就涉及到更高層次的「排兵布陣」能力。在徹底打亂卡池的情況下，挑選出對付某個俱樂部最合適的陣容，這才是檢驗一個指揮「布陣能力」的關鍵。

經過這段時間的比賽，能迅速領悟到打亂卡組的做法，小師弟確實是很有天賦。

唐牧洲期待地看向大螢幕。

第一局比賽節奏極快，邵夢晨在全場景泡泡爆炸的瞬間發動了一波突襲，她的操作非常刁鑽，在幻覺狀態下，利用泡泡之間的空隙以指定技能盲打，居然準確地擊中了涅槃的關鍵牌，讓涅槃根本防不勝防。

這一局結束得太快，不到五分鐘涅槃的關鍵卡牌就被殺光。觀眾們都有些懵，不過，對暗影來說這算是正常的節奏，畢竟夢幻泡影地圖每隔二十秒全圖掉血百分之二十，不治療的話卡牌很快就會死光，涅槃能堅持五分鐘已經很不容易。

這支隊伍的暗殺能力確實名不虛傳，裴景山道：「暗影的團戰並不比我們差，可惜選手的個人能力有限，要不然他們是可以衝擊四強的。」

葉竹道：「兩局客場涅槃會不會被二比零？那也太慘了，哈哈哈。」

旁邊的白旭豎起耳朵聽著，心想，被二比零才好呢，這樣星空戰隊才有希望回到小組第四。

聯盟兩位「胖叔黑粉」今天正好坐在一起，葉竹嘴上說著涅槃會被二比零，白旭心裡也是這樣期望著，可惜他們的「烏鴉嘴」功力根本沒法和聶遠道相比——說出來的不一定應驗。

第二局比賽開始，邵夢晨繼續選用夢幻泡影地圖。畢竟是優勢主場圖，剛剛還贏了一局，第二局繼續用的話更有保障。然而謝明哲卻神色平靜，明牌的陣容沒有變，只是調換了兩張暗牌。

比賽開始，邵夢晨依舊很擅長抓細節，利用第一次全地圖泡泡炸裂的時機發起猛攻！

上帝視角的觀眾們可以看到，在幻覺狀態下選手的視野中全是色彩斑斕的肥皂泡，然而，暗影戰隊的卡牌卻可以卡住泡泡的間隙，將所有指向性的技能準確地打到涅槃卡牌身上。

這一波出色的盲打讓觀眾們驚嘆，邵夢晨對這張地圖的熟悉程度也讓觀眾們佩服。

然而，暗影所有技能砸下去，卻沒有對涅槃的卡牌造成任何傷害——

李紈，海棠詩社劃出範圍，範圍內友方集體免疫傷害控制，持續五秒。

全團五秒的無敵，正好和夢幻泡影的五秒全場景幻覺強控時間一致。

李紈正是謝明哲在第二局換上來的暗牌，這張曾經在打聖域時出現過的水系輔助卡，今天卻單獨出現在賽場上。

對手想利用這五秒幻覺打一波強攻的計畫，被李紈恰到好處地完美化解！

由於場景的幻覺效果，暗影戰隊的選手也看不見涅槃的操作，他們只能憑藉經驗進行攻擊，結果就是這一波攻擊被李紈的無敵抵消。

幻覺結束時，邵夢晨發現涅槃所有卡牌一滴血都沒掉，心裡立刻有了底——恐怕第一局涅槃是在測試暗影的節奏，第二局才是真正的實力對抗。

場景視野重新清晰起來，雙方一波火力對拚，暗影想要速戰速決，可是涅槃偏偏用各種方式阻撓他們的攻擊。

在第二次全場景幻覺出現的時候，謝明哲又拿出一張輔助卡——盤古，開天闢地，停戰五秒！

觀眾們：「……」

又是五秒，正好和地圖效果完美統一，再次攔住了暗影的攻擊。

裴景山看到這裡，不由笑道：「謝明哲還挺聰明，第一次五秒無敵，第二次五秒停戰，停戰期間再開神農的全團治療陣，這三張輔助卡選得太精妙，暗影的攻擊節奏已經被徹底打亂。」

葉竹不服，「可謝明哲這局帶那麼多輔助牌，攻擊牌太少，這麼拖下去也打不死對手吧？」

裴景山搖頭，「別忘了這是一張全場景掉血的地圖，每隔二十秒的全圖掉血會讓治療壓力越來越大，誰拖的時間長，誰就能贏。」

裴景山一句話道破關鍵，謝明哲確實也是這樣想的。

李紈拖一波，盤古拖一波，神農治療回血再拖一波，涅槃的全部卡牌依舊滿血，而暗影戰隊由於想速戰速決，帶的攻擊卡遠多於輔助治療卡，這時候的卡牌血量在百分之七十左右。

從整體血量來看，涅槃牢牢占據著優勢。

邵夢晨察覺到不妙，立刻加快進攻節奏。

謝明哲依舊不慌不亂，在全場泡泡再次炸裂並且出現幻覺強控的那一瞬間，他突然召喚出一張卡牌，並根據自己對這張地圖的熟悉記憶，將卡牌迅速放去對手陣營後方。

暗影戰隊完全不知情，上帝視角的觀眾卻可以看到一幕特別有趣的場景。

謝明哲召喚出的是孫悟空，他利用全場景幻覺的五秒時間，根據記憶路徑迅速繞到暗影戰隊的卡組後方，並且開啟「七十二變」技能，變成了暗影戰隊的卡牌：巫妖。

巫妖是邵夢晨的原創卡牌，一身紫黑色長袍，手持法杖，可以遠距離治療隊友，群體治療能力強，而且還是百分比回血，可以增加隊友在掉血型地圖上的生存時間。

孫悟空變出來的巫妖和原本的巫妖長得一模一樣，而且還特意站在巫妖的身邊。

觀眾們：「……」

真假巫妖？雙胞胎啊！

看到孫悟空悄悄地繞後並變成對方的卡牌，謝明哲的粉絲們都預感到他要做什麼，直播間開始瘋狂刷屏。

「這是迷惑戰術嗎？」

「第一次發現孫悟空這張卡牌這麼好玩，哈哈，兩個一模一樣的巫妖！」

「估計待會兒夢晨姐姐要懵了！」

「請問，哪張是我的巫妖？」

五秒幻覺結束後，邵夢晨確實有些懵。為什麼有兩張一模一樣的巫妖？是她眼花？

想分辨真假巫妖，只要她用精神操控看看誰聽她的指令就可以了。然而，職業聯賽中最忌諱的就是分神，哪怕只是零點五秒的分神，都足夠讓對手抓住機會。

謝明哲就抓住了這個機會，在幻覺結束的瞬間，他立刻做出一連串的操作——

黃蓋出現，並且馬上自爆。

老黃蓋這張卡牌和孫悟空，照理說是八竿子打不著的，一個三國人物卡，一個西遊妖族牌，唯一的共同點就是「土系卡」。

然而，當黃蓋自殺的時候，他的技能「苦肉」被觸發——每減少多少百分比的血量，就能為指定的隊友增加多少百分比的攻擊——百分之百減血自殺，給隊友增加的攻擊就是百分之百，雙倍！

這比唐僧的緊箍咒加成還要可怕。

攻擊加成雙倍的孫悟空，立刻變身，並拿出手中武器——如意金箍棒！

暗影戰隊由於又受了一次夢幻泡影地圖的全圖掉血，此時卡牌的血量在百分之五十左右，邵夢晨剛要指揮巫妖開大招回血，結果孫悟空一棒子下去，直接把巫妖給秒了！

這可怕的攻擊力讓全場觀眾目瞪口呆。

一棒子秒了高血量的治療卡，簡直是毀天滅地啊！

跑去敵方陣營變成假巫妖迷惑對手，一棒子打死真巫妖之後，孫悟空又開啟技能筋斗雲瞬移回己方陣營，彷彿什麼都沒有發生。

全場觀眾無比膜拜。

「大老遠跑去變形偽裝，一棒子敲死對手還能全身而退，太強了！」

「還以為阿哲今天的卡組沒帶輸出卡，要拖著打，看來是我誤會了，孫悟空一張卡頂別人的三張卡！」

「黃蓋配孫悟空效果居然這麼強，真心服了阿哲的選牌！」

粉絲們當然要趁機吹捧一下謝明哲，難得的是，唐牧洲在後臺也毫不掩飾讚賞之色，他微笑著評價道：「捨棄唐僧體系，單拿孫悟空做攻擊核心，在今天這張地圖上確實是更好的選擇。」

孫悟空這張卡牌是非常強的核心輸出卡，傷害高，筋斗雲位移靈活，還有七十二變迷惑對手，任何陣容都可以搭配。

和自爆給隊友加攻擊的黃蓋組合，可以讓孫悟空的攻擊力提升到極致，一棒子直接秒掉對手的半血卡就是證明。

更關鍵的是，黃蓋犧牲自己為隊友提升攻擊，不是有時限的提升，而是永久提升。

暗影的巫妖被秒，邵夢晨雖然鬱悶，還是迅速調整好心態，繼續加快進攻節奏。

一時間，雙方技能互換，卡牌數量銳減！

陳霄和喻柯帶的全是群攻牌，將暗影戰隊的卡牌打殘，而謝明哲今天確實只帶了孫悟空一張單攻卡，其他都是輔助、控場卡。

在隊友們打好鋪墊之後，謝明哲再次操控孫悟空以筋斗雲瞬移到對方陣容中央，這次，他手中的如意金箍棒變成了三公尺高的巨型武器，垂直落地。

一棒子砸下來，連大地都在震動！

攻擊加成雙倍的孫悟空，以金箍棒群攻形態造成的傷害也相當可怕——居然一招直接秒了對方站位集中的五張牌！

邵夢晨心驚膽戰，完全沒想到謝明哲居然會這麼打。

單核輸出卡，卻打出如此高的傷害！

暗影戰隊的治療卡死光，涅槃的卡牌血量卻很健康，第二局涅槃贏得毫無疑問。

從最開始李紈、盤古、神農這些輔助卡恰到好處地打亂節奏，將戰況拖到暗影卡牌全部殘血的局面，然後放出輔助卡黃蓋，自爆為孫悟空永久提升攻擊……

這時候的孫悟空，已經沒有人能攔得住了！

攻擊雙倍加成的孫悟空簡直是神擋殺神、佛擋殺佛，偏偏他的筋斗雲靈活翻滾，你還抓不到他，暗影戰隊直接被孫悟空連殺六張牌，徹底打崩！

直播間內的粉絲們激動瘋了，尤其是喜歡熱血戰鬥的男粉絲，紛紛留言表示讚嘆。

「孫悟空是我見過的最帥的輸出卡！」

「變形，瞬移，一棍子敲死單卡，棍子變大直接秒對手五張牌，阿哲操控的孫悟空太流暢了，帥破天際！」

「一場比賽秒六張牌，誰能擋得住孫悟空的爆發？」

當初土系卡組出現的時候，由於豬八戒表現太亮眼，到處搶媳婦，被網友們刷上熱搜。當時很多人都忽略了孫悟空，覺得它不過是一張普通的單體輸出卡。

直到今天，大家才發現……

孫悟空才是謝明哲卡組中最強的單核輸出卡！

當孫悟空以單核卡的形勢加入到其他卡組陣容中，不用依賴豬八戒、唐僧的連動體系，依舊能靠強大的個人能力扭轉局面！

而孫悟空在陣容中的待遇，簡直就是VIP明星級別，隊友們保護他、壓低對手血線為他製造機會，甚至願意自殺給他加攻擊，助他爆發一波秒殺對手。

事實證明，孫悟空不會讓隊友們失望。

吳月激動地道：「孫悟空真是太帥了！一場比賽秒掉了對手六張牌，在本屆聯賽上，這是單卡擊殺的最高紀錄！第二名是歸思睿的食屍鬼，大後期爆發一波殺了對手五張牌。」

劉琛道：「看來孫悟空也是類似食屍鬼、蠱王的後期單核卡，他的基礎攻擊並不高，但是技能機制設計得非常棒，在攻擊得到加成之後他就會發揮出真正的威力，依靠靈活的位移技能來去無蹤，直接秒殺對手——孫悟空這張卡牌，是被我們忽略的超強戰鬥卡，今天才算是真正展示了他的實力！」

其實，謝明哲設計孫悟空的初衷也是如此。

西遊師徒連動看上去很強，但是這套體系的核心發動點在於豬八戒，師徒連動也是豬八戒先唸臺詞「師父被妖怪抓走了」，讓孫悟空被豬八戒搶走風頭。

孫悟空最強的其實是單核體系，在有隊友保他、把他的攻擊加到最高的情況下，他才是真正讓對手聞風喪膽的齊天大聖！

唐僧的緊箍咒能為孫悟空加百分之八十攻擊並且降百分之八十防禦，並不是最強加成。職業聯盟有攻擊加成限制，最多加百分之百也就是雙倍——而謝明哲所有輔助卡中，能加百分之百攻擊的只有黃蓋。

所以謝明哲才會把八竿子打不著的黃蓋和孫悟空搭配在一起，讓孫悟空發揮出最強實力。這就是指揮排兵布陣的技巧。

謝明哲排出這套卡組的時候，陳千林十分驚豔，他沒想到小徒弟居然這麼聰明，從徹底打亂的卡組中，選出了這套最適合應對「夢幻泡影」地圖的陣容。

孫悟空的最強輔助卡正是黃蓋，加百分之百攻擊讓孫悟空去秒殺對手！

這一場比賽結束後，孫悟空被網友們迅速刷上熱搜。相對於豬八戒的搞笑，孫悟空超強的戰鬥力得到了更多男性粉絲們的喜愛，這種爆發卡看著就特別爽！一時間，各種「孫悟空變形」、「真假雙胞胎」、「一棒子敲死你」的表情包刷遍了網路，孫悟空的名號甚至傳到了圈外。

同時，職業聯盟的大神們也在認真思考。

難道大家都低估了謝明哲？

他不但會玩各種奇奇怪怪的新卡，哪怕是從舊卡當中打亂套牌重新挑選卡組，他也能找出最佳的方案。之前的比賽涅槃都靠新卡組出線，即便贏了也有種「投機取巧」的感覺。但是今天的比賽，靠的卻全是指揮、細節和卡組布陣。

涅槃沒拿出任何一張新卡，全是舊卡，打亂重組出來的陣容，卻在最難打的「夢幻泡影」地圖中擊敗了暗影戰隊。

謝明哲排兵布陣的天賦，在這一場比賽初露端倪。大神們真切地意識到，讓謝明哲再這樣進步下去，涅槃或許能一口氣衝進總決賽也說不定？

比賽結束後，謝明哲走到大舞臺中間，禮貌地和暗影戰隊的隊長邵夢晨握手。

這位女指揮氣場強大，站在謝明哲面前不卑不亢，落落大方地跟他握了握手後，她才微笑著評論道：「我猜得沒錯，你是最被大家低估的指揮，我等你們打進總決賽。」

謝明哲怔了怔，這誇獎有點給他戴高帽子的嫌疑啊！

如果是聶神這麼誇，等於詛咒他打不進總決賽，他會心驚膽戰。不過，邵夢晨的目光很坦然，不像是說反話的樣子，謝明哲只好硬著頭皮道：「謝謝，我會努力的。」

邵夢晨微微一笑，說：「季後賽，我們應該不會再有交手的機會，到時候我會坐在觀眾席給你加油。」

她說罷這話就轉身走了，季後賽涅槃和強隊作戰時她會支持涅槃，其實也有種「我做不到的事情希望你能做到」的心理。

她在聯盟這麼多年，一直無法撼動六大巨頭的地位，連續好幾年都是排名第七，距離季後賽一步之遙，更別說是拿下冠軍了。

但是今天，當她看到謝明哲用孫悟空連殺六張牌時勢不可擋的氣勢，她想：或許，這個少年有能力徹底改變職業聯盟的格局。

涅槃與暗影的比賽最終打成一比一的比分，粉絲們對這個結果非常滿意。畢竟在暗影戰隊的主場，涅槃能拿一分都是賺的。

關鍵在於這場比賽的過程——這是涅槃第一次嘗試在不用任何新卡或新場景圖的情況下戰勝強隊，對謝明哲來說有著非常重要的意義。

專業的記者也都看出了這一點，在賽後採訪時圍繞在戰術方面的提問明顯增多。

有記者一針見血地問道：「這一場比賽的卡組是你親自搭配，還是由林神指導搭配的？」

這個問題很重要。

如果是陳千林指導，那麼本場比賽出色的排兵布陣就是陳千林的功勞，林神的戰術意識很強，加上經驗豐富，能做到這一點並不奇怪。但如果是謝明哲獨立完成的，那他的潛力將極為可怕！

記者們期待地看著謝明哲，等待他的回答。

謝明哲面對這樣直接的問題回答也很坦率：「這次的卡組陣容是我挑選的，師父並沒有干涉我的思路。當然，我搭配好卡組後拿給師父看過，他給了我很多的建議。第二局比賽能贏，卡組只是基礎，關鍵還是隊友們配合的默契。」

他說的全都是實話，這場比賽陳千林確實讓他自由發揮，如果他把功勞推給師父，師父反而會生氣。很多記者聽到這裡不由激動地鼓掌，「阿哲，你打團賽才一個半月，已經學會了針對性的排兵布陣，進步真是快啊！」

謝明哲坦然接受誇獎，微笑著說：「謝謝。是師父教得好，我跟陳哥一直跟著他學習過去幾個賽季的排兵布陣技巧，慢慢有了些心得，以後也會努力嘗試不同的戰術。」

有位女記者好奇地問：「孫悟空這張卡牌，在之前的比賽中並沒有太耀眼的發揮，今天卻一戰成名！連秒六張卡，真是太帥了！你當初就設計好讓孫悟空變成單核卡嗎？」

謝明哲道：「孫悟空其實是非常暴力的萬能輸出卡，就跟萬能控場牌諸葛亮一樣，我設計這些卡牌的時候雖然做了連動技，但是事實上，這兩張卡牌單獨出現時也非常強，搭配起來會比較靈活。今天跟輔助卡黃蓋搭配，才算發揮出了孫悟空的最強實力。」

又有個記者八卦道：「聽說，今天你師兄唐牧洲也來了現場，你在後臺跟他見面了嗎？你們師兄弟私下關係一定很好吧？」

謝明哲笑了笑，「當然，我們就跟親兄弟一樣好。」

正在看採訪的唐牧洲：「……」

——我才不想當你的親兄弟。

唐牧洲無奈地在心底嘆口氣，回頭看著師父問：「小師弟沒有談戀愛的經驗吧？」

陳千林很疑惑他為什麼會這麼問，但還是平靜地說：「沒聽阿哲提起過。我只知道他當初投奔陳霄的時候卡裡只剩下兩百晶幣的存款，連住的地方都沒有，上學後也一直忙著做卡牌，應該沒空談戀愛吧。」他頓了頓，看向唐牧洲道：「你問這個做什麼？」

唐牧洲微微一笑：「身為師兄，關心一下師弟的感情狀況，順便幫他物色個女朋友、男朋友什麼的。」比如，自己就很適合當他的男朋友。

陳千林皺眉道：「你是被月老的紅線給刺激到了，看卡牌談戀愛，所以自己也想當月老，給你師弟牽線？」

唐牧洲心想，我要是月老，絕對會用紅線牢牢綁住自己和師弟，讓謝明哲逃都逃不掉。

對上師父的眼眸，唐牧洲立刻改口：「開玩笑而已，師弟喜歡什麼樣的人我完全不瞭解，我才沒興趣替他牽紅線。」

正好這時候直播螢幕調轉到解說臺，兩位解說開始為觀眾們展示A、B兩組的積分排名。在涅槃一比一打平暗影之後，兩個小組的排名沒有發生任何變化——暗影位於A組第四，涅槃是B組第四，前三名依舊被六大巨頭所占據。

唐牧洲迅速轉移話題道：「看這積分情況，涅槃進季後賽是十拿九穩了。」

陳千林淡淡地說：「幸虧你不是聶遠道，如果是他說這句話，我一定讓他閉嘴。」

唐牧洲輕笑出聲：「師父放心，我沒有烏鴉嘴功能。白旭的實力我瞭解，雖然他有天賦，但是他指揮、布陣的能力都不如阿哲，越到後期，這樣的差距就會越明顯，星空戰隊不會影響到涅槃在B組的出線地位。」

然而唐牧洲只說對了一半。

星空在實力上確實是弱於涅槃，白旭的個人指揮能力也沒法和謝明哲相比，可是白旭這傢伙雖然在生活中是個迷糊蟲，但是在關鍵事情上卻極為固執，甚至說是執拗。

他下定決心要跟涅槃爭這季後賽的席位，他也一直認為前些日子星空能暫時超過涅槃，說不定最後排名也能超過涅槃！

白旭這傢伙有著「謎之自信」，天不怕地不怕，加上最近做了許多新穎的星空牌，倒是在組外循環階段拿到了不少分數，在積分榜上一直把涅槃咬得很緊。

B組的出線隊伍依舊無法確定。

除了裁決、暗夜之都和眾神殿穩居B組前三名之外，第四名的涅槃是四十八分，第五名星空四十六分，第六狙擊戰隊四十五分，四到六名的競爭依舊極為激烈。

隨著賽程的進行，剩餘的比賽場次越來越少，謝明哲也察覺到了強烈的危機感。

涅槃組外循環的第一輪比賽已經全部打完，第二輪循環打了一多半，按照賽程的安排，剩下的可都是不好啃的硬骨頭。而星空戰隊剩下的對手有一支強敵、兩支弱隊，從理論上來說，他們可以拿到更多的分數，這可不是個好兆頭。

涅槃唯一的優勢是在組內賽階段贏過星空和狙擊，如果最終積分相同，按照組內賽成績排名的規則，涅槃的排名會比這兩位對手高。所以，涅槃必須在接下來的比賽中儘量穩住分數，不要被這兩支隊伍反超。

最後一週的比賽將尤為關鍵。

對涅槃來說，最後一週簡直就是惡夢級賽程的重演。

——流霜城、鬼獄、風華，再次挑戰三大巨頭，只不過順序反了過來。

之前主場打風華是一比一，客場打鬼獄、流霜城都是零比二，接下來的三場比賽，鬼獄和流霜城是涅槃的主場，風華是客場。每一場比賽都要小心，否則真的有可能在最後一週翻車。

涅槃下一個對手是流霜城。

賽前，陳千林詳細分析了流霜城的特色，「方雨在流霜城並不是進攻手，而是負責主力控場，他的大局觀很強，會根據局勢來指揮三個師弟。他是全聯盟資料分析能力最強的指揮，他可以算準對手卡牌每個技能的冷卻時間，卡住節奏，趁著技能空檔一波打崩對手。在和流霜城比賽的時候，一定要注意我方卡牌的技能，絕對不能把所有卡牌技能用完。」

喻柯頭疼地揉著腦袋，「他們的控制牌也太多了吧……」

陳霄笑道：「水系強就強在控制，流霜城的控場打法確實很難對付，慢慢控場，拖著節奏一張一張地擊殺對手卡牌，這種慢性死亡的打法能把對手打得精神崩潰。」

一個接一個的水系控制，緩慢疊加的水系毒素，還有方雨的亡語牌……跟流霜城對局的時候，經常會陷入被連控，根本放不出技能的無奈境地。

流霜城不愧是聯盟大神集體公認團戰最難打的隊伍。

謝明哲突然想到一件事：「對了，當初我和方雨約定，竇娥這張卡牌不會賣給其他俱樂部，只有我們兩家能用。我覺得，以方雨的性格，應該不會在打涅槃的時候用竇娥。」

這一點陳霄也很認同，「如果他用竇娥，我們會猜到他們的爆發點，出於這個考慮，方雨應該不會用竇娥，他手裡的亡語牌太多了，肯定有新卡牌可以取代竇娥。」

謝明哲低著頭思考片刻，道：「同樣的道理，我們也不能用竇娥，畢竟對這張卡牌的操作他們其實遠比我們還要熟悉。」

流霜城上個賽季利用竇娥擊敗了風華，方雨當然最清楚這張卡牌的用法，涅槃在方雨的面前用亡語牌是很難行得通的。不過，謝明哲突然雙眼一亮，想到了一個更好的主意，「或許我們可以用另外一張亡語牌作為煙霧彈，先騙掉他們的保護技能，然後再放出真正的亡語牌！」

陳千林看向他，「你是說，雙亡語的爆點戰術？」

謝明哲認真地點頭，「在我們的卡池中，其實還有一張卡牌的作用和竇娥很類似，可以作為團戰的爆發點。」

他將這張卡牌調出來放大在投影屏幕中——郭嘉。

陳霄看到郭嘉不由詫異，「你想拿木系套牌來打流霜城？」

謝明哲搖頭，「整套木系卡組的操作較難，流霜城的控制技能實在太多，隨便控我一張曹丕、賈詡就能打亂我的節奏。和流霜城對局，我覺得還是用簡單、好操作的卡組，再帶一些輔助卡，採速戰速決打法比較好。我更偏向於上金系卡組，郭嘉只是作為一個爆發點，當作亡語核心牌。」

打別的戰隊不用這麼麻煩，可是流霜城是最擅長亡語流的隊伍，謝明哲這麼做，也算是給流霜城挖了一個大坑。

隨著比賽的逼近，涅槃的選手都做好了打一場硬仗的準備。

謝明哲在後臺遇見方雨，對方主動走過來跟謝明哲問好。

兩人因為竇娥這張亡語牌算是有了些交情，平時私下聯繫不多，但因為方雨的性格本身就很冷，是宅男中的終極宅男，他能主動和謝明哲打招呼，這已經是破天荒的友好了。

謝明哲開玩笑道：「你待會兒用不用竇娥？」

方雨道：「不用。」

謝明哲笑道：「我也不用。」

正聊著，就見兩個小女孩牽手跑進準備室，她們穿著一模一樣的蛋糕裙，梳著高高的馬尾，雙胞胎分不清誰是姊姊誰是妹妹，站在一起可愛極了。

謝明哲立刻走過去跟她們打招呼：「豆豆和點點今天也來看比賽？」

跟在孩子身後的蘇洋笑著道：「有流霜城的比賽，當師父的過來給徒弟加油打氣。」

方雨走到蘇洋面前，恭敬地問道：「師父最近出現在後臺的次數變多了，是在為季後賽做準備嗎？」

蘇洋解釋道：「嗯，我要當季後賽的解說嘉賓，總得提前過來混個臉熟，不然到時候連選手的名字都記錯，豈不是鬧笑話！」他看向謝明哲，「你是謝明哲，千林的小徒弟，沒記錯吧？」

謝明哲點頭，「沒錯。」

蘇洋笑著說：「我的兩個女兒都特別喜歡你，看完你們和暗影的那場比賽後，已經變成了孫悟空的粉絲，還說要找你要卡牌實體版呢。」

兩個小女孩立刻點頭附和，「哥哥，孫悟空好帥，給我一張孫悟空的卡牌好不好？」

「我還想要黃月英的抱枕，大紅色的！」

唐牧洲和白旭正好路過，聽到這裡，唐牧洲不由湊到弟弟耳邊取笑道：「你的審美觀和蘇洋的女兒一樣。」

白旭的臉色驀然一紅——他的審美觀有什麼問題嗎？大紅色怎麼了？多喜慶！

謝明哲繼續逗兩個小孩，「過來抱抱哥哥，我就給妳們卡牌和抱枕。」

毫無原則的兩個小丫頭立刻撲過去，一人抱住了謝明哲的一隻大腿。謝明哲哭笑不得，蹲下來摸摸兩人的腦袋，唐牧洲看到這一幕，不由微微一笑，道：「你還挺受孩子們的歡迎。」

謝明哲滿臉笑意，「人長得帥，沒辦法。對不對啊，小朋友？」

兩個小朋友還沒說話，唐牧洲卻微笑著插嘴道：「對，確實帥，誰叫我們師門基因好。」

蘇洋和方雨：「……」不愧是師兄弟，臉皮一個比一個還要厚！

方雨轉身走開了，蘇洋生怕女兒被謝明哲帶壞，也抱著兩個小女孩離開。

謝明哲原本挺緊張的，可是看見蘇洋的兩個小女兒之後他的心情輕鬆了許多。雖然方雨今天有

「師父觀戰」的buff加成，但是他今天不但有師父buff，還有師兄buff！

想到這裡，謝明哲便朝唐牧洲笑了笑，玩笑道：「每次比賽都能在後臺看見你，感覺你快變成賽前鼓勵我的NPC了。」

唐牧洲微笑看著他，柔聲說：「NPC現在對你發布任務，至少拿下一分，完成任務後會有裝備獎勵。」

謝明哲立刻點頭，「接受任務，保證完成！」頓了頓又好奇道：「什麼裝備？」

唐牧洲微笑道：「祕密！」

白旭：「啊？」

這幼稚的對話，為什麼有種奇怪的甜蜜氣息？是他的感覺出錯了嗎？

比賽很快開始，涅槃VS.流霜城，第一局。

當謝明哲選好場景圖的那一刻，觀眾席再次響起掌聲——又是一張新地圖，名為「查抄大觀園」。這張地圖顯然也是屬於大觀園系列，不過比起之前的單一場景，這張場景圖的設計明顯複雜許多。

五分鐘的地圖展示時間，在螢幕上彈出文字描述：由於大觀園中發現一只「繡春囊」，上面畫了太過露骨的圖像，王夫人認為大觀園中有私情，決定派人查抄，搜尋證據。當場景事件觸發後，全場景卡牌必須原地立正三秒接受檢查，以證明自己的清白。

全場觀眾：「……」在謝明哲的摧殘之下，卡牌們還有清白可言嗎？

這一屆的卡牌真是慘！先是被搶親、被戀愛、被懷孕，現在又被懷疑有私情，要原地立正接受檢查……清白、尊嚴什麼的全都沒有了，都怪謝明哲。

觀眾們都在笑場景的設定，方雨卻一下子看出了涅槃選擇這張地圖的用意。

場景事件會讓卡牌必須原地立正三秒，而且查抄並不是一次性進行，而是NPC走到某個範圍後，範圍內的卡牌就得立正，算是一個動態事件。

從地圖效果來看，NPC的移動路線是S形，分批查抄，將會極大地干擾比賽的節奏。流霜城擅長水毒緩慢疊加的打法。但是當查抄開始時，在一段時間內會不斷有卡牌立正接受檢閱，場面會變得混亂，他們的水毒也會很難疊加起來。

在後臺觀戰的蘇洋忍不住道：「這張地圖選得好。」

陳千林平靜地道：「地圖只是一部份，待會兒還有別的驚喜。」

謝明哲在賽前專門研究過流霜城的打法，因此他發現方雨這一局並沒有特意準備戰術來應對涅槃這個「手下敗將」，方雨帶的卡牌和前幾天的比賽沒有太大區別。

不是方雨輕敵，而是根本沒這個必要。

流霜城主場曾以二比零戰勝過涅槃，而且流霜城的積分目前穩居A組前四名，方雨何必為了打涅槃再去挑選一套全新的陣容？某些特殊的戰術，當然要留著用來打季後賽。

但是也因為如此，讓謝明哲很快就推測出流霜城的打法。

喬溪的桃花水母、銀幣水母、炮彈水母，都可以造成大範圍的水毒疊加和減速控場，海月水母是單體冰凍強控，控制時間長達五秒；燈塔水母則是範圍內的亮光幻覺群控。

蘇青遠的卡牌全是攻擊牌，藍鯨、鯊魚、章魚、珊瑚魚、魔鬼魚，其中藍鯨和鯊魚的技能是高額單體水系傷害，章魚、珊瑚魚和魔鬼魚都是大範圍的群體水系傷害，再帶毒爆、水毒加成等技能——三師弟蘇青遠在流霜城的定位相當於涅槃的陳霄，是團戰的主攻手。

肖逸帶的卡牌就是純輔助，比如海獅和海牛的團隊保護、海豚的治療、海豹的群體移速加成，以及海象的替身技能幫隊友承擔傷害——他就像涅槃的秦軒，默默地站在師兄們身後輔助大家。

流霜城的明牌中還有一張「透明魚群」，是方雨的著名亡語牌之一，可以為群體友方增加移速。當透明魚群陣亡時，友方所有海洋生物都會在三秒內變成透明狀態，讓對手看不見，相當於群體隱身。

剩下四張暗牌沒有公布，謝明哲推測應該都是方雨的卡牌——因為，其他三人的卡牌已經達到了每人五張的數量，而方雨的亡語牌卻只出現了一張。

流霜城最擅長拖著節奏慢慢控場的打法，只要是和流霜城對決的隊伍沒有不頭疼的。水系的負面狀態可以疊加，比如最經典的水毒，疊一到四層時會產生每秒掉血的水系傷害，掉血量低得可以忽略不計，但是一旦疊到五層，就會產生「冰凍」效應。

流霜城這套卡組中負責疊水毒控場的是二師弟喬溪。尤其是炮彈水母的水珠彈射，一旦對手卡牌站位密集的時候，水珠可以在敵對目標之間連續彈射，再配合桃花水母和銀幣水母的範圍疊毒，瞬間就能把水毒給疊上五層。

蘇青遠會根據場上水毒疊加的情況，選擇爆掉五層水毒造成巨額水系傷害，或是利用五秒的冰凍控場迅速擊殺對手的核心牌。

流霜城四兄弟的配合極有默契，水毒疊加的打法也非常靈活，對付流霜城，感覺就是帶多少張解控卡都不夠用——解控這種冷卻時間長的技能當然要留在關鍵時刻。

對觀眾們來說，賽前地圖播放、卡組展示階段的時間特別長，整整八分鐘快無聊死了。

但是對職業選手們來說，這點時間卻太過短暫。

謝明哲剛剛分析清楚流霜城的陣容，比賽就正式開始。

流霜城的打法依舊和過去一樣，先由喬溪疊一波水毒，只見桃花水母和銀幣水母利用水母卡移速快、敏捷高的優勢，瞬間衝到涅槃卡牌陣營中，一波範圍群攻給在場的七張卡牌全部疊上水毒，炮彈水母緊跟著出場，射出的彈珠在卡牌之間來回彈射，迅速將水毒疊上五層！

這時候，喻柯的黑無常、聶小倩以及陳霄的兩張植物卡身上都已經有了五層水毒，謝明哲立刻盯住蘇青遠的動作，通常當水毒疊上五層的時候，如果蘇青遠不爆毒，卡牌將被冰凍；如果爆毒，卡牌將受到巨額水系傷害。

蘇青遠這次選擇不開毒爆，因此涅槃有五張卡牌被凍結在原地。

趁著這點冰凍時間，肖逸迅速給師兄加攻擊buff，蘇青遠召喚群攻牌壓低對手血線，並放出體型巨大的藍鯨去強殺喻柯的黑無常。

還好喻柯反應夠快，在看到黑無常被凍的瞬間召喚出白無常，給他開了延遲五秒結算的技能。黑無常的血量沒有變化，但五秒之後，受到的傷害一旦結算，黑無常必死。

喻柯也挺機智，緊跟著召喚孟婆給黑無常餵了一碗甜湯——遺忘接下來受到的一切傷害。

這麼一來，五秒後結算的傷害就會被黑無常遺忘，流霜城想強殺黑無常的計畫落空，第一波攻擊只將涅槃在場的七張牌血量壓到半血以下。秦軒見狀迅速召喚出神農，開啟大範圍治療陣，殘血牌的血量漸漸地回復上來。

雙方這一波有來有往的過招，算是打成平手。

如果是眾神殿、裁決打流霜城，一般都是採爆發打法來強殺流霜城的控場卡，先打斷他們的控制鏈，以快打慢。今天的涅槃顯然不用這種思路，而是要「以慢打慢」，就看誰能拖得過誰。

這種打法在視覺效果上沒那麼刺激震撼，慢吞吞地互相折磨，看著讓人著急。

但偏偏是這種打法，才是最考驗指揮細節的時候！

所有人都知道，方雨是聯盟心算能力最強的指揮，他可以迅速算出對手所有卡牌的技能冷卻時間，卡節奏控得對手精神崩潰。謝明哲在他的面前拖節奏，肯定討不到什麼便宜……所以，涅槃今天到底安排了什麼祕密戰術？居然敢跟聯盟最慢的戰隊比誰更慢？

大神們都很好奇，唐牧洲也頗有興致地盯著直播螢幕。

他相信，小師弟一定會再次給大家驚喜。

流霜城有大量控制牌，涅槃則帶了大量治療牌，雙方你來我往、技能互換，打了半天，誰都沒能擊殺對手的卡牌。流霜城明顯是在試探和鋪墊，而涅槃這邊，陳霄和喻柯的輸出牌並沒有行動，謝明哲有很多卡牌還沒召喚出來。

直到第一次查抄大觀園事件觸發。

王熙鳳帶著一群人湧進大觀園場景，他們路過的地方所有卡牌被原地罰站，雙方的節奏都被打斷，倒是觀眾們看得很是興奮。

「哈哈哈，看卡牌全體罰站，讓我想到中學被老師罰站的恐懼！」

「被罰站的卡牌表示：我沒有私情，我是清白的，不要來檢查我！」

觀眾們刷屏刷得很歡樂，但此時的賽場卻是危機四伏。

涅槃在場的十張牌身上幾乎都疊了三、四層水毒，三秒罰站過後，流霜城肯定會發起下一波進攻，後臺的職業選手都認真地看著大螢幕，觀察謝明哲會如何應對。

果然，三秒罰站後，喬溪和蘇青遠聯手發起了一波最猛烈的進攻。

喬溪的海月水母單體冰凍控住了白無常，免得他又開啟延遲五秒結算傷害；燈塔水母發射出刺眼的亮光，造成範圍內亮光幻覺；緊跟著，炮彈水母進行一波水珠彈射！

吳月忍不住誇道：「剛才涅槃的卡牌有些水毒是三層，需要彈射兩次，有些是四層只需要彈射一次。喬溪能把所有卡牌都刷上五層水毒，說明他的水珠彈射路徑控制得極為精準！」

這才是喬溪真正的水準，在極為混亂的局面也能精準地把握彈射路徑，將水毒迅速刷滿。

而蘇青遠也沒有讓他失望，趁著燈塔水母的亮光幻覺三秒控場，他強開魔鬼魚的毒爆。只見五層水毒瞬間爆炸，造成的巨額水毒傷害，將涅槃的十張卡牌血量壓到半血，緊跟著，章魚揮舞著觸手到處絞殺，而體積巨大的超強單攻卡鯊魚也出現了。

流霜城全面爆發，照理說應該能收掉涅槃幾張卡牌，然而，打完後才發現，涅槃居然毫髮無傷——又是李紈！海棠詩社範圍免控免傷，秦軒恰到好處召喚出這張輔助牌，直接抵消了流霜城的一波重火力攻擊。

全場觀眾激動鼓掌，涅槃這一波防守確實漂亮。

但流霜城還有後招，蘇青遠等無敵結束後召喚珊瑚魚又是一波大範圍群攻，緊跟著，藍鯨、鯊魚一起出動，直接將涅槃的超強治療卡神農、超強輔助卡李紈全部吞吃入腹！

輔助卡連死兩張，涅槃想拖下去就沒那麼容易了。

雙方經過長達三分鐘的消耗，流霜城終於撕開了涅槃防禦上的缺口。

然而方雨並不敢鬆懈，因為謝明哲的卡牌目前還沒出場，喻柯的孟婆一直保持著超遠距離觀戰，陳霄的植物卡也只出現了三張，同樣站在超遠的位置尋找機會。

嚴格來說，涅槃到現在為止一直在被動防守，沒有發起過一次主動攻擊。

正想著涅槃到底要等到什麼時候，就見謝明哲突然召喚出一張卡牌——賈迎春！

迎春是一張亡語牌，出場自帶範圍嘲諷，流霜城的攻擊被她主動吸收，身體虛弱的迎春，幾乎是出場就陣亡了——亡語技觸發，己方治療效果提升百分之五十，敵方全體陷入沉默！

方雨心道：來了。涅槃的進攻節奏點，應該就是迎春的亡語群控。

果然，趁著迎春的治療提升，秦軒極有默契地召喚出治療卡觀世音菩薩，一招「普降甘霖」，將全團所有卡牌的血量瞬間加滿。

而喻柯和陳霄也終於行動了，聯手強殺蘇青遠的藍鯨及鯊魚。

肖逸迅速使用團隊保護技能，全團免傷，幫師兄擋住這一波傷害。

方雨毫不猶豫地召喚出亡語牌——透明魚群。

當透明魚群出現時，附近友軍閃避提升，若友軍被敵方非指向性技能命中，透明魚主動替友軍承擔傷害，陣亡時觸發亡語技，海洋生物群體變透明持續五秒。

這張牌的碰瓷關鍵是「非指向性技能」，也就是說「指定單攻技能」以外的其他技能，都可以被魚群吸收，陳霄的植物卡有大量群攻技，正好觸發了透明魚的嘲諷。

眼看透明魚就要掛了，就在這時，謝明哲突然召喚出一張出人意料的暗牌——王母娘娘的不死藥。王母娘娘可以將「不死藥」餵給任意指定目標，當目標受到足以讓其陣亡的傷害時，立刻觸發「不死藥」效果，回復百分之二十血量，並在接下來的五秒內免疫傷害。

謝明哲居然給方雨的亡語牌餵了一顆「不死藥」！

看比賽的大神們很是無語，不死藥這種技能通常是幫隊友，保證隊友不死。但是謝明哲居然把不死藥餵給對手，保證方雨的透明魚死不掉——讓你無法觸發亡語技！

機智的謝明哲迎來現場觀眾的熱烈掌聲，還有不少人在笑。

「方雨要被他氣死了！」

「哈哈哈，你玩亡語流，我偏偏不讓你的亡語牌掛掉……」

方雨想利用透明魚亡語技群體隱身的計畫被謝明哲打亂，他心裡也很無奈。都說謝明哲特別皮，今天他算是見識到了。

方雨反應極快，立即召喚出第二張亡語牌——烏賊！

烏賊可以讓友方群體防禦提升百分之百，很難打得死，而牠一旦陣亡，則會噴濺出墨汁糊住對方的視野持續五秒，讓對手眼前一抹黑，相當於失明群控。

這張卡牌非常難對付，但是涅槃有孟婆！

幾乎是烏賊出現的瞬間，孟婆就給牠強行餵了一碗湯——然而，方雨畢竟是一流指揮，早就猜到涅槃會針對他的亡語牌，所以在烏賊出現的同時，讓小師弟幫忙保護。

肖逸開出海象的替身技能，在三秒內替烏賊承擔一切負面技能。

結果就是海象忘了自己是誰，烏賊並沒有受孟婆的影響。

方雨靠烏賊扛過了涅槃這一波攻擊，但是緊跟著，謝明哲召喚出秦可卿，抓準對手血量百分之三十以下的一張牌，強制對方上吊，並讓陳霄最強的攻擊牌黑法師提升了攻擊力！

陳霄立刻和喻柯配合，兩人不顧烏賊有亡語技，也要強殺烏賊。畢竟這張卡牌的防禦提升技能太惱人了，如果讓牠存活下去，對手全團雙倍防禦的buff加成就一直存在。

某些亡語牌出場，並不是為了馬上求死，方雨的烏賊就是這種「氣死對手」的亡語牌，讓你不得不耗費大量技能殺掉它。

烏賊陣亡後，墨汁噴射，涅槃全員眼前全被墨汁染黑，好在秦軒專門留了觀世音菩薩的解控技，範圍解控讓隊友迅速恢復視野，否則失明五秒不知道流霜城會做出什麼事。

【第十三章】

現在該讓哪張卡牌去送死？

涅槃與流霜城的第一局比賽進入白熱化階段，雙方攻守互換，涅槃這一波行動殺了對手三張牌，在牌量上，此時流霜城還剩十七張，涅槃剩十八張，是涅槃占優勢。但流霜城很快就發動了反擊，連殺涅槃的觀世音菩薩、王母娘娘兩張輔助卡，卡牌數量瞬間反超。

方雨的策略很清晰：先殺輔助和治療，剩下一群防禦低的脆皮卡，在沒有保護的情況下，根本就扛不過流霜城的緩慢控場進攻，耗死它們很容易。

然而就在這時，謝明哲召喚出一張全新的暗牌——郭嘉。

只見一位美男子突然出現在賽場，他手持摺扇，微笑起來的樣子如同風度翩翩的貴公子，他的身上有種非常特殊的氣質，看上去放浪不羈、瀟灑風流，俊美的五官足以讓任何女孩子為之心動。

直播間內的觀眾們頓時激動起來。

「又一位帥哥！」

「顏值好高啊，我喜歡！」

「他的技能很特別，居然是亡語牌？」

方雨看到這張牌，心底頓時一驚——又一張亡語牌！

剛才賈迎春、秦可卿兩張亡語卡的出現逼掉了流霜城的大量防守技能，這時候，肖逸的團隊保護技全都在冷卻，郭嘉姍姍來遲，證明前面那些都是煙霧彈——郭嘉，才是涅槃真正的亡語核心！

第一個技能「先知」，可以提前得知對手的進攻方案，二十秒一次提升全團閃避。第二個技能「天妒英才」，出場後因為生病自動掉血，陣亡時大範圍傳染疾病，對範圍內敵軍瞬間疊加五層中毒。第三個技能「遺計定遼東」，陣亡時全團友軍攻擊、攻速、暴擊傷害全面提升！

職業大神們看到這張牌也是心驚膽戰。

葉竹瞪大了眼睛，「二十秒冷卻、持續五秒的全團閃避，打防守的話對手根本打不死涅槃！自己慢慢掉血，陣亡了還有這麼多效果，太無恥了吧？」

裴景山道：「確實是很強的亡語牌，不過對付這張牌有一個辦法，就是在涅槃還沒準備好的情況下，強殺郭嘉，然後開全團保護技能，硬扛過涅槃的爆發。」

方雨當然也想到了這一點，立即派出鯊魚、藍鯨去強殺郭嘉。

然而，謝明哲敢在這時候放出郭嘉，那就證明他會精確地控制好郭嘉陣亡、全團爆發的時間，不會讓對手打亂涅槃的節奏。

在郭嘉的血量被強壓到百分之二十的那一瞬間，江東小霸王孫策出場，大範圍快速拉嘲諷，對手的技能根本打不到郭嘉身上。

新的治療牌華佗——五禽戲，增強防禦。麻沸散，降低傷害。刮骨療傷，目標生命低於百分之二十時受到治療並重置全部技能。

連續三個保護技能全給了孫策，讓孫策拉嘲諷的同時還能扛住大量傷害，拉完一波嘲諷，殘血時被華佗重置技能，再來一波！

秦軒的流暢操作讓大神們刮目相看，這位一直默默無聞的輔助選手跟謝明哲的配合真是越來越有默契了。在孫策和華佗兩張卡的保護下，流霜城根本不可能秒殺郭嘉。

此時，陳霄、喻柯的很多進攻技能都在冷卻，郭嘉如果陣亡，那就發揮不出亡語效果。因此必須等郭嘉自己掉血陣亡，而不能讓對手干擾。

有孫策擋在前面，方雨簡直拿涅槃沒辦法。

而且，在郭嘉即將掉血而亡時，「查抄大觀園」的場景效果正好被觸發，雙方罰站，無法做出任何操作，方雨眼睜睜看著郭嘉掉血掉到了零，觸發了亡語技，給對手被罰站的卡牌集體疊加五層中毒！

正好這時候罰站結束，涅槃立刻抓住這個時機——陳霄的植物牌、喻柯的鬼牌，所有輸出牌攻擊、攻速、暴擊率大幅度提升。

陳霄一波玫瑰花語撒下去，流霜城的海洋生物嘩嘩地掉血量簡直可怕！黑無常攻速、暴擊提升後，幾乎是一招一個小朋友，迅速疊了好幾層標記；黑法師全屬性提升，瞄準對手的殘血牌，由單攻轉群攻，造成的範圍傷害那暴擊數字簡直讓觀眾們頭皮發麻！單攻卡聶小倩、美人蕉更是神擋殺神、佛擋殺佛，秒殺對方的殘血卡完全不需要猶豫……

謝明哲卡準涅槃所有輸出牌技能齊全的時機，讓郭嘉恰到好處地陣亡，在郭嘉觸發亡語技的這一瞬間，涅槃一波全火力進攻，直接連殺了流霜城的七張牌！

觀眾們目瞪口呆——郭嘉的亡語技也太強了吧！

比起竇娥來說，郭嘉對友方的增益簡直恐怖。

後臺，唐牧洲微笑著道：「算好對手的技能冷卻，趁流霜城保護技能冷卻的時候觸發亡語技全面進攻，這應該是他跟方雨學的吧？算得不錯。」

裴景山也感嘆道：「郭嘉這張牌確實很強，但操作難度特別大，謝明哲今天操控得很好，陣亡的時機特別精準。以後遇到帶郭嘉的陣容，必須上即死牌。」

葉竹小聲吐槽道：「謝明哲做的討厭人物卡太多了，要是一場比賽能帶十張人物即死牌，我絕對讓謝明哲的人物卡全部死光光。」

這大概也是所有選手的心聲。

涅槃的粉絲們越看越興奮，畢竟郭嘉這張卡牌不但很強——而且還很帥！

郭嘉的人氣一時間暴漲，粉絲們紛紛表示又多了一位男神，一定要出郭嘉的實體卡周邊，光是召喚出來看臉就夠了！

解說劉琛感嘆道：「郭嘉這張牌，最強的其實不只是亡語技，而在於他靈活的攻守互換能力！當他活著時，全團閃避提升讓對手很難一波打崩涅槃，而當他陣亡時，全團攻擊、攻速、暴擊全面提升，卻可以讓涅槃一波打崩對手！」

我活著，你打不死我的隊友。

我死了，我的隊友會打崩你。

郭嘉的設計思路就是如此，雖是一張輔助牌，但是它的戰術意義絕對當得起「核心」這兩個字。涅槃利用郭嘉靈活的攻守互換，扛過流霜城的進攻，一波擊敗流霜城。

在賽前，誰都不敢相信會是這種局面——謝明哲膽子太大，居然在打流霜城的時候玩亡語流？但是結果證明謝明哲不但膽大，還心細。

亡語對亡語，謝明哲還真的在方雨的手裡乾脆俐落地拿下了一分！

全場觀眾幾乎要震破耳膜的掌聲，足以證明這一局比賽的精彩。

新出場的郭嘉卡，不管是顏值，還是技能的設計，都夠資格入選賽季最佳卡牌。

郭嘉身為輔助卡，卻是本場比賽當之無愧的MVP，也是粉絲們心裡當之無愧的男神！

短暫的中場休息時間，見方雨臉色嚴肅，二師弟喬溪便笑著安慰道：「師兄，這局只是意外，我們沒料到謝明哲會拿出郭嘉，算是被對手給坑了。下一局我們專門盯著郭嘉，等郭嘉出來後直接用即死牌秒殺他，別給他慢慢掉血等隊友技能恢復的機會……」

蘇青遠道：「帶人物即死牌去秒郭嘉也沒用，對方有巧姐可以復活，還能重置郭嘉的技能，我覺得還是多留保護技能，扛過郭嘉陣亡的那一波攻擊比較合理。」

方雨冷靜地說：「涅槃第二局不一定會用郭嘉體系，謝明哲為了穩住B組第四名的位置，顯然專門研究過流霜城的打法，他不會同樣的套路玩第二次。」

三人面面相覷，「師兄的意思是，第二局他還有新的花樣？」

方雨淡淡地看了三人一眼，「你們見過謝明哲拿一模一樣的地圖和卡組連續打兩局嗎？」

這個反問讓大家都沉默下來。

說起本賽季戰術花樣最多的戰隊，絕對非涅槃戰隊莫屬，幾乎是每一場比賽他們都會更換地圖，卡組也一直在調整。

第二局涅槃有百分之九十的可能，不會再用郭嘉亡語流打法，而是換一套新的陣容體系，或許還會換地圖。具體會怎麼打方雨也猜不到，只能以不變應萬變，針對涅槃的人物卡調整幾張暗牌。

此時，涅槃這邊的隊員們各個面露喜色，畢竟賽前教練給大家定的任務就是主場打流霜城儘量拿下一分，如今他們已經提前完成任務，第二局的壓力就沒那麼大了。

喻柯興奮地道：「第二局我們可以放開來打，哈哈，就算輸了也不虧。」

一向沉默的秦軒難得開口道：「流霜城畢竟是上一賽季的團賽冠軍，我們能從流霜城的手裡拿下一分已經很不容易，剛才這局大家配合得真是有默契。」

謝明哲笑著環住兩人的肩膀，壓低聲音說：「下一局我們好好打，爭取再拿一分。上次流霜城主場打我們是二比零，我們主場要是也能二比零，才算跟流霜城打平。」

陳霄乾脆地說：「要不第二局試試前段時間練過的『特殊陣容』，怎麼樣？」

謝明哲問道：「大家敢拚一把嗎？」

喻柯和秦軒不約而同地點頭，「有什麼不敢？」

謝明哲爽快地笑了笑，「好，那我們第二局就徹底換陣容，再給流霜城一個驚喜！」

透過剛才第一局打流霜城，他發現方雨對這場比賽的準備明顯不如涅槃那麼充分，當然，這場比賽的輸贏確實不會影響流霜城的晉級，甚至不會影響他們在A組的排名，所以流霜城沒拿出最強陣容和新的戰術，選擇把更好的陣容留給季後賽，方雨的想法顯然比較保守。

這正是涅槃最好的機會！

要是不抓住，那才真的傻。

反正第一局已經拿下一分，第二局拚一把，能贏就賺大了，輸掉也不虧。

謝明哲笑咪咪地想，既然大家都認為他膽大包天，那他就再大膽一回！

第二局比賽很快開始，謝明哲毫不猶豫更換了場景。

三國時期的「落鳳坡」，龐統陣亡的地方。這張地圖在之前的比賽中還沒有使用過，新地圖的出現讓觀眾無比激動，直播間內的粉絲們更是熱情地刷起稱讚。

五分鐘的地圖播放時間，兩位解說開始迅速分析這張圖的打法，「地圖的場景事件是每三十秒暗殺掉雙方各一張卡牌。所以最好讓卡牌在最短的時間內被伏兵的利箭射死，否則，大範圍的利箭群攻傷害會給己方帶來極大的壓力。」吳月頓了頓，補充道：「我覺得關鍵時刻，可以讓殘血牌去擋箭。」

劉琛贊同地說：「這辦法不錯，放沒用的卡牌去擋利箭，主動求死，可以讓伏兵的射箭立刻終止，保護隊友不被打殘。落鳳坡場景的節奏其實非常快，三十秒一次的場景暗殺必定有卡牌會被擊殺，這張地圖對流霜城這種慢節奏的隊伍是極為不利的……」

方雨看到這張地圖時不由皺了皺眉。

他確實低估了謝明哲，第二局比賽的落鳳坡地圖對流霜城的針對性太強，好在他並不是沒法破解。除了亡語牌之外，還可以讓肖逸用輔助卡去擋箭。某些輔助卡的技能冷卻時間很長，放完技能後也就沒什麼大作用了，替隊友擋箭也算發揮最後的價值。

看完地圖後雙方公示卡組，流霜城的明牌沒怎麼變，但是方雨根據地圖調換了幾張暗牌。

涅槃這邊，公布的明牌陣容卻調整了許多。

首先是秦軒的輔助卡，這局他帶了孫策、劉備、大喬、小喬、華佗——觀眾們不知道，但謝明哲知道，他們全是三國人物。

陳霄和喻柯的牌沒怎麼變，謝明哲的人物卡出現了諸葛亮和黃月英。

看到這裡，觀戰的大神們紛紛討論起來。

葉竹激動地道：「卡牌屬性很雜啊！陳霄有五張木系植物，喻柯有四張土系鬼牌。人物卡當中，孫策是土系，華佗木系，劉備、大小喬、諸葛、月英全是金系！」他仔細數了數，得出結論，「目前的十六張明牌，是六木、五土、五金對吧？」

鄭峰摸著下巴分析道：「這麼看，涅槃的暗牌就很有意思了，除非帶四張木系，不然沒法組建十張套牌。」

似乎在證明他的猜想，下一刻，謝明哲就選擇了套牌屬性——全體防禦增強百分之五十。

這個選擇讓大家都很迷茫，加防禦？這不是謝明哲以往的作風。

之前的比賽中，百分之八十以上的場次他選的套牌屬性都是加暴擊，這樣方便陳霄的植物卡和喻柯的黑無常打收割，為什麼這局突然換成加防禦？

眾人想不出個所以然來，乾脆安心等看比賽。

鄭峰道：「果然，四張暗牌全是木系，是十張木系牌湊成的套牌。涅槃目前出現過的木系卡都是以散卡居多，王母娘娘應該會繼續帶上場，用『不死藥』克制方雨的亡語牌。其他的三張，不如大家猜猜看？」

葉竹好奇地猜測道：「會不會是月老？跟海洋生物綁起來談戀愛？」

白旭緊跟著道：「我猜是送子觀音，說不定他又想生寶寶？」

兩個小傢伙顯然對謝明哲的某些木系單卡怨念很深，而兩人這麼一說，大家突然發現——涅槃的木系卡，單卡好像都特別強？

這局比賽的木系卡牌，會不會再次出現這種單核心、自成體系的強卡？

眾人紛紛期待著。

比賽開始。

第一局雙方打了幾分鐘都沒有一張卡牌陣亡，觀眾們看得都著急。第二局則完全相反，由於場景地圖的原因，比賽節奏被強行加快。

比賽剛開始三十秒，雙方都只召喚出七張牌，場景事件就被觸發。

只見埋伏在兩側的伏兵開始瘋狂朝雙方卡牌連射利箭——場景攻擊是沒辦法躲避的，利箭會自動瞄準雙方所有卡牌並且持續不斷地掃射，直到有卡牌陣亡為止。

流霜城的水系卡都比較脆弱，被NPC連射利箭肯定受不住，方雨毫不猶豫召喚亡語牌透明魚，讓透明魚去擋箭送死，透明魚陣亡，其他卡牌全體變成透明狀態。

而涅槃這邊卻放出了孫策，一波群拉嘲諷將場景利箭全部吸收，自身陣亡來保護隊友，因此在第一波場景事件結束時，涅槃的孫策陣亡，全團無傷；流霜城的透明魚陣亡，在場的其他七張卡牌血量被射到百分之八十五左右，但受到透明魚亡語技的增益效果加持，全團隱身五秒。

雙方依舊是均勢局面。

五秒的隱身可以做什麼？

方雨以一波極限操作告訴了大家答案——

透明魚這張亡語牌的強大之處在於，當牠陣亡時會產生一種「海洋生物光透明效應」，不但周圍隊友集體變透明，接下來五秒內召喚出的卡牌也會全部變透明。

蘇青遠和喬溪瘋狂召喚卡牌，現場流霜城的卡牌數目在五秒內急速增加到十四張！

吳月震驚地道：「方雨這是要趁隱身時間，來一波大型鋪場？」

所謂鋪場，就是團戰中抓住機會，讓我方卡牌在某個瞬間在賽場迅速鋪開，數量上徹底碾壓對手，把對手存在於場上的卡牌一波打團滅，造成牌差上的巨大優勢。

比如現在的流霜城十四張卡對涅槃七張卡，真的開打，涅槃肯定沒有還手之力。

這種打法成功率很高，但風險也非常高，萬一被對手反控，那就吃不完兜著走了。

方雨畢竟是一位非常厲害的指揮，抓機會鋪場的動作快得讓人眼花繚亂，在全團隱身第四秒的那一刻，流霜城迅速發起攻擊——喬溪水母卡群體出動，水毒瞬間疊上五層，配合蘇青遠的三張卡同時毒爆，直接將涅槃現存的七張卡牌血量瞬間壓到百分之二十以下！

誰說流霜城只會慢慢消耗？

方雨告訴大家，水系卡聯手打爆發，瞬間造成的傷害也足夠讓人膽戰心驚！

攻擊會讓隱身目標現出行跡，謝明哲這時候才看到流霜城居然趁著隱身鋪場十四張牌要秒涅槃。眼看涅槃的七張卡即將被團滅，謝明哲立刻說道：「秦軒……」

秦軒反應極快，不用謝明哲說完，他就秒召出輔助卡觀世音菩薩和小喬，前者普降甘霖全團回血，玉淨瓶全團解控；後者的初嫁技能彈奏音律，直接把全團卡牌的血量給回滿！

小喬是金系治療牌，暴擊治療瞬間全團抬血的能力確實是謝明哲所有群療卡中最強的。

秦軒這一波操作讓現場觀眾激動地鼓掌叫好。

剛才真是命懸一線，如果兩張治療卡的連續加血慢那麼零點五秒，涅槃很可能被方雨的大規模鋪場直接一波秒掉七張卡，後面會超級難打。

這時候大家才發現謝明哲選擇「套牌防禦加成百分之五十」的好處，如果不是選了全卡牌防禦加成，流霜城剛才那一波爆發說不定就把涅槃的卡牌給秒了。

所以……涅槃這局是選了張快節奏的地圖，卻要加防禦拖後期？

這不是自相矛盾嗎？

觀眾們一頭霧水，兩位解說也面面相覷，吳月猜測道：「他們的思路會不會跟落鳳坡這張場景圖有關？套牌加防禦，並且帶大量的治療和保護卡，讓對手疲於應付場景事件，利用場景NPC來慢慢蠶食流霜城的卡牌？」

吳月這麼一說，觀眾們都覺得脊背發涼。

讓場景NPC去強殺流霜城的卡！

這一招也太毒了吧？

落鳳坡場景節奏極快，每隔三十秒場景NPC必殺雙方各自一張牌，一旦涅槃這邊能拖住更多時間，流霜城的卡牌又是陣亡、又是殘血，最終肯定是涅槃占據優勢……

大神們也覺得很不可思議，沒想到謝明哲會用這種招數。

方雨顯然想通了，所以才想一波流鋪場強殺涅槃七張卡建立優勢，可惜計畫落空，被對面連開群體治療給奶了回來，他只能後撤繼續等待機會。

場景事件再次觸發，方雨又送了一張亡語牌去擋箭。

這次陣亡的卡牌叫「水蛇」，陣亡時會給所有海洋生物「移動速度加成」和「閃避加成」，並且在範圍內產生存在時間長達十秒的蛇毒。

涅槃只好調整走位避開蛇毒，涅槃拿去擋箭的卡牌，則是剛剛用過治療和解控技能的觀世音菩薩。雙方卡牌數十八比十八，陣亡的卡牌全是被NPC所擊殺。

剛開始，可以放亡語牌以及用過輔助技能的卡牌去擋箭。可是隨著時間的推移，拿去擋箭的卡牌會讓指揮越來越為難，涅槃已經陣亡了孫策和觀世音菩薩，相對來說流霜城陣亡的亡語牌能觸發亡語效果，還算是占了點便宜。

在場景NPC連射利箭強殺卡牌的同時，方雨和謝明哲當然也不閒著，雙方多次技能交換，也殺掉了對手幾張牌，牌差一直趨於平衡，畢竟小喬三十秒一次的全團暴擊加血續航能力非常強，還有華佗的減傷、救殘血，劉備的全團解控和金系護盾保命。

比賽進行到三分鐘，第六次場景射箭觸發。

此時雙方卡牌數量為十二比十二，方雨突然召喚出烏賊。

眼看烏賊主動幫隊友擋箭，馬上就要被射死，謝明哲眼明手快召喚暗牌——王母娘娘！

不死藥，毫不客氣餵給了烏賊。

烏賊沒死成，結果就是場景NPC在判斷流霜城沒有卡牌被暗殺後，又射了一波利箭，對流霜城全團卡牌造成了將近百分之十血量的群攻傷害。

方雨迫於無奈只好讓師弟交出群體保護技能，再讓輔助卡去送死。

鄭峰忍不住感嘆：「謝明哲真是聰明，把地圖效果利用到了極致，這顆不死藥餵得好，方雨大概很想吐血吧！」

歸思睿回頭問道：「師父覺得，涅槃是不是要趁機發起反攻？」

鄭峰笑著點頭，「差不多了，被場景事件殺了一張牌後，目前雙方都只剩十一張牌，謝明哲的諸葛月英組合還沒出場。」

話音剛落，諸葛亮率先出現。

空城計，群體隱身！

黃月英緊跟著出現，迅速在流霜城的陣型中間擺了一個諸葛連弩。

然而，接下來出場的卡牌卻讓觀眾們大為意外——荀彧？

木系的新卡牌！又一位大帥哥！

不同於郭嘉的瀟灑風流，這一局出現的荀彧，手裡拿著一個竹子製成的書簡，看上去就很有學問的樣子，氣質溫文爾雅，微笑的模樣特別有親和力。他的容貌也非常英俊，完全不輸於謝明哲製作過的孫策、周瑜、諸葛亮和郭嘉這些美男子。

粉絲們都快雙眼冒光了。

「好帥！」

「又一位帥哥！我又多了一位男神！」

荀彧的出現，觀眾們看得很清楚，但涅槃此時是隱身狀態，流霜城的選手並沒有看到他。

荀彧技能「荀令留香」，據說他去別人家做客時會在所坐位置留下香氣，指定三十平方公尺範圍內留香並讓敵對目標產生幻覺持續三秒。

這個技能一開，流霜城選手的眼前確實出現了一些奇奇怪怪的幻覺。

但荀彧出場的關鍵在於另一個技能──驅虎吞狼。

荀彧認為虎和狼都是我方心腹大患，如果讓虎狼相爭，兩敗俱傷時，我方就可以坐收漁翁之利。荀彧開啟「驅虎吞狼」技能，可指定任意兩張敵對卡牌在接下來五秒內自相殘殺，兩張卡牌在釋放攻擊技能時會自動鎖定對方。限定技，一場比賽只能釋放一次。

謝明哲毫不猶豫讓荀彧選擇了兩張牌，開啟限定技驅虎吞狼。

然後觀眾們就看到了匪夷所思的一幕──大鯊魚和大鯨魚打起來啦！

受到荀彧技能的影響，蘇青遠攻擊力最強的兩張卡牌被荀彧指定，開始決鬥。此時蘇青遠並不知道怎麼回事，還以為這是幻覺效果，然而三秒幻覺結束時，他發現……

大鯊魚和大鯨魚正在瘋狂地互相撕咬，頗有不咬死對方不甘休的架式！

這不是幻覺！

蘇青遠直接驚呆了，什麼情況？單體混亂？

而等他回過神的時候，大鯨魚表示：打不過鯊魚。

鯨魚被血量較多的大鯊魚幹掉了。

看到自己的卡牌強殺掉自己的卡牌，這種感覺真的……

蘇青遠很想摔頭盔！

方雨也很無語，他已經猜到涅槃這局的陣容核心是什麼了，可悲的是，這種打法如果不在賽前做充分的準備，哪怕猜到，一時也難以破解！

諸葛亮的群隱，只是為了方便荀彧出場放技能。

在荀彧讓鯊魚和鯨魚自相殘殺，收掉蘇青遠最強的一張卡牌後，黃月英立刻開始連弩掃射，陳霄的群攻、喻柯的群攻緊隨其後，轉眼間流霜城的卡牌就被收掉四張，之前維持的牌量平衡一下子被打破，牌差瞬間拉開到四張！

時間過得太快，下一波場景NPC暗殺又要開始。

該送哪張牌去死？方雨的頭都要炸了！

因為此時的流霜城已經沒剩多少牌，再死的話根本扛不住涅槃的進攻。

但是謝明哲卻很從容地讓荀彧去擋箭。荀彧除去留香控場、驅虎吞狼讓對手內鬥外，陣亡後還有亡語技——己方群體防禦加成百分之五十。

謝明哲為什麼開局選套牌屬性的時候選了防禦加成？

直到此刻，謎底才終於揭曉。

這就是一個環環相扣的策略——先選擇「落鳳坡」這張快節奏強殺圖，雙方必須每隔三十秒送一張卡牌擋箭以保護隊友，在一段時間後，雙方陣亡大量卡牌，戰鬥力明顯不足。

此時，召喚荀彧，驅虎吞狼引發對手內鬥！

這一招真是狠啊！

卡牌原本就剩下不多了，還指定最強的兩張牌內鬥，鯊魚強殺了鯨魚，蘇青遠都想哭了。而荀彧完成任務後，還可以順便替隊友擋一波利箭，觸發亡語技，全團加防禦。

涅槃此時所有卡牌都是百分之百防禦加成。

而流霜城呢？

不但卡牌數量比涅槃少了好幾張，防禦更是沒法比！

謝明哲基於地圖的精細布置，讓方雨心服口服。看著荀彧陣亡的那一刻，他就知道，流霜城這局要輸。

大螢幕中打出二比零的比分時，現場觀眾幾乎無法相信！

解說吳月激動地道：「恭喜涅槃二比零爆冷擊敗流霜城！今天的涅槃，戰術布置得真是太漂亮了！第一局郭嘉亡語流的攻守互換，第二局是荀彧核心的牌差打法！」

劉琛道：「沒錯，這套體系歸根究柢，關鍵在於荀彧打出的牌差！正常來說，我方卡牌放大招擊殺對方一張牌，算是收支平衡；可是，當我方卡牌放大招，反過來殺掉我方的一張牌時，這就是很可怕的賠本生意了。」

吳月接著說道：「荀彧的技能雖然是限定技，一場比賽中只能用一次，但是在關鍵時刻用出來，就會徹底破壞對手的卡組！第二局比賽的MVP毫無疑問是新出現的荀彧，也是一位男神級的人物啊！」

劉琛笑道：「謝明哲做的卡牌顏值都比較高，粉絲們這下要為難了，今天的比賽，第一局是郭嘉亡語流打法，第二局是荀彧控牌差打法，兩位男神到底該選誰當本命呢？」

吳月開玩笑道：「我喜歡郭嘉，也喜歡荀彧，但是我選孫悟空。」

解說的玩笑話讓現場觀眾哄堂大笑，謝明哲的粉絲們都很糾結，男神真的太多了，可不可以全都要？涅槃出實體卡周邊，當然是男神天團全部來一套。

此時，謝明哲和方雨已經同時摘下頭盔。

兩人在大舞臺中間握手的時候，方雨認真地看著謝明哲說：「你確實是我見過最有天賦的指揮，今天是我太大意。」

謝明哲謙虛地笑道：「也是我們運氣好。」

——被涅槃用出其不意的戰術爆冷二比零擊敗，這就是不重視涅槃的下場。

在後臺的大神們都說不出話來，賽前沒有人想到會是這樣的結果，大家都覺得，流霜城的團戰之強有目共睹，涅槃哪怕具主場優勢也頂多只能打出一比一，拿下一分。

但誰能料到，精細又出色的戰術布局居然讓涅槃連贏兩局？

地圖、卡組、戰術、核心牌的出場時機，緊密結合，環環相扣，簡直讓人拍案叫絕！

郭嘉和荀彧，兩張木系卡牌單獨拿出來，完全是兩種不同的思路，卻在結合了對應的地圖和卡組後，發揮出奇效。

謝明哲的戰術實力真是讓大神們刮目相看！

也讓粉絲們深深地為他驕傲。

這才是謝明哲，敢於大膽嘗試各種不同的戰術，哪怕面對上賽季的冠軍，他也毫不畏懼。

他用今天的比賽告訴所有人——強隊，並不代表著必勝。輸贏的關鍵，還是要看賽前的戰術準備，準備得越是充分細緻，就越有可能獲勝。

機會，只給準備好的人。

比賽結束後，謝明哲在後臺被記者們包圍，大家對郭嘉、荀彧這兩張木系卡牌讚不絕口，也對謝明哲的指揮做出極高的評價。

謝明哲依舊保持著謙虛、禮貌的態度認真回答問題，公眾面前的形象不能崩，畢竟他在聯盟的仇恨值太大了，要是採訪的時候再拉仇恨，估計他很難活著走出場館。

直到採訪結束，在休息室裡見到師兄，謝明哲才本性畢露，興奮地道：「打流霜城居然能二比零完勝，哈哈哈哈，這個比分連我都沒想到！有沒有覺得我今天表現特別帥？」

求表揚的小師弟，看在唐牧洲的眼裡格外惹人心動，他微笑著走到謝明哲面前，毫不吝嗇地讚賞道：「你今天確實很帥，兩局比賽的戰術布置都非常出色。聽師父說，這兩局比賽，卡組的搭配都是你獨立完成的？」

「嗯！」謝明哲驕傲地說：「這兩套陣容都是我想出來的，我們主練的是郭嘉體系，荀彧體系是在第一局贏了的情況下才拿出來實驗，沒想到第二局也贏了！只能說，方雨今天準備得不夠充分，被我逮到機會，哈哈哈，二比零超爽！」

「……」好想親他，但還是得忍住。唐牧洲無奈一笑，「白旭快要氣哭了，因為涅槃打流霜城一旦二比零的話，星空戰隊進季後賽幾乎就沒望了。」

「咳咳，小白他應該早點認清現實。」謝明哲激動的心情這時候已經平復了些，他發現整個休息室只有唐牧洲一個人，不由疑惑，「師父呢？」

「蘇洋前輩要請流霜城和涅槃的人吃宵夜，他和師父先去訂位子，我留下來等你。」唐牧洲輕輕攬住師弟的肩膀，「走吧，我們一起過去。」

「等一下。」謝明哲疑惑地看著他，「蘇洋大神要請流霜城、涅槃的人吃宵夜對吧？」

「是的。」

「那你這位風華的隊長怎麼也跟著湊熱鬧啊？」謝明哲特意加重「風華」兩個字，笑咪咪地問：「還是說，師兄你覺得涅槃很有前途，想叛變風華，加入我們涅槃？」

「我不用叛變。」唐牧洲厚著臉皮說：「師父和師弟都在涅槃，我也算半個涅槃的人了。」

蹭飯蹭得這麼光明正大，還挑不出毛病。謝明哲服了他的神邏輯，只好跟上他。

蘇洋在場館附近訂了個大包廂，喬溪和蘇青遠一進包廂就想去跟他的雙胞胎女兒一起坐。結果，兩個小女孩一看見謝明哲，就爭先恐後地跑到謝明哲面前，一人抱住了一條腿，其中一人說道：「阿哲哥哥！」

另一個說：「阿哲哥哥是我的，妳別搶！」

蘇洋的兩個女兒太可愛，肉肉的臉蛋嫩得幾乎能掐出水，大眼睛、雙眼皮，紮著高高的馬尾，穿著公主裙，一模一樣的長相讓一群男生的內心快要萌化了。偏偏這倆都很喜歡謝明哲，跟謝明哲特別親。

謝明哲微笑著蹲下來，揉揉小女孩的腦袋，道：「哥哥分成兩半，妳們每人一半好不好？」

蘇洋見狀哈哈笑道：「我兩個女兒剛才還在吵架，一個說郭嘉帥，一個說荀彧帥，小謝你快來評評理？你覺得誰更帥？」

謝明哲道：「郭嘉和荀彧都很帥，有的時候，我們不需要做選擇，喜歡的全都要！郭嘉和荀彧這兩張實體卡，哥哥都送給妳們，好不好？」

兩個小女孩微微一愣，反應過來後立刻撲到謝明哲的懷裡，表示諸葛亮、孫策、周瑜、豬八戒、孫悟空，一個都不能放過——全都要！

這三個字太有道理了，兩姊妹的矛盾立刻被化解。

謝明哲很喜歡這對雙胞胎姊妹，便抱著她們在師兄的身邊坐下。

方雨作為大徒弟，自然要走去師父旁邊坐下。不過，他很不好意思，尤其在師父的面前，讓他覺得有些愧疚，畢竟今天被涅槃二比零擊敗挺丟臉的，因此他只叫了聲師父，就坐在師父旁邊一言不發。

由於他平時本來就沉默寡言，他不說話，大家也沒察覺到什麼不對。

但是蘇洋最瞭解自己這個大徒弟，見他神色嚴肅、正襟危坐，不由輕輕笑了笑，湊到徒弟的耳邊低聲說：「被二比零了不好意思啊？賽前是不是覺得打涅槃很輕鬆，不需要新的戰術準備？」

方雨被說得耳根一紅，不知道怎麼回答。

蘇洋道：「謝明哲當初能幫你訂製竇娥這張卡牌，他的製卡天賦，你應該很清楚才對。」

方雨慚愧地低下頭，「是我太大意了。」

蘇洋笑著拍了拍他的肩膀，安慰道：「流霜城拿過兩個賽季的團賽冠軍，是聯盟唯一的團賽雙冠王，目前的積分又在A組排第一名，穩進季後賽，我看你們幾個都有點飄了吧？趕緊收收心，還來得及。」

方雨立刻點頭，「我知道，師父。」

屋裡這麼多人，蘇洋自然不會當著大家的面批評徒弟，說悄悄話也特意控制著音量，只有彼此可以聽見。他知道方雨的戰術意識不差，只要提點兩句，讓方雨擺正心態就夠了。

蘇洋回頭朝坐在旁邊的陳千林問道：「今年的季後賽，錄取名額增加到了八支隊伍，兩個小組各取四支對吧？」

陳千林點頭，「嗯，以前季後賽是六支隊伍，今年增加了名額。」

蘇洋最近剛回來，對聯盟的改革還不大瞭解，緊跟著問：「那季後賽的對陣規則是A組、B組的第一名對第四名，第二名對第三名嗎？」

陳千林看向唐牧洲，後者微笑著解釋道：「不是的，前輩。季後賽階段先是組內對決，也就是A組的第一和第四、第二和第三內戰，淘汰決選出組內冠軍，B組同樣，最後再由A組冠軍和B組冠軍來爭奪總冠軍。」

蘇洋感嘆道：「這種規則確實很殘忍！」

常規賽時涅槃和裁決、暗夜之都、眾神殿都只打了一場，季後賽註定要在組內拚個你死我活，只有拿下B組的冠軍，才有資格晉級總決賽。

陳千林接著追問道：「今年季後賽最大的改變不僅是賽制，還有對局規則增加了無盡模式，你知道吧？」

蘇洋點了點頭，「我聽說過，這種模式是第一次出現，限時十分鐘不限卡，完全就是拚雙方卡池誰更深、誰的排兵布陣能力更強。」

眾人都是神色複雜。

無盡模式，在十分鐘限定時間內，雙方不限卡牌數量，可以隨意召喚卡牌。

這種模式直接去掉了亮明卡牌的階段，並沒有「明牌」和「暗牌」之分，也不能針對性地布置和調整卡牌，反而是所有卡牌隨便選用。

比賽一開始，雙方同時召喚卡牌，每隔十秒必須召喚一張新卡牌否則視為消極比賽，選手們必須保護自己的卡牌、並盡可能地擊殺對方的卡牌，這對指揮的考驗簡直是惡夢級的。

這種模式比暗牌模式更加激烈，長達十分鐘的卡池對拚，對排兵布陣的意識要求極強。有時候甚至可以用己方的弱卡，去送死換掉對方強卡的技能，運用「田忌賽馬」的策略，再召喚一波強卡反打。

隨機應變、見招拆招，這才是無盡模式的核心。

涅槃現在的卡組其實並不完善，打暗牌模式還算可以應付，一旦到了季後賽的無盡模式，涅槃這些卡牌相對其他老牌俱樂部，就顯得捉襟見肘。

風華、裁決這些俱樂部都發展了五年以上，拚卡牌數量，涅槃怎麼能拚得過？

一旦對手選了無盡模式，涅槃難道就要躺平認輸？

謝明哲將這一點默默記在心裡，打算回去再跟師父討論。

方雨回到俱樂部後，轉發了職業聯盟「涅槃爆冷二比零擊敗流霜城」的賽事新聞，並評論道：

涅槃今天確實打得漂亮，阿哲潛力無限，期待涅槃給大家帶來更多驚喜。

謝明哲也很給面子地轉了方雨的貼文，並回覆：謝謝誇獎，你們也加油！

今天的比分很讓流霜城難堪，雙方粉絲本來以為賽後會在網上產生大規模的口水戰，大家紛紛摩拳擦掌、都已經準備好了嘲諷對方的臺詞，結果……謝明哲和方雨居然友好互動？

粉絲們也不好意思罵了，紛紛熄火，轉移到論壇去討論謝明哲的人物卡哪一張顏值最高的問題。各花入各眼，最後也沒爭論出什麼結果，反正，涅槃出實體卡大家肯定買買買。

池青趁著這個機會，在涅槃的網路商城開放了人物實體卡的預購——諸葛亮、郭嘉、荀彧、孫悟空等實體卡的預購數量迅速突破了十萬，金陵十二釵女性人物套牌的預購數量更是刷新了全聯盟周邊卡牌預購量的紀錄！

粉絲們都表示：男神天團一張不能少，美女套牌也必須收集。

要是再出Q版抱枕自然也要來一套。

自從粉上了涅槃，買周邊的錢越來越不夠用了，真是痛並快樂著。

涅槃會議室內正在激烈討論。

謝明哲道：「我們的卡牌目前還不夠打無盡模式。這種模式下，十秒必須召喚一張新牌，不然就是消極比賽要被判負，十分鐘至少要有六十張卡牌參戰，而且有時候還要批量召喚，相當於一場比賽需要的卡牌數就超過六十張。」

陳霄皺著眉說：「我們目前的卡池再加上即死牌，硬湊的話能湊出六十張。但是即死牌針對偏門，如果打風華也只能上一張林黛玉。我們俱樂部剛成立，別的俱樂部都有好幾個賽季的累積，卡池肯定比我們深。」

謝明哲道：「之前做卡的思路是『在精不在多』，這麼看來，我們必須在保證精良的同時，還要多做一些卡牌去打無盡模式？」

喻柯早就想說了，他的鬼牌翻來覆去就那麼幾張，黑白無常他都快玩膩了，立刻舉手贊同，「我也覺得如果打無盡模式，我們的卡牌太欠缺了，根本堅持不了十分鐘！要是有靈感的話，再給我做幾張鬼牌吧？」

謝明哲點頭答應，「那是當然，你的鬼牌卡池本來就不夠完善，我之前留了不少素材等必要的時候再給你做新鬼牌，後期肯定會再做，厲害的鬼牌還沒出呢。」

喻柯聽到這裡更加興奮，幾乎要手舞足蹈，「比黑無常還厲害嗎？」

謝明哲笑道：「對，閻王……就是類似於眾神殿的冥王哈迪斯，鬼界之主，我想做的閻王，也可以掌管萬物生死，但技能的設定我還要再想想。」

陳千林見大家討論得興奮，便冷靜地說：「不用心急，一步一步來。等確定季後賽出線之後，再針對無盡模式製作新的卡牌。」

聯盟是允許各大俱樂部在休賽期繼續補充卡牌的，五月份常規賽結束，八月份季後賽才開始，進入季後賽的隊伍，有整整兩個月的時間可以做一些準備。

季後賽不能用全新的地圖，但可以用休賽期新做的卡牌和戰術體系。

陳霄道：「我也有一些植物牌想做，等打完常規賽，我們再一起製作，兩個月的時間應該足夠我們練習無盡模式了。」

陳千林為免大家討論得興奮過頭，立刻正回話題，「無盡模式的卡牌，我們休賽期再好好討論，現在的關鍵是下一場打鬼獄該用的戰術，你們有什麼想法？」

常規賽已經到了最後的關頭。涅槃還剩下兩個對手，一個是兩天後主場打鬼獄，再來就是五月底最後收官之戰，客場打風華。

之前的比賽中大部分地圖都用過了，涅槃本賽季提交的新圖還剩一張難度最高、打法最複雜的地圖還從沒有出場，如果再不用就沒機會了，因為最後一場打風華是客場，由唐牧洲選圖。

這張地圖正是大觀園系列圖的終極作品——劉姥姥進大觀園。

謝明哲笑咪咪地道：「不如就放劉姥姥吧，這張新圖，對鬼獄來說也算是驚喜。」

讓一大群歸思睿的鬼牌、劉京旭的妖怪牌和老鄭的石頭人、大象，陪著老太太逛園子，還要聽老太太講笑話……

那畫面真是太美了！

常規賽進行到最後的階段，部分戰隊到目前為止已經打完全部比賽，像裁決、暗夜之都和眾神殿都已經確定了出線的名額，B組依舊有懸念的就只剩第四名。

涅槃和鬼獄的比賽將決定季後賽的名額。

五月二十八日，比賽正式開始，涅槃四人走上大舞臺，穿著統一隊服的四人看上去精神抖擻，尤其是謝明哲，笑容格外燦爛。

鬼獄這邊的選手狀態也不錯，雙方握過手便各自回到旋轉椅坐下，戴上頭盔進入遊戲。

謝明哲迅速決定第一局比賽的地圖——劉姥姥進大觀園。

從名字來看，這是一張大觀園系列場景圖。可是，當場景開始在大螢幕上播放的時候，現場觀眾集體茫然臉，就連後臺觀戰的大神們也是滿腦袋的問號。

白旭撓著頭問：「這麼複雜的環境……是拼接出來的場景嗎？」

他的疑問很快得到了解答。

從俯瞰圖可以看出，這張地圖是聯賽所有地圖中面積最大的一張，剛開始是一片寬闊的空地，用來讓選手們召喚卡牌；空地之後緊跟著連接了一座寬闊的石橋，石橋下面流淌著清澈的河水；石橋的另一邊則是一處大涼亭，作為最終戰的地點。

隨著地圖的緩緩展開，地圖描述也緊跟著出現在大螢幕上——

這是一張動態事件場景圖，場景NPC為劉姥姥，她將在開局一分鐘時出現。

劉姥姥是個沒什麼文化的粗人，第一次來到富麗堂皇的大觀園後，左顧右盼，好奇極了。當她出現時，選手為了向她展示自己的富有，必須在三秒內召喚一張暗牌，否則，劉姥姥可以隨機將一張暗牌強行拖到賽場，並使該暗牌失去技能持續五秒。

這段描述讓觀眾們頓時激動起來——強行召喚暗牌，這個設定還是第一次出現，謝明哲的思路一向很清奇，涅槃的比賽果然會給觀眾驚喜。

然而，這還沒完——

劉姥姥進入大觀園後，出於好奇要四處轉轉。所有卡牌必須跟在劉姥姥三十公尺範圍之內，陪著她一起逛園子。離開範圍的卡牌將被驅逐出大觀園賽場。

陪老人家逛街，這是基本禮貌。

最後這句補充臺詞讓觀眾們哄堂大笑，真不愧是謝明哲，光看描述都想打他！

後臺的葉竹不客氣地吐槽道：「涅槃的場景圖真是一張比一張煩人，姻緣樹讓卡牌談戀愛，女兒國讓卡牌生孩子，查抄大觀園要卡牌立正接受檢查，這次倒好，還得陪老太太逛街！哪來這麼多事啊！」

裴景山平靜地說：「所有卡牌必須跟NPC保持一定距離，這就杜絕了風箏流的打法。劉姥姥逛園子是一個緩慢移動的過程，她到達終點後，肯定還有別的事件觸發，涅槃在最後一次主場拿出來的地圖，肯定是最難的壓軸圖。」

唐牧洲聽到這裡不由微笑，「看來你對涅槃也非常關注？」

裴景山無奈道：「季後賽的組內賽說不定會和涅槃遇上，多關注一些總沒錯吧。」

白旭：「……」

這是已經默認涅槃進季後賽了嗎？他們星空還是有希望的，哪怕百分之一的希望也是希望……想到這裡，他自己都覺得很無力，結果就聽葉竹突然爆了一句粗口：「我靠，聽老太太講笑話？沒看錯吧？」

白旭霍然抬頭，果然見場景圖又出現一條描述：走過石橋，來到涼亭後的劉姥姥很開心，於是坐在那裡講起了笑話，每隔三十秒，劉姥姥講一次笑話，全場景卡牌陷入「爆笑」狀態持續五秒，無法做出任何攻擊。

選手們經過強制召喚暗牌、陪老人家逛街的兩個階段後，早就筋疲力盡，還要聽老人家講笑話，這對選手的心理承受能力也是個極大的考驗。

鄭峰差點吐出一口血來——老人家，您可真會折騰！還讓不讓我們好好打比賽了？

他頭疼地道：「這張地圖很複雜，待會兒還是標記流和反擊流打法相結合，隨機應變！」

鬼獄很快就公示了卡組。

反擊流是鬼獄開創的打法，關鍵在兩張卡牌，其一是鄭峰的「石巨人」開啟大範圍石牆，反彈受到的一切傷害；其二是土系生物卡「巨蜥」，體積巨大的蜥蜴擁有超強普攻，是經典的近戰高攻卡，並且帶有持續的單體反傷能力，非常難打。想要擊殺牠，就必須以命換命。

這兩張關鍵牌都放在暗牌當中，謝明哲看不到暗牌，因此也沒法確定鬼獄這局的戰術。明牌中出現了「石獅」的群體石化控場，「石靈」的群體土系高爆發攻擊，「蚯蚓」的大範圍泥沼負面狀態，「鼠群」的土系群攻——這些都是老鄭的常用卡。

歸思睿依舊是熟悉的鬼牌，紅衣新娘、白髮女鬼雙群攻連動，還有吊死鬼的遠程攻擊。這局他新帶了一個泥漿鬼，是指定單體「泥土化」控制，時間長達六秒，顯然是控涅槃核心牌用的。照理說歸思睿不會只帶四張牌，謝明哲猜測他的大後期牌「食屍鬼」很可能放在暗牌中。

劉京旭的妖牌除了常見的三張單攻卡「狐妖」、「貓妖」和「花妖」外，這次新帶了一張「魅妖」，是範圍魅惑嘲諷牌，另一張「虎妖」是虎形態近戰高爆發單體攻擊、人形態變身獵人遠程弓箭群體射擊，非常靈活。

衛小天的牌，依舊是標記流卡牌，包括女巫、死神和詛咒娃娃。

老鄭作為經驗豐富的指揮，在排兵布陣的時候還是很講究技巧的，根據明牌很難猜到他們的戰術，說不定暗牌帶了大象呢？但是謝明哲也不敢貿然帶曹沖去賭一把。要是暗牌中有食屍鬼，那就是打大後期了。

在猜不透對手陣容的情況下，只能按自己的思路走。

謝明哲很乾脆放出早就安排好的陣容。

為了組建套牌，這次輔助卡帶的全是木系。

鄭峰猜到謝明哲會帶木系卡來組建十張木系套牌，但是具體帶什麼牌他心裡完全沒底。

上次打流霜城，一張木系的郭嘉、一張木系的荀彧，直接爆冷門二比零，這局該不會又出現木系新卡牌吧？

後臺觀戰的大神們也紛紛期待著涅槃給大家帶來新的驚喜。

【第十四章】

陪老人家逛街，這是基本禮貌

比賽開始，雙方召喚一批卡牌試探性進攻。

鬼獄為了應付劉姥姥出場時的暗牌召喚，開局打得相當兇狠，鄭峰召喚「石獅子」群體石化，衛小天立刻召喚標記牌「詛咒娃娃」，詛咒娃娃強行標記在陳霄的「黑玫瑰」頭頂，歸思睿和劉京旭的五張輸出牌同時出動，直接秒掉陳霄的主力輸出牌黑玫瑰！

秦軒即使放出了劉備的護盾，也沒能救得下陳霄的卡牌，可見鬼獄要殺陳霄輸出牌的決心有多麼強烈。在衛小天標記流的作用下，他們的集火能力確實是全聯盟數一數二的。

這種一開局就很凶悍的打法，讓謝明哲心有餘悸，但他還是迅速冷靜下來，讓秦軒強開神農的治療陣，撐過這一波攻擊。

解說吳月開口道：「鬼獄猛烈的進攻模式，應該是想在劉姥姥出場之前打下一些基礎，好召喚暗牌。可能暗牌中會有食屍鬼？屍體越多攻擊越強？」

劉琛道：「如果是食屍鬼的話，沒必要這麼早召喚，我倒覺得，暗牌中可能有衛小天的傀儡師，擊殺對手卡牌後，能反控對手的屍體。」

涅槃放出神農來抗傷害拖節奏，但鬼獄的進攻依舊沒有放緩速度。

衛小天再次召喚標記牌「女巫」，死亡詛咒強行標記陳霄的「黑法師」，歸思睿和劉京旭一波集火又把陳霄的黑法師給秒殺了，神農加血根本加不上。

被連殺兩張牌的陳霄很是鬱悶——老鄭這局是盯準了他的牌啊？

鄭峰的思路很清晰，涅槃的群攻輸出主力是陳霄，先殺陳霄的植物卡，涅槃後期就會陷入輸出不足的尷尬。

謝明哲不想跟鬼獄的標記流硬碰硬，因此在開局被動防守，鬼獄迅速集火強殺兩張牌，占據了小優勢。比賽很快進行到一分鐘的臨界點——劉姥姥出場！

衣衫襤褸的老太太一出現，雙方都開始自覺地召喚暗牌。

如果超過三秒不召喚，劉姥姥就會強行隨機把一張暗牌拖到賽場，並使其失去技能，極大地影響雙方戰術。

雙方都不敢違背場景規則，因此都在三秒內召喚出了暗牌。

涅槃召喚出的暗牌是觀世音菩薩，木系治療解控牌，完全沒有戰術可言。

看到這裡觀眾們都愣了愣，暗牌一般情況下會放入戰術意義最強的四張，但是今天的地圖比較特殊，所以涅槃反其道而行，把不是很重要的牌放進暗牌中，這樣的做法確實機智。

而鬼獄在下一刻召喚出的暗牌，果然是解說剛才猜測的傀儡師！

衛小天的傀儡師，可以強控賽場上已經陣亡的一張牌，他選擇控制陳霄的植物卡黑玫瑰，觀眾們看到，剛才陣亡的黑玫瑰原地復活，並立刻叛變加入到鬼獄的陣營，漫天黑色玫瑰花瓣大範圍拋灑，並對涅槃所有卡牌造成大量木系傷害！

黑玫瑰被傀儡師強控，對目前卡牌少了兩張的涅槃來說無疑是雪上加霜。

鬼獄趁機又打了一波進攻，利用黑玫瑰的群攻把涅槃在場的卡牌全部打殘，狐妖、貓妖變身妖形態，靈活的小妖瞬移過來強殺陳霄第三張植物卡美人蕉，秦軒開觀世音菩薩的群體治療並讓劉備給陳霄的植物套上免死護盾，這才保住美人蕉一命。

然而，金系護盾存在時間有限，依舊撐不住多久。劉京旭打出高額爆發傷害後，歸思睿的紅白女鬼和吊死鬼遠程攻擊，所有輸出被「死亡詛咒」標記全部導入到美人蕉身上，美人蕉瞬間陣亡！

涅槃的粉絲們看到這裡，心裡格外著急。

老鄭是非常有經驗的指揮，盯準一個選手的卡牌打，這樣容易把涅槃的團隊體系打崩，待會兒團戰陳霄無卡可控，技能配合自然銜接不上。

謝明哲對老鄭的指揮也心生讚賞，不過，這局比賽涅槃的戰術可沒那麼簡單！

陳霄被連殺三張牌，換成一般的選手可能會暴躁，但他神色平靜，好像什麼事都沒發生一樣，也不召喚卡牌了，坐在旁邊很淡定地打醬油。

這時候雙方卡牌數實際上是二十一比十七，之所以出現二十一這個奇怪的資料，是因為傀儡師反操控了一張涅槃已經陣亡的卡牌，這張牌在實際上已經成了鬼獄的傀儡。

開局劣勢太大，粉絲們又是擔心又是焦急，紛紛舉起應援旗幟鼓勵涅槃。

唐牧洲倒是完全不擔心，微笑著道：「阿哲打得很被動，應該是還沒到他想要反擊的節奏點。」以他對師弟的瞭解，謝明哲並不喜歡被動挨打，前期一直被動防守肯定是節奏點還沒到，等到了涅槃反擊的時候，絕對會一波把劣勢打回來——他對謝明哲就是有這樣的信心。

事實也證明如此。

雙方真正開始大混戰，是在劉姥姥開始逛園子的時候。

植物、鬼、妖怪、石頭、人類……一大群卡牌跟著老太太逛園子，那叫一個壯觀！

觀眾們都快笑瘋了。

「劉姥姥簡直是VIP待遇，就跟長官視察似的，屁股後面跟了一群卡牌！」

「劉姥姥才是最霸氣的NPC，逛街帶一大群小弟。跟不上就放逐！誰敢不跟？」

「卡牌們表示，跟著老太太逛街，我們也很無奈好吧！都怪謝明哲！」

謝明哲已經成了全體卡牌的公敵。

劉姥姥逛園子是一個動態變化的過程，並不是勻速直線行走。

剛開始，她的移動速度並不快，而且還會停下來賞賞花、看看風景，卡牌們挺好跟的。但她賞完花之後，卻突然加快速度，雙方立刻不約而同地開始給對手使絆子。

幾乎是劉姥姥加速的那一瞬間，老鄭直接召喚出蚯蚓——只見一大群蚯蚓鑽入地面，讓地面的泥土變得蓬鬆，迅速形成範圍達到三十平方公尺的泥沼，將涅槃的卡牌困在泥沼中無法移動。

卡牌無法移動，就會跟不上劉姥姥，這非常危險。

好在秦軒專門留了觀世音菩薩的解控技能，玉淨瓶中的楊柳枝輕輕拂過，全體友軍解除負面狀態，立刻跟上劉姥姥。

但鬼獄這邊還有後招，歸思睿的泥漿鬼緊跟著用身上的泥土包裹住指定的敵對目標，使目標泥漿化持續六秒。觀世音菩薩被泥漿鬼控在原地，謝明哲果斷地道：「放棄觀世音！」

劉備有範圍解控技能，但沒必要開出來救一張牌。謝明哲決定放棄救觀世音，位於後排的觀世音菩薩沒能跟上劉姥姥的腳步，結果被放逐出了賽場。

涅槃的卡牌數變成十六比二十一，劣勢更大了。

觀眾們都有些焦躁。

「選這種地圖，不是應該早做好準備的嗎？反倒被老鄭搶到了先機！」

「老鄭確實很強，一看地圖就知道怎麼打，各種泥沼、減速限制，讓涅槃的卡牌跟不上劉姥姥的速度。」

「掉隊的卡牌會被放逐，這才是劉姥姥逛大觀園的關鍵！」

鄭峰的意識確實強。

但是謝明哲既然選了這張地圖，怎麼可能不清楚這張圖的關鍵？

他在等一個最合適的時機。

涅槃的卡牌被老鄭的石頭控制，被歸思睿的鬼牌拉扯，被劉京旭的妖牌迷惑……數量再次減少，等劉姥姥走到石橋的時候，涅槃的卡牌已經只剩下可憐巴巴的十四張了。

十四比二十一，七張牌的差距，看上去幾乎是必輸的局面。

然而，也正是劉姥姥走到橋上的那一瞬間，涅槃突然開始迅速召喚卡牌！

謝明哲連召金系卡，馬超群體加速，關羽、張飛、劉備連動輸出，黃忠在遠處射利箭專門打老鄭的厚皮土系卡。

鄭峰察覺到涅槃要反擊，立刻召喚石巨人，開啟石牆——瞬間反傷！

老選手經驗豐富，反應速度極快，土系反擊牆讓涅槃的攻擊反而打到自己的身上。

這對涅槃來說無疑是雪上加霜。

鬼獄抓到機會，立刻開始全面反攻。

由於石橋是長方形，此時，劉姥姥走在中間，涅槃的卡牌在劉姥姥左側方，鬼獄的卡牌在右側方，鬼獄近戰牌居多，想要進攻自然要靠近涅槃。

就在這一瞬間，謝明哲和秦軒突然來了一波完美的配合。

秦軒召喚諸葛亮，空城計，群體隱身！

同時，謝明哲召喚出木系輔助牌賈詡、金系輸出牌趙雲！

賈詡這張牌是全新的木系牌，由於郭嘉和荀彧的木系卡輔助都有過出色的表現，觀眾們對這張牌特別感興趣。

戰鬥記錄中很快顯示了賈詡的技能。

第一個技能「擁立世子」，賈詡可指定友方的一張男性人物卡牌使其成為世子繼承人，被指定的卡牌基礎血量、基礎防禦永久提升百分之五十。

謝明哲讓這個技能對準了趙雲，在賈詡的協助下，趙雲血量和防禦瞬間提升百分之五十。

第二個技能「文和亂武」，群體混亂！

這才是賈詡出場的關鍵意義——只見賈詡一招文和亂武，位於橋上的鬼獄所有卡牌瞬間陷入混亂，趙雲趁著這個機會，騎著雪白的玉獅子，手持銀色長槍，衝入了敵軍陣營當中。

七進七出，趙雲七秒內連續突進七次，對直線路徑上的敵人造成大量傷害！

這個技能看上去沒什麼特別，對方只要看見趙雲衝過來，自然會躲避。

可是，在被混亂的情況下，卡牌不受控制，趙雲直線衝刺時造成的傷害就很難被躲避。

鬼獄的卡牌被混亂後到處亂撞，老鄭立刻開了解控，但賈詡的混亂被解除後，諸葛亮舌戰群儒又是一波混亂，雙混亂卡的極限技能銜接，讓比賽現場徹底變成了趙雲的表演舞臺！

在謝明哲的精妙操作下，英俊的趙雲在亂陣中連續衝刺。七次直線衝擊，每一次都打向鬼獄的脆皮輸出牌，打出的爆炸傷害資料簡直讓觀眾們目瞪口呆！更可怕的是，趙雲不但造成大量傷害，由於衝刺的角度選擇得特別好，還讓三張卡牌因為混亂從橋上摔了下去，落入河中！

喻柯緊跟著召喚鬼牌聶小倩，頭髮一甩，將鬼獄的關鍵牌傀儡師纏住丟進了河裡！同時，黃月英放置的諸葛連弩三百六十度範圍掃射，陳霄剩下的植物牌「吸血藤」出現，群體吸血還能給友方卡牌加血！

四位隊友的默契配合，一波反攻直接把開局的劣勢強行扳了回來。

鬼獄有四張卡牌落水，此時，劉姥姥正好走過石橋，落水的卡牌因為跟不上劉姥姥的腳步被放逐出賽場，這其中就包括傀儡師。

傀儡師一死，被他操控的黑玫瑰當然也掛了，相當於一次追回五張牌的差距。再加上黃月英的掃射和趙雲的連續突進，其他蜀國騎兵團的輔助輸出又秒殺鬼獄三張牌，雙方卡牌數從過橋之前的二十一比十四，瞬間變成了十三比十四——涅槃反超了鬼獄一張牌！

涅槃在開局被動防守了很長時間，但是謝明哲抓住機會的能力，確實讓人心服口服。

粉絲們快激動哭了，這一波大團戰打得實在過癮！

對地形的利用簡直絕了！

趁著「劉姥姥過橋」這個時機，賈詡和諸葛亮連續開混亂，趙雲這張最靈活的卡牌七次精準的直線突進，直接將鬼獄正面打崩，一口氣追回了八張牌的差距。

這就是謝明哲，不鳴則已，一鳴驚人！

趙雲的表現特別亮眼，七進七出的靈活性在混亂的局面下發揮到極致。騎著雪白駿馬、手持長槍的英俊將軍，無疑是全場最閃亮的明星。

看來粉絲們的男神名單又要增加一位了。

老鄭也很意外，他猜到謝明哲在等時機，卻沒想到是這樣的方式。

不過，鬼獄也不能認慫。

死了很多卡牌是吧？該是食屍鬼出場的時候了。

此時，劉姥姥已經走到最終戰的涼亭裡，她坐在中間的石凳上講了一個奇怪的冷笑話，全場卡牌哈哈大笑持續五秒。

卡牌們強顏歡笑，觀眾們哭笑不得。

歸思睿趁機召喚出食屍鬼，利用卡牌的被動技能，一邊哈哈大笑，一邊迅速吞噬周圍的屍體。

此時，場上陣亡的卡牌數量已經達到十五張，食屍鬼吃屍體的速度極快，看著它頭頂飛快提升的攻擊資料，觀眾們簡直心驚膽戰。

和食屍鬼同時出場的，還有老鄭的卡牌巨蜥，龐大的土系生物擁有極強的近戰輸出能力，受到傷害還可以反擊對手，非常難殺。

鬼獄這兩張輸出牌都是一卡頂三卡的強力牌，涅槃會怎麼處理，大家都很期待。

謝明哲看到蜥蜴出場後，立刻放出趙雲普攻去打巨蜥。

由於趙雲有賈詡「擁立世子」後的血量、防禦加成，被反彈傷害也絲毫不怕，他就這樣瘋狂跟蜥蜴換血，直到殘血時觸發「渾身是膽」效果——直接原地自爆，炸死蜥蜴。

這種「以命換命」的打法，也只有血量加成之後的趙雲才可以做到。

謝明哲把賈詡「擁立世子」的技能加給趙雲，就是為了應付老鄭的反擊卡。要不是賈詡的血量防禦雙重加成，趙雲早就被蜥蜴反彈死了，謝明哲的破解方案簡單粗暴，卻極為有效。

粉絲們紛紛表示：今天的趙雲真是太帥了！

蜥蜴的陣亡對鬼獄來說並不算劣勢，因為食屍鬼又多了一個可以吃的屍體，它的攻擊已經吃到了最高，馬上就是食屍鬼表演的時間！

就在這時，謝明哲突然開啟了賈詡的第三個技能——一紙間書。

賈詡指定敵方一張卡牌，給該卡牌寫封信，塗掉關鍵的資訊讓它的隊友看到，隊友們懷疑該卡牌有異心在跟敵人互通消息，因此不再增援它。被指定收取書信的卡牌，將會免疫友方所有的增益、治療、復活類技能持續八秒。

觀眾們：「……」

居然要給卡牌寫信，還讓隊友們誤以為這張卡牌和敵方通信是要叛變？

後臺看比賽的裴景山無奈扶額，「果然是謝明哲的風格。」

葉竹吐槽道：「給卡牌寫信，虧他想得出來！」

突然收到賈詡信件的食屍鬼：「啊？」不，我真的不認識他！不知道他為什麼給我寫信？

食屍鬼這張後期牌，吞噬大量屍體後攻擊力高到爆炸，職業聯盟唯一能和他比攻擊力的就是裴景山養出來的蠱王。

這兩張牌，到了後期幾乎是一巴掌一個小朋友，完全能做到清場收割。

但是攻擊力超高的卡牌，防禦力都超級低……

通常，歸思睿放出食屍鬼的時候，隊友劉京旭會立刻用妖族嘲諷卡來幫食屍鬼抵擋傷害，或者用妖族人形態的治療卡給食屍鬼加土系護盾，保護食屍鬼不被對手秒殺。

可現在呢？

賈詡給食屍鬼寫了一封信。

賈詡說，食屍鬼在跟我通信，肯定是叛徒，你們不能幫他。

於是，鬼獄的卡牌們被強迫認為食屍鬼是叛徒，一切增益效果對食屍鬼無效。

食屍鬼還沒來得及發揮出作用，關羽就騎著駿馬，青龍偃月刀朝著它一個揮砍，把防禦力極低的食屍鬼瞬間給秒殺了！

歸思睿此時的內心是崩潰的。

沒法給食屍鬼加護盾的劉京旭也是崩潰的，老鄭簡直要氣笑了！

後臺觀賽的大神們卻是哭笑不得。

這一招太缺德，直接給對面的核心牌寫一封信，讓核心牌失去友方的一切增援，脆皮卡還能怎麼辦呢？被一刀砍死簡直沒地方哭。

之前唐牧洲做出了「移花接木」來對付食屍鬼和蠱王這類大後期卡牌，如今謝明哲又玩起了「一紙問書」，真不愧是同門師兄弟，一個比一個缺德！

眾人紛紛扭頭看陳千林。

陳千林坐姿端正，神色淡定，一副「不關我事」的樣子。

食屍鬼的陣亡，也宣告著鬼獄的全面崩盤。

涅槃戰隊乘勝追擊，最終以四牌之差贏下鬼獄！

趙雲在本場比賽的帥氣表現，自然迎來全場觀眾的熱烈掌聲。

至於擅自給對方卡牌寫信，還反過來污衊對方卡牌和自己串通，讓對方卡牌被迫處於「孤立無援」境地的賈詡，粉絲們紛紛表示——這個人太毒了！

謝明哲發現，賈詡對付這種攻擊力超強的核心牌真的特別好用，不愧是三國第一毒士。

以後可以多給這些核心卡牌們寫寫信。

比如，打風華的時候，給師兄的千年神樹也來一封？

在驚險拿下第一局後，第二局涅槃繼續使用「劉姥姥進大觀園地圖」，只是把金系牌換成了土系牌，謝明哲想利用鐵扇公主體系在劉姥姥過橋的時候進行位移強控。

比起賈詡、諸葛亮雙混亂配合趙雲的七次突進，鐵扇公主、牛魔王的位移強控體系也非常好用，只要讓鐵扇公主把對方的鬼牌吹到河裡，或者讓牛魔王的近戰擊退將對方卡牌撞下石橋，落水的卡牌自然會因為跟不上劉姥姥的速度而被放逐。

比賽開始，鬼獄依舊猛烈進攻，涅槃被動防守。

跟上局一樣，當劉姥姥走到石橋上的那一瞬間，涅槃才開始全面反擊。

鐵扇公主、牛魔王和紅孩兒的連動體系被謝明哲迅速召喚出來。

鐵扇公主手中的芭蕉扇猛地一揮，眼看就要把鬼獄的卡牌給吹飛出去，然而，老鄭在第一局就上了這個當，第二局他當然會有所防備。幾乎是謝明哲召喚出鐵扇公主的同時，鬼獄的劉京旭就立刻召喚出超強輔助卡——妖王！

妖王這張牌的設計也很有特色，他在「人形態」是一位容貌俊美的帥哥，頗有妖界之王的威嚴氣度，技能「妖王降臨」可以劃出一片三十平方公尺的範圍，讓己方所有卡牌群體免疫任何控制，並使妖族牌全部現出原形。

劉京旭的狐妖、貓妖、魅妖和虎妖在妖王出現的那一刻全部變成妖形態，利用妖王贈與的免控時間靈活地突進到涅槃的陣容當中。

同時，衛小天的死神放出了「死亡詛咒」的標記，歸思睿的紅白女鬼和吊死鬼遠程攻擊，協助劉京旭的四張妖形態卡，瞬間秒殺鐵扇公主！

這波反擊讓涅槃猝不及防，關鍵在於「妖王」這張牌的群體變形，讓劉京旭在瞬間打出極高的傷害。

鐵扇公主一死，牛魔王雖然依靠橫衝直撞的近戰突進能力將鬼獄幾張牌撞下了石橋，但是雙方的卡牌差距並沒有拉開太多。

上局是在石橋上一波逆轉，但第二局因為鬼獄早有防備，謝明哲想在石橋上放逐對手至少七張牌的計畫落空。

劉姥姥走過石橋的時候，雙方卡牌數量相等，最終戰就變得格外關鍵。

這局歸思睿並沒有召喚出後期卡牌食屍鬼。

大概是上局收到賈詡寫的一封信，被強行變成「叛徒」，歸思睿也不想讓食屍鬼再遭受一次精神上的折磨，於是他換了一張新牌——餓死鬼。

這張鬼牌在本賽季第一次出現。餓死鬼身材乾癟，幾乎只剩下皮包骨，長期饑餓的青年男性形象被歸思睿畫得惟妙惟肖，他神情呆滯，張大嘴巴四處尋找著食物……

餓死鬼的技能設計跟食屍鬼類似，食屍鬼是吞噬屍體來增強自己的攻擊力，餓死鬼卻是直接吞噬指定對手的攻擊力，並轉化為自身的攻擊。

歸思睿瞄準的，正是喻柯攢了很久陰陽標記的黑無常。

餓死鬼直接吃掉了黑無常的攻擊，廢掉黑無常戰力的同時，還提升了自己的輸出。這張卡牌的效果並不比唐牧洲的移花接木差。

涅槃最終戰輸出不足，遺憾地以兩牌之差輸給鬼獄。

本場比賽最終打成一比一的比分。

這個比分大家毫不意外。

涅槃想用相似的套路連續從鬼獄的手裡拿兩分也不現實，鬼獄在第二局的反應確實夠快，像「妖王」、「餓死鬼」等新卡牌的出現，也證明了鬼獄對和涅槃這一場比賽的重視。

謝明哲很快就接受了這個結果，摘下頭盔後走到舞臺中間跟對面握手。

老鄭拍了拍他的肩膀，鼓勵道：「今天打得不錯，我很看好你，不管涅槃最後的成績怎麼樣，這賽季的最佳新人獎肯定是你的了。」

謝明哲被誇得不好意思，只好保持禮貌的微笑，和鄭峰大神握了手，道：「前輩過獎了，拿不拿獎我現在還不敢想，B組強隊很多，我只能走一步算一步。」

鄭峰哈哈笑道：「你還這麼年輕，前途無量！」

回到後臺時，記者們早就等在那裡，看見謝明哲出來，立刻一擁而上包圍他，爭先恐後地提問：「打流霜城二比零，打鬼獄一比一，涅槃連拿三分，在B組積分榜上和星空的差距拉開到了五分，涅槃應該能確定從B組出線進季後賽了吧？」

謝明哲微笑道：「也不算完全確定。涅槃現在是五十一分，星空雖然四十六分和我們差了五分，但是星空還有三場比賽沒打，三場比賽拿六分反超涅槃，在理論上也是有可能的。」

旁邊有記者笑道：「涅槃也還有一場比賽沒打，除非星空接下來連續三場比賽二比零獲勝，而涅槃則被風華二比零，你說的這種可能才會出現。」

謝明哲立刻讚賞地看向這位女記者，「妳的數學不錯，確實有可能出現這種情況，所以我依舊不能鬆懈，至少打風華別被師兄剃光頭。」

記者們哄堂大笑，都覺得謝明哲謙虛過頭了。

實際上，到現在這個地步星空戰隊出線的可能性已經不到百分之一，今晚第二場比賽，風華VS.星空，還是風華的主場，星空想拿下二比零簡直是開玩笑。

不過謝明哲懂得在記者面前不說大話的道理，積分榜還沒完全確定，哪怕他心裡知道涅槃距離出線的目標越來越近，嘴上還是要謙虛一下的。

在後臺看到這段採訪的白旭有些鬱悶。

沒想到，最終決定誰能出線的，居然成了風華。

他扭頭偷偷瞄了哥哥一眼，卻正好對上唐牧洲看過來的目光。

唐牧洲似乎看穿了弟弟的心思，用很溫柔的語氣湊在他耳邊說：「想二比零嗎？」

白旭心頭一跳，「你、你這話什麼意思？」

唐牧洲微微一笑，補充道：「我二，你零——二比零確實很容易。」

白旭差點一口氣沒上來，惡狠狠地白了他一眼，起身直接走向準備區。

隔壁接受採訪的謝明哲還在侃侃而談：「下一場打風華，我當然會盡全力，爭取從師兄手裡也拿下一分……至於陣容，常規賽最後的驚喜，就是留給師兄的。」

後臺觀戰的唐牧洲面帶微笑，神色坦然。

倒是風華二隊的選手們脊背一陣發涼——上一輪涅槃主場，第一局「姻緣樹」強制卡牌談戀愛，第二局「女兒國」強制卡牌生孩子，風華的植物卡們都快被謝明哲玩壞了。

這次好歹是風華的主場，在場景方面由不得涅槃做主，唐牧洲肯定不會選那麼奇葩的場景圖。顯然，謝明哲所說的「驚喜」是在卡組方面。

最後的驚喜？謝明哲這是準備了什麼驚喜大禮包嗎？

結束採訪後，謝明哲坐在觀戰席耐心看第二場比賽。

風華VS.星空的比賽打得異常激烈，白旭今天顯然是拚死一搏，這也是星空最後的機會。

然而，唐牧洲並沒有因為他是自己的表弟就手下留情。如同唐牧洲賽前所說：我二，你零——二比零確實很容易。

這個比賽結果也徹底粉碎了白旭出線的夢想。星空只剩下兩場比賽，和涅槃卻差了五分，從理論上來說，星空已經與本賽季的季後賽徹底無緣了。

比賽結束後，唐牧洲在後臺攔住了白旭。

白旭耷拉著腦袋，眼睛紅紅的，看上去快要哭出來了，唐牧洲倒是一臉笑意，揉揉表弟的腦袋道：「我早就說過星空戰隊沒希望出線，你還不信，今天的兩局，就是想讓你認清楚星空和強隊之間的差距。」

白旭心裡很清楚，但他個性驕傲，不好意思在哥哥面前服輸，只能繃著臉不說話。

唐牧洲繼續揉揉他的腦袋，「別抱有不切實際的幻想，你現在最關鍵的是豐富戰術、打好基礎，學學阿哲，他光是做卡就花了好幾個月，每一步都走得很紮實，涅槃的基礎比你好太多了。」

不提涅槃還好，唐牧洲一提謝明哲，白旭終於忍無可忍，瞪大眼睛看著他道：「又是謝明哲！反正我做什麼都不對，你只會批評我。謝明哲做什麼都對，你恨不得把他誇上天是不是？」

唐牧洲微笑，「總算說對了一句人話。」

白旭快要氣死，忍不住道：「師弟、師弟，天天把師弟掛在嘴邊，你乾脆認他當弟弟算了！」

正好謝明哲路過休息室，聽見這對話，立刻停下腳步，好奇地往裡探了探腦袋，發現是師兄和白旭後，他便笑著走了進來，順手關上門，「這是在跟你弟弟訓話呢？」

唐牧洲看見他時目光立刻變得溫柔起來，低聲說道：「小白年紀還小，不大懂事，我這個當哥哥的也該指點一下他，免得他走歪路。」

謝明哲微笑著走到小白弟弟面前，拍拍他的肩膀道：「今天比賽打完後，星空就註定進不去季後賽了，心裡是不是特別難過、特別沮喪？」

白旭垂著頭不說話。

謝明哲以兄長一樣的態度溫和地說：「這個賽季進不去季後賽，其實也不要緊，還有明年，打好基礎才是關鍵。你看暗影戰隊，邵夢晨打了六個賽季今年才第一次打進季後賽，她都沒說什麼，你這麼年輕，這才剛剛起步，別心急，慢慢來吧。」

唐牧洲緊跟著道：「阿哲說得沒錯，先靜下心來，仔細研究一下聯盟其他高手，找找自己的缺陷。下半年還有個人賽，你多努力一些，說不定能在個人賽打進十六強。」
謝明哲附和：「個人賽和雙人賽你都可以參加，別灰心，時間還多呢！」
白旭被安慰得惱羞成怒，紅著臉打斷了兩人：「你們倆夫唱婦隨的，囉囉嗦嗦就跟我爸媽一樣！道理我都知道，不用你們反覆強調。」
謝明哲怔了怔，立刻糾正：「夫唱婦隨這個詞用得不對，應該是一唱一和。」
唐牧洲笑而不語——他覺得表弟用詞非常準確。
剛才只是隨口一說，謝明哲這麼一糾正，白旭突然覺得唐、謝兩人間有種很奇怪的默契，他撓了撓腦袋，想不通乾脆不想了，轉身離開時，又故作平靜地回頭朝謝明哲說：「謝明哲，說好要寄給我的東西別忘了。」說罷就立刻撒腿跑了。
唐牧洲疑惑，「你要給他寄什麼東西？」
謝明哲輕咳一聲，忍著笑道：「當時他偷偷搶涅槃的周邊，手滑轉發到個人頁面，正好被我看見，我答應寄一個大紅色的月英寶寶抱枕給他。」
這白旭的心智，是不是還停留在八歲？唐牧洲有些無奈地揉了揉額角，道：「嘴上罵你，心裡卻惦記著你的抱枕，真是夠幼稚！」
謝明哲倒是毫不介意，「他跟葉竹都是我的黑粉，黑到深處自然粉的那種黑，我決定給葉竹也寄一個抱枕，胖叔簽名版的，哈哈哈，不知道他收到之後會是什麼反應？」
唐牧洲：「……」估計是又想打你、又暗暗喜歡，非常糾結地把抱枕偷偷收起來。

五月底，常規賽的賽程進入收尾階段。

B組的積分榜，涅槃以五十一分牢牢占據著第四名的位置。最後一場收官之戰，風華VS.涅槃，對兩支戰隊的晉級不會產生任何影響，也就是說，這一場比賽不管誰輸誰贏，A、B兩組的積分排名都不會改變。

幾乎變成了一場「無關緊要」的觀賞性比賽。

如果是往常的賽季，這種不影響積分的觀賞性比賽，關注度肯定會少一大半。

今年卻恰恰相反——因為本場比賽又是唐、謝師兄弟的內戰！

比賽還沒開始，官方直播間開通「直播提醒」的網友就已經突破了三億，現場的門票被搶購一空，遊戲內部的賽事門票預訂也極為火熱。明明是不影響積分的最終之戰，偏偏卻打破了常規賽門票的出售紀錄，成了人氣最高的一場比賽。不但網友們擠破頭地跑來看，各大俱樂部已經結束比賽的大神們也紛紛來到比賽現場。

五月三十一日，常規賽團戰的最後一天，風華VS.涅槃，收官之戰正式打響！

唐牧洲和謝明哲在大舞臺上友好地擁抱鼓勵了對方，便各自回到旋轉椅坐下。

上回組外循環是涅槃的主場，這一回自然變成風華的主場。

涅槃主場兩局比賽的姻緣樹、女兒國場景圖成了本賽季的經典場景，風華的場景地圖自然備受觀眾們的期待。

唐牧洲很快就選好了場景圖——魔鏡森林。

這是風華本賽季從未使用過的地圖。

大家都知道聯盟規定了季後賽不能用全新場景，本賽季的場景圖需要在常規賽公示，風華居然把新的場景圖放在常規賽的最後一場比賽，唐牧洲留給師弟的可真是VIP豪華待遇！

謝明哲受寵若驚，大部分戰隊在上一週就已公開全部的場景圖，風華居然還留著一張專門打涅槃，可見唐牧洲對這一場比賽的重視程度。

這場比賽完全不影響雙方的排名，唐牧洲卻拿出了十二分的誠意。

粉絲們開心極了，紛紛坐直身體，認真地觀察這一張地圖。

魔鏡森林地圖看上去並沒有什麼特別，只是樹木較為茂密而已，直到場景中出現一面奇怪的鏡子，上帝視角俯瞰場景的選手和觀眾們這才震撼地瞪大了眼睛。

魔鏡，反面鏡像！

每隔一段時間，森林中會出現一面透明的巨大魔鏡，魔鏡降落在雙方陣營的中間，並立刻生成反面鏡像。也就是說，魔鏡出現之前，你看到對方的卡牌在左側，魔鏡出現後，卡牌的幻象會自動旋轉一百八十度出現在對稱的右側，而卡牌原本的位置則形成一個對稱的虛影，就像卡牌在照鏡子一樣。

——實像，虛影，虛虛實實難以分清，這才是魔鏡森林的可怕之處！

不僅是謝明哲心中震撼，後臺觀戰的大神們也很是驚訝，裴景山忍不住道：「唐牧洲居然把這麼可怕的地圖放在常規賽的最後一場，他真是沉得住氣。」

葉竹對著大螢幕研究了半天實像和虛像，然後頭疼地放棄思考，「這張圖也太複雜了吧？卡牌越多，反面鏡像就會越混亂！誰能記得清每一張卡牌原來在哪裡？一旦記錯，打過去的技能就會全部放空！」

歸思睿建議道：「如果虛影出現的時候主動停戰，等魔鏡消失再打呢？」

鄭峰擺了擺手否定，「唐牧洲設計的地圖不會這麼簡單，我估計魔鏡沒那麼容易消失。」

果然，下一刻就看到地圖的補充描述——

透明魔鏡出現時，若成功擊殺對方的一張卡牌，則魔鏡效果消失；若不能擊殺對方卡牌，魔鏡效果將一直存在。魔鏡的兩面互不影響，因此，可能會出現其中一方陷入魔鏡生成的幻覺虛影，而另一方視野卻恢復正常的情況。

就像一些特殊的鏡子，坐在餐廳裡的人看外面是透明的，一切景色都看得一清二楚；而走在外面的人，往餐廳內部看，卻只能看見自己在鏡子裡的投影。

唐牧洲設計魔鏡森林就是用了這種原理。

魔鏡會一直存在，除非擊殺對手一張牌，才能消除魔鏡的影響。這就考驗了指揮的反應速度，當魔鏡出現時，指揮必須以最短時間擊殺對手的真卡，不然，一旦對手殺了你的卡，那麼對手看你一清二楚，你看對手卻是鏡像，局面只會越來越不利。

魔鏡出現的時機非常有節奏感，從比賽開始的那一刻計時，一分、兩分、三分……直至比賽結束，每一個整分都會按時出現。

謝明哲頭都要大了，師兄做的這張圖確實是本屆聯賽最難打的地圖之一。

鏡像，這對指揮的考驗不僅是反應速度，還有推理能力。在看到鏡像時要迅速根據腦海中的記憶推理出實卡和虛影的位置，還要安排我方迅速集火強殺對手的核心牌，保證打過去的技能命中實卡，而不是打到虛影身上……

這太難了！到底該怎麼打？

謝明哲心裡沒底，但他早就說過，這一場比賽他會放鬆心情，用新卡和師兄來一次較量，不管輸贏，能發揮出新卡組的實力就夠了。

想到這裡，謝明哲不再猶豫，展示出準備好的卡組。

這時候觀眾們發現，涅槃公示的卡組中出現了陌生的人物卡。

郭嘉、荀彧、賈詡——這三張之前的比賽中大顯神威的木系單核卡，今天居然同時出現在賽場上。此外，觀眾們還看到了兩張新的木系牌。

第一張是個容貌端莊秀麗的大美人，叫甄宓，顏值並不輸給謝明哲之前製作的大小喬。她手持團扇，笑容親和，附加技能也很好聽——翩若驚鴻、婉若游龍。前者是提升閃避，後者則是提升移動速度和攻速並自動鎖定血量最低的敵對目標之一，對其造成連擊三次的高額木系單體傷害。

甄宓這張木系牌很好理解，就是高閃避、高敏捷的近戰單體收割卡。

但另一張木系的新牌就讓觀眾們很是意外。

荀攸，附加技能「聲東擊西」，可讓指向性技能偏移；算無遺策，可讓我方一切攻擊變成鎖定攻擊，無法躲避；大智若愚，隱藏自身屬性，讓對手無法判斷血量。

通常在公示卡組的時候，會把最強的放在暗牌，讓對手無法提前知道我方戰術。

如今，十六張明牌中出現了郭嘉、荀彧、賈詡、甄宓、荀攸這麼多的木系卡，那麼，謝明哲帶的暗牌會是什麼卡？不但觀眾們很好奇，觀賽的大神們也很好奇。

這麼多的木系人物卡，涅槃這是終於拿出木系套牌了嗎？

眾人紛紛疑惑著。

只有陳千林神色平靜地看著大螢幕。

暗牌不好提前放出來，因為小徒弟帶的暗牌中有能抗能打的木系最強嘲諷卡曹操，還有忍忍忍、忍無可忍一波清場的司馬懿，以及瘋起來連親兄弟都要殺的……曹丕和曹植連動卡。

提前放出來，怕是觀眾們看技能都要看暈！

謝明哲展示卡組的同時，風華戰隊也公開亮出了本場比賽的十六張明牌。

這套卡組跟以往打其他戰隊時的卡組不大一樣，徐長風的冷卻縮減牌和浮空牌一張都沒有出現，反倒是唐牧洲的植物牌出現了八張以上。

顯然，本場比賽徐長風會協助唐牧洲利用植物卡進行控場。

風華的策略很明顯，多群控、多群攻的卡組，可以迅速將涅槃的卡牌打殘，然後在魔鏡出現的那一刻利用甄蔓蛇牌的靈活性抓住涅槃的核心牌直接秒殺，建立牌數差距上的優勢。

至於四張暗牌，謝明哲也猜不透師兄的思路，只能隨機應變。

第一局比賽開始。

雙方開局都以試探為主，因此並沒有大量召喚卡牌。

風華這邊沈安先召出水果樹，各種鳳梨、蘋果從天而降，對涅槃的卡牌造成大量傷害，秦軒立刻開治療技能進行回復，同時喻柯放出鬼牌試探性攻擊，被風華的防禦技能擋下。

開局的一分鐘相對平和，直到魔鏡出現的那一刻。

謝明哲一直盯著賽場時間條，既然師兄選擇了「魔鏡森林」這張地圖，比賽進行到一分鐘，魔鏡出現的那一刻很可能就會成為風華發動大規模進攻的節奏點。

他猜得果然沒錯，幾乎是魔鏡出現的那一瞬間，風華就開始大面積鋪場！

鋪場的打法在之前的比賽中出現過很多次，指揮會抓住一個契機，在短短幾秒內召喚出大量的卡牌，使己方卡牌數量雙倍碾壓對手，從而形成「以多打少」的局面，並迅速清空對手在場的卡牌數，建立極大的牌差優勢。

通常來說，指揮鋪場的卡牌一般會控制在十張左右。

可唐牧洲卻在這一刻做出了讓所有職業選手都震驚的操作——他居然召喚出了所有的卡牌！

風華戰隊在這一瞬間的卡牌數，居然達到了滿額的二十張！

這不僅是鋪場打法，而是很久沒出現過的「爆池」打法。

二十張卡牌在瞬間全部召喚出來，會給對手帶來極大的壓力，視覺效果看上去也格外的震撼，何況此時魔鏡在場，實卡和虛影同時存在的後果就是——謝明哲的眼裡有四十張風華的卡牌。

他的眼睛都要花了！

兩位解說面面相覷，吳月不敢相信地道：「瞬間召喚出全部的卡牌，這種團戰爆池打法，已經很久沒出現過了！」

劉琛補充道：「這種打法看上去很有氣勢，其實弊端很大，同時操控這麼多卡牌，容易顧此失彼，隊友之間的配合很可能出現失誤，導致自亂陣腳。更何況，對手一旦放個群體混亂，那就徹底完了。」

吳月附和道：「涅槃今天的卡組中，賈詡的『文和亂武』可以群體混亂，荀彧等輔助卡牌也有大範圍群控技能，唐牧洲這麼打確實比較冒險。」

後臺觀戰的陳千林卻不這麼認為。

他很瞭解唐牧洲，這個徒弟不論在什麼情況下都能保持冷靜，今天既然敢用這種冒險的打法，肯定是在戰術方面有特殊的規劃。

陳千林很快就找出了風華戰術的關鍵，正是新出現的暗牌——卡牌「植物專家」，是風華難得一見的人物卡。

她的手裡拿著澆水的壺和鬆土的鏟子，第一個技能「綠化環境、人人有責」，植物專家提倡大家愛護花草，她可使周圍三十公尺內所有植物卡免疫任何控制、即死效果持續五秒；第二個技能「澆水施肥」，植物需要細心呵護，植物專家可對周圍三十公尺內所有植物卡進行澆水、施肥，使植物卡攻擊力、暴擊傷害增加百分之五十，防禦力提升百分之五十，持續五秒。

後臺的大神們看到植物專家連續釋放的兩個技能，頓時哭笑不得。

裴景山皺眉道：「單看植物專家這個技能描述，若不是唐牧洲拿出來的卡，我還以為這是謝明哲做的……」

葉竹點頭贊同，「綠化環境、人人有責，真的很像是謝明哲的風格！」

鄭峰回頭看向陳千林，「你教出來的兩個好徒弟。」

面無表情的陳千林假裝沒有聽到。

謝明哲此時已經被四十張虛虛實實的卡牌幻象弄得眼花繚亂，雖然他發現風華召喚出來的人物暗牌，但是賽場瞬息萬變，他根本來不及分析師兄帶的新卡是什麼用途，就看見一大波水果如同炮彈一樣連續砸了過來！

風華發起進攻，謝明哲只好立刻防守。

郭嘉，先知，全體閃避提升！

先知這個技能的強大之處在於只要對方是「非指向性技能」，也就是大部分群攻技能都可以閃避。但指向性技能，例如直線攻擊、鎖定攻擊、指定目標單體攻擊就不受郭嘉先知的保護了。

好在沈安的水果樹攻擊大部分是群攻，涅槃全體卡牌閃避提升，能躲掉百分之八十。

就在這時，唐牧洲使用了另一張卡牌的技能——園林師，植物嫁接。

園林師也是一張人物牌，由於他熱愛園藝，並且鑽研出了特殊的植物培育原理，他可以指定我方任意兩張攻擊類植物卡進行跨物種嫁接，使兩張卡牌的攻擊技能迅速融合。

這張卡牌用到的是植物的嫁接原理，「技能融合」這種設計也是第一次出現。

職業選手們看見這描述都很疑惑，直到大家看到實際的效果——

這個設計的強大之處在於，一旦將單攻卡和群攻卡進行融合，那麼群攻卡的範圍技能就會變成無法躲避的鎖定攻擊，而單攻卡的指向技能還會附帶大範圍的群攻濺射傷害！

唐牧洲選擇融合的是群攻牌「千年神樹」和單攻牌「紫藤花」。

只見千年神樹大量的藤蔓上瞬間開出紫色的小花朵，像觸手般朝涅槃的卡牌襲捲而來！同時，紫藤花的單攻，猛地朝周圍濺射，花瓣四處盛開，紛紛揚揚的紫色花瓣，拖拽著神樹賦予的藤蔓尾巴，如同大量紫色的小傘一般，鋪天蓋地的砸向涅槃！

四季海棠、沙漠玫瑰的群攻緊隨其後，沈安的水果樹繼續到處亂砸擾亂視線，徐長風迅速配合控場，強開「雪蓮」的群體冰凍。

謝明哲見到了他參加比賽以來最震撼的一幕。

在魔鏡效果下，他看到的所有攻擊技能都是雙倍影像，數不清的藤蔓、花卉、水果，密密麻麻的虛影和實景同時撲向自己，簡直就是植物界的災難片。

現場的觀眾也格外震撼，唐牧洲這種爆池打法在視覺效果上真的太可怕了——所有的植物同時發起攻擊，就像看到科幻電影裡星際戰爭一般壯觀的場面。

謝明哲被視野中四十張植物卡的同時進攻弄得頭暈眼花，一時沒反應過來該怎麼應對。

結果就是風華的大規模群攻瞬間將涅槃在場的卡牌打殘。

緊跟著，甄蔓放出蛇牌，靈活的蛇群S形快速移動，迅速清場，涅槃瞬間陣亡五張殘血牌，其中就包括核心牌郭嘉、荀彧和荀攸。

風華因為擊殺涅槃的卡牌，先一步解除魔鏡，對涅槃的行動看得一清二楚。

這時候，涅槃看到的還是「虛實夾雜」的魔鏡幻象，而風華卻能看清一切，對涅槃來說這更是雪上加霜。在涅槃好不容易擊殺風華一張牌解除魔鏡的時候，卡牌數已經變成十九比十三。

八牌之差，又是風華的主場圖，太難追上。

第一局，涅槃輸得毫無疑問，後臺觀戰的大神們心裡也頗為震撼——別說是謝明哲，就算換成聶遠道、鄭峰這些經驗豐富的指揮，突然遇到「魔鏡森林」這種鏡面地圖也會頭暈。

何況這是唐牧洲專門給師弟打造的「VIP豪華驚喜大禮包」，不但新地圖特別難打，還直接用了難得一見的「爆池打法」。

解說吳月愣神良久後，才感嘆道：「今天的常規賽收官之戰水準太高了，唐神這是拿出可以去打總決賽的戰術安排！植物專家、園林師這些超強輔助牌，也是本賽季第一次出現！」

劉琛道：「涅槃第一局被打得有些慘，但也不能怪謝明哲，試問哪位指揮在突然遇到這麼複雜的地圖時，可以立刻反應過來該怎麼應對？我想，即便是聶神、老鄭、凌神等前輩，也不敢打包票在魔鏡森林贏下風華。新地圖拿出來，確實會有巨大的主場優勢。」

吳月道：「不知道第二局風華會不會繼續用這張地圖？」

本屆常規賽中風華已經拿出了很多地圖，留這麼複雜的一張地圖給涅槃已經算是給足了涅槃面子，以謝明哲對師兄的瞭解，他不可能專門留兩張地圖在最後一場比賽打涅槃，那也太瞧不起其他戰隊了。

所以，第二局出現「魔鏡森林」的可能性超過百分之八十，出現其他已經用過的地圖可能性有百分之二十，出現全新地圖的可能性幾乎為零。

如果再來一局魔鏡森林，該怎麼破解？

謝明哲迅速冷靜下來，仔細思考這張新地圖的打法。

師兄剛才拿出的暗牌他在中場休息時間也仔細分析了技能，植物專家可以保證植物卡免控，還能群體加攻擊加防禦，是很強的buff輔助牌；園林師的植物嫁接技能融合，可以讓兩張輸出牌打出翻倍的戰力；此外還有移花接木的增益狀態轉移，也很難對付。

不但卡組難打，地圖更難打！

魔鏡森林最可怕的，就是在魔鏡出現的那一刻對方突然召喚大量卡牌，徹底擾亂自己的視線，剛才的記憶就會產生錯亂。

打這張圖，關鍵就在迅速秒對手一牌，解除魔鏡效應。

而秒對手卡牌的關鍵又在最快速度確認實卡的位置，不被鏡子裡的虛影影響。

謝明哲通過第一局的比賽，發現了一個小技巧——隔著魔鏡看對面，確實會讓人視覺錯亂。可是，己方的卡牌是不動的！那麼，為什麼不拿己方的卡牌作為參照物呢？

比如，郭嘉的位置對準的是風華的紫藤花，將這一點記在心裡，那麼魔鏡出現後即便視野中突然多出來幾十個虛虛實實的幻影，郭嘉對準的依舊是風華的紫藤花。

選取參照物，這是以前學物理的時候老師經常提到的。不受鏡子的影響，而是以參照物來記憶對方卡牌的位置，只有這樣，當鏡子出現時，思維才不會錯亂。

第一局他是被師兄的爆池流給打懵了，沒想到這一點。但冷靜下來仔細一想，其實這張圖並不是沒有解法，只不過比較冒險。

謝明哲深吸口氣，整理好思路，召集隊友們道：「我們這套木系牌雖然很強，可今天遇到的魔境森林地圖太難打，我想試試之前提過的特殊打法，不知道大家願不願意冒險？」

陳霄爽快地拍拍他的肩膀，「跟我們客氣什麼？這場比賽又不影響出線名額，輸贏都無所謂。既然是你指揮，你想上什麼陣容，大家都會配合你！」

喻柯興奮地道：「說吧，又是什麼奇怪的陣容？」

謝明哲深吸口氣，笑道：「全人物牌的陣容。」

全人物陣容，在涅槃最初完成卡池製作的時候大家其實有過練習。當時，陳千林為了讓大家儘快熟悉全隊的卡組，把所有卡牌打亂了讓四個人每天挨個練，記清楚每一張牌的技能和使用技巧，所以喻柯、陳霄和秦軒對謝明哲的人物牌其實都非常熟悉，並且都能操控。

上一場比賽，秦軒就操控諸葛亮和謝明哲默契地配合。只是全人物陣容在正式的比賽中還從來沒有拿出來使用過。

今天，常規賽的最後一場比賽，在「魔鏡森林」這張超複雜的地圖上，在唐牧洲用爆池打法一波打崩涅槃的情況下，謝明哲決定拿出來試試。

冒險又如何？他只想讓師兄知道——他是個從不服輸的人。

在全場觀眾熱情的加油聲中，涅槃戰隊四人再次戴上了頭盔。

第二局比賽開始，風華提交的地圖依舊是魔鏡森林，這也在很多觀眾的預料之中。

不換地圖在常規賽中比較常見，尤其是第一局贏的情況下，不換地圖可以乘勝追擊拿下第二局。當然，不換地圖也有可能被對手破解，有利也有弊。

不過今天的地圖比較特殊，大部分觀眾都認為，魔鏡森林這張複雜的地圖應該是唐牧洲拿出來的殺手鐧，謝明哲沒那麼容易破解。

第二局不需要再播放地圖，雙方同時進入卡組展示階段。

涅槃的卡組一拿出來，觀眾們都不敢相信地瞪大了眼睛——全人物，整整十六張人物牌！

唐牧洲也詫異地挑了挑眉，純人物陣容，這可是涅槃從來沒用過的體系，清一色的人物卡，製卡師的logo全是「月半」，看上去特別的整齊統一。

後臺的黑粉葉竹一個激動直接從座位上跳了起來，「十六張人物牌，全是胖叔做的人物卡，好壯觀！」發現自己叫太大聲，他立刻咳嗽了一下，回頭看著裴隊道：「肯定打不過風華。」

裴景山：「……」

兩位解說也被涅槃的全人物陣容給驚到了。

劉琛沉默了幾秒才找回自己的聲音：「咳，職業聯賽進行了十一個賽季，第一次出現全人物卡牌的陣容。這一場比賽，涅槃拿出了非常有特色的全人物體系——十六張明牌都是人物卡，我想，四張暗牌應該也都是人物卡。」

吳月激動地道：「阿哲的粉絲們今天有福了，能看到這麼多人物牌同時出場，並肩作戰！例如金系卡牌諸葛亮、黃忠、黃月英、盤古，土系卡牌伏羲，火系牌孫策、周瑜、陸遜、孫尚香，水系牌李紈，木系牌郭嘉、荀彧、賈詡、甄宓、荀攸、華佗……」

十六張人物牌出現在螢幕中，確實極為壯觀。

但仔細觀察就可以發現，謝明哲搭配的這套卡組針對性非常強。

首先，周瑜、陸遜這對火系組合，是唐牧洲爆池流打法的最大剋星——你要爆池同時召喚二十張牌，周瑜鐵索連環全部連起來，火燒赤壁加火燒連營，卡牌越多傷害就越高。

其次，謝明哲帶了大量的保護卡，孫策的群嘲，盤古的五秒停戰，李紈的五秒群體無敵，足夠抵擋風華的連續三波爆發攻擊。

輸出方面的安排也是井然有序，黃月英可以開群攻補傷害，黃忠專打肉盾，孫尚香大後期連射收割，甄宓專殺殘血，荀彧可以讓對方自相殘殺，賈詡送書信集火對方關鍵牌……

不過，仔細一數就發現，這套卡組輔助卡非常多，像郭嘉、荀彧、賈詡、諸葛亮、華佗，這些都是超強輔助牌，同時出現在一套陣容中，這就導致輸出牌的位置完全不夠用。

四張暗牌中，肯定需要放置一些強力的輸出卡。

而且從數量來看，為了湊十張木系套牌，四張暗牌肯定全是木系。

上一局，謝明哲的卡組完全沒發揮出實力就被師兄打崩，因此曹操、曹丕、曹植都沒來得及釋放技能，司馬懿更是忍都沒機會忍，出場就被秒。這也是他第二局決定上全人物牌的原因之一。

木系卡組想要發揮出實力來，必須要大量的輔助卡進行保護。在諸葛亮、孫策、華佗等卡牌的保護下，曹丕、曹植、曹操的體系才能發揮出最大的威力。

這局的陣容，全是謝明哲最熟悉的人物牌，在「魔鏡森林」這張複雜的地圖，他只有指揮自己最熟悉的人物卡組，才有可能從師兄的戰術布置中求得一絲勝機！

謝明哲深吸口氣，安排好了每張卡牌的操控者。

這一刻，涅槃的四人已經不分你我，所有人都變成謝明哲最強力也最值得信任的助手，他們會用涅槃最具特色的人物卡，來給本賽季的常規賽畫下一個圓滿的句號！

【第十五章】

我瘋起來連自己人都殺

比賽開始。

這局涅槃帶上了周瑜、陸遜組合，唐牧洲當然不會再用爆牌流打法，開局雙方穩紮穩打，直到比賽進行到一分鐘的關鍵時刻。

熟悉的魔鏡再次出現，雙方看到的卡牌，同時在一百八十度的反向位置生成虛影。

幾乎是虛影生成的那一瞬間，風華開始全面發起進攻，謝明哲立刻讓秦軒召喚出諸葛亮——空城計，群體隱身！

涅槃所有卡牌集體失去了蹤跡，但唐牧洲這局也調整了卡組，在明牌中看見諸葛亮的時候，他自然會帶出夜光樹專門破諸葛亮的隱身。

涅槃的卡牌隱身還不到一秒就被夜光樹集體照出了行跡……

唐牧洲敏銳地發現涅槃多了一張牌，顯然是謝明哲趁著群體隱身的時機召喚出來的。

那是個騎著黑色駿馬的男人，下巴上留著濃密的鬍子，頭頂戴著髮冠，神色嚴肅，看上去霸氣無比。唐牧洲剛看清他的名字「曹操」，就見風華的一張卡牌猛然不受控制，被曹操強行抓到身邊去——挾天子以令諸侯！

當曹操開啟「挾天子以令諸侯」技能時，他可以將三十公尺內任意目標抓到身邊作為人質，持續五秒。人質牌會按曹操的命令對隊友做出指示：一、停止釋放一切攻擊技能；二、全體後撤十公尺；如果隊友不按指示操作，則人質牌陣亡。如果隊友按照指示操作，則人質牌放回。

技能描述被導播迅速打在大螢幕上，觀眾們簡直目瞪口呆。

抓人質？還有這種操作？

被曹操抓過去的卡牌，正是謝明哲剛才按照「參照物原則」瞄準的千年神樹。

雖然千年神樹生成了虛影，但謝明哲記準了它的位置，讓曹操一下子就抓到實卡。

風華的選手很是難辨，大家要是繼續攻擊，人質牌就會陣亡。千年神樹這張牌對風華來說非常關鍵，況且風華的卡牌一旦陣亡，涅槃這邊的魔鏡就會解除，唐牧洲只好按曹操的要求暫停攻擊，打算五秒後救回神樹。

五秒時間很快過去，人質牌可以放回來了嗎？觀眾們都很好奇。

事實證明，謝明哲才沒那麼好心。

賈詡在這時候突然出來湊熱鬧，給千年神樹寫了一封信。

莫名其妙收到信的千年神樹：「什麼？」

被曹操抓去當人質不說，還被賈詡強行塞了一封信，讓隊友們誤認為它是叛徒？

千年神樹真是心累！

由於賈詡書信的影響，風華沒辦法救援，涅槃的輸出牌立刻集火強殺千年神樹，解除了第一次魔鏡效果。

兩位解說哭笑不得，「讓曹操抓人質，賈詡寫信，集火強殺對手一張牌，先解除魔鏡的影響，這種做法真是夠缺德的，很符合涅槃的作風。」

唐牧洲的反應也很快，千年神樹的陣亡對他來說無疑是個打擊，但是沒關係，唐牧洲立刻命令隊友們迅速集火強殺脆皮輸出卡黃忠，一方面削減涅槃的輸出能力，另外還能解除魔鏡狀態。

可就在這時，曹操再次放出技能——天下歸心！

曹操期待天下的英傑都能歸順於他，當他開啟「天下歸心」技能時，範圍內所有的攻擊將自動指向曹操，同時，曹操會從所有攻擊者的身上各吸取百分之五的血量。

風華的所有攻擊技能被曹操強行嘲諷，全部打在他的身上。

攻擊曹操的卡牌並不少，被他一吸血，把剛剛被打殘的血量又吸滿了，不但自己不死，還保住了隊友？

觀眾們：「……」

這曹操太可怕了！抓人質，還群體吸血？

唐牧洲直到此刻才發現，曹操是師弟的木系卡組中最強的吸血型肉盾。

上一局風華爆牌打一波的時候，謝明哲顯然沒反應過來，如果當時謝明哲召喚曹操並開出「天下歸心」技能，或許就是不同的結局了。

從第二局的表現看，謝明哲已經迅速反應過來魔鏡森林地圖分辨虛實卡牌的關鍵，剛才抓人質抓得乾脆俐落。

知道怎麼打這張地圖的謝明哲，他的木系卡組在第二局能發揮出多少實力？

唐牧洲拭目以待。

曹操這張木系最強肉盾牌的出現，硬是頂住了風華俱樂部的火力，保護涅槃的輸出牌沒有被擊殺。後臺觀戰的大神看到這張卡牌的技能，對謝明哲的設計也給予肯定。

賽場上，風華的全面進攻被曹操攔下，魔鏡依舊沒能解除。

涅槃趁機迅速召喚卡牌，謝明哲配合隊友們連續召喚出孫策、周瑜、陸遜、郭嘉、司馬懿、華佗、李紈、荀彧、荀攸……

這是涅槃第一次同時召喚這麼多卡牌，而且是清一色的人物卡。

——屬於涅槃的鋪場打法！

大量人物卡同時出現，視覺效果也同樣震撼。

現場響起熱烈掌聲，大家紛紛期待著涅槃來一波大規模的進攻。

然而，謝明哲並沒有進攻。

通常情況下，指揮召喚出大量卡牌鋪場，是為了以多打少，一波把對手的卡牌給打團滅，建立牌差上的優勢。但謝明哲卻反其道而行，目前涅槃在場的卡牌以輔助卡居多，他沒有發起進攻，反而召喚出大量卡牌，進行「鋪場防守」。

這種打法極為少見，因為大部分戰隊的卡組構成都是輸出牌大於輔助牌。可是今天，涅槃拿出來的卡組結構，卻是五花八門的輔助牌遠大於輸出牌。

——盤古，開天闢地，五秒強制停戰。

——李紈，海棠詩社，五秒群體無敵。

——孫策，大範圍群體嘲諷加個人無敵。

——華佗，麻沸散釋放給指定隊友孫策，讓孫策受到的傷害減低，當孫策血量低於百分之二十時，華佗開啟「刮骨療傷」，可以直接讓孫策滿血並刷新全部技能。

這麼多張輔助牌，一個技能接著一個，把涅槃的卡牌保護得死死的，完全不受風華攻擊的影響！幾張輔助卡的技能幾乎達到了最完美的銜接。

秦軒，涅槃這位沉默寡言、存在感極低的輔助選手，在這一刻，終於向觀眾們展露出他的實力——極為精確的輔助牌技能銜接，分秒不差！

後臺專打輔助位的眾神殿選手許航也對秦軒刮目相看，忍不住道：「輔助最關鍵的意識就是縱觀全場，及時開出保護技能，我們之前都小看了這位秦軒，他的意識非常出色，關鍵時刻，一連串的輔助技能放得毫不猶豫。」

凌驚堂也是眼含讚賞，「秦軒的輔助技能銜接得確實很好，唐牧洲想要突破涅槃的五重防守，確實很難！」

第一重，曹操「天下歸心」強行抵擋傷害。

第二重，盤古「開天闢地」停戰，緊跟著是李紈的海棠詩社五秒無敵，孫策的群嘲，以及孫策殘血被華佗刷新技能後的再次群嘲。

涅槃今天的防線真是可怕，唐牧洲到底要怎麼突破重重防守，才能擊殺涅槃的卡牌，這也成了全場觀眾們關注的焦點。

唐牧洲很快就告訴大家答案——園藝師。

又是一張新出現的木系人物卡，畫風和謝明哲一致，技能描述也很像謝明哲的風格。

上局出現的「園林師」，利用植物嫁接的原理將群攻卡和單攻卡進行融合，這局出現的「園藝師」，卻是一張非常特殊的功能性輔助牌。

園藝師精通花卉園藝，他決定在三十公尺範圍內布置一片漂亮的花壇供人觀賞，他可以挑選友方任意植物卡布置花壇，在短暫的三秒時間內將該植物轉移到花壇範圍，布置花壇期間，園藝師本人以及被他挑選的植物卡免疫任何控制和傷害。

技能描述很符合「園藝師」這種職業的身分，但實際效果卻是令人震撼的群體戰略轉移！

花壇的範圍是三十公尺，唐牧洲操控園藝師直接來到魔鏡邊緣，並將花壇反向布置在涅槃人物牌的背後。

只見園藝師以極快的速度挑選了風華攻擊力最強的十張牌，群體轉移。

三秒時間一到，十張木系牌突然出現在涅槃陣型的背後，形成一片大範圍的「花壇」，趁著孫策沒法迅速移動過來嘲諷的時機，風華的卡牌從背後同時出動，強殺華佗！

園藝師操控下的植物群體戰略轉移，確實讓涅槃猝不及防。

而唐牧洲之所以選擇先殺華佗，是因為華佗這張治療牌的技能太強，隊友低於百分之二十血量時，華佗的「刮骨療傷」能讓隊友瞬間滿血不說，還可以刷新隊友的技能冷卻時間。如果華佗配合曹操、孫策等嘲諷牌，就可以一直刷新嘲諷，形成一個閉環。

剛才孫策百分之二十血量被瞬間刷新技能就是證據，留著華佗，孫策和曹操相當於擁有了雙倍戰力！

先殺醫生總沒錯，華佗的陣亡也終於讓風華解除了魔鏡效果。

比起涅槃在第一時間解除魔鏡，風華慢了整整十五秒，涅槃大量輔助卡的保護給隊友爭取了這十五秒時間，謝明哲一直在趁機觀察風華的卡組和陣型，迅速思考接下來的策略。涅槃的輔助卡多可以拖後期，但是缺陷也很明顯——輸出牌太少。

有限的輸出，必須真正打在對手的軟肋上，才能起到效果。

殺一兩張無關緊要的卡牌，那相當於浪費輸出，後期說不定會被風華反噬。

賈詡的限定技「一紙間書」強殺了風華的主力群攻牌「千年神樹」。下一張牌，謝明哲瞄準的正是風華的超強輸出卡——唐牧洲的「四季海棠」和「沙漠玫瑰」！

四季海棠這張牌，也是唐牧洲設計的木系花卉牌中地位顯赫的一張，粉絲數量極多。

它的攻擊模式比較特殊，四季海棠可以隨著季節變換顏色，春季的海棠擁有極強的單體攻擊技能；到了夏季，盛開狀態的海棠擁有大範圍的群攻技能；秋季的海棠是一張提升隊友攻擊力的增益buff牌，冬季處於生長期的海棠會進入防禦狀態，抵禦來自外界的傷害。

根據海棠的花色，可以看出它此時的狀態。

剛才，唐牧洲操控四季海棠繞後強殺華佗，當時的海棠處於春季階段，單攻能力極強。經過春季後，此時的海棠正好到了夏季。

以謝明哲對師兄的瞭解，不出意外的話海棠正好可以配合沙漠玫瑰來一波爆發群攻，於是，謝明哲提前預判，開出了荀彧的技能——驅虎吞狼，指定四季海棠和沙漠玫瑰進行決鬥！

謝明哲的預判極為精確，幾乎是荀彧開出技能的那一瞬，四季海棠正好到了夏季花期。盛開的海棠花原本要攻擊涅槃的卡牌，結果突然不受控制，所有的海棠花全部砸向沙漠玫瑰，沙漠玫瑰自然不爽，大片紅色的玫瑰花瓣毫不猶豫地反擊過去。

一時間，玫瑰和海棠打得不可開交，空中花瓣飛揚，因為荀彧的驅虎吞狼之計，兩張卡牌的攻擊鎖定了彼此，轉眼間，狀態很好的「沙漠玫瑰」就把隊友「四季海棠」給秒殺了！

唐牧洲：「……」讓我最強的兩張群攻花卉牌鎖定彼此自相殘殺，四季海棠陣亡，沙漠玫瑰的技能也陷入了冷卻，小師弟是真的皮！

這時候唐牧洲也察覺到了師弟的策略——涅槃輸出牌少，輔助牌多，謝明哲專門挑風華的強力輸出牌擊殺，這樣打到後期，風華的輸出牌也會變少，雙方輸出量旗鼓相當的情況下，涅槃可以靠輔助卡慢慢累積優勢，最後把優勢轉化為勝勢。

想法確實不錯。

但唐牧洲既然看穿了師弟的策略，自然不會任憑他拖到後期放孫尚香。

所以，唐牧洲的解法也很乾脆——你強殺我輸出，我也強殺你輸出，讓你拖到後期沒輸出可用，孫尚香一張牌根本打不出收割效果。

華佗陣亡後，涅槃的治療能力嚴重缺失，風華緊跟派出甄蔓的蛇牌去集火黃忠！

黃忠可以一箭射掉厚皮卡半血，但他本身的防禦能力很弱，加上涅槃的保護技能正好都在冷卻，轉眼間，防禦低的黃忠就被蛇群咬死。

同時，謝明哲看風華卡牌數量變多，立刻開啟周瑜、陸遜的連擊技能——鐵索連環、火燒赤壁、火燒連營。

周瑜和陸遜的這一把大火，直接把所有植物連起來燒，植物們很快就被燒殘血，唐牧洲果斷開出榕樹的「神樹護佑」技能全團保護，並且讓徐長風帶的治療牌迅速回血！

等保護時間一過，謝明哲立刻召喚甄宓。

翩若驚鴻，婉若游龍。

開啟技能的甄宓身輕如燕，靈活地飛躍到風華剛才被打殘的沙漠玫瑰面前，手中的團扇用力揮出，啪啪啪三連擊，毫不客氣將沙漠玫瑰秒殺！

秒完對手後，甄宓緊跟著高閃避躲掉對手全部技能，迅速後撤回己方陣容當中。

風華和涅槃開始瘋狂攻擊對方，這一波技能互換雙方都損失了不少卡牌，但謝明哲抓關鍵牌的能力極強，殺的全是風華的重要群攻卡。轉眼間，唐牧洲的群攻牌幾乎死光了。

而唐牧洲對師弟也毫不客氣，連殺周瑜、陸遜、黃忠三張輸出牌！

全場觀眾掌聲雷動，師兄弟的內戰真是激烈。

在第二波魔鏡降臨的時候，雙方牌量已經變成十四比十五，涅槃略占一張牌的優勢，關鍵原因是荀彧的「驅虎吞狼」讓沙漠玫瑰、四季海棠發生內鬥，殺掉了自己的隊友。

魔鏡再次降臨，謝明哲算準了時間，提前找好參照物，在魔鏡出現那一瞬間，他徹底無視了眼裡虛虛實實的各種幻象，直接讓甄宓開技能，瞬移過去強殺對方殘血牌！

秒解魔鏡！

這俐落的操作也迎來現場觀眾的熱烈歡呼聲。

唐牧洲的動作也很快，開啟睡蓮的群體昏睡，讓涅槃放不出技能，緊跟著讓甄蔓的蛇牌單殺涅槃輸出卡甄宓，也同樣解除了魔鏡。

雙方牌量進一步減少，十三比十四，涅槃的輸出牌已經所剩無幾。

黃忠、周瑜、陸遜、甄宓全被殺，現在明面上的輸出卡就只剩黃月英、孫尚香兩位女將。

孫尚香是大後期牌，必須把對面全部打殘才能觸發連射收割，黃月英的諸葛連弩是放下炮臺就自動連射，不受控制技能影響。

所以，哪怕涅槃只剩兩位女將，唐牧洲也絲毫不敢鬆懈。

畢竟這兩位女將都是巾幗不讓鬚眉的角色，在曾經的比賽中也有過亮眼的發揮。

更讓唐牧洲忌憚的是，涅槃還有兩張暗牌沒有出場。

第三波魔鏡降臨，雙方再次發起進攻。

風華利用輸出牌較多的優勢，甄蔓的劇毒蛇群集體出動，沈安的水果如同暴雨一般砸下來，涅槃連續召喚孫策、曹操大範圍嘲諷抵擋，才勉強保護住己方卡牌，可惜，孫策和曹操扛不住這麼猛烈的攻擊，相繼陣亡。

十三比十二，風華在牌量上完成了反超！

觀眾們還沒來得及看清賽場情況，大螢幕上的卡牌比又變成了十三比十一。

難道涅槃又有卡牌陣亡？為什麼戰鬥紀錄根本看不見卡牌被擊殺的訊息？

解說吳月眼尖地說道：「郭嘉……是郭嘉陣亡了！」

劉琛也發現了這一點，激動地道：「郭嘉很早就出場了，一直在慢慢掉血，他混在人群裡時不時放一個『先知』技能群體提升閃避，風華俱樂部的選手似乎並沒有注意到郭嘉的血量情況？」

吳月不敢相信地看向搭檔：「難道謝明哲一直在卡郭嘉陣亡的時間嗎？」

在極為混亂的團戰局面下卡住郭嘉的陣亡時機，這個難度相當大，指揮不但要縱觀全域，還要算好己方和敵方的所有技能情況。

而一旦謝明哲真的這麼做了，只能說明，郭嘉的陣亡對涅槃戰術上的重要性！

唐牧洲看到這裡，心底也是微微一驚。

郭嘉這張牌的強度他是知道的，剛才他也關注過郭嘉的位置和血量情況，不過他認為，本局比賽，擊殺郭嘉的優先順序遠低於輸出牌。

郭嘉再強也是個輔助，本身不能造成任何傷害，只會提升隊友的攻擊，輸出牌越多，郭嘉就越強。但是現在涅槃的輸出牌已經沒剩下幾張，郭嘉就算陣亡又能怎樣？

後臺觀戰的大神們也是這樣想的。

但是，很快，謝明哲就告訴大家小看輔助卡的後果有多嚴重！

在郭嘉陣亡前的零點五秒，涅槃做出了讓所有職業選手都震撼的操作。

陳霄召喚出黃月英，喻柯召喚出孫尚香，謝明哲召喚曹丕、曹植——涅槃捏在手裡的四張牌全部召喚出來，就是為了享受郭嘉陣亡時全團攻擊力、暴擊傷害提升百分之五十的效果加成！

同時，李紈「海棠詩社」冷卻結束，秦軒幾乎毫不猶豫地跟上了全團無敵！

無敵可以免疫任何傷害、控制，這時候開無敵，主要是防唐牧洲的「移花接木」這張牌，一旦黃月英、孫尚香等輸出牌身上的增益效果被移花接木轉移，那就糟了。

李紈開了無敵後，由於無敵的判定優先順序最高，移花接木最多只能把無敵狀態轉移給風華的某張牌，並不會影響到涅槃的輸出。

謝明哲在心裡給了隊友們一個讚，緊跟著就開始演練了無數遍的卡組操作。

伏羲八卦陣，群體混亂；諸葛亮舌戰群儒，群體混亂；賈詡文和亂武，群體混亂……

一大波混亂控場砸下來，風華疲於應對，一時沒法顧及涅槃其他卡牌的行動。

曹丕和曹植就趁著這個機會，開始了屬於他們的精彩表演！

流放——當曹丕開啟「流放」技能時，可以將指定卡牌驅逐到距離自身三十公尺之外的任意位置，並讓卡牌無法移動持續五秒。

被曹丕流放的，正是風華的群體輔助牌大榕樹！

大榕樹被連根拔起，直接踹飛三十公尺，根本沒法輔助隊友。

而曹植則是所有技能全開。

醉闖司馬門，曹植喝醉酒後意識不清醒，騎馬加速五倍向前衝刺，衝入敵方陣營，並擊退範圍內敵方目標。

這個技能可以當成位移技能來使用，關鍵作用是把曹植放進敵方陣容的中心。

緊跟著，洛神悲歌！

曹植悲傷之情感染周圍目標，敵方群體降低防禦百分之五十！

再然後，七步成詩，曹植一邊往前走，一邊開始念詩：「煮豆持作羹，漉菽以為汁……」

全場觀眾目瞪口呆。

打比賽還帶念詩的？兄弟你可真有文采！

曹植七步內迅速念完詩，範圍內敵對目標很佩服他的文采，集體陷入沉默。

觀眾們：「……」

技能描述真是一如既往的討人厭，什麼叫佩服曹植的文采群體沉默？

這時候，風華的解控技能、防禦技能都用得差不多了，曹植的群體沉默，對他們來說無疑是雪上加霜。

但還有更過分的——曹丕看見曹植深入敵營，立刻開啟了連動技！

兄弟相煎。

當曹植在場時，曹丕擔心弟弟對自己的地位產生威脅，強迫弟弟在七步之內寫一首詩，如果曹植沒法七步成詩，則曹丕擊殺曹植！

所有觀眾都看見曹植剛剛才念完一首詩。

這時候，曹丕突然讓他七步之內再寫一首詩，不是為難人嗎？

曹植表示：我做不到啊！

由於曹植七步成詩技能冷卻中無法寫詩，於是，曹丕當著全場觀眾們的面……擊殺了曹植。

觀眾們：「啊？」

唐牧洲：「……」

謝明哲用這局比賽向大家表示：我瘋起來連自己人都殺！

鄭峰正在喝水，看到這裡，一口水直接噴了出來，「曹丕殺了他弟弟？這都行？」

陳千林平靜地道：「連動技有兩種效果，如果留下曹植的『七步成詩』技能，去回應曹丕的連動，曹丕會把曹植放逐到指定位置並且使他無敵五秒，並不會殺他。」

但顯然，謝明哲選擇了另一種結果：曹植不回應七步成詩，曹丕殺曹植，觸發曹植亡語技。

曹植陣亡後，會觸發「兄弟相煎」亡語技，讓敵方全體卡牌目瞪口呆，陷入恐懼狀態，無法做出任何操作持續三秒。

看到這裡，別說是敵方卡牌目瞪口呆，觀眾們也要目瞪口呆了。

曹丕殺了曹植？

連動技居然是讓一張卡殺掉自己的連動卡？瘋起來殺隊友？

謝明哲你怎麼不上天啊！

而此時的謝明哲卻神色嚴肅，因為曹丕曹植連動技開啟後，涅槃真正的攻擊就要來了。

陳霄對大局的把握極強，他操控的黃月英，諸葛連弩擺設的位置堪稱一絕，幾乎能三百六十度覆蓋風華百分之九十以上的卡牌！

喻柯平時很容易衝動，但今天他卻必須沉住氣，孫尚香這張牌需要大後期收割，他一直盯著對方卡牌的血量，拉開弓箭蓄勢待發，準備對方集體殘血的時候再射火箭。

算無遺策——謝明哲讓荀攸開啟了關鍵的輔助技能。

很擅長出謀劃策的荀攸，所獻的計謀從沒有一次失敗過，當荀攸開啟「算無遺策」時，我方所有卡牌獲得荀攸的智謀效果加成，在接下來五秒內所作出的一切攻擊自動變成鎖定攻擊，無法被走位躲避！

無法躲避，這多麼關鍵！

黃月英的諸葛連弩一波連射，風華的卡牌血量全體被壓低。

此時，忍了很久的司馬懿出現了。

司馬懿自從出場，就一直被謝明哲藏在很難注意到的角落裡，跟一大堆輔助牌站在一塊兒。這張牌沒有釋放過技能，因此也沒引起風華的關注。

其實，司馬懿最強的地方，是他的被動技能——隱忍。

當司馬懿受到攻擊、控制時，他會忍下來，並獲得二十點怒氣值，當怒氣值達到一百時，司馬懿可以隨時觸發暴怒狀態，將自身的防禦力和攻擊力互換。

由於是被動技能，很難引起對手的注意，大家只看見他身上疊了一百點怒氣，站在旁邊打醬油。滿級的司馬懿攻擊力為零，防禦近十萬。

唐牧洲只當他是厚皮輔助牌，也懶得優先擊殺這張卡牌。

誰能想到，這攻擊和防禦數值還能互換的？

司馬懿的怒氣早就疊滿了，就等郭嘉陣亡的契機。

郭嘉陣亡會提升全團百分之五十攻擊力，在郭嘉陣亡的瞬間，司馬懿狂暴，原本十萬的攻擊直接飆到了十五萬！

清空怒氣條，大範圍木系暴擊傷害！

司馬懿忍無可忍的爆發，簡直是毀天滅地一般可怕！

風華本就被黃月英打成半血的卡牌，被司馬懿的清空怒氣條一波暴擊直接打殘！

觀眾們眼珠子都要掉了——誰能想到，一直站在旁邊打醬油、默默無聞的司馬懿，在關鍵時刻攻擊和防禦數值互換，給了風華一個驚嚇群攻大禮包？

孫尚香該出手了嗎？

喻柯表示，他也可以忍！

因為還有一個關鍵的技能沒有放。

曹丕——集權！

這張牌謝明哲當初設計的時候就考慮到大後期的局面，曹丕本身的輸出能力很差，滿級卡的基礎攻擊資料還不到五萬，哪怕有郭嘉的亡語加成，攻擊也只有七萬五，跟動不動破十萬的主力輸出牌相比，曹丕只屬於三流輸出牌水準。

但是關鍵在於他的技能：集權。

他的輸出資料並不是固定的，而是可變的。

集權，這也是曹丕稱帝之後最關鍵的政治策略，被謝明哲拿來設計成卡牌技能，效果是當曹丕開啟「集權」時，他可以瞬間從距離自身三十公尺範圍內的所有友方、敵方卡牌的身上各吸取百分之二的基礎攻擊力，吸取完畢後，對準指定的方向進行一次攻擊，造成百分之兩百二十的木系暴擊傷害。

限定技，一場比賽只能用一次的集權，在這時候放出來，效果極為可怕。

只見黃月英、司馬懿、孫尚香等友方卡牌，以及風華還剩的蛇牌、水果牌……所有卡牌的攻擊力都被曹丕吸收百分之二。

華麗的技能特效出現，一條條各種顏色的光帶，如同絲綢一樣從不同的方向飄向曹丕，而曹丕的攻擊力，以肉眼不可分辨的速度直接飆到了十二萬！

集權完畢的曹丕，一招暴擊，又是大範圍木系群攻傷害。

這時候，風華的卡牌該死的死，該殘的殘，喻柯總算抓住機會，孫尚香的火箭瞄準殘血牌——第一箭射死後觸發追加傷害，第二箭、第三箭、第四箭……根本停不下來！

一波清場，game over 了！

風華只剩下一棵被放逐的大榕樹在遠處迎風而立，輔助卡沒有任何攻擊力，反而被涅槃的人物卡圍觀。

唐牧洲哭笑不得，只能眼睜睜看著大榕樹被人物卡們的普攻技能慢慢磨死。

第二局，涅槃勝！

謝明哲這套人物卡的搭配簡直完美。

後臺觀戰的大神們，紛紛將熱烈的掌聲送給今天的涅槃。

從最開始的輔助防守，到後期計算好郭嘉陣亡的關鍵節奏點，安排曹丕、曹植連動，這局比賽，每一張人物卡都發揮出了自己的作用，二十張人物卡牌聯手，聯賽史上從未出現過的全人物卡牌陣容，發揮出的極強威力，讓全場觀眾無比震撼，久久都沒法回過神來。

掌聲、尖叫聲響徹會場，加油團驕傲地將布條高高舉起。

涅槃，以這樣的姿態殺進季後賽，相信再也沒有人會質疑他們的實力！

比賽結束後，雙方選手摘下頭盔到大舞臺的中間握手。

唐牧洲微笑著張開雙臂，謝明哲也很配合地跟師兄擁抱在一起。

同時喜歡陳千林、唐牧洲和謝明哲的「師門粉」都很開心，涅槃一比一戰平風華後就可以確認進入下半年的季後賽，而風華在A組的排名也不會受到影響，算是皆大歡喜的結局。

唐牧洲微微收了收手臂，低聲在對方耳邊說：「恭喜你們進季後賽。」

謝明哲笑容燦爛，一點也不謙虛，「這是應該的，進不去才奇怪！」

習慣了小師弟在自己的面前翹尾巴，唐牧洲的目光中滿是溫柔，輕輕拍了拍他的肩膀，溫言鼓勵道：「你確實進步很快，連我都有些驚訝，今天的比賽指揮得非常好。」

謝明哲道：「你也很厲害，魔鏡森林這種變態的地圖都想得出來！」

兩個人相視一笑。

雙方依次握過手後，風華和涅槃的選手分別站在舞臺上朝觀眾席鞠躬致謝，現場震耳欲聾的掌聲足以證明今天的比賽有多精彩。

謝明哲帶著隊友在掌聲中離開大舞臺，直播螢幕中開始重播本場比賽的精彩片段，並且打出了雙方卡組的詳細資料。

現場的觀眾依舊沒有離席，紛紛瞪大眼睛看著螢幕，後臺的職業選手們也同樣認真地觀看著卡牌的詳細資料，尤其是之前沒出現過的暗牌曹丕和曹植。

清一色的人物卡整齊地排列在一起，光看這畫面就很養眼，何況這套木系卡組的實力非常強。更關鍵的是，這套團戰卡組是難得一見的以輔助牌為核心的卡組。

在很多人的心目中，輔助牌的最大作用就是保護隊友，控制對手或者提供增益效果，是「錦上添花」的存在，打比賽當然要以輸出牌作為核心，必要的時候輔助牌甚至可以犧牲自己來保護輸出牌。也正因此，各大俱樂部的團戰卡組中，輸出牌的比例通常會占到百分之七十以上，很多隊伍的輔助牌只交給一位選手來操控，團戰時以攜帶五張左右的輔助牌較為常見。

可是今天，謝明哲卻反其道而行——卡組中的輔助牌占到百分之六十以上，輸出牌不超過八張，居然還拖到後期給拖贏了！

這相當於公然打臉「輸出至上」的理論。

涅槃第二局比賽能贏下來的關鍵，就在於大量輔助卡的技能銜接。在召喚卡牌鋪場的時候，謝明哲也沒有像其他指揮那樣，採用暴力進攻的方式打出牌差優勢，而是鋪場防守，拖到大後期一波翻盤。

驚險刺激，卻又環環相扣。

就連一向挑剔的解說劉琛都忍不住評價道：「今天這一場比賽雖然是常規賽，可是雙方的戰術布置、卡組搭配，都已經達到總決賽的水準！尤其是涅槃戰隊第二局的戰術，不但很新穎，而且設計得相當精密，很難相信謝明哲是這個賽季才出道的新人！」

吳月附和道：「大部分新人的個人實力都很強，但是連指揮團戰都這麼厲害的新人，謝明哲還是第一例。」

涅槃這支隊伍，畫風絕對是全聯盟最奇葩的。起初大家都覺得涅槃打團戰肯定很慘，會被完虐，可誰能想到，涅槃磕磕碰碰的居然還真的打進季後賽了？

謝明哲不但製卡天賦一流，指揮的天賦也在今天徹底顯露出來。

聯盟厲害的指揮很多，但敢於創新、並能冒險嘗試各種新穎戰術的指揮卻是屈指可數。謝明哲確實很大膽，可他大膽的同時又很心細，搭配的卡組方方面面都考慮得非常周到，並且他所有的戰術思路都在賽場上得到驗證。

敢想，卻不空想，有理有據的新戰術還能打贏對手，這是極為難得的。

常規賽剛開始時的謝明哲就像是一株稚嫩的幼苗，如今的他已經汲取大量的養分，成長為頗具個人風格的參天巨樹，足以讓全聯盟所有戰隊的指揮都心生忌憚！

直到這時候，大家才發現，在不知不覺中，謝明哲居然這麼強了？他已經有資格躋身於職業聯盟一線指揮的行列。雖然他還很年輕，可是從此刻起，再也沒有任何人敢輕視他！

涅槃一支新隊，難道還能爆冷奪冠嗎？

後臺觀戰區陷入了奇怪的沉默，顯然大神們都在思考這個問題。新隊能打進季後賽已經是高難度任務，如果最終奪冠的話……謝明哲將會徹底刷新職業聯盟的歷史。

新隊拿冠軍聽起來是天方夜譚，但從謝明哲的表現來看，或許還真有可能？

大家心裡都很矛盾。

裴景山摸著鼻子輕咳一聲，主動尋找話題打破沉默：「話說，這一場比賽打完後常規賽積分榜的排名就完全確定了，你們難道沒人關心季後賽的對陣安排嗎？」

葉竹終於回魂，霍然轉過頭，白著臉看向裴景山，「季後賽第一場，該不會是我們暗夜之都打涅槃吧？」說罷又覺得自己的語氣好像怕了涅槃似的，立刻改口道，「打涅槃也無所謂，反正贏的肯定是我們戰隊，哈哈哈。」

這話說得很是心虛，但葉竹還是仰起頭，做出一副自信滿滿的樣子。

白旭用看傻瓜的眼神看他，「你不知道賽前說這種話很容易被打臉嗎？」他就曾在賽前放狠話，結果被涅槃打臉，臉都腫了。

葉竹想到這件事，脊背一涼，立刻閉上嘴，差點咬掉自己的舌頭。

正好這時候直播螢幕中出現了常規賽的最終排名表，解說吳月微笑著道：「觀眾朋友們，星卡職業聯盟第十一賽季的常規賽團賽，到這裡就全部結束了，以下是最終的積分排行榜，恭喜涅槃順利進入季後賽！」

劉琛看了眼積分榜，道：「A組進入季後賽的分別是風華、鬼獄、流霜城和暗影戰隊，而B組出現了罕見的平分——暗夜之都、眾神殿和裁決戰隊的積分完全相等。」

以前曾出現過兩支隊伍積分相等的情況，但三支隊同分還是有史以來的頭一回。

劉琛也是哭笑不得，「按照職業聯盟的規定，積分相等時，要看組內對戰的成績，內戰獲勝的隊伍排名會更高。但奇怪的是，這三支戰隊在組內循環賽階段，彼此相遇時的比分全是一比一。」

吳月道：「三支戰隊並列，這就涉及到一個問題……季後賽的對決，誰來打涅槃？」

聽到這裡，全場觀眾面面相覷。

聯賽開始之前職業聯盟就宣布過規則，季後賽要先組內淘汰，對陣安排是第一名VS.第四名，第二名VS.第三名。

如今涅槃已經確定B組第四名出線，可是B組有三個並列第一名，季後賽涅槃該打誰？

聶遠道聽到這裡，便推測道：「聯盟或許會讓我們三支隊伍抽籤來決定對陣的順序。」

裴景山贊同點頭：「抽籤確實是最公平的方式。」

凌驚堂笑道：「那你們是想抽到涅槃，還是不想抽到涅槃？」

這個問題確實把大家給難住了。

照理說涅槃是小組第四名，表面看上去實力最弱，季後賽又是淘汰賽，抽到涅槃似乎勝率更高。可看過今天的比賽之後，大家都不敢這麼想——謝明哲腦洞清奇，說不定利用休賽期又做出新的卡組，想出一些奇怪的戰術。

其實大家內心深處都不想抽到涅槃，畢竟跟別的隊伍打比賽，只需要關注卡牌的技能資料，但跟涅槃打比賽，卡牌動不動就戀愛、搶親、懷孕的，還要遭受精神上的折磨，真是夠了！

可是如果不抽到涅槃，那就意味著要跟另外的兩家打淘汰賽，誰都不好對付啊！

三位隊長同時頭疼起來。

還是A組好，提前知道季後賽的對手，也可以用更充分的時間做準備。

而且A組沒有涅槃……

想到這裡，三位大神的臉色都有些古怪——涅槃什麼時候變成洪水猛獸一樣讓人避之不及了？都怪謝明哲的卡牌太討厭。

螢幕中畫面切換，正好來到賽後採訪的直播間。

謝明哲被放大的臉是三百六十度無死角的帥氣，明明只是個十八歲的少年，卻氣場十足，面對無數記者和攝影師的圍觀依舊鎮定自若，笑容燦爛。

網路直播頻道的粉絲們看見謝明哲出現，開始嗷嗷尖叫，紛紛刷起彈幕。

「舔屏！」

「阿哲的這張臉我能舔一年！」

「看在你這麼帥的份上，暫且原諒你的皮？」

常規賽階段的最後一次採訪，記者們爭先恐後，一擁而上，幾乎要用麥克風捅上謝明哲的臉。

有位女記者顯然是涅槃的粉絲，聲音激動得發抖：「恭喜涅槃正式確認獲得季後賽的席位！這場比賽確實很精彩，涅槃新出現的木系卡，像曹操、曹丕、曹植、司馬懿這些牌，都設計得非常好……」大概察覺到自己太像個小迷妹，記者微微一頓，嚴肅地改口：「能在強隊如雲的職業聯盟搶下季後賽的席位很不容易，幾位現在最想說的是什麼呢？」

謝明哲看了一眼身邊的隊友，道：「我想感謝我的師父、隊友和涅槃公會的管理們，謝謝涅槃這個大家庭，如果不是大家的支持，我根本做不出這些卡牌。今天的比賽我拿出來的戰術其實相當冒險，但是隊友們一點都沒有質疑我，反而很信任我，所以我才敢放手一搏，真的很感謝大家的配合。還有涅槃的粉絲們，謝謝你們的支持！」

現場響起熱烈的掌聲，謝明哲接受採訪說話總是很官方，不過今天的他目光非常誠懇，感謝也是發自內心的。說實話，他一個人撐不起涅槃，若不是隊友們的全力支持，今天的比賽也不可能打得這麼順利。

陳霄接過麥克風，很平靜地朝記者們說道：「涅槃能打進季後賽，我當然很開心，但我知道這並不是結束，季後賽迎接我們的將是更加激烈也更加殘酷的挑戰。高興的同時，我會冷靜下來，分析自己的不足，爭取在季後賽階段也拿下滿意的成績。」

陳哥就比較穩重，是涅槃的大哥，雖然常規賽階段他指揮的比賽寥寥無幾，可誰知道季後賽他會不會再次指揮？粉絲們其實也很喜歡陳哥那種簡單粗暴的指揮風格。

喻柯激動得語無倫次，「我最想說什麼？哈哈哈，我也不知道自己想說什麼，常規賽就這麼結束了，感覺跟做夢一樣，反正很高興能在下半年繼續打季後賽……」

秦軒言簡意賅，「很開心。」

但他的臉上依舊沒有表情，完全看不出開心的痕跡。

記者們有點尷尬，乾脆忽略了雕像秦軒，去提問很好說話的謝明哲。

有位男記者拿過麥克風道：「季後賽是淘汰制，不會給任何戰隊重來一次的機會，輸了就要出局。涅槃是一支很年輕的隊伍，完全沒有打淘汰賽的經驗，年輕選手的心態在季後賽很容易出問題，這種例子並不少見。我想問一下，涅槃的目標是打進四強、決賽，還是進季後賽就夠了？」

這問題很尖銳。不少隊伍拚盡全力打進季後賽，結果就是一日遊，被淘汰出局。

謝明哲微笑著答道：「淘汰賽確實更殘酷，壓力肯定會有的，但我們會儘量調整好心態，享受每一場比賽，爭取不要一日遊吧？」

記者們哄堂大笑，一日遊這說法確實貼切，估計A組那邊暗影戰隊就要可憐得一日遊了。不過對邵夢晨來說，努力多年終於進入季後賽，也算是了卻一樁心願。

記者道：「季後賽的無盡模式需求的卡牌數量可不是暗牌模式可以比的，涅槃是新成立的隊伍，卡池肯定比不上老牌俱樂部，阿哲你難道不擔心？」

謝明哲笑咪咪地說：「沒關係，卡牌不夠還可以做嘛。」

大神們：「……」你還要做什麼奇葩的卡牌？你打個常規賽，月老牽紅線，送子觀音送寶寶，已經毀了很多卡牌的清白，季後賽你是要上天嗎？

有記者轉移話題道：「涅槃在季後賽的對手目前還不確定，暗夜之都、裁決和眾神殿，你最想跟哪支隊伍打第一場比賽？」

謝明哲仔細想了想，道：「跟誰打都一樣，三支隊伍的實力差不多，我不知道聯盟會怎麼安排，看運氣吧。」

記者緊跟著又對選手們接下來的計畫提了些問題，十分鐘的簡短採訪很快結束，大家也對涅槃在季後賽的征程給予禮貌性的祝福，然後就紛紛埋頭寫起新聞稿。

有記者認為涅槃會成為本賽季最強的黑馬，說不定會從小組第四名逆襲奪冠，報導中瘋狂誇涅槃，把每一個選手都誇上了天。

也有人很不看好涅槃，認為涅槃進個季後賽就差不多了，別想走得更遠。

常規賽團賽到這裡徹底結束，解說主持人開始預告接下來的安排，「團賽結束後還剩個人賽項目收尾，六月三日會正式進入休賽期，觀眾朋友們不要忘記重要的一件事——全明星票選活動！」

「一年一度的全明星表演賽，是星卡職業聯盟暑期的盛宴，能參加全明星賽的都是由網友投票選舉出來的超高人氣的選手！所有玩家都可以在官網投票，六月三日早上八點開放投票到六月五日八點截止，每人每天有三票，大家如果喜愛某位選手，記得投票送他去全明星！」

「另外，全明星賽的門票也會在六月三日當天開放預購，大家可以準備開搶了！」

——全明星賽，這是很多競技比賽中都會有的環節，星卡聯盟的全明星賽不大一樣，表演賽的規則每年都在變，上個賽季是「趣味運動會」，據說十分搞笑，也不知今年會安排什麼內容。

謝明哲好奇地問：「陳哥，今年的全明星會是什麼項目？」

「全明星賽的具體規則聯盟會一直保密，到時候再給大家一個驚喜，當然也可能是驚嚇。」陳霄笑得很是無奈，說道：「到時候就知道了，以你的人氣，肯定可以去全明星，你的粉絲會幫你投票的。」

「陳哥你應該也能去吧？」陳霄的個人空間粉絲數突破了五百萬，在全聯盟排到前十幾名不成問題。倒是喻柯和秦軒，以目前的粉絲數可能會跟本屆的全明星賽無緣。

「我覺得阿哲和陳哥肯定都能去，我跟秦軒正好放個假，哈哈！」喻柯的心態挺好，也不貪心，能成為職業選手他已經很滿足了，全明星這種星光燦爛的場合他還不敢奢望。

至於秦軒，沒表情就是他的表情，他最討厭熱鬧的場合，還不如一個人待在家裡畫畫。

全明星賽將以投票選出人氣最高的十六位選手，不管選手打比賽的水準如何，粉絲多就能去，這完全是考驗選手人氣和商業價值的時候，能去全明星的選手，吸粉能力一流，自然也可以獲得更多的廠家青睞，拿下更好的代言。

團賽結束後，陳千林和涅槃的全部成員舉辦了一次小規模的慶功宴，由他做東，請大家好好吃了一頓，也算是犒勞大家這段時間的辛苦。

涅槃打進季後賽，謝明哲心裡的石頭終於落了地。

但常規賽其實還沒有結束，因為個人賽項目並沒有比完，接下來他還有一輪比賽，總共要打十場。不過，對謝明哲來說個人賽的壓力並不大，對手都是系統按勝率匹配的，勝率高的不會分在一個組，因此，他遇到的大部分對手都是二流、三流俱樂部的選手，贏起來相對輕鬆。

個人賽的常規賽是選出三十二強，下半年再分組正式打比賽。

其實這樣的比賽模式跟「海選」差不多，要是連三十二強都進不去，他也不用混了。

六月一日這天，謝明哲運氣很好，再次十連勝進入下一輪。

六月二日，個人賽最後一天，陳霄、喻柯也順利晉級。

很快地，個人賽三十二強的名單公布在官網上。

涅槃有三人晉級不算誇張，風華的唐牧洲、徐長風、甄蔓和沈安四個人全部晉級，鬼獄除了輔助選手衛小天外，鄭峰、歸思睿和劉京旭三人也全部晉級；裁決、暗夜之都、眾神殿晉級的都有三到四人，倒是流霜城的選手不喜歡打個人賽，蘇青遠、肖逸和方雨本賽季都沒報名，只有擅長水母軟控打法的喬溪一個人晉級。

白旭居然也在名單上，唐牧洲的表弟個人實力還是值得肯定的。

謝明哲給他發語音訊息：「看到你進三十二強了，恭喜！抱枕我已經寄給你了，收到了嗎？」

白旭正抱著大紅色Q版黃月英抱枕看比賽重播，收到消息後立刻把抱枕丟到旁邊，滿臉尷尬。這種哄小孩的語氣是怎麼回事？他不過比謝明哲小半歲而已！

白旭彆扭地回覆：「收到了。」

謝明哲道：「乖，還想要什麼跟哥哥說，我寄給你啊。」

白旭惱羞成怒：「你什麼時候變成我哥哥了，別這麼自來熟好嗎？」

謝明哲笑咪咪地道：「我是唐牧洲的師弟，他的弟弟也就是我的弟弟，有問題嗎？」

這個邏輯很有問題好不好！白旭鬱悶地跟唐牧洲告狀，「我是你弟，怎麼謝明哲也當我是弟弟啊？我跟他一點都不熟！」

唐牧洲道：「是我叫他把你當弟弟的，有意見？」

白旭：「……」

唐牧洲：「今年生日，可以考慮給你買個天文望遠鏡。」

白旭立刻改口：「沒意見！從今天開始，謝明哲就是我親哥。」

這傢伙迷戀星空宇宙，在昂貴的天文望遠鏡面前毫無原則可言。唐牧洲輕笑一聲，心想，等以後我跟阿哲結了婚，你見到他必須乖乖叫哥，提前習慣一下也沒壞處。

對了，全明星賽結束後的集體出遊，也是時候選地方了，可以諮詢一下自家親媽。

想到這裡，唐牧洲一條消息迅速發過去：「媽，您這幾年到處玩，如果是集體出遊的話有什麼好建議嗎？方便幾十個人一起出去玩，同時也適合情侶度假的地方。」

光腦裡很快收到了各種旅遊攻略，全是親媽這幾年去過的好地方。作為旅遊狂人，媽媽一年三百六十五天有三百天不在家，足跡幾乎要遍布已知宇宙星系……

唐牧洲無奈一笑，開始精挑細選集體出遊的目的地。

唐牧洲在忙著準備出遊，謝明哲則忙著和師父、陳哥一起整理卡組。

在製作季後賽無盡模式的新卡之前，目前的卡牌也得全部整理一遍，某些卡資料還可以微調。要是有靈感了，他就在光腦裡記下來，等過幾天想好了再開始製作。

而在他們都不知道的地方，粉絲們已經開始行動。

池青在涅槃的粉絲群裡臥底，自從團賽結束後群裡的表情圖案就暴漲。郭嘉這位男神出現的頻率明顯增多，還有一些網友把司馬懿做成表情圖案，配字「我的忍耐是有限度的」，最好玩的是有人做了Q版的曹丕和曹植動態圖，曹丕一個大招擊殺曹植，配上文字「我瘋起來連自己人都殺」。

粉絲們天天玩表情包，玩得不亦樂乎。

六月二日晚上，管理員發了條公告：明天早上八點，全明星賽的投票就要開始了！大家留好手裡的票，記得給涅槃的選手投票！

管理員還製作了投票的詳細教學，非常專業。

粉絲群組裡開始議論，有人建議道：「我覺得大家應該把票數集中，主力投阿哲和陳哥，第三票可以帶上小柯。至於秦軒，不是說不喜歡他，只是他的氣場似乎跟全明星不大合？」

「秦軒確實粉絲不多，但我覺得喻柯也很難進全明星，他的粉絲還沒有白旭和邵夢晨多！」

「大家別忘了三票是可以投給同一個人，就算阿哲和陳哥粉絲數量多，我們也不能輕敵大意！萬一別的戰隊粉絲集中投票，把三票全部投給一位選手，把我們阿哲擠下來也是有可能的！」

「對啊，我覺得第一天三票全給阿哲，第二天三票全給陳哥，第三天看情況比較好。喻柯和秦軒進全明星的可能性太小了，沒必要分散票數吧？」

「聽管理員的，大家別亂投！」

粉絲群裡展開了熱烈的討論，頗有種大戰在即的感覺。

池青心裡很是感慨，選手們在賽場上戰鬥，粉絲們在背後也想盡辦法支持，有一群凝聚力這麼強的粉絲，應該是涅槃的幸運。

全明星投票每人每天都有三張選票，大部分網友會把三張票投給自己喜歡的三位選手，但是死忠粉也可能把三張票都投給同一個人，所以在結果出來之前，誰都沒法保證。團粉要是票數分散，是有可能讓三個人都進不去全明星的，所以集中票數的做法也十分常見。

涅槃的粉絲有組織、有紀律地開始投票。

結果就是第一天投票管道剛一開放，謝明哲的票數便一路飆升、高居榜首！

這個結果讓全聯盟都大吃一驚，謝明哲本人也非常意外，他的人氣什麼時候這麼高了？

打開個人主頁一看，最新的貼文下面有很多留言，全都在自發組織、號召粉絲們投票。謝明哲的粉絲只有少部分加了群，但還有好幾百萬只關注他比賽、平時也很少發言的散粉，這些粉絲的力量才是最可怕的！

謝明哲看得心驚膽戰，同時也覺得很是感動。

有這麼多人喜歡他做的卡牌，他已經很滿足了，重生一次，不虛此行！

一個上午的時間，謝明哲一直排在第一名。

直到下午四點半的時候，唐牧洲的票數突然在榜單上反超了謝明哲。

粉絲們表示：「唐神最愛下午四點睡覺，但我們粉絲不學他，我們下午的時候特別清醒！」

一覺睡醒的唐牧洲，隨手刷了刷官網，看見自己的票數成了第一名，絲毫不意外。

他已經參加了整整五年的全明星，每次投票階段都是一番激烈的廝殺，而他每次都能殺出重圍順利加入全明星賽，人氣的高低他不是很介意，反正能去就行。

不過，在榜單上跟小師弟挨得這麼近，他的心情倒是挺好。

到了晚上，聶遠道的票數後來居上，連續超過謝明哲和唐牧洲——裁決的粉絲最愛野獸牌，喜歡晚上行動，這是集體出動先保住聶神的席位再去投別人。

而鬼獄的粉絲卻喜歡深夜行動，大家的票都在半夜十一點左右才投出去，把老鄭送進了前三名。眾神殿粉絲並沒有集中時段投，凌驚堂的票數一直在穩步增長。

第二天一覺睡醒，排行榜又變了。

陳哥被涅槃粉絲合力送進前十名，凌驚堂、歸思睿、山嵐、方雨等等熟悉的名字也出現在前十名，高居排行榜前三的則是唐牧洲、聶遠道、謝明哲。

謝明哲一個新人居然能在一整天的激烈票數廝殺後保持在前三名……

而且在第三天投票結束的時候，謝明哲依然穩穩占據著第三名！

網友們紛紛感嘆：顏值就是正義。

前三名正好是不同種類的大帥哥，唐神風度翩翩最容易吸粉，聶神成熟穩重男友力十足，謝明哲是青春活力小帥哥，比較受年紀小的女生們的青睞。

第四名鄭峰長得不算帥，只能說是五官端正的硬漢作風，他能在看臉的世界裡粉絲數達到第四名，也說明了他的實力。凌驚堂排在第五名，老選手的人氣是經歷過時間考驗的，加上他們都是土系、金系鼻祖級人物，自然不用懷疑粉絲的忠誠度。

方雨、裴景山、歸思睿這些人票數極為接近，都是年輕一代選手中的代表。陳霄能進前十名，除了個人粉絲外，涅槃的團粉也幫了大忙。

等名單正式公布的時候，謝明哲意外地發現，白旭、邵夢辰兩人居然也進了全明星賽，顯然是暗影戰隊、星空戰隊的粉絲集中了票數，三票全投他們。

能進全明星賽當然值得高興，而各家戰隊的粉絲們，也像是打完一場激烈的比賽一樣，在群裡紛紛撒花慶祝，為自己能送偶像去參加全明星而自豪——粉絲們的喜歡有時候就是這樣單純，能給偶像投一票都很開心了。

當天晚上，聯盟建了一個「第十一賽季全明星賽」的新群，並且把所有進入全明星的選手都拉進了群裡。

除了參加全明星賽的十六位選手之外，群裡還有賽事安排專員，跟大家說明詳細的時間和地點，聯盟會統一幫大家訂飯店，六月六日、七日兩天時間，所有人必須準時到飯店報到，晚上去專門搭建的全明星活動現場參加官方活動。

一些老選手都很淡定，陳霄不是那種容易激動的性格，看完通知就潛水了。

白旭和謝明哲都很興奮。比起其他老油條，他倆算是純萌新，兩人不好意思在群裡聊天，乾脆私聊，謝明哲主動給白旭發消息：「你猜全明星賽會不會有整人環節？」

群裡沒人聊天，又不敢跟大神們說話，白旭正急得抓頭髮，看到謝明哲的私聊後，如同久旱逢甘露，立刻精神地坐直身體，迅速回覆道：「我之前看過幾屆全明星賽，每年都會有整人節目！我沒得罪過人，不擔心被針對，倒是你，仇恨值那麼大，肯定會被整的，哈哈，你就等著吧！」

謝明哲見他幸災樂禍，便淡定地道：「我完全不怕，畢竟我臉皮厚。」

白旭：「……」能直接說出這句話，你是真的臉皮厚！

不過，今年的全明星賽到底會有什麼節目，白旭的心裡也忍不住有些期待起來。

當然他最期待的，還是唐牧洲和謝明哲一起被其他大神整死，誰叫他倆聯手做即死牌針對了全聯盟？在娛樂性質的全明星賽場上，那可是「報仇」的最好時機！

（未完待續）

【特別收錄】

作者獨家訪談第三彈，暢談角色設定

Q9：除了攻受之外，書中每個戰隊及人氣選手也都各有特色，尤其看他們用其擅長的牌卡戰鬥時十分熱血，能否請您花些篇幅來介紹一下當初是怎麼做出這麼多性格迥異又有亮點的角色設定？怎麼為每位角色構思戰鬥場景？

A9：寫長篇小說的時候，我會提前做人物關係網和大背景設定，六大俱樂部是寫文之前就設定好的：裁決獸卡的暴力打法，暗夜之都的蟲子和蝴蝶，鬼獄變幻莫測的妖鬼牌，風華的植物，眾神殿的兵器和神牌，流霜城的水族卡……根據不同的卡牌，再設計人物性格，將重點角色穿插在劇情中對主角產生影響。

Q10：承上題，除了攻受之外，在眾多角色中，有沒有您最喜歡的角色（可複選）？為什麼？

A10：最喜歡陳千林、陳霄、聶神和小嵐。陳千林看似淡漠，實際上心思通透，一切都在他的掌握之中；陳霄是個很講義氣、很重情義的男人；聶遠道嚴肅強硬，是個

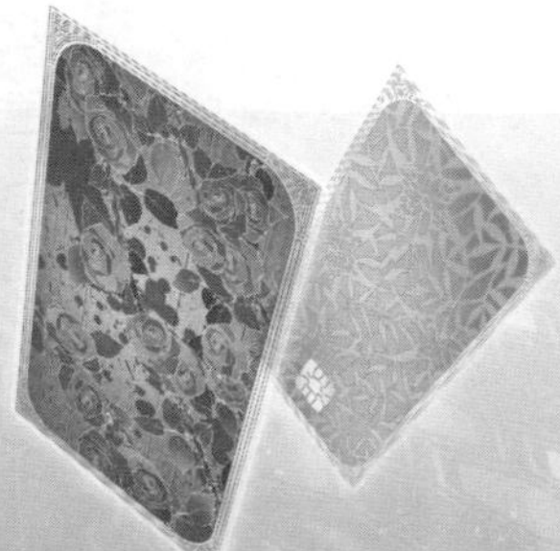

很有擔當的隊長；小嵐整天笑咪咪的，親切又可愛。

Q11：有沒有影響您最深（或最喜歡）的作者或作品？為什麼？

A11：十年前，藍淋的《雙程》帶我進入耽美坑，讓我迷上了耽美這個題材。

Q12：平常除了寫作外，有沒有其他興趣或嗜好？

A12：玩遊戲，我是遊戲高手，《王者榮耀》能打到最強王者段位的犀利玩家，嘿嘿。

Q13：能否在不劇透的情況下，預告一下繁體版的新番外有什麼令人期待的事情發生嗎？

A13：新番外會補充各CP的日常，以及一些不可描述的情節。

Q14：可否偷偷透露一點，這部作品裡您最喜歡的橋段？以及您最喜歡的角色？

A14：最喜歡的是全明星賽，大家聚在一起很歡樂。

最喜歡的角色當然是皮皮哲了，不喜歡主角的話，這麼長的篇幅寫不下去啊！

（未完待續）

i小說 016

星卡大師3

國家圖書館出版品預行編目（CIP）資料

星卡大師3/ 蝶之靈著. -- 初版. -- 臺北市：
愛呦文創, 2019.11
冊； 公分. --（i小說；016）
ISBN 978-986-97913-6-6（第3冊：平裝）

857.7　　108011764

愛呦文創

作　　者　蝶之靈
封面繪圖　Leila
責任編輯　高章敏
特約編輯　劉怡如
文字校對　劉綺文
行銷企劃　羅婷婷

發 行 人　高章敏
出　　版　愛呦文創有限公司
地　　址　10691台北市忠孝東路四段59號10-2樓
電　　話　（886）2-25287229
郵電信箱　iyao.service@gmail.com
愛呦粉絲團　https://www.facebook.com/iyao.book

總 經 銷　聯合發行股份有限公司
電　　話　（886）2-29178022
地　　址　231新北市新店區寶橋路235巷6弄6號2樓

美術設計　廖婉禎
內頁排版　洸譜創意設計股份有限公司
印　　刷　沐春行銷創意有限公司
初版一刷　2019年11月
定　　價　380元
I S B N　978-986-97913-6-6